Göttermaske

Die Jagd nach dem Schatz des Marco Polo

Göttermaske

Die Jagd nach dem Schatz des Marco Polo

von Michael Grimmler

Action-Thriller

FSC
www.fsc.org
MIX
Papier aus ver-
antwortungsvollen
Quellen
Paper from
responsible sources
FSC® C105338

Bibliografische Information der Deutschen
Nationalbibliothek: Die Deutsche Nationalbibliothek
verzeichnet diese Publikation in der Deutschen
Nationalbibliografie; detaillierte bibliografische Daten sind
im Internet über http://dnb.dnb.de abrufbar.

Die automatisierte Analyse des Werkes, um daraus
Informationen insbesondere über Muster, Trends und
Korrelationen gemäß §44b UrhG („Text und Data Mining")
zu gewinnen, ist untersagt.

3. Auflage, 2025
© Michael Grimmler / alle Rechte vorbehalten.

Verlag:
BoD · Books on Demand GmbH, Überseering 33,
22297 Hamburg, bod@bod.de

Druck:
Libri Plureos GmbH, Friedensallee 273, 22763 Hamburg

ISBN:
978-3-7693-0593-7

„Ich habe nicht die Hälfte dessen erzählt,
was ich gesehen habe, weil keiner mir geglaubt hätte."

Marco Polo, Entdecker und Handelsreisender, 1254-1324

PROLOG

Karakorum / Mongolei, 1274 n. Chr.

Es stank bestialisch! Die Mischung der Gerüche drehte einem förmlich den Magen um. Die Luft wurde von den tausenden atmenden und schwitzenden Menschen verpestet, die sich durch die zu engen Gassen der Stadt schoben. Es gab Händler, die verschiedenste lebende, tote oder verwesende Tiere zum Verkauf feilboten. Nicht, dass es einen Unterschied gemacht hätte. Die lebenden Tiere – wie auch deren Besitzer – verrichteten ihre Notdurft an Ort und Stelle. Dazu gesellten sich Gerüche der kleinen Garküchen, an denen allerlei Undefinierbares in heißem Yak-Fett zubereitet wurde. Und nicht zuletzt der Gestank, den die Gerber verursachten, die ihre frisch abgezogenen Häute zum Trocknen auf hölzerne Stangen aufgehängt hatten.

Der Edelmann zog ein weißes Seidentuch aus dem Ärmel seines Samtmantels und hielt es vor Mund und Nase. *Was für ein fürchterlicher Gestank,* dachte er. Der feine Herr schaute sich angewidert um. Er und seine beiden Begleiter wirkten auf dieser Straße völlig fehl am Platz. Sie zogen unweigerlich die Blicke der meist ungewaschenen Leute auf sich.

»Lasst uns schnell weitergehen, bevor es mir die Eingeweide verdreht«, sagte er, ohne das Tuch herunterzunehmen. »Ich weiß nicht, wie lange ich diesen Gestank noch ertragen kann. Ist es noch weit?« Die Frage richtete sich an den Älteren seiner beiden Begleiter.

»Nicht sehr weit, Herr!«, antwortete Akai. Akai war ein großgewachsener, kräftiger Mann mit orientalischen Gesichtszügen.

»Ich hoffe, du hast recht. Mir ist schon speiübel«, sagte der Edelmann gequält.

Akai vermochte sich ein Schmunzeln nicht zu verkneifen. Im Gegensatz zu seinem Herrn schien ihm der Gestank nichts auszumachen.

Sie marschierten zwischen den Hütten und Pagoden aus Holz und Lehm die Straße entlang. Akai führte die kleine Gruppe an. Sein Herr und der zweite Diener Tulga folgten ihm auf dem Fuße. Nachdem sie mehrere Male abgebogen und einige Gassen hinter sich gelassen hatten, ließ das Getümmel zusehends nach. Der beißende Gestank wurde erträglich, sodass der Edelmann sein Seidentuch einstecken konnte. Die Bebauung wurde weniger und änderte sich. Statt größerer Häuser säumten hier nur einzelne Hütten und Jurten ihren Weg. Der Herr gestand sich ein, dass er sich ohne seine Begleiter unweigerlich verlaufen hätte.

»Wir sind da«, verkündete Akai, während sie um eines der letzten Gebäude bogen. Sie waren am Stadtrand von Karakorum angekommen und es eröffnete sich der Blick auf die weite Steppe. Eine schier endlos erscheinende Fläche aus Gras erstreckte sich vor ihnen. Wie die Wellen eines grünlich schimmernden Ozeans wurden die kurzen Halme sanft vom Wind hin und her gewogen. Ließ man den Blick schweifen, wurde aus der flachen Steppe Hügelland, das bis zum Horizont zu den majestätischen weißen Giganten des Himalayas heranwuchs.

Der Herr hielt einen Augenblick inne. Nach all den Jahren, die er in diesem Land verbracht hatte, überwältigte ihn die Natur immer wieder aufs Neue.

Akai steuerte unterdessen zielstrebig auf eine einzelne Hütte zu. Es war das letzte Gebäude vor der Steppenlandschaft. Neben der Unterkunft war eine weitläufige Koppel angelegt, auf der etwa ein Dutzend mongolischer Pferde graste. Die stämmigen Tiere mit den kurzen Beinen bewegten sich ruhig und gemächlich. Nur ab und zu schnappten sie nacheinander, wenn sie sich beim Fressen in die Quere kamen.

»Warte hier mit dem Herrn. Ich melde uns an«, wies Akai den Jüngeren an.

Tulga nickte.

Akai klopfte an die hölzerne Tür und trat ein.

Der Herr und Tulga standen schweigend nebeneinander vor der Hütte. Aus der Stadt drang kein Lärm zu ihnen. Lediglich der Wind, der sanft durch das Steppengras wehte, verursachte ein leises und gleichmäßiges Rauschen.

Der Herr ließ seinen Blick über die endlose Weite schweifen. Er genoss den Anblick und die Ruhe, die er auf ihn ausstrahlte. Einzelne Wolken warfen Schatten auf das Gras, die wie dunkle Flecken über das Land wanderten. Er atmete tief ein und saugte genüsslich die frische, klare Luft des Hochlandes ein.

Kurz darauf öffnete sich die Tür und Akai trat heraus. Er war in Begleitung eines zweiten Mannes. Der Mann ging gebeugt und trug die typische Kleidung der Landbevölkerung: Hose und Hemd aus graubraunem Stoff, der vermutlich einst um einiges heller gewesen war. Über das Hemd, das ihm fast bis zu den

Knien reichte, hatte er eine Weste aus braunem Pferdefell geworfen. Auf dem Kopf trug er eine Mütze, die aus dem gleichen Fell gefertigt war. Das Alter des Mannes war unmöglich zu schätzen. Seine Haut war braun gebrannt und faltig, was bei einem Leben am Rande der Wildnis nichts Ungewöhnliches war. Der ständige Kampf um die eigene Existenz zerrte an einem Körper und ließ ihn schneller altern.

Der Mann nahm höflich seine Mütze ab und kam lächelnd auf den Herrn zu. Das Lächeln brachte eine Reihe gelber Zähne zum Vorschein, von denen einige fehlten.

Akai trat neben den Mann. »Mein Herr, darf ich Euch Atilla vorstellen? Er ist der beste und zuverlässigste Führer, den man in der Mongolei finden kann. Seine Pferde gelten als besonders ausdauernd und sind weithin bekannt.«

Atilla hob seine rechte Hand vor die Brust und verbeugte sich tief. »Seid gegrüßt, mein Herr! Es ist mir eine Ehre, Euch zu Diensten sein zu dürfen.«

»Jaja«, winkte der Edelmann gelangweilt ab. Derlei Floskeln waren ihm schon immer zuwider. Er blickte den Alten einige Sekunden prüfend an, bevor er fragte: »Kannst du uns zum *Tempel von Chjatruun* führen?«

Atilla erstarrte und sein Lächeln wich einem erschrockenen Ausdruck. Er sah fragend zu Akai. Nachdem der keinerlei Regung zeigte, wandte sich Atilla wieder an den Edelmann.

»Mein Herr, was wollt Ihr in dem Tempel, wenn ich fragen darf?« Seine Stimme klang besorgt.

»Geschäfte. Mehr hat dich nicht zu interessieren«, entgegnete der Herr.

Die Antwort schien Atilla in keiner Weise zu beruhigen. Nervös knetete er seine Fellmütze zwischen den Händen.

»Mein Herr, verzeiht! Der Tempel ist kein sicherer Ort. Er wird von der *Bruderschaft der Khangai-Mönche* bewohnt. Das sind gefährliche Männer. Niemand geht freiwillig zu den Mönchen. Sie mögen es nicht, wenn man sie in ihrer Ruhe stört. Nein, das mögen sie nicht.« Atilla schüttelte energisch den Kopf.

Der Herr atmete genervt aus, verdrehte die Augen und gab dann Akai ein Zeichen. Der griff ruckartig an seinen Gürtel, dass Atilla erschrocken zusammenzuckte. Aber Akai zog keine Waffe, sondern einen braunen Lederbeutel hervor. Er holte eine Silbermünze heraus, die er dem Fremdenführer in die Hand drückte.

Atilla sah auf die Münze in seiner geöffneten Hand und schluckte. Sie war sicher gut das Zehnfache wert als das, was er sonst für seine Dienste verlangte.

»Mein Herr …«, begann er zögerlich.

Der unterbrach ihn mit einem weiteren Zeichen an seinen Diener. Akai zog daraufhin eine zweite Silbermünze aus dem Beutel und reichte sie Atilla.

Der sah einige Male ungläubig zwischen den Münzen und dem Edelmann hin und her. Dann schloss er die Hand und sagte ergeben: »Im Morgengrauen können wir losreiten. Ich bereite die Pferde vor. Am späten Nachmittag des Tages werden wir den Tempel erreicht haben. Nehmt warme Kleidung mit – der Tempel liegt auf einem Hochplateau.«

Das Gesicht des Herrn erhellte sich zufrieden. »Sehr schön! Wir werden die Nacht in der Stadt verbringen. Bei Sonnenaufgang sind wir zurück.« Mit diesen Worten wandte sich der Herr ab und marschierte neben Tulga zurück Richtung Stadt.

Akai verabschiedete sich von Atilla und folgte eilig den beiden.

Kaum waren sie einige Schritte gegangen, rief Atilla ihnen nach: »So sagt mir doch wenigstens Euren Namen!«

Ohne sich umzudrehen oder anzuhalten, rief der Herr zurück: »Polo. Mein Name ist Marco Polo.«

Wie sie es mit ihrem Führer Atilla vereinbart hatten, waren sie bei Tagesanbruch gestartet. Am Tag zuvor hatte Marco Polo für sich und seine Diener noch eiligst Mäntel und Mützen aus Fell in einem Laden in der Stadt gekauft. Er hatte entschieden, Atillas Empfehlung zu warmer Kleidung nicht gänzlich zu ignorieren. Danach hatte er die Gruppe in einem heruntergekommenen Gasthaus eingemietet, wo sie sich nach einer Schale Eintopf und vielen Bechern Kumys ein paar Stunden schlafen legten. Niemand hatte sich um sie geschert und so konnten sie ohne großes Aufsehen ihre Reise antreten. Polo war das mehr als recht.

Kaum hatten sie das schützende Tal verlassen, wurde das Wetter unangenehm. Der Wind blies ihnen eiskalt entgegen und ließ Marco Polo die Augen zu Schlitzen zusammenkneifen. Wie frostige Klingen aus Eis schmerzte die Luft auf seinem Gesicht. Trotz der dicken Kleidung hatte er das Gefühl, dass ihm Stück für Stück jegliche Wärme aus dem Körper wich.

Atilla führte die Gruppe mit seiner braunen Stute an. Gemächlich ritt er einen schmalen Pfad in Richtung des Hochplateaus entlang. Nach ihm folgte Akai und dahinter Polo. Tulga bildete den Schluss der kleinen Gruppe.

Ihr Weg hatte sie zunächst durch die schier endlosen Wiesen und Steppen des nördlichen Karakorum geführt. Nachdem sie die Stadt hinter sich gelassen und schließlich aus den Augen verloren hatten, wurde Polo wieder die unfassbare Weite dieses Landes bewusst. Auch nach all den Jahren fühlte er sich hier als einzelner Mensch winzig und verloren.

Am späten Mittag kamen sie am angekündigten Hochplateau an und begannen sofort mit ihrem Aufstieg. Der Weg schlängelte sich am Hang entlang sanft hinauf, wodurch sie zunächst schnell vorankamen. Der obere Teil wurde merklich steiler und die Pferde mühten sich zusehends ab.

»Wir sind bald auf dem Plateau. Dort sollten wir eine kurze Pause machen. Die Pferde sind erschöpft«, schlug Atilla vor.

»Ich möchte so schnell wie möglich zum Kloster«, entgegnete Polo.

»Das verstehe ich, mein Herr«, gab Atilla zurück. »Wenn wir aber keine Pause machen und die Pferde zusammenbrechen, müssen wir den Rest des Weges zu Fuß gehen. Dann wären wir noch später am Kloster.«

»Wie weit ist es denn noch?«, fragte Polo. Er fühlte Ärger und Ungeduld in sich aufsteigen.

»Noch etwas mehr als zwei Stunden, bis wir das Kloster sehen können«, antwortete Atilla.

Marco Polo verdrehte genervt die Augen. »Na gut, einverstanden! Machen wir eine kurze Rast. Aber sobald die Pferde wieder bei Kräften sind, reiten wir weiter.«

Atilla nickte.

Im Windschatten einiger Sträucher und kleiner Bäume stiegen die Reiter ab. Atilla band die Pferde an einen der Baumstämme. Er kippte Wasser aus seinem Trinkbeutel in ein Säckchen aus Ziegenleder und hielt es den Tieren vor die Mäuler. Tulga sammelte ein paar ausgetrocknete Äste und Zweige zusammen, mit denen er ein Feuer entfachte. Nachdem die Pferde versorgt waren, setzten sich die Männer um die Feuerstelle. Polo spürte, wie die Flammen seine kalten Hände und das Gesicht wärmten. Akai holte ein Leinentuch aus seiner Satteltasche, in das er ein paar gebackene Teigfladen eingewickelt hatte. Er reichte jedem der Männer einen der Fladen, die sie still verspeisten.

»Du redest nicht viel«, meinte Atilla unvermittelt zu Tulga und brach damit das Schweigen.

»Er ist stumm, schon seit seiner Geburt«, erklärte Akai anstelle von Tulga.

»Kennt ihr euch schon lange?«

»Sein ganzes Leben – wir sind Brüder«, sagte Akai lächelnd. Auch Tulga lächelte.

»Was ist mit Euch, mein Herr?«

Polo schaute auf. »Was meinst du?«, fragte er überrascht.

»Was treibt Euch in diese Gegend?«

»Wie ich schon sagte, Geschäfte.« Polos Tonfall ließ erkennen, dass er mit dieser Antwort das Thema abschließen wollte.

»Hm ...«, gab Atilla davon unbeeindruckt zurück. »Mich würde interessieren, welche Art von Geschäften man mit den Mönchen machen kann.«

»Du bist zu neugierig. Du sollst uns nur zum Kloster bringen. Mehr nicht!« Polos Stimme wurde hörbar gereizter.

Atilla ließ es dabei nicht bewenden. »Wisst Ihr, ich habe nachgedacht. Wie ich Euch bereits erklärte, sind die Mönche gefährlich. Und wenn man sich in Gefahr begibt, dann sollte man das entsprechend belohnt bekommen. Daher ... ist mein Preis gestiegen.«

Polo sah zu Akai, der ebenso überrascht schien wie er. Danach wandte er sich wieder zu Atilla. »Wie viel?«, presste er hervor.

»Das Doppelte!«, meinte der Mongole, wirkte nun aber sichtlich eingeschüchtert vom harschen Tonfall seines Auftraggebers.

Polo starrte Atilla einige Sekunden eindringlich an, bis dieser dem Blick nicht mehr standhielt und den Kopf senkte. »Akai«, sagte er schließlich, »würdest du Atilla die gewünschte Summe auszahlen und ihn außerdem darum ersuchen, von weiteren Nachforderungen abzusehen?«

Akai nickte stumm. Der Hüne erhob sich und griff zu seinem Lederbeutel am Gürtel. Er nahm eine Handvoll Silbermünzen heraus, zählte zwei ab und steckte die Restlichen wieder ein. Dann schritt er langsam auf Atilla zu.

Dessen Augen wurden immer größer, je näher der breitschultrige Mongole kam. Ängstlich schaute er abwechselnd auf den Boden und auf zu Akai.

Akai streckte ruckartig die Hand mit den Münzen aus und reichte sie Atilla. Dieser erschrak dermaßen, dass er zusammenzuckte. Dann stand er auf, um die Münzen zu empfangen.

In dem Moment packte Akais Pranke zu. Atilla schrie auf vor Schmerz, während Akai ihm seine Hand mit den Münzen darin zerquetschte. Der riesige Mongole hatte einen Griff fest wie Stahl und man hörte Atillas Finger knacken. Tränen schossen ihm in die Augen und er sank auf die Knie. Akai aber ließ nicht los.

Polo erhob sich und trat um das Lagerfeuer zu den beiden. Er setzte sich in die Hocke und sah Atilla direkt ins Gesicht. Der jammerte und weinte vor Schmerz. Polo legte eine Hand auf die geballte Faust seines Dieners, mit der Akai die Hand Atillas quetschte.

»Keine Nachforderungen mehr«, forderte Polo mit kalter Stimme.

»Ich schwöre!«, presste Atilla heraus.

Polo nickte zufrieden, nahm seine Hand herunter und stand auf. Gleichzeitig löste Akai den Griff.

Atilla zog sofort wimmernd seine Hand zurück und untersuchte sie. Dabei fielen ihm die beiden Silbermünzen auf den Boden. Er beachtete sie in diesem Moment nicht weiter, sondern starrte nur seine Hand an. Sie war rot und geschwollen, den kleinen Finger konnte er nicht mehr bewegen. Er musste höllische Schmerzen haben.

»Mein Finger ist gebrochen!«, stellte er schluchzend fest.

»Brauchst du deinen Finger zum Reiten?«, fragte Polo teilnahmslos.

Atilla schüttelte den Kopf.

»Dann los!«, befahl Polo und schwang sich auf sein Pferd.

Am Nachmittag kam das Kloster in Sicht, genau wie Atilla es angekündigt hatte. Die Anlage schien nicht sehr groß zu sein. Polo erkannte aus der Entfernung zwei Gebäude, die auf einer Anhöhe des Plateaus standen und von einer etwa mannshohen Mauer umgeben wurden.

Atilla stoppte seine Stute. Seinen Finger hatte er notdürftig mit einem Zweig geschient und mit einem Stoffstreifen, den er von seinem Hemdensaum abgerissen hatte, umwickelt.

»Verzeiht Herr«, sagte er kleinlaut. »Ich möchte Euch nicht weiter begleiten.«

Polo sah ihn mit einer Mischung aus Überraschung und Wut an. Er erwartete erneute Forderungen von ihrem mongolischen Führer. »Was willst du nun schon wieder? Hast du nicht schon genug kassiert?«, fragte er.

»Das ist es nicht, Herr!«, beeilte sich Atilla, ihn zu beschwichtigen. »Aber die Mönche ... sie machen mir Angst. Ich habe mein Wort gehalten und Euch zum Kloster gebracht. Mein Herr, bitte lasst mich zurückreiten.«

Polo atmete genervt aus und schaute zu Akai, der nur mit den Schultern zuckte.

»Na gut«, sagte Polo. »Du kannst nach Hause reiten. Aber die Pferde behalten wir, bis wir zurück in der Stadt sind.«

Atilla nickte zustimmend. »Danke, Herr! Vielen Dank!«, sagte er erleichtert. Er schnalzte mit der Zunge und wendete seine Stute. Kaum hatte er Polo und dessen Dienern den Rücken gekehrt, galoppierte er los.

Feigling, dachte Polo angewidert, während er dem Mongolen nachblickte.

Die Sonne stand nahe über dem Horizont, als sie die Mauern des Klosters erreichten. Der beißende Wind hatte nachgelassen, trotzdem war es kühler geworden und der Nachtfrost kündigte sich an.

Polo ritt voraus, Akai und Tulga folgten nebeneinander. Am Tor stiegen sie ab und nahmen die Pferde an den Zügeln.

Die Mauer aus Stein und Lehm, die das Kloster umgab, war etwa eine Armlänge höher als ein Mann, weshalb sie in das Innere der Anlage nicht einsehen konnten. Außer dem stetig wehenden Wind war nichts zu hören.

Polo trat vor und hämmerte mit der Faust an das hölzerne Tor. Nichts passierte. Er hämmerte noch einmal – diesmal fester. Wieder geschah nichts. Er sah Akai ratlos an. Dieser zuckte abermals nur mit den Schultern.

Plötzlich hörte Polo, wie im Innern des Klosters an dem Tor hantiert wurde. Ein Riegel wurde zur Seite geschoben und ein Flügel einen Spalt breit geöffnet. Zum Vorschein kam das Gesicht eines dünnen, alten Mannes. Sein Kopf war kahl geschoren. Er trug ein schlichtes, sandfarbenes Hemd und hatte sich eine rote Robe über die Schulter geworfen. Sein hageres Gesicht war von unzähligen Falten durchzogen, aber seine Augen wirkten jung und hellwach. Misstrauisch beäugte er die Neuankömmlinge.

»Was wollt ihr?«, fragte er in harschem Ton.

Die Männer sahen einander an und nach einem kurzen Räuspern antwortete Polo: »Werter Freund, wir möchten gerne den Abt sprechen.«

»Warum?« Der Mann zog die buschigen Augenbrauen zusammen.

»Ich möchte ein Geschäft mit ihm machen«, antwortete Polo mit freundlicher Stimme.

»Was für ein Geschäft?«

Polo zögerte kurz. »Das möchte ich gerne mit dem Abt persönlich besprechen.«

Der Alte schien zu überlegen, bevor er antwortete. »Der Abt ist an keinen Geschäften interessiert.«

»Das würde ich lieber aus seinem Mund hören. Ich bin mir sicher, es wird nicht Euer Nachteil sein, wenn Ihr uns zu ihm bringt, werter Freund.« Polo lächelte und seine Stimme klang verheißungsvoll.

Der Mönch musterte Polo einige Sekunden eindringlich. Schließlich zog er den Kopf zurück und schloss das Tor. Polo und Akai schauten sich ratlos an. Doch bevor einer von ihnen etwas sagen konnte, wurde wieder an dem Tor hantiert. Diesmal wurden beide Flügel geöffnet. Der Mönch mühte sich sichtlich ab, die einzelnen Torhälften aufzuschieben. Er musste sich mit den ausgestreckten Armen dagegen stemmen. Sobald er es geschafft hatte, winkte er Polo und dessen Begleiter herein. Mit den Pferden an den Zügeln betraten sie den Innenhof.

Das Kloster bestand aus zwei hölzernen Pagoden. Eine davon war prachtvoll verziert und etwas größer. Polo kannte solche Gebäude von seinen Reisen. Er vermutete, dass es sich um einen Tempelbau handelte, der dem Gebet diente. Die imposante Eingangstür war grün und mit goldgelben Schriftzeichen verziert. Das kleinere Gebäude schien die Unterkunft der Mönche zu sein. *Der Größe nach zu urteilen, leben hier höchstens zehn Mönche*, dachte Polo, während er sich umschaute. In der Mitte des Hofes ragte ein gemauerter Brunnen aus dem Boden. Ein zweiter Mönch war gerade dabei, einen Eimer an einem Seil aus dem Brunnen zu ziehen. Er hielt kurz inne, um die Fremden zu mustern, bevor er sich wieder seiner Tätigkeit widmete.

»Ihr könnt die Pferde dort anbinden«, meinte der alte Mönch und deutete Richtung Mauer. »Dort bei der Pferdetränke.«

Polo sah, dass an der Tränke fünf Metallringe angebracht waren. *S*eltsam, dachte er. *Sonst sind keine Pferde zu sehen.*

Sie banden die Tiere an, bevor der Mönch sie aufforderte, ihm zu folgen. Er führte sie über den Hof zu dem größeren Gebäude. Der Eingang wurde an den Seiten von dicken Säulen eingerahmt, die in kräftigem Rot gestrichen waren. Auf den Säulen ruhte ein Vordach, das fließend in das Hauptdach der Pagode überging.

Der alte Mönch schritt voran und hielt erst vor der hölzernen Eingangstür. »Ich werde den Abt fragen, ob er Euch empfangen möchte. Wartet hier!« Er verbeugte sich kurz und verschwand dann im Tempel.

Polo sah sich um. Er atmete tief ein. Die frühe Abendluft roch frisch und klar. Die Sonne war fast untergegangen. Außer dem Mönch am Brunnen waren keine weiteren Menschen auf dem Hof zu sehen. Im Wohngebäude konnte Polo den gelblichen Lichtschein von Kerzen oder einer Feuerstelle ausmachen. *Vermutlich sitzen die Mönche beim Abendmahl*, mutmaßte er. *Vielleicht wäre es besser gewesen, erst am nächsten Morgen im Kloster vorzusprechen.* Der Hauch eines Zweifels kam über ihn, wurde aber von der sich öffnenden Tempeltür weggefegt.

Der alte Mönch trat heraus. »Der Abt ist einverstanden, Euch zu empfangen.«

Das Gebäude bestand im Innern aus einem einzigen Raum, der größer war, als es von außen den Anschein hatte. Polo schaute sich um. An den Wänden waren in regelmäßigen Abständen Fackeln angebracht. Zwischen den Fackeln hingen aufwendig verzierte Teppiche. In der Mitte des Raumes sah er zwei Feuerkörbe, in denen Holzscheite brannten. Die Körbe waren größer als ein Mann, etwa so breit wie ein Weinfass, und zusammen mit den Fackeln färbten sie den Raum in ein oranges Licht und wärmten ihn angenehm auf. Polo und seine Männer genossen die wohlige Wärme, als wären sie Tage unterwegs gewesen. Dabei wusste Polo, dass es erst ein paar Stunden waren, seit sie Karakorum verlassen hatten.

An der rückseitigen Wand des Raumes, einige Schritte hinter den Feuerkörben, war ein großer Stuhl aufgebaut, der dick mit Fellen belegt war. Auf dem Stuhl, der fast schon einem Thron glich, saß ein Mann.

Das muss der Abt sein, mutmaßte Polo. Er trug ähnliche Kleidung wie der alte Mönch, soweit Polo das erkennen konnte. Das Gesicht des Abtes lag im Schatten. Nur seine weißen Augen hoben sich von der Dunkelheit ab. Er war von rundlicher Statur, was vermutlich daran lag, dass er sich nicht an den Arbeiten im Kloster beteiligte. Zu seinen Seiten standen zwei weitere Mönche. Auch sie trugen jeweils eine rote Robe. Jedoch fehlten ihnen die Hemden und sie hatten die Umhänge über ihre nackten muskulösen Oberkörper geworfen. Beide Mönche hielten hölzerne Speere, die sie auf dem Boden abgestellt hatten.

Wachen in einem Kloster? Ein Abt, der auf einer Art Thron sitzt? Polo irritierte die Situation. Er beschloss, sie hinzunehmen und sich auf sein Vorhaben zu konzentrieren.

Der Mönch, der sie eingelassen hatte, deutete ihnen, ein paar Schritte vorzutreten. Nachdem sie seiner Aufforderung nachgekommen waren, entfernte er sich mit einer Verbeugung zu seinem Abt und verließ den Raum. Polo hörte, wie die schwere Tür hinter ihm ins Schloss fiel und verriegelt wurde.

Eine unangenehme Stille breitete sich aus. Nur das Knistern des Feuerholzes in den eisernen Körben war zu hören. Der Abt musterte Polo und dessen Begleiter ohne Regung.

Die Ankömmlinge waren verunsichert und warteten stumm auf eine Reaktion des Abtes, welcher wie versteinert erschien. Tulga wurde zusehends nervöser und schaute hektisch zwischen den Wachen und seinen Begleitern hin und her. Akai gab ihm ein Zeichen, dass er ruhig bleiben solle.

Polo spürte ebenfalls, wie seine Anspannung wuchs. Er entschied, das Schweigen zu brechen. »Edler Abt«, begann er. »Mein Name ist Marco Polo und das sind meine Begleiter Akai und Tulga. Wir sind von weit her gereist, um Euch und Eurem Kloster die Aufwartung zu machen und ein Angebot zu unterbreiten.«

Der Abt, dessen Gesicht weiterhin im Schatten lag, wirkte wie eine leblose Statue, was Polo noch mehr verunsicherte.

»Nun ...«, fuhr er fort. »Auf meinen Reisen hörte ich Geschichten über diesen Ort, die mein Interesse weckten. Man erzählte mir ...«

»Sei still!«, unterbrach ihn der Abt forsch. »Ich weiß sehr genau, warum du und deine Diener hier seid.«

Polo fuhr erschrocken zusammen. Akai und Tulga reagierten vom Aufbrausen des Abtes ebenfalls überrascht. Tulga griff reflexartig zu dem Schwert, das er an seinem Gürtel trug. Akai gebot ihm aber rechtzeitig mit einer Handgeste und einem Kopfschütteln, die Waffe stecken zu lassen.

»Ehrwürdiger Abt ...«, wollte Polo erneut ansetzen, wurde jedoch mit einer gebieterischen Handbewegung des Abtes zum Schweigen gebracht. Polo war sofort still. Er versuchte, das Gesicht des Abtes besser zu sehen, aber so sehr er seine Augen auch anstrengte, er konnte nichts erkennen. Der Abt saß im Schatten der Feuerkörbe. Das Licht der Flammen hinderte Polo daran, mehr als nur die Kleidung und Umrisse auszumachen.

Nach unendlich erscheinenden Sekunden des Schweigens, die Polo wie Minuten vorkamen, erhob sich der Abt. Langsam und stolz wie ein Würdenträger drückte er sich an den Armlehnen aus dem Stuhl. Er wartete einen Augenblick, bevor er auf die drei Männer zuschritt. Die Wachen taten es ihm gleich und bewegten sich neben ihm her. Der Abt trat zwischen den lodernden Feuerkörben hindurch, während die Wachen an den Außenseiten vorbeigingen.

Polo musste schlucken und doch fühlte sich sein Rachen trocken an. Hatte Atilla am Ende mit seiner Warnung recht? Hätten sie das Kloster besser nicht aufgesucht?

Nachdem der Abt durch die Feuerkörbe getreten war, konnte Polo ihn endlich in Gänze erkennen. Er war etwa so groß wie Polo selbst. Durch seine Körperfülle wirkte der Abt aber deutlich imposanter. Polo spürte, wie sich sein Herzschlag beschleunigte, während der Abt völlig aus dem Halbschatten trat und sich vor ihm aufbaute. Anstelle eines Gesichts sah er das, wofür er die beschwerliche Reise auf sich genommen hatte: die *Göttermaske*.

Sie bedeckte das gesamte Gesicht des Abtes. Das Licht der Fackeln und der Feuerkörbe glänzte in warmen Tönen auf ihrer goldenen Oberfläche. Auf der Stirn war ein riesiger roter Rubin eingearbeitet. Polo war seit Jahren Kaufmann und ein Meister im Edelsteinhandel – einen Stein dieser Größe hatte er aber nie zuvor gesehen. *Er hat gut und gerne die Maße einer Dattel*, stellte Polo begeistert fest, der fast alles um sich herum vergaß. Es fiel ihm schwer, den Blick von der Maske abzuwenden, während der Abt den letzten Schritt vor ihn trat und durch die Sehschlitze ihm ins Gesicht schaute.

»Ja ...«, stellte der Abt fest. Er sprach leise, fast flüsternd. »*Das* ist es, was du begehrst.«

»Ich hörte bereits viele Geschichten über die *Göttermaske* ... aber keine wurde ihrer Pracht gerecht.« Polo schluckte. »Sie ist wunderbar.«

Der Abt zeigte keinerlei Regung, sondern schaute Polo nach wie vor direkt in die Augen. Der konnte dem Blick nicht lange standhalten und starrte eilig zu Boden, nur um kurz darauf wieder vorsichtig zur Maske aufzusehen.

Akai und Tulga, die jeweils einer der Wachen gegenüberstanden, waren sichtlich nervös. Besonders Tulga zappelte aufgeregt und sein Blick huschte wild in der Szenerie hin und her. Akai versuchte Ruhe zu bewahren, obwohl auch ihn die Situation zu verunsichern schien.

»Es ist nicht allein Schönheit und Pracht, was die Maske so einzigartig macht.« Der unvermittelte Satz des Abtes zog die Aufmerksamkeit der drei Männer auf sich.

»Verkauft sie mir«, bat Polo leise, aber mit einem Hauch von Besessenheit in der Stimme, der Akai erschrocken aufhorchen ließ. »Ich zahle jeden Preis.«

Der Abt legte den Kopf in den Nacken und lachte lauthals. Verunsichert von der Situation, stimmte Polo nach einigen Augenblicken in das Lachen mit ein. Er vermutete, den Abt amüsiert zu haben.

Akai, Tulga und die beiden Wachen lachten nicht. Die Brüder schienen zu bemerken, dass etwas nicht stimmte. Tulgas Hand wanderte erneut zum Griff seines Schwertes und nur Akais gebietender Blick hielt ihn davon ab, seine Waffe auf der Stelle zu ziehen. Dennoch ließ er die Hand auf dem Griff liegen.

Nachdem das Lachen des Abtes nachließ und er seinen Blick wieder auf ihn richtete, meinte Polo einen günstigen Moment erkannt zu haben. Er löste eilig seinen ledernen Münzbeutel vom Gürtel. Er wog ihn kurz in der Hand und streckte dann den Beutel dem Abt entgegen. Das restliche Lachen des Abtes erstarb auf der Stelle.

»Hier drin, erlauchter Abt, befinden sich 30 Goldmünzen. Sie sollen Euch gehören, im Tausch gegen die Maske.«

Der Abt zeigte keine Reaktion, was Polo verunsicherte. Langsam zog er die Hand mit dem Beutel zurück. »Ist das nicht genug?«, fragte er und fügte mit einem angespannten Lächeln hinzu: »Einverstanden! Akai, gib mir deinen Münzbeutel.«

Akai zögerte, aber der Blick seines Herrn ließ keine Widerworte zu. Er löste den Beutel vom Gürtel und reichte ihn Polo, ohne dabei die Wachen aus den Augen zu lassen.

Polo sah kurz in Akais Beutel, bevor er sich wieder an den Abt wandte, der noch immer wie versteinert vor ihm stand. »Nochmals 15 Silbermünzen für Euch, ehrwürdiger Abt.« Er legte einen feierlichen Ton in seine Stimme. »Genug, damit Ihr und Eure Brüder nie mehr Hunger leiden müsst.«

Auch dieses Mal zeigte der Abt keine Regung. Nur das Flackern der Fackeln auf seinem Körper ließ den Anschein einer Bewegung entstehen.

Polo räusperte sich und trat einen Schritt zurück. Er verstand, dass etwas nicht in Ordnung war. Eine angespannte Stille folgte. Polo und seine Begleiter schauten sich vorsichtig und besorgt um. Keiner der Männer wagte es, einen Ton zu sprechen. Polo spürte die Angst, die in ihm aufstieg und den Schweiß, der seinen Rücken hinablief.

»Die *Göttermaske* befindet sich schon seit über dreitausend Jahren im *Tempel von Chjatruun*«, unterbrach die tiefe grollende Stimme des Abts die Stille, »und genauso lange wird sie durch uns, die *Khangais,* bewacht. Seit jeher weckt die Maske Begehrlichkeiten bei den Menschen. Es kamen unzählige Männer wie Ihr hierher und versuchten, an die Maske zu gelangen. Sie suchten nach Reichtum und Macht, nach Ruhm und Ehre. Reiche Händler, die noch reicher werden wollten, verschlagene Silberzungen und mutige Krieger. Keiner hatte Erfolg. So war es immer und so wird es immer sein.«

Nach seinem letzten Satz hob der Abt langsam beide Arme in die Höhe. Er riss die Augen weit auf, dass Polo glaubte, das Weiß hinter der Maske zu erkennen. Der Abt ging dabei einen Schritt zurück. Dann ließ er abrupt die Arme fallen.

Es passierte alles unglaublich schnell: Die beiden Wachen sprangen nach vorne und stießen einen Kampfschrei aus. Dabei richteten sie ihre Speere auf

Akai und Tulga. Die reagierten sofort und zogen ihre Schwerter.

Der Wächter, der Akai gegenüberstand, griff als Erster an. Er stieß seinen Speer nach vorne und versuchte, Akai zu durchbohren. Doch Akai drehte sich zur Seite und lenkte die Waffe mit seinem Schwert ab.

Fast zeitgleich griff der zweite Wächter Tulga an. Der parierte den Angriff mit einem Schwerthieb gegen den Speer und einem Sprung zur Seite. Bevor der Wächter seine Waffe herumreißen konnte, versetzte Tulga ihm einen Tritt in die Rippen. Der Mönch krümmte sich vor Schmerz und verlor das Gleichgewicht. Er fing sich aber schnell und richtete sich taumelnd wieder auf, um Tulga erneut anzugreifen.

Akai wehrte einen weiteren Speerstoß seines Angreifers ab. Er hieb mit dem Schwert so hart auf die Waffe des Wächters, dass die Spitze des Speers auf den Boden aufschlug. Er setzte nach und schlug der Wache mit der Faust ins Gesicht. Der Mönch taumelte benommen zurück, hatte aber noch immer den Speer in der Hand.

Tulga bedrängte sein Gegenüber mit einer Serie von Schwerthieben. Wie ein Berserker schlug, hieb und stieß er nach dem Mönch. Der wehrte zwar alle Schläge mit dem Speer ab, wurde aber Meter für Meter zurückgedrängt, bis er die Wand des Raumes erreichte.

Polo hatte sich hinter einen der Feuerkörbe in Sicherheit gebracht. Von dort beobachtete er kauernd den Kampf seiner Diener auf Leben und Tod. Er selbst war kein Kämpfer und es gewohnt, die Probleme mit

Geld zu lösen. Ihm war es lieber, wenn gegen Bezahlung andere für ihn kämpften.

Kaltes Metall drückte plötzlich an seinen Hals. Der Abt hatte sich von hinten an ihn herangeschlichen und hielt ihm einen Dolch an die Halsschlagader.

»Steh auf und drehe dich langsam um«, befahl der Abt.

Polo schloss die Augen und schluckte. Dabei drückte die Klinge noch stärker in seine Haut und er spürte, wie ein Tropfen warmen Blutes seinen Hals hinablief. Er tat, wie ihm geheißen wurde, und drehte sich um. Der Abt stand direkt vor ihm, nahm den Dolch herunter und presste ihn an Polos Bauch.

»Wie ich Euch sagte: Die Maske wird immer Teil des Klosters und der Bruderschaft bleiben.«

Plötzlich ein Schrei. Tulga hatte die Wache bis an die Wand gedrängt. Unter den Schlägen des jungen Mongolen war dem Mönch der Speer aus der Hand gefallen. Tulga zögerte nicht, ihm das Schwert über die Brust zu ziehen. Der Wachmann schrie laut auf, schaute hinab auf die Wunde und sackte mit schmerzverzerrtem Gesicht zusammen.

»Tulga, hilf dem Herrn!«, rief Akai seinem Bruder zu.

Tulga nickte und rannte sofort los.

Polo bemerkte aus dem Augenwinkel die heranstürmende Rettung. Noch im Lauf hob Tulga sein Schwert und brüllte einen wilden Kampfschrei.

Doch plötzlich verstummte der Schrei. Tulga riss die Augen auf und verzog das Gesicht zu einer Grimasse. Sein Blick zeigte eine Mischung aus Schmerz und Überraschung. Die Wache, die er niedergestreckt hatte, war nicht tot. Der Mann hatte offenbar noch genug Kraft gehabt, um seinen Speer zu schleudern. Die Waffe traf Tulga in den Rücken. Der geriet ins Taumeln und stürzte nach vorn. Er prallte hart gegen einen der Feuerkörbe. Funken stoben auf.

Der Abt sah erschrocken zu dem Feuerkorb hinauf und erstarrte. Der Korb kippte auf ihn zu. Er ließ den Dolch fallen, schrie auf und versuchte, die Arme schützend vor den Kopf zu nehmen. Aber es war zu spät: Der Feuerkorb begrub den Abt unter sich. Seine Schreie verstummten abrupt im selben Moment, in dem die Masse aus Eisen und brennendem Holz auf ihn traf.

Akai schrie auf, als er seinen Bruder mit dem Speer im Rücken sah. In blinder Wut hämmerte er sein Schwert auf den Mönch. Dieser wehrte einige Schläge ab, bis es Akai gelang, seinen Speer zu zerschlagen.

Der Wächter schaute erschrocken auf seine zerbrochene Waffe. Bevor er darauf reagieren konnte, rammte ihm der mongolische Riese das Schwert in die Brust. Er öffnete den Mund, um zu schreien, aber es spritzte nur ein Schwall Blut heraus, der Akai im Gesicht traf. Erst nachdem der Wächter aufgehört hatte zu atmen und sein Kopf schwer auf die Brust fiel, zog Akai das Schwert heraus. Der Mönch sackte tot zu Boden.

Akai drehte sich ruckartig um. »Tulga!«, schrie er panisch. Er ließ sein Schwert fallen und rannte zu seinem Bruder, der regungslos am Boden lag. Akai packte den Speer und zog ihn vorsichtig aus Tulgas Rücken, bevor er sich neben ihn kniete und umdrehte.

Tulgas Augen standen weit offen, starrten aber nur ins Leere.

»Tulga ... Tulga!«, stammelte Akai. Er tätschelte die Wangen seines Bruders, als würde er ihn aufwecken.

Tulga reagierte nicht.

Tränen schossen in Akais Augen. Er senkte seinen Kopf über Tulgas Gesicht und hielt sein Ohr an dessen Mund und Nase. Nichts. Keine Atmung. Tulga war tot.

Akai konnte die Tränen nicht mehr zurückhalten. Sie liefen ihm über das Gesicht, während er seinen Bruder an sich zog und ihn in die Arme nahm. Er drückte Tulgas Kopf an seine Brust und legte sein Kinn obenauf. Schluchzend wiegte er ihn vor und zurück, als wollte er ihn beruhigen, trösten und ihm die Angst vor der Dunkelheit nehmen.

Polo schenkte dem keine weitere Aufmerksamkeit. Die *Göttermaske* lag direkt vor seinen Füßen. Sie war dem Abt vom Gesicht gefallen, als ihn der Feuerkorb unter sich begrub. Wie hypnotisiert schaute Polo auf die goldene Maske, die fast magisch im Schein des Feuers funkelte. Besonders der Rubin strahlte so hell, als wolle er alles um sich verzaubern.

Er nahm die Maske in beide Hände und hielt sie sich vors Gesicht. Aufgeregt atmete er ein und aus. Seine Zunge fuhr über seine Lippen. Schweiß rann ihm von der Stirn. Er hatte in seinem ganzen Leben nie etwas Schöneres gesehen.

Ein Kratzen im Hals, wegen dem er husten musste, riss Polo aus dem Bann. Nur schwer konnte er seinen

Blick von der Maske lösen. Er sah auf und schaute sich um. Rauch hatte den Raum erfüllt. Um ihn herum lagen die brennenden Holzscheite aus dem Feuerkorb auf dem staubigen Boden. Die Leiche des Abtes war fast zur Unkenntlichkeit verbrannt. Akai hielt noch immer seinen toten Bruder im Arm. Die beiden Wachen lagen tot auf dem Boden.

Polo stand auf und eilte hastig zu einem der Mönche. Grob riss er dem Leichnam den roten Umhang vom Körper und breitete ihn vor sich aus. Er legte die Maske darauf und wickelte sie in das Tuch. Dann klemmte er sich das Bündel unter den Arm und lief zu Akai.

»Akai, wir müssen verschwinden. Komm schon!«

Der Mongole reagierte nicht, sondern wog seinen Bruder weiter vor und zurück.

»Akai, hörst du nicht? Wenn die anderen Mönche bemerken, was hier passiert ist, werden sie uns umbringen.«

»Das ist mir egal«, entgegnete Akai, ohne seinen Herrn anzuschauen.

Polo trat einen Schritt näher und berührte seinen Diener an der Schulter. »Akai ...«

Akais Kopf fuhr herum. Er schaute Polo mit einem derart hasserfüllten Blick an, dass der erschrocken einen Schritt zurückwich. Daraufhin wandte Akai sich wieder seinem Bruder zu.

Polo schaute sich ratlos um. Er hatte keine Zeit zu verlieren und musste hier raus, wenn ihm sein Leben lieb war. Aber selbst wenn es ihm gelänge, das Kloster unbehelligt zu verlassen, war das keine Garantie dafür, dass er es bis nach Karakorum schaffen würde.

Die Mönche würden ihn verfolgen und es bestand die Gefahr, dass er sich ohne Führer verirrte. Er beschloss, sich später darüber Gedanken zu machen. Erst musste er es aus dem Kloster schaffen.

Während er nach einem Ausweg suchte, blieb sein Blick unvermittelt an einer der Fackeln hängen. Er hatte eine Idee, die ihm Hoffnung schenkte, aber gleichzeitig zutiefst erschreckte.

Vorsichtig entfernte Polo sich von Akai. Er eilte zu einer der Fackeln, zog sie aus der Wandhalterung und starrte in die Flamme. Er drehte sich nochmals zu Akai um, der unverändert neben seinem Bruder hockte.

Tut mir leid, mein treuer Diener! Dann hielt Polo die Fackel an einen der Wandteppiche und setzte ihn in Brand. Schnell lief er zu zwei anderen und zündete auch diese an. Dann warf er die Fackel beiseite und eilte zur Tür.

Er hämmerte mit der Faust hart dagegen. Einige Sekunden geschah nichts. Er pochte nochmals gegen die Tür. Dann endlich hörte er, wie sie von außen entriegelt wurde. Der alte Mönch kam zum Vorschein.

»Was ...?«, stammelte der mit weit aufgerissenen Augen, nachdem er den brennenden Raum und die Leichen am Boden entdeckte.

»Schnell!«, schrie Polo. »Der Abt braucht Euch. Er ist verletzt.« Dabei packte er den Alten an der Schulter und zog ihn in den Raum. Der war von der Situation dermaßen überwältigt, dass er nur stumm nickte und sich nicht wehrte. Kaum war er einen Schritt in den Raum gestolpert, sprang Polo an ihm vorbei nach draußen. Sofort schlug er die Tür zu und legte den Riegel vor.

Ohne den Blick von der Tür abzuwenden, wich Polo einige Schritte rückwärts. Dunkler Qualm begann unter der Tür hervorzuquellen.

Was habe ich nur getan? Er konnte es nicht glauben und ekelte sich vor sich selbst. *Beherrsche dich! Du musst jetzt ruhig bleiben, wenn du hier herauskommen willst.*

Im Raum fing der Alte an zu schreien. Erst war es ein Schrei aus Angst. Doch bald war der schrille Todesschrei eines Mannes zu hören, dessen Haut bei der Hitze des Feuers Blasen warf und sich langsam vom Fleisch löst. Gleichzeitig drang immer mehr beißender Rauch durch die Ritzen der Tür. Von Akai war kein Ton zu hören, aber das Schreien des Alten wollte nicht enden. Polo sah sich um. *Hoffentlich hört keiner der anderen Mönche den Alten.* Er erschrak erneut vor sich und seinen Gedanken. Es vergingen einige weitere Sekunden, bis das Schreien leiser wurde und endlich verstummte.

Polo fühlte, wie sich sein Magen verkrampfte. Er wusste nicht, ob er sich hassen oder froh sein sollte, dass der alte Mönch endlich still war.

Inzwischen züngelten die ersten Flammen unter der Tür hindurch. Polo entfernte den Riegel von der Tür. Er war bereits so heiß, dass Polo ihn nur mit dem Stoff seines Mantels zu berühren vermochte. Dann wandte er sich ab und lief zum Haupteingang, durch den er auf den Klosterhof gelangte.

Einige Mönche waren inzwischen auf das Feuer aufmerksam geworden. In heller Aufregung rannten und schrien sie wild durcheinander.

»Schnell, der Abt! Ihr müsst ihn retten, beeilt Euch!«, rief Polo den Männern zu.

Die Mönche schauten sich einen Moment ratlos an, bis einer von ihnen anfing, Befehle zu erteilen. Daraufhin eilte etwa die Hälfte der Mönche in den Tempel, während die anderen anfingen, Wasser aus dem Brunnen zu schöpfen und eine Löschkette zu bilden. Mittlerweile stand das Dach des Tempels in Flammen.

Polo nutzte den Aufruhr und schlich sich unauffällig zu den Pferden. Die waren noch immer an dem Trog angebunden und scharrten nervös mit den Hufen. Er band sein Pferd los und führte es zum Tor. Unbehelligt schob er den Riegel beiseite und öffnete einen Flügel. Er eilte mit seinem Pferd vor das Kloster und zog das Tor wieder zu. Anschließend packte er das Stoffbündel mit der Maske in eine der Satteltaschen.

Aus dem Innern des Klosters hörte er die Schreie und Rufe der Mönche, die verzweifelt versuchten, den Tempel zu löschen. Polo musste sich beeilen, wenn er nicht wollte, dass sein Verschwinden zu früh bemerkt wurde. Er schwang sich auf sein Pferd und ritt los.

Nach einigen Metern hielt er und drehte sich nochmals um. Der Tempelbau stand lichterloh in Flammen. Er hörte die hektischen Schreie und Rufe der Mönche noch immer ... aber niemand war ihm gefolgt.

KAPITEL 1

Zagreb / Kroatien, Gegenwart

Der dunkelgraue Transporter fuhr langsam auf der engen Gasse zwischen den mehrstöckigen Häusern entlang. Der Fahrer hatte die Scheinwerfer des Wagens ausgeschaltet. Zum einen bot das gelbe Licht der Straßenlaternen genügend Helligkeit, und zum anderen wollte er vermeiden, dass sie zu früh gesehen werden. An einer Kreuzung bog er nach rechts ab, fuhr noch einige Meter und hielt dann am Fahrbahnrand unter einem Baum.

»Sind sie schon da?«

Der Fahrer schaute kurz in den Rückspiegel und antwortete, während er den Blick wieder nach vorne auf die Straße richtete: »Ich kann niemanden sehen. Aber es kann nicht mehr lange dauern. Wir sind pünktlich.«

Wenn sie denn überhaupt kommen, dachte Luka und nickte stumm. Er lehnte sich auf der Sitzbank zurück und legte seinen Hinterkopf an die Nackenstütze. Obwohl er der Einsatzleiter war, saß er zusammen mit seinen fünf Männern im hinteren Teil des Transporters. Der Wagen besaß keine Seitenfenster, sodass sie nur wenig von der Umgebung mitbekamen. Keiner der Männer sprach. Luka wusste, dass das nicht nötig war. Ihr Einsatz wurde seit Langem geplant und jeder kannte seine Aufgabe, die Abläufe und das Ziel der Aktion. Jetzt galt es abzuwarten und ruhig zu bleiben.

Er atmete hörbar aus und schaute auf seine Armbanduhr. Es war zwanzig Minuten vor Mitternacht. *Wie ich diese Warterei hasse.* Er schloss einen Moment die Augen. Um seine Gedanken in andere Bahnen zu lenken, ging er die Ereignisse der jüngeren Vergangenheit noch einmal durch.

Nach einer Reihe von spektakulären Raubüberfällen auf Autohäuser für Luxuswagen hatte die kroatische Bundesstaatsanwaltschaft eine Sonderkommission innerhalb der Spezialeinheit USKOK zur Ergreifung der Täter eingerichtet. Luka war vor zwei Jahren als neuer Teamleiter zu der Abteilung gestoßen und hatte recht schnell einen gewissen Danko Vladic als die Schlüsselfigur ermitteln können. Die Nachforschungen ergaben, dass Vladic auch in andere Geschäfte des organisierten Verbrechens involviert war. Sein Wirken reichte von Hehlerei mit Luxuskarossen bis hin zum Handel mit Waffen und Sprengstoff. Drogengeschäfte und Menschenhandel wurden ihm ebenfalls nachgesagt, wofür man aber nie stichhaltige Beweise fand.

Seit dieser Zeit hatten Luka und sein Team bei insgesamt vier Aktionen versucht, Danko Vladic und dessen Männer dingfest zu machen. Allerdings konnte er bei keinem dieser Einsätze aufgegriffen werden, was den Erfolgsdruck am heutigen Abend nochmals erhöhte.

»Es tut sich was.«

Der Hinweis des Fahrers ließ Luka die Augen öffnen. Er beugte sich nach vorn und schaute durch die Windschutzscheibe.

Der Fahrer deutete die Richtung durch ein Kopfnicken an. »Der Audi A8 dort drüben.«

Etwa hundert Meter entfernt kam eine dunkle Limousine am gegenüberliegenden Fahrbahnrand zum Stehen.

»Macht euch bereit«, sagte Luka zu den anderen Männern im Transporter, ohne dabei den Blick von der Limousine abzuwenden. »Das müssen sie sein.«

Im Team breitete sich eine fast greifbare Spannung aus, ohne dass Luka den Eindruck bekam, die Männer seien nervös. Jeder von ihnen prüfte nochmal kurz seine Ausrüstung und den Sitz seiner ballistischen Weste und des Helms.

»Zwei Türen des Audis werden geöffnet«, sagte der Fahrer leise.

Luka sah es auch. Der Beifahrer stieg aus und begab sich ohne zu zögern an die Tür des Hauses, vor dem der Wagen gehalten hatte. »Das ist einer seiner Leibwächter«, stellte er fest.

Der Fahrer des Audi blieb sitzen. Der Motor lief. Hinter dem Fahrer stieg ein dritter Mann aus.

»Der gehört auch zu Vladic«, sagte Luka.

Der Mann ging um den Kofferraum der Limousine und öffnete, nachdem er sich kurz umgesehen hatte, die Tür hinter dem Beifahrer.

Luka hielt die Luft an. Jetzt würde sich zeigen, ob die Ermittlungen der letzten Monate erfolgreich und der Mühen wert waren. Wenn sie Pech hatten, gingen ihnen wieder nur kleine Fische ins Netz.

Aus dem Audi stieg ein groß gewachsener Mann mit sportlich schlanker Figur und dunklen Haaren, die zu einem Scheitel gekämmt und an den Schläfen ergraut waren. Sein Alter würde man höchstens auf Ende vierzig schätzen. Luka wusste aber, dass dieser Mann schon in seinen Fünfzigern war.

»Das ist er!« Luka versuchte, weiterhin Ruhe auszustrahlen, was ihm aber überraschend schwerfiel. »Das ist Danko Vladic!«

Vladic stand für einen Moment in der geöffneten Fahrzeugtür und schien sich ebenfalls umzusehen. Er wirkte dabei aber keinesfalls angespannt. Er strahlte eine Sicherheit, ja fast schon Gelassenheit aus, als könnte ihn nichts überraschen oder gar gefährden.

Nachdem er sich umgesehen hatte, ging er mit zielstrebigen Schritten zum Hauseingang, der ihm vom Beifahrer geöffnet wurde. Er und der andere Begleiter folgten Vladic in das Gebäude. Erst nachdem die Tür hinter ihnen ins Schloss fiel, fuhr der Fahrer mit der Limousine davon.

»Achtung! Er kommt direkt auf uns zu.« Lukas Warnung war an seinen Fahrer gerichtet, der sofort reagierte und sich mit dem Oberkörper auf den Beifahrersitz warf.

Am Lichtschein der Scheinwerfer erkannten sie, wann die Limousine an ihrem Transporter vorbei war. Erst nachdem der Motor leiser wurde und schließlich völlig verstummte, richtete sich der Fahrer wieder auf.

Luka öffnete den Klettverschluss einer Tasche an der Brustseite seiner Einsatzweste und nahm ein Smartphone heraus. Er wählte die erste Nummer aus dem Kurzspeicher.

»Luka Sefic hier! Vladic ist eben an der Wohnung eingetroffen. Die Information war korrekt.«

»Ist er alleine?«

»Nein, er ist in Begleitung. Soweit uns bekannt ist, hat er zwei Männer dabei.«

»*Dann erhalten Sie hiermit die Freigabe. Seien Sie vorsichtig, Luka.*«

»Ja, verstanden!« Er legte auf und steckte das Mobiltelefon zurück in die Tasche. »Es geht los«, sagte er leise in die Runde.

Luka nahm seinen ballistischen Kevlar-Helm vom Schoß und zog ihn an. Im Helm war ein Headset integriert, über das Luka mit den Männern sprechen konnte. Er schloss sein Funkgerät, das er an der Einsatzweste befestigt hatte, an das Headset an. Ein leises Knacken in den Ohrmuscheln signalisierte ihm, dass die Verbindung hergestellt war.

»Könnt ihr mich empfangen?«

Die Männer nickten.

»Gut, dann los!«

Der Mann neben Luka öffnete vorsichtig die Schiebetür des Transporters und einer nach dem anderen stiegen sie aus dem Fahrzeug. Leise, schnell, aber ohne Hektik überquerten sie die Straße. Jeder von ihnen trug eine Waffe oder einen weiteren Ausrüstungsgegenstand mit sich. Neben dem Hauseingang reihten sie sich hintereinander auf. An die Spitze stellte sich ein Beamter mit einem ballistischen Schutzschild, hinter dem sie notfalls in Deckung gehen konnten. Erst nachdem alle ihre Position eingenommen hatten, gab Luka das Zeichen.

Der Trupp setzte sich in Bewegung. Sie gingen zügig und nahezu lautlos an der Hauswand entlang Richtung Eingang.

An der Tür stoppten sie. Einer der Männer hinter Luka löste sich aus der Reihe und machte sich am Schloss zu schaffen.

»Abgeschlossen«, flüsterte er.

»Aufmachen, aber leise!«, antwortete Luka.

Der Mann zog ein Etui aus seiner Weste, in dem er verschiedene Drahtwerkzeuge aufbewahrte. Mit einem Blick begutachtete er das Schloss, entschied sich für eines der Werkzeuge und begann zu hantieren. Nach wenigen Sekunden sprang die Tür mit einem sanften Ruck auf. Der Mann beeilte sich, das Werkzeug zu verstauen, und reihte sich wieder ein. Dann setzte sich der Trupp wortlos in Bewegung und betrat das Treppenhaus.

Im Innern des Hauses war es düster. Durch die Fenster fiel gerade genügend Licht, damit sie sich orientieren konnten. Luka wusste aber auch so, dass er das typische Innenleben eines Mehrfamilienhauses in der Altstadt von Zagreb vor sich hatte. Die gemauerten Wände waren nur grob verputzt. Die steinernen Treppenstufen uneben und nicht gleichmäßig hoch. Er musste bei jedem Schritt aufpassen, nicht zu stolpern.

Durch einen Informanten und die Telefonüberwachung wusste Luka, dass Vladic die Wohnung in der obersten Etage gemietet hatte. Der Informant meinte, die Wohnung erstrecke sich über die gesamte Etage. Allerdings wusste er nicht, wie es *in* der Wohnung aussah. Die Größe, die genaue Anzahl der Räume – all das war genauso unbekannt wie die Zahl der Schergen, die Vladic um sich geschart hatte.

Langsam bewegte sich das Team weiter die Treppe hinauf, wobei sie stets in alle Richtungen sicherten. Es wäre fatal, wenn sie hier unter Beschuss gerieten.

Oben angekommen, reihten sich die Polizisten seitlich der Wohnungstür auf. Zwei von ihnen standen auf der rechten und die restlichen vier – darunter Luka – auf der linken Seite. Einer der Männer trug eine schwarze Ramme aus Stahl bei sich und brachte sich in Position. Er schaute zu Luka. Der nickte kurz. Daraufhin holte der Mann aus und rammte mit voller Wucht gegen die Wohnungstür.

Das Geräusch des brechenden Holzes unter auftreffendem Stahl hallte durch das Treppenhaus und schien das ganze Gebäude erzittern zu lassen. Luka sah jedoch sofort, dass die Tür zwar stark beschädigt, aber noch in den Scharnieren und dem Schloss hing.

Verdammt nochmal, dachte er. Jeder weitere Versuch kostete sie Zeit, die Vladic und seinen Männern zugutekam. Das Überraschungsmoment konnten sie nun vergessen.

»Gleich nochmal!«, rief er.

Der Mann mit der Ramme hatte bereits ausgeholt und stieß erneut zu. Diesmal flog die Tür aus ihrer Verankerung und krachte in den Wohnungsflur dahinter.

Sie war noch nicht auf dem Fußboden aufgeschlagen, da trieb Luka seine Männer hinein, allen voran den Polizisten mit dem Schutzschild. »Vorwärts!«, schrie er.

Kaum hatten sie die Wohnung betreten, kam einer der Begleiter von Vladic aus einem Zimmer am Ende des Flures gerannt. Überraschung und Wut standen ihm ins Gesicht geschrieben. Er hielt eine kurze Maschinenpistole in der Hand und eröffnete fluchend und schreiend das Feuer.

»Achtung, Kontakt!«, rief fast zeitgleich der Mann mit dem Schild. Instinktiv gingen alle hinter ihm in Deckung.

Luka hörte, wie die Kugeln in die rettenden Schichten aus Kevlar einschlugen. Zwischen zwei Salven aus der feindlichen Maschinenpistole schrie er: »Feuer!«

In diesem Moment ging der Schildträger tief in die Hocke, sodass der Polizist hinter ihm freies Schussfeld hatte. Der gab sofort zwei aufeinanderfolgende Einzelschüsse ab. Die Kugeln trafen den Angreifer in die Brust. Er taumelte nach hinten, kam zu Fall und schlug mit dem Rücken auf dem Boden auf.

Das Team bewegte sich hinter dem Schild weiter den Flur entlang. Immer wieder hielten sie kurz inne, um die angrenzenden Zimmer zu überprüfen.

Am Ende des Flures und damit beim letzten Raum angekommen, hob Luka die Hand und signalisierte, dass der Trupp halten solle. Die Tür war geschlossen. »Aufstellung! Die rückwärtige Sicherung auflösen.«

Die Männer positionierten sich neu. Sie stellten sich auf beiden Seiten der Tür auf, geschützt durch das Mauerwerk. Luka entschied, wieder die Ramme zum Einsatz zu bringen. Da Vladic und dessen Leute längst wussten, dass sie hier waren, wollte er keine Zeit verlieren.

Luka vergewisserte sich nochmals mit einem schnellen Blick, dass alle bereit waren, und gab anschließend dem Mann mit der Ramme das Zeichen zum Öffnen der Tür.

Der holte weit aus und schlug zu. Die leichte Zimmertür hatte der schweren Ramme nichts entgegenzusetzen. Das Holz splitterte und die Verankerung brach. Sofort setzte der Schildträger an, den Raum zu betreten.

Genau in diesem Moment entzündete sich vor dem Trupp ein Feuerball, begleitet von einem ohrenbetäubenden Knall. Die Explosion war so blendend hell, dass Luka den Arm vors Gesicht riss und sich reflexartig wegdrehte. Gleichzeitig trafen ihn Steinbrocken und eine enorme Druckwelle, die ihn nach hinten schleuderte. Dabei riss er einen seiner Männer mit und beide prallten hart auf dem Boden auf. Das Bild vor seinen Augen verschwamm und das Atmen fiel ihm plötzlich schwer. Die Druckwelle hatte ihm die Luft aus der Lunge gepresst. Rauch füllte den Flur und Staub legte sich auf sein Gesicht. Seine Ohren pfiffen und rauschten von dem lauten Knall. Geräusche nahm er nur wie durch einen dicken Nebel wahr.

Luka versuchte, ruhig und tief zu atmen. Als seine Benommenheit nachließ, fiel sein Blick auf die zerstörte Wand. »Eine Sprengfalle«, keuchte er, während er sich hustend von der Last seines bewusstlosen Kollegen und Trümmerteilen aus Holz und Mauerwerk befreite. »Dieser verdammte Mistkerl.«

Er richtete sich auf. Die Druckwelle und der Sturz hatten ihm seine Maschinenpistole aus der Hand gerissen. Er hob sie auf und versuchte, sich in dem Chaos neu zu orientieren. Zwei seiner Männer lagen regungslos am Boden. Auch sein Kollege mit der

Ramme lag benommen im Flur, bewegte sich aber stöhnend. Die beiden übrigen Männer rappelten sich gerade auf und schienen weitestgehend unverletzt zu sein.

Vladic, hämmerte der Name in Lukas Kopf. Mit einem Sprung ging er neben dem Loch in der Wand in Deckung und wagte einen kurzen Blick in das Zimmer. Im ganzen Raum lagen Trümmerteile und Papierfetzen zerstreut. Die Luft war trübe durch einen Mix aus Rauch und Staub. Es roch verbrannt und nach Schwarzpulver. Eine einzelne Lampe, die schaukelnd an der Decke hing, schwang ihr Licht gleichmäßig durch den Raum und ließ Schatten über die Wände tänzeln.

Luka erkannte im hinteren Teil des Zimmers einen Schreibtisch aus dunklem Holz, der offensichtlich durch die Detonation umgeworfen wurde. An den Wänden säumten sich mehrere Aktenschränke, die teilweise umgefallen waren. Über die gesamte Länge des Zimmers erstreckte sich eine Fensterfront. Das hinterste Fenster stand offen. Durch den nächtlichen Wind wurde die Fenstergardine in kleinen ungleichmäßigen Wellen immer wieder in den Raum geweht.

Luka wandte sich an seine beiden unverletzten Kollegen. »Vladic ist abgehauen. Ihr bleibt hier und kümmert euch um die anderen. Gebt dem Führungsstab Bescheid. Ich hole mir das Schwein.« Dann rannte er los.

Er spurtete durchs Zimmer zu dem offenen Fenster und riss die Gardine zur Seite. Dahinter lag ein Balkon, der sich über die gesamte Breite der Etage und vermutlich um die Hausecke herum erstreckte.

Luka stieg durch das Fenster. Zu seiner Linken endete der Balkon in einigen Metern Entfernung vor einer Mauer, weshalb er sich für die rechte Seite entschied. Er lief los und seine Schritte hallten durch die ansonsten stille Nacht. In weiter Ferne hörte er die Sirenen herannahender Einsatzwagen. Über das Geländer hinweg erkannte er auf der Straße unter sich einzelne kleinere Gruppen Menschen, die herumstanden und sich aufgeregt unterhielten. Einige von ihnen waren mit Schlafkleidung bekleidet und wohl durch die Schüsse und die Explosion aufgeschreckt worden.

Luka rannte weiter den Balkon entlang bis zur Ecke des Gebäudes. Kurz davor verlangsamte er seinen Schritt und lugte vorsichtig um sie herum. Von Vladic keine Spur. Am Ende des Balkons konnte er eine Leiter erkennen, die an der Hauswand verschraubt war und auf das Dach führte.

»Vladic ist aufs Dach geflüchtet«, sprach er in den Funk. »Ich folge ihm.«

Ohne eine Antwort abzuwarten, rannte er zur Leiter und warf sich dabei den Trageriemen seiner Maschinenpistole über die Schulter. Die metallenen Sprossen klapperten unter seinen Stiefeln, während er schnell nach oben stieg. Als er die Kante zum Dach erreichte, hob er vorsichtig den Kopf und schaute sich um. Er konnte weit über das Flachdach schauen und in einiger Entfernung zwei Personen erkennen. Sie waren eben dabei, über einen schmalen Sims auf das Nachbarhaus zu klettern.

Das habt ihr euch so gedacht. Schnell überstieg Luka die Dachkante und rannte los. Dabei zog er seine MP von der Schulter und hielt sie vor sich. Da die beiden Männer vorsichtig über den Sims kletterten, holte er schnell auf.

Nachdem er sich auf etwa fünfzehn Meter genähert hatte, hob er seine Waffe in den Anschlag und schrie: »Danko Vladic, bleiben Sie stehen!« Dann verlangsamte er seinen Schritt, ohne dabei die Männer aus dem Visier zu nehmen.

Vladic hielt inne und drehte sich langsam um. Er war schon auf dem Sims und im Begriff, auf das Dach des Nachbarhauses zu springen. Sein Begleiter stand noch vor dem Sims und deckte den Rücken seines Bosses.

»Luka Sefic«, sagte Vladic mit auffallendem bosnischen Akzent. »Können Sie es denn nie sein lassen?«

Woher kennt der Kerl meinen Namen? »Nicht, bevor ich Sie endlich weggesperrt habe«, entgegnete Luka, ohne sich dabei seine Verwunderung anmerken zu lassen. Luka war inzwischen bis auf etwa sechs oder sieben Meter herangetreten und blieb stehen. Seine Maschinenpistole hielt er noch immer im Anschlag.

»Das wird nicht passieren … zumindest nicht heute«, rief Vladic ihm entgegen.

Im gleichen Moment riss sein Begleiter die Jacke zur Seite und zog eine Pistole aus einem Holster an seinem Gürtel.

Luka reagierte sofort und drückte ab. Laut ratterten zwei Schüsse aus der Maschinenpistole und trafen den Mann in die Brust. Der ließ seine Pistole fallen und starrte überrascht an sich herunter. Dann sackte er auf die Knie und fiel leblos nach vorn über.

Vladic nutzte die Ablenkung, sprang den Sims hinab und gelangte auf das Nachbarhaus.

Nicht mit mir, dachte Luka und schulterte seine Maschinenpistole. Er rannte los und sprang ebenfalls über den Sims auf das angrenzende Dach. Bei der Landung kam er ins Straucheln und musste sich mit den Händen abstützen, um nicht vornüberzustürzen. Aber er fand schnell wieder das Gleichgewicht und rannte weiter. Vladic hatte sich zwischenzeitlich einen Vorsprung von einigen Metern verschaffen können.

»Bleiben Sie stehen, Vladic«, schrie Luka. Doch der Gangster reagierte nicht und lief unbeeindruckt weiter.

Hoch über den Straßen des nächtlichen Zagrebs rannten die beiden Männer auf dem Flachdach. Lediglich der beinahe volle Mond und das gelbliche Licht der Straßenbeleuchtung erhellten die Umgebung. Immer wieder verlor Luka Vladic aus den Augen, wenn dieser zwischen aufgehängter Wäsche hindurch oder um einen Schornstein herumrannte. Der Gangster ließ ihm keine Sekunde, um einen gezielten Schuss abgeben zu können.

Schließlich erreichte Vladic auch das Ende dieses Gebäudes. Er hastete ohne zu zögern auf den Sims und sprang auf das nächste Haus. Luka versuchte, sein Tempo weiter zu erhöhen, aber er lief bereits am Limit. *Woher nimmt der Kerl nur diese Kondition?*

Vor dem kniehohen Sims angekommen, sah Luka, dass das nächste Gebäude niedriger war, dafür aber durch eine schmale Gasse von diesem getrennt wurde. Luka stoppte und sah hinüber. Er musste etwa drei

Meter weit springen und würde dann gute zwei Meter tiefer landen. *Na toll!*

Luka machte kehrt und nahm ein paar Schritte Anlauf. Dann rannte er los, sprang auf den Sims und stieß sich ab.

Durch den Schwung kam Luka bei der Landung erneut ins Straucheln. Diesmal konnte er sich nicht abfangen und stürzte nach vorn. Er ließ sich bewusst fallen und rollte über seine Schulter ab. Sofort war er wieder auf den Beinen. Fast zeitgleich riss er seine Maschinenpistole hoch und schaute sich in alle Richtungen um. Von Vladic war nichts zu sehen. Vorsichtig bewegte er sich weiter, setzte dabei behutsam einen Fuß vor den anderen und lauschte in die Nacht.

Plötzlich hörte Luka das unverkennbare Geräusch eines heranrasenden Fahrzeugs, gefolgt vom Quietschen abbremsender Reifen. Er rannte zur Dachkante und blickte auf die Straße hinunter. Dort sah er den schwarzen Audi A8, der mit laufendem Motor am Straßenrand stand. Einen Augenblick später entdeckte er auch Vladic, der locker über die Straße in Richtung des Wagens joggte.

»Was zum Teufel …?!«, entfuhr es Luka. *Wie ist der so schnell nach unten gekommen?* Er schaute verblüfft Vladic hinterher und dann rechts und links am Gebäude entlang. Er konnte zu seiner Linken eine Feuerleiter ausmachen, die die einzelnen Etagen miteinander verband und bis fast zur Straße reichte.

»Verdammt noch mal, diese Ratte!«, fluchte Luka.

Vladic, der mittlerweile an der Limousine angekommen war, schritt gemächlich um das Fahrzeug herum und öffnete die Beifahrertür. Doch statt sofort einzusteigen, hielt er kurz inne und blickte nach oben zum Dach. Er musste nicht suchen, sondern sah Luka direkt an. Sie schauten sich einen Moment in die Augen.

Dann hob Vladic eine Hand, führte sie an den Kopf wie zu einem Salut und stieg grinsend in die Limousine. Kaum war die Tür ins Schloss gefallen, raste der Fahrer mit quietschenden Reifen davon.

KAPITEL 2

Zagreb / Kroatien, Gegenwart

»Ich habe einen Termin mit Oberstaatsanwalt Benkic.« Luka stand mit seinem *Land Rover* Geländewagen an der geschlossenen Schranke zum Gelände der *Staatsanwaltschaft der Republik Kroatien*. Durch das geöffnete Fenster zeigte er dem Wachmann, der aus dem Wachhäuschen neben der Schranke trat, seinen Dienstausweis.

»Ich bin informiert. Sie sind angemeldet«, antwortete der uniformierte Beamte, nachdem er einen Blick auf den Ausweis und Luka geworfen hatte. Er trat zurück in das Wachhäuschen und kurz darauf öffnete sich die Schranke. Luka bedankte sich und fuhr auf das Gelände.

Die Bundesstaatsanwaltschaft hatte ihren Sitz im Regierungsviertel in der Altstadt von Zagreb. Er war regelmäßig hier, da die USKOK organisatorisch direkt der Staatsanwaltschaft angegliedert war. Die Zentrale seiner Einheit war aber in einem anderen Stadtteil untergebracht.

Luka lenkte seinen Wagen zwischen den Gebäuden auf dem weitläufigen Gelände hindurch, bis er den Zentralparkplatz erreichte. Er stellte das Fahrzeug ab und ging auf das Hauptgebäude zu.

Er kannte den Oberstaatsanwalt schon seit der Zeit vor der USKOK. Benkic war es, der Luka mehr oder weniger dazu gedrängt hatte, eine Führungsposition innerhalb einer Abteilung der USKOK zu übernehmen. Auch bei den meisten Aufträgen, die durch die Spezialeinheit übernommen wurden, war Benkic involviert. Der Kontakt zwischen den beiden Männern war eng und professionell.

Heute allerdings wusste Luka nicht, warum er einbestellt worden war. Die misslungene Festnahme von Vladic lag mittlerweile eine Woche zurück. Sehr wahrscheinlich würde Benkic mit ihm darüber reden wollen. Warum hatte er das Luka nicht schon im Vorfeld mitgeteilt? Sicher, der Einsatz hatte anders laufen sollen, aber wenn er sich heute einem Tribunal gegenübersah, hätte man ihm das vorher mitteilen müssen.

Am Hauptgebäude angekommen, stieg Luka die steinerne Treppe zum Eingang hinauf. Beim Betreten überprüfte er schnell den korrekten Sitz seiner Uniform in der gläsernen Eingangstür und schob dabei seine Krawatte zurecht.

In der Mitte der Empfangshalle stand ein halbrunder Tisch, hinter dem zwei uniformierte Wachleute saßen. Luka stellte sich erneut vor und teilte den Grund seines Kommens mit.

Einer der Beamten warf einen Blick auf seinen Computerbildschirm und nach einem kurzen Telefonat nickte er. »Sie werden im achten Stock erwartet«, teilte er mit. Dabei zeigte er auf die Aufzüge neben dem Empfangsbereich.

Luka kannte den Weg, bedankte sich höflich und ging hinüber.

Das achte Stockwerk war die oberste Etage des Gebäudes. Luka trat gerade aus dem Fahrstuhl, als er schon den Oberstaatsanwalt lächelnd auf sich zukommen sah.

»Luka, es freut mich außerordentlich, dass Sie es so kurzfristig einrichten konnten.« Benkic streckte ihm die Hand entgegen.

»Es war mir ein besonderes Bedürfnis, Ihrer Bitte schnellstens nachzukommen«, entgegnete Luka, während er die Hand des Oberstaatsanwalts schüttelte.

Beide Männer schmunzelten über die übertriebene Höflichkeit. Die scherzhaft gemeinten Floskeln hatten sich im Laufe ihrer Bekanntschaft zu einer Art Begrüßungsritual entwickelt, nachdem es anfänglich vereinzelt ruppige Diskussionen zwischen ihnen gegeben hatte.

»Kommen Sie, gehen wir in mein Büro. Kaffee?«

»Gern.«

Benkic steckte auf dem Weg zu seinem Büro den Kopf in ein geöffnetes Zimmer.

»Marija, sind Sie so lieb und bringen uns bitte zwei Kaffee?! Vielen Dank.«

Marija, die persönliche Sekretärin von Benkic, nickte und stand eilig auf.

»Bringe ich Ihnen sofort, Herr Benkic.«

Das Büro des Oberstaatsanwalts war wie ein typisches Behördenzimmer ausgestattet. Zwar war es recht groß und seiner Stellung innerhalb des öffentlichen Dienstes angemessen, aber nicht chic oder gar luxuriös eingerichtet.

Hinter dem hölzernen Schreibtisch stand eine ganze Front Regale, in der sich unzählige Aktenordner aneinanderreihten. Vor dem Schreibtisch waren zwei einfache Stühle platziert, wie man sie aus Wartezimmern in Arztpraxen kannte. Benkic selbst hatte einen bequem aussehenden Schreibtischstuhl aus schwarzem, gestepptem Leder.

Wahrscheinlich das einzige Zugeständnis an Komfort, was man ihm – oder er sich selbst – zugestand, vermutete Luka und nahm auf einem der Stühle Platz.

Benkic war schon Oberstaatsanwalt, bevor er Luka anwarb. Ein gestandener Mann, dessen Alter man ihm nur schwerlich ansah. Luka schätzte ihn auf Ende fünfzig, Anfang sechzig. Seine Haare waren grau meliert und sein markantes Gesicht von Falten durchzogen. Er war ein Mann, der in seinem Leben einiges erlebt hatte und davon sicher nicht alles preisgab. Luka wusste nur wenig über Benkic' Vergangenheit. Er hatte in jungen Jahren Jura in Zagreb und Wien studiert. In den Neunzigern hatte er beim Militär in den Jugoslawienkriegen gedient und dabei schnell eine relativ hohe Stellung erreicht, die ihm später bei der Bewerbung um das Amt des Oberstaatsanwaltes nicht von Nachteil war.

»Ich habe Ihren Bericht gelesen«, leitete Benkic ein und umging damit, wie meistens, einen lästigen Small Talk. »Wie geht es Ihren Kollegen?«

»Die sind soweit in Ordnung. Die Sprengladung war, Gott sei Dank, nicht so stark, dass jemand tödlich verletzt wurde. Die Kriminaltechnik vermutet, dass es sich um eine einfache Sprengfalle gehandelt hat. Wahrscheinlich eine Handgranate, die mit Klebeband am Türrahmen befestigt war. Der Sicherungssplint war mittels Draht mit dem Türgriff verbunden. Als wir die Tür aufbrachen, wurde der Splint herausgerissen und ...« Luka deutete mit beiden Händen eine Explosion an.

Benkic nickte verstehend. »Ich hatte vor zwei Tagen ein längeres Telefonat mit dem Innenminister. Er zeigte sich – sagen wir es mal vorsichtig ausgedrückt – *wenig begeistert* von dem Vorfall. Sprengfallen, die in einem Wohnhaus mitten in Zagreb explodieren, wilde Verfolgungsjagden und Schüsse über den Dächern ... Das war etwas viel für seinen Geschmack.«

An der Bürotür klopfte es und Benkic' Sekretärin trat ein. Sie brachte den Kaffee und stellte ihn zwischen den beiden auf dem Schreibtisch ab. Benkic unterbrach so lange seine Ausführung, bis sie die Getränke angerichtet und das Zimmer wieder verlassen hatte. Anschließend beugte er sich vor und begann, Milch in seinen Kaffee zu rühren. Luka tat es ihm gleich. Benkic trank schlürfend einen Schluck und lehnte sich zufrieden mit der Tasse in seinem Bürosessel zurück.

»Bevor Sie sich Sorgen machen«, nahm er den Faden wieder auf, »weder der Innenminister noch sonst jemand gibt Ihnen die Schuld für die Ereignisse. Allerdings werden Konsequenzen gefordert. Der Innenminister will, dass Vladic der Prozess gemacht wird. Er hat sich mir gegenüber sehr eindeutig geäußert und ihm ist hierfür jedwedes Mittel recht.«

Er nahm erneut einen Schluck aus seiner Tasse, bevor er fortfuhr. »Der Innenminister hat mir in dieser Sache freie Hand gelassen. Er will Ergebnisse sehen und das bald. Alles Weitere überlässt er mir.«

Während Benkic erneut einen Schluck seines Kaffees trank, ergriff Luka das Wort.

»Das klingt ja sehr schön, aber was hat das mit mir zu tun? Verstehen Sie mich bitte nicht falsch, aber Sie haben mich bestimmt nicht einbestellt, um mir von Ihrem Gespräch mit dem Innenminister zu erzählen.«

»Das haben Sie natürlich richtig erkannt. Ich habe mir meine Gedanken gemacht. Wir sind jetzt schon zwei Jahre an Vladic dran. Im Prinzip lief es in dieser Zeit immer nach dem gleichen Schema ab: Wir bekommen einen Hinweis zu dem Aufenthaltsort von Vladic, aber bis wir zuschlagen, ist er meistens schon verschwunden. Der Versuch von letzter Woche ist das Beste, was wir in zwei Jahren Arbeit vorweisen konnten. Und Sie müssen zugeben, dass das nicht wirklich etwas ist, womit man angeben könnte. Deshalb habe ich mich zu einer anderen Vorgehensweise entschlossen: Sie werden ab sofort alleine arbeiten. Ohne Team. Sie werden Teil der USKOK bleiben, aber mir direkt unterstellt sein. Keine Vorgesetzten oder Führungsstab dazwischen. Sie erstatten ausschließlich mir Bericht.«

Benkic machte eine kurze Pause und nahm einen erneuten Schluck aus der Tasse. Dabei sah er Luka an, als erwartete er eine Antwort.

»Ich weiß nicht so recht, was ich davon halten soll und was Sie sich für einen Vorteil daraus erhoffen«, setzte Luka vorsichtig an.

»Ich möchte, dass Sie schnell und unabhängig handeln können. Keine langen Verständigungs- und Antragswege mehr. Ich denke, dass zu viele Beteiligte im Vorfeld einer möglichen Operation nicht vernünftig wären.«

»Sie meinen, es gibt eine undichte Stelle?«, fragte Luka überrascht.

»Ich habe keinen konkreten Verdacht. Aber ich versuche, in dieser Sache alle Eventualitäten mit einzubeziehen«, relativierte Benkic.

Luka grübelte. »Es würde auf alle Fälle Sinn machen.«

»Wie meinen Sie das?«

»Vladic kannte meinen Namen. Das ist doch merkwürdig.«

»Ich würde es eher ‚beunruhigend‘ nennen«, antwortete Benkic. »Das wirft natürlich die Frage auf, wie Sie zukünftig vorgehen wollen. Wenn es so ist, wie Sie sagen, dann wird kein Dealer und keine Nutte zwischen hier und Dubrovnik mit Ihnen reden wollen. Das macht es schwierig, an neue Informationen zu kommen.«

Luka nickte. »Innerhalb seines bisherigen Wirkungskreises mag das zutreffen, aber nach unseren neuesten unbestätigten Informationen hat Vladic wohl ein neues Tätigkeitsfeld für sich entdeckt. Offensichtlich übernimmt er jetzt auch die Beschaffung und Hehlerei für seltene Kunst und Antiquitäten. Wir vermuten, dass der Kunstraub in Split vor sechs Wochen auf sein Konto geht.«

»Sie meinen den spektakulären Einbruch, bei dem Unbekannte aus einer privaten Sammlung mehrere ägyptische Goldstatuen im Wert von 250.000 Euro stahlen?« Benkic war sichtlich überrascht. »Ungeheuerlich … aber dennoch nachvollziehbar. Vladic ist ein Geschäftsmann, der aus illegal beschaffter Ware Geld macht. Drogen, Waffen, Autos … und jetzt auch noch Kunst und Antiquitäten.« Benkic schüttelte den Kopf.

»Ich möchte in diesem Bereich ansetzen. Vladic ist neu auf dem Gebiet und vermutet daher wahrscheinlich noch keine Ermittlungen gegen sich. Es ist davon auszugehen, dass man auch mich in der Szene der Kunst- und Antiquitätenliebhaber nicht so gut kennt, wie das im Waffenhändler- und Drogenmilieu der Fall wäre.« Luka musste bei dieser Erkenntnis grinsen.

Auch Benkic musste schmunzeln. »Da könnten Sie recht haben.«

»Nächstes Wochenende startet eine wichtige archäologische und historisch bedeutende Ausstellung in Zadar. Dabei werden Stücke aus einer Privatsammlung gezeigt. Es befinden sich vielleicht auch einige Exponate von beträchtlichem Wert darunter. Die Sicherheitsvorkehrungen in dem betreffenden Museum sind recht überschaubar, habe ich mir sagen lassen. Ich schlage vor, dass ich mich dort umsehe. Ich werde mich etwas umhören und versuchen, ein paar Kontakte zu knüpfen. Vielleicht kommen wir so wieder auf die Spur von Vladic.«

Benkic zögerte sichtlich und tippte die Fingerkuppen seiner Hände aneinander. »Na gut«, sagte er schließlich. »Ich habe zwar meine Zweifel, dass das ein vielversprechender Ansatz ist, aber etwas Besseres fällt mir im Moment auch nicht ein.« Er stand auf und reichte Luka die Hand. »Machen Sie, was Sie für richtig halten. Aber finden Sie den Kerl.«

KAPITEL 3

Küste vor Makarska / Kroatien, Gegenwart

Der starke V8-Motor röhrte laut und kraftvoll, während die drei Männer in dem Schnellboot über die nächtliche Adria jagten. Immer wieder spritzte seitlich die Gischt bis an den Rand der Bordwand, wenn das Boot über eine Wellenkuppe sprang und auf das Wasser schlug. Der volle Mond erhellte die Wasseroberfläche ausreichend, sodass sie keine Probleme hatten, die ankernde Yacht vor sich anzupeilen.

Danko Vladic stand neben dem Bootsführer und hielt sich mit einer Hand an der Windschutzscheibe vor sich fest. Der Fahrtwind blies ihm kräftig ins Gesicht, aber er liebte dieses Gefühl.

Danko wurde in Mostar im heutigen Bosnien-Herzegowina geboren. Seine Familie zog einige Jahre später nach Gradac an die kroatische Küste. Und auch wenn er im Bosnienkrieg für die bosnischen Streit-kräfte gekämpft hatte – die Wirren des Krieges ließen die Grenzen oft verschwimmen – so war er doch ein Mann des Meeres.

Danko sah über seine Schulter. Auf der Sitzbank hinter ihm saß sein Bodyguard Marko, dem die rup-pige Bootsfahrt sichtlich weniger Spaß bereitete. Danko grinste. Er kannte Marko schon, seit er dessen Kommandant in der bosnischen Armee war. In seinem Job konnte er sich keine Freunde leisten, aber wenn er jemanden als einen Vertrauten betiteln müsste, dann wäre es Marko.

Als ihr Boot nur noch wenige hundert Meter von der ankernden Yacht entfernt war, zog Danko eine Taschenlampe aus seiner Jacke und gab ein kurzes Signal. Wenige Sekunden später wurde das Signal mittels eines Scheinwerfers am Bug des Schiffes erwidert.

Der Bootsführer verlangsamte die Fahrt und steuerte die Backbordseite der Yacht an. Aus dem Röhren des V8-Motors wurde ein gleichmäßiges Blubbern, das schließlich verstummte.

Erst jetzt erkannte Danko die beiden dunkel gekleideten Matrosen, die an Deck standen und das sich nähernde Schnellboot beobachteten.

Dankos Bodyguard stand auf und griff eine Leine, die an ihrem Boot befestigt war. Das Ende warf er einem der Matrosen zu, der sie an der Yacht festmachte.

»Marko, du kommst mit mir«, sagte Danko.

Der breitschultrige Hüne, der Danko um eine ganze Kopflänge überragte, nickte und folgte seinem Chef.

Beide stiegen die kurze Leiter an der Bordwand der Yacht nach oben. Der Bootsführer blieb im Schnellboot.

Am Ende der Leiter war eine Öffnung in der Reling, durch die die beiden Männer auf das Deck gelangten. Neben den zwei Matrosen, die an den typischen Mützen zu erkennen waren, standen noch weitere Männer in Anzügen auf dem Deck. Offensichtlich Sicherheitsleute, die als Wachen oder für ihren Empfang aufgestellt waren. Einer der Männer hatte eine Maschinenpistole umhängen. Er betrachtete Danko und dessen Begleiter nur beiläufig und schien ansonsten das Umfeld und das Meer um die Yacht zu beobachten.

Der zweite Wachmann trat vor Vladic und begrüßte ihn, ohne ihm dabei die Hand zu geben.

»Guten Abend, Herr Vladic. Ich bin Fahed. Im Namen von Herrn Sarantakos freut es mich, Sie an Bord der *Leukothea* willkommen zu heißen. Herr Sarantakos fühlt sich geehrt, dass Sie seiner Einladung gefolgt sind.«

Danko antwortete mit einem Nicken.

»Wenn Sie bitte so freundlich wären, alle Gegenstände abzulegen. Insbesondere solche, die Sie für Ihr persönliches Sicherheitsbedürfnis bei sich tragen.« Der Sicherheitsmann sah ihn mit einem höflichen, aber gleichzeitig auffordernderm Lächeln an.

Danko zögerte einen Moment, öffnete dann sein Jackett und nahm seine Pistole aus dem Schulterholster, um sie Marko zu übergeben. »Warte hier«, wies er seinen Bodyguard an. »Und halte die Augen offen.«

Marko nickte.

»Sehr nett, vielen Dank. Bitte folgen Sie mir.« Ohne eine Antwort abzuwarten, drehte der Sicherheitsmann sich um und ging davon.

Danko tauschte einen kurzen Blick mit Marko, bevor er dem Mann folgte.

Der Wachmann führte ihn die Reling entlang zum Heck des Schiffes. Dort betraten sie das Innere der Yacht durch eine Glastür.

»Herr Sarantakos wird in Kürze bei Ihnen sein. Machen Sie es sich bitte so lange bequem«, sagte der

Sicherheitsmann. Ohne ein weiteres Wort verließ er den Raum und schloss die Glastür hinter sich.

Danko sah sich um. Er musste sich neidlos eingestehen, dass ihn die Einrichtung beeindruckte. Dabei hatte er schon einiges an Luxus gesehen. Edelstes Leder, teure Hölzer, Gold und Silber wurden für die Innenausstattung verwendet. Auf dem Boden lag ein Teppich, der so dick war, dass Danko das Gefühl hatte, mit den Füßen darin zu versinken. An den Wänden hingen einige berühmte und vor allem teure Gemälde. Und überall waren Antiquitäten. Im gesamten Raum standen oder lagen kleine und große Figuren aus Holz und Stein, Vasen, Schalen, diverse Gesichtsmasken ... Danko bekam unweigerlich den Eindruck, dass es dem Besitzer nicht um die bloße Dekoration des Raumes ging, sondern um Leidenschaft. Die Leidenschaft von jemandem, der offensichtlich über nahezu unbegrenzte finanzielle Möglichkeiten verfügte.

Während Danko eines der Stücke genauer betrachtete, hörte er eine Stimme hinter sich.

»Ah, Herr Vladic. Willkommen an Bord! Es freut mich sehr, dass Sie meine Einladung angenommen haben.«

Die Stimme gehörte einem Mann in den frühen Sechzigern. Er hatte einen gepflegten weißen Vollbart und einen ebenso weißen Haarkranz, der durch seine gebräunte Haut noch markanter wirkte. Er trug eine helle Leinenhose und ein sandfarbenes kurzärmeliges Hemd, dessen obere drei Knöpfe offenstanden.

Der Grieche trat aus der Tür eines weiteren Raumes und hatte beide Hände zur Begrüßung erhoben, während er auf Danko zukam.

»Mr. Sarantakos, auch mir ist es eine Freude«, antwortete Danko. Er machte eine ausholende Geste. »Eine wirklich beeindruckende Yacht.«

Danko wusste um den Umstand, dass Vassilios Sarantakos gern zeigte, was er hatte. Und dass er es liebte, dafür die entsprechende Anerkennung zu erfahren. Danko hasste es, anderen in den Hintern zu kriechen. Weil er sich aber gute Geschäfte mit dem Griechen erhoffte, spielte er dieses Spiel notgedrungen mit.

»Ach, das ist nichts. Nur ein kleines Spielzeug. Wie sagt man so schön? Eine Nussschale.« Sarantakos lächelte. Es war schwer zu übersehen, dass ihn das Kompliment freute.

Volltreffer, dachte Danko und verzog seine Mundwinkel ebenfalls zu einer Art Lächeln. »Und eine beeindruckende Sammlung obendrein«, fuhr er fort, diesmal mit ehrlicher Bewunderung. »Ist das ein echter Monet?«, fragte er und deutete auf ein Gemälde, das eine Landschaft mit einem Fluss zeigte.

»Absolut richtig«, antwortete Sarantakos sichtlich erfreut. »Ich konnte es vergangenen Sommer günstig auf einer Auktion in Paris erstehen. Neunundvierzig Millionen Euro. Wenn Sie mich fragen, ein Schnäppchen.«

Danko merkte, wie er den Mund öffnete und sich seine Atmung beschleunigte. Ungläubig schaute er den Griechen an.

Sarantakos genoss die Reaktion seines Gastes und fügte schmunzelnd hinzu: »Ich persönlich bin ja kein Freund französischer Impressionisten, aber ich fand, die Farben passen perfekt zum Teppich.«

Danko sah den Griechen mit weit geöffneten Augen und ungläubigen Blick an. Er musste dabei lächerlich ausgesehen haben, da aus dem Schmunzeln des Gastgebers ein amüsiertes Lachen wurde. Danko war sich nicht sicher, ob Sarantakos das alles ernst meinte oder maßlos übertrieb. Aber er entschied, nicht weiter darauf einzugehen.

»Genug gescherzt. Kommen Sie, setzen wir uns«, hakte auch der Grieche das Thema ab. Dabei machte er eine einladende Geste in Richtung der riesigen Couch, die mitten im Raum stand.

»Darf ich Ihnen eine Tasse Tee anbieten? Mein Koch bereitet den besten Minztee im gesamten Mittelmeerraum zu.«

»Warum nicht?«, antwortete Danko, obwohl er überhaupt nicht der Typ für eine Tasse Tee war. Wenn schon ein heißes Getränk, dann wäre ihm jetzt ein kroatischer *Kava* wesentlich lieber, aber er wollte gegenüber eines potenziellen Kunden nicht unhöflich sein. Schon gar nicht, wenn dieser für überaus lukrative Aufträge bekannt war. Zumindest hatte Danko das über den Griechen gehört.

Sarantakos nickte zufrieden und klatschte zweimal in die Hände. Ein junger Mann Anfang zwanzig erschien im Wohnraum. Er war mit einer langen, weißen Baumwollhose und einem dunkelbraunen Oberteil bekleidet, wie es Pagen in einem Hotel trugen. Sarantakos bestellte auf Griechisch, woraufhin sich der Diener verbeugte und wortlos verschwand.

»Das wird nur einen kleinen Moment dauern«, meinte er zu Danko.

»Wir könnten die Zeit nutzen, indem Sie mir erklären, weshalb Sie mich eingeladen haben. Ich denke nicht, dass es nur um eine gemütliche Teestunde geht.«

Der Grieche schmunzelte wieder. »Sie vergeuden keine Zeit. Gut, soll mir recht sein. Natürlich habe ich Sie nicht nur auf eine Tasse Tee eingeladen. Ich bin in der Region, weil ich Ihre Dienste für die Beschaffung diverser Gegenstände in Anspruch nehmen möchte. Wobei ... in diesem speziellen Fall geht es eigentlich nur um einen einzelnen Gegenstand.«

Vladic lehnte sich entspannt zurück und sagte: »Ich weiß nicht, wie Sie auf mich gekommen sind, aber ich bin ganz Ohr.«

»Meine Kontakte in dieser Gegend meinten, dass Sie mir in dieser Sache behilflich sein könnten. Es geht um die Beschaffung eines Gegenstandes, der möglicherweise besonders gesichert aufbewahrt wird und für mich auf legalem Wege nicht zu bekommen ist.«

Danko schmunzelte und sah sich dabei demonstrativ im Raum um. Es war für ihn nur schwer vorstellbar, dass es etwas gab, das sich dieser Mann nicht kaufen könnte. Alles hatte seinen Preis.

In diesem Moment klopfte es und der Diener tauchte wieder auf. Er schob einen Servierwagen vor sich her. Darauf standen diverse Kännchen und Tassen, die leise klapperten, während er sich der

Couch näherte. Dort blieb er stehen und wartete, bis ihm Sarantakos zunickte. Dann fing er damit an, alles auf dem Tisch vor der Couch anzurichten.

»Was könnte es geben, das Sie sich nicht so einfach kaufen könnten?«, fragte Danko.

Sarantakos antwortete zunächst nicht. Offensichtlich wollte er vermeiden, dass sein Personal das Gespräch mitbekam.

Nachdem der Diener alles angerichtet hatte, verbeugte er sich und verschwand wortlos. Sarantakos beugte sich nach vorne und goss für Danko und sich Tee ein.

»Um was geht es also?«, fragte Danko, während er Zucker in seinen Tee rührte.

»Um eine Antiquität«, sagte Sarantakos und trank einen kleinen Schluck aus seiner Tasse.

Danko hörte auf zu rühren und sah den Griechen an. »Wenn Ihre Kontakte zuverlässig sind, dann wissen Sie sicher, dass ich erst seit Kurzem in der Kunst- und Antiquitätenbeschaffung tätig bin.«

»Kunst- und Antiquitätenbeschaffung – das klingt gut! Das sollten Sie dringend auf Ihre Visitenkarte drucken lassen.« Sarantakos lachte und schien sichtlich amüsiert zu sein. »Aber dass Sie neu in dem Business sind, hat mir mein Kontakt auch mitgeteilt«, fuhr er fort, nachdem er sich wieder gefasst hatte. »Außerdem sollen Sie bei etwaigem Interesse an Gegenständen jeglicher Art, die auf dem freien Markt nicht verfügbar sind, genau der richtige Ansprechpartner sein.«

»So, sagt er das? Wissen Sie, Herr Sarantakos, wo wir gerade bei *Interesse* sind: Ich wüsste ganz gerne, *wer* über mich redet.« Danko gab seiner Stimme einen angriffslustigen Unterton.

»Aber, aber, Hr. Vladic«, beschwichtigte ihn sein Gegenüber. »Sie werden sich doch nicht mit solchen Belanglosigkeiten beschäftigen. Wie heißt das Sprichwort noch gleich ... Ach ja: *Was interessiert es die Eiche, wenn sich ein Schwein an ihr kratzt?* Das sollten Sie sich in diesem Falle auch sagen.«

Danko schwieg und trank einen Schluck Tee aus seiner Tasse. *Verdammt, dieses Gebräu schmeckt tatsächlich hervorragend,* stellte er fest. »An was für einen Gegenstand haben Sie denn gedacht?«, fragte er etwas versöhnlicher, nachdem er seine Tasse vor sich abgestellt hatte.

»Oh, nichts wirklich Aufwendiges oder gar Teures.«

Danko sah ihn erwartungsvoll an.

Der Grieche nahm seine Teetasse mitsamt der Untertasse und lehnte sich auf der Couch zurück. »Kennen Sie Marco Polo?«

Danko stutzte wegen der Frage. »Natürlich kenne ich Marco Polo. Jeder kennt Marco Polo.«

Sarantakos lächelte. »Sicherlich. Aber nicht jeder weiß, dass Polo auf seinen Reisen mehr erlebte, als gemeinhin bekannt ist.«

»Was meinen Sie damit?«

»Es gibt da eine Legende. Die besagt, dass Polo einen wichtigen Teil seiner Asienreise lange Zeit verschwiegen hat. Erst kurz vor seinem Tod soll er diesen niedergeschrieben haben.«

Danko wusste nicht, wo das hinführen sollte. Er hatte nicht erwartet, zu einer Teestunde mit

Geschichtsunterricht eingeladen zu werden. Aber er gestand sich ein, dass seine Neugierde geweckt war. »Und was war es, das Polo zunächst verschwiegen hat?«, fragte er schließlich.

Sarantakos lächelte breit. »Machen Sie es sich bequem, Hr. Vladic. Ich werde Ihnen die Geschichte erzählen.«

KAPITEL 4

Adriatisches Meer, 1295 n. Chr.

Gnadenlos brannte die Sonne auf die Köpfe der Männer. Schweiß lief über ihre hochroten Häupter und ließ ihre Gesichter im gleißenden Sonnenlicht glänzen. Mit dem monotonen Takt des Trommlers bewegten sie die schweren, hölzernen Riemen vor und zurück. Seit Tagen war es auf der Adria windstill, weswegen die venezianische Galeere kein Segel gesetzt hatte. Nur die vierzig Rudersklaven sorgten dafür, dass das Schiff nicht den Launen der Strömungen ausgeliefert war und über das offene Meer trieb.

Marco Polo stand zusammen mit dem Kapitän neben dem Steuermann, der das Ruder fest in den Händen hielt. Sie starrten einige Zeit stumm über die Sklaven und den Bug des Schiffes hinweg auf das offene Meer, bis Polo das Schweigen brach. »Was sagt Ihr, Kapitän? Wie lange wird unsere Fahrt nach Venedig noch dauern?«

Der Kapitän, ein grauhaariger Mann mit kantigem Gesicht und einer auffälligen langen Narbe am Hals, blickte stumm in den Himmel. Sein Alter war schwer zu schätzen. Er mochte deutlich älter erscheinen, als er tatsächlich war. Das Leben auf See, mit ihrer salzigen Luft und der prallen Sonne, hatten über die Jahre seine Haut ledrig und faltig werden lassen.

Mit dem Blick auf Marco Polo gerichtet, antwortete er schließlich: »Ich befürchte, die Götter des Windes sind uns nicht hold auf unserer Reise. Wenn unsere Gebete nicht bald erhört werden, wird es wohl noch viele Tage dauern.«

Götter des Windes, dachte Polo verächtlich. *Verdammter heidnischer Aberglaube!* Er beließ seine Gedanken als solche und schwieg.

Vierundzwanzig Jahre waren seit dem Beginn seiner Reise vergangen. Eine Reise, die ihn, seinen Vater und dessen Bruder, um die halbe Welt bis nach Asien geführt hatte. Sie waren im Auftrag des Papstes gereist, um dem einflussreichen mongolischen Herrscher Kublai Khan Geschenke aus Rom zu überbringen und ihn für das Christentum zu gewinnen. Der Khan hatte sich derart geschmeichelt von der Aufwartung gezeigt, dass er die Polos eingeladen hatte, einige Zeit an seinem Hof zu verweilen. So vergingen Jahre, in welchen sie nicht nur Land und Leute kennenlernten, sondern auch eifrig Handel trieben. Es waren gute Jahre, in denen Polo viel erlebt hatte.

Jetzt konnte es Polo aber kaum erwarten, dass sie den Hafen von Venedig erreichten. Ein Jahr war vergangen, seit er in Trapezunt die venezianische Galeere samt Besatzung angeheuert hatte. Sein Vater und sein Onkel waren mit einer Flotte Droschken, auf denen sie die mitgebrachte Handelsware aus Asien transportierten, einen Monat vorausgesegelt. Marco Polo selbst wollte noch einige Geschäfte in Trapezunt tätigen, bevor auch er die letzte Etappe ihrer vier Jahre dauernden Heimreise antrat. Da war ihm die Galeere, die aus Trapezunt edle Stoffe und exotische Früchte für die venezianischen Adelsfamilien transportierte, gerade recht gekommen.

Polo hörte gedankenverloren dem rhythmischen Schlagen des Trommlers zu. Die Männer zu seinen Füßen ächzten vor Anstrengung in der Hitze.

Unvermittelt kam ihm ein Gedanke und er wandte sich abrupt dem Kapitän zu. »Erhöht die Schlagzahl! Ich will so schnell wie irgend möglich in Venedig sein«, forderte er ihn auf.

Der Seemann zog die Augenbrauen hoch und starrte Polo ungläubig an. »Das könnt Ihr nicht verlangen, mein Herr. Die Männer rudern seit Tagen in dieser brütenden Hitze. Und das von Sonnenaufgang bis Sonnenuntergang. Eine Erhöhung der Schlagzahl würde für einige den Tod bedeuten.«

»Ich bin in päpstlicher Mission unterwegs, Kapitän. Meine Ankunft wird seit Monaten erwartet. Ihr wisst wahrscheinlich, wie schnell der Vatikan ungeduldig werden kann.«

»Das ändert nichts daran, dass die Männer bald am Ende ihrer Kräfte sind. Es sind zwar nur Sklaven, aber ich trage die Verantwortung für die Besatzung und es ...«

»... soll nicht zu Eurem persönlichen Nachteil sein«, unterbrach ihn Polo und beendete damit dessen Satz. Dabei drückte er dem Kapitän etwas in die Hand, das er zuvor aus einem Lederbeutel an seinem Gürtel geholt hatte. »Ich denke, das wird Eure ... *Bedenken* ... zerstreuen«, ergänzte er.

Der Kapitän starrte wortlos auf seine geöffnete Hand. Dort lag ein kantiger Smaragd, der etwa so groß wie ein Maiskorn war und dessen grüne Farbe durch die Sonnenstrahlen noch intensiver erschienen. Dann sah der Kapitän Polo fragend an.

Marco Polo deutete mit einem Nicken in Richtung der Ruderer.

Nach einigen Sekunden, in denen der Kapitän sichtlich mit sich und seinem Gewissen rang, drehte er sich zu dem Trommler. »Die Schlagzahl um zwei Schläge erhöhen!«, rief er.

Der Trommler tat, wie ihm befohlen wurde, und erhöhte den Rhythmus um zwei Schläge pro Minute. Durch seine Erfahrung traf er diesen erstaunlich genau.

Polo trat näher an den Kapitän heran, bis er ihn fast berührte. »Vier Schläge«, sagte er leise.

Der Seemann schloss die Augen und ballte dabei die Hand, mit der er den Stein hielt, zur Faust. Stumm sah er in den Himmel, als würde er Gott und seine Ahnen um Vergebung bitten. »Die Schlagzahl um weitere zwei Schläge erhöhen«, befahl er. Kaum hatte er den Befehl gegeben, schaute er Polo mit einer Mischung aus Verzweiflung und Wut an, bevor er sich abwandte und unter Deck verschwand.

Marco Polo seinerseits lächelte nur und nickte zufrieden. So stand er eine Weile neben dem Steuermann und schaute auf die glatte Oberfläche der Adria hinaus. Bald würde er endlich zu Hause sein. Er kehrte als reicher Mann zurück, den ein süßes Leben in Venedig erwarten würde. Nach all den Jahren im Reich des Khans, die er zugegebenermaßen in einer privilegierten Stellung genossen hatte, freute er sich, wieder in die Heimat zu kommen. Er konnte es kaum erwarten, die Lagune von Venedig vor sich zu sehen. Er stellte sich vor, wie er auf dem *Canal Grande* zwischen den prächtigen Bauten in die Stadt fahren und dort von der begeisterten Bevölkerung feierlich begrüßt werden würde.

Der Gedanke hob seine Stimmung, sodass er den schneller gewordenen Trommelschlägen und dem klagenden Stöhnen der Rudersklaven keine Beachtung schenkte. Er genoss die aufgefrischte Brise, die ihm die höhere Geschwindigkeit der Galeere bescherte und nun sein Gesicht umspielte.

Kurze Zeit später wandte er sich an den Steuermann. »Es ist mir doch ein wenig zu warm an Deck. Ich ziehe mich bis zum Sonnenuntergang in meine Kajüte zurück. Sagt dem Kapitän, dass ich nicht gestört werden möchte.«

Der Steuermann nickte nur, ohne seinen Blick vom Bug der Galeere zu nehmen. Polo wandte sich ab und marschierte zu der kleinen Holztür, durch die der Kapitän verschwunden war und die in das Innere des Schiffes führte.

Unter Deck gab es zwei Kajüten, von denen die etwas größere dem Kapitän zustand. Die Kleinere war für zahlende Gäste vorgesehen.

Polo betrat seine Kabine und verschloss die Tür hinter sich. Hier war es nicht kühler als an Deck. *Wenigstens stehe ich hier nicht in der prallen Sonne*, dachte er.

Der Raum hatte eine Luke, die als Fenster diente und mit einem Ausstellladen verschlossen werden konnte. Polo öffnete den Laden und ließ frische Luft herein. Er atmete mehrmals tief ein und aus. Durch die Öffnung sah er das weite blaue Meer, das sich bis zum Horizont erstreckte. Die Sonne spiegelte sich auf der glatten Oberfläche und blendete ihn, sodass er sich kurze Zeit später wegdrehte.

Er trat an einen kleinen Tisch in der Ecke, auf dem ein hölzerner Korb festgenagelt war. In diesem standen eine Flasche Wein, eine Karaffe mit Wasser und ein tönerner Becher. Die Gefäße klapperten leise durch die sanften Bewegungen des Schiffes.

Polo nahm den Becher und die Weinflasche heraus. Er zog den Korken mit den Zähnen aus der Flasche und spuckte ihn in den Korb. Er schenkte sich ein und genehmigte sich mehrere große Schlucke. *Nicht gerade aus der Toskana, aber besser als nichts,* dachte er und füllte nochmals auf. Er packte die Weinflasche zurück in den Korb und schlenderte zu seiner Koje. Dort stellte er den halbvollen Becher auf die Anrichte am Kopfende und trat um die Koje zu einem Schrank, der in die Schiffswand eingebaut war. Er holte einen von zwei Schlüsseln hervor, die er an einer Schnur um den Hals trug, und schloss die Schranktür auf. Die Scharniere quietschten, während die Tür aufschwang. Polo hielt einen Moment inne und lauschte, ob sich jemand seiner Kajüte näherte. Nachdem er sicher war, dass er ungestört blieb, wandte er sich wieder dem Schrank zu. In ihm befanden sich einige Kleidungsstücke, ein weiteres Paar Schuhe und eine Holztruhe mit Metallbeschlägen. Polo bückte sich und packte die Truhe an den Griffen. Er stöhnte, während er sie aus dem Schrank hievte, in die Mitte des Raumes trug und auf dem Boden abstellte. Anschließend zog er den zweiten Schlüssel unter seinem Hemd hervor und schloss das massive Vorhängeschloss auf, mit dem die Truhe versehen war.

Langsam, fast schon bedächtig, hob er den schweren Deckel an. Er merkte, wie seine Aufregung stieg. Seine Augen wurden größer und seine Atmung beschleunigte sich. Auch wenn er schon viele Male den Anblick genossen hatte, so erfreute er sich doch immer wieder daran.

Die Truhe war fast vollständig mit den verschiedensten Edelsteinen, Goldmünzen, Goldketten und Armreifen gefüllt. Polos Gesicht erhellte sich beim Anblick dieser Pracht.

Oben auf dem Schatz lag ein roter Beutel aus Samt, der mit einer goldfarbenen Kordel verschlossen war. Polo nahm den Beutel heraus. Er spürte, wie er leicht zu zittern begann und sich Schweißperlen auf seiner Stirn bildeten. Er stand auf und öffnete die Kordel an dem Beutel. Vorsichtig zog er ihn auseinander und holte den Gegenstand darin heraus. In den Händen hielt er die *Göttermaske*.

Polo strich sanft mit seinen Fingern über die goldene Oberfläche und den geschliffenen Rubin, der kunstvoll in die Maske eingearbeitet war. Er ragte wie ein roter Fels aus einem Meer aus Gold. In all seinen Jahren als Schmuck- und Edelsteinhändler hatte Polo nie etwas Vergleichbares gesehen. *Einfach wunderbar!* Wenn er tief in das Dunkelrot des Edelsteins schaute, hatte er den Eindruck, direkt in den Schlund eines feuerspeienden Vulkans zu blicken.

Plötzlich schossen Polo Erinnerungen wie grelle Blitze durch den Kopf. Unvermittelt musste er an die Geschehnisse in der Mongolei denken. An das Kloster, den Abt, seine Diener Akai und Tulga, an das Feuer. Lange hatte er diese Gedanken verdrängt – sie mit Mühe von sich geschoben. Er hatte bekommen, was er begehrte, aber zu welchem Preis? Akai war mehr als ein Diener gewesen. Ein Vertrauter, vielleicht sogar so etwas wie ein Freund. Und nun war er tot. Verbrannt im Kloster der Khangai-Mönche. All das war Jahre her. Warum erinnerte er sich gerade jetzt daran?

Er wandte den Blick von der Maske ab, legte sie auf die Koje und versuchte, die dunklen Gedanken beiseite zu wischen. Nachdem ihm das nicht gelang, nahm er die Maske auf und hielt sie erneut vor sich. Sofort erhellte die Freude über diesen Schatz die düsteren Erinnerungen und ließ alle schlechten Gedanken verblassen, bis sie nur noch weit entfernte Bilder waren.

Er schritt mit der Maske vor den kleinen Wandspiegel, der hinter einer Waschschüssel auf einer schmalen Kommode angebracht war.

Er drehte die Maske so, dass der Rubin nach vorne zeigte, und hob sie vor seinen Kopf. Er spürte, wie sein Herzschlag schneller wurde, als er die Maske langsam heranführte und auf sein Gesicht legte.

Ein bisher unbekanntes Gefühl durchdrang ihn schlagartig. Er vermochte es nicht einzuordnen. Er fühlte sich unwahrscheinlich mächtig und gleichzeitig zutiefst demütig – in einer Intensität, die er zuvor nicht gekannt hatte. Es war, als würde sein Innerstes in einen tosenden Wirbel gezogen, der sich von Sekunde zu Sekunde schneller drehte. Seine Augen wurden feucht, und als er sie zusammenkniff, liefen ihm Tränen über die Wange. Er spürte Trauer, Macht, Wut, Angst … alles zur selben Zeit. Die Gefühle wurden immer stärker und drohten, ihn zu übermannen.

Das war zu viel für ihn und er entschied, die Maske wieder abzunehmen. Er wollte seine Hände anheben, konnte sie aber nicht bewegen. Es war, als hätte ihm jemand bleierne Gewichte um seine Handgelenke gelegt. Er versuchte, mehr Kraft aufzubringen, aber es war vergebens. Er konnte sich nicht bewegen. Das Chaos der Gefühle, das ihn seit dem Aufsetzen der Maske beherrschte, wurde immer intensiver. Inzwischen liefen ihm Bäche von Tränen aus beiden Augen. Polo konnte nicht sagen, welches der Gefühle ihn mehr mitnahm: das der Macht, der Freude, der Demut oder das der Angst. Aber er spürte, dass er diesen Zustand nur noch kurze Zeit aushalten konnte, bevor er zusammenbrechen würde. Er probierte, seinen Kopf zu bewegen und die Maske abzuschütteln. Doch so sehr er sich bemühte, es gelang ihm nicht, sich zu rühren. Sein ganzer Körper fühlte sich hart und steif an, als würde er langsam versteinern. Gleichzeitig spürte er, wie die Maske immer heißer wurde. Die Haut auf seinem Gesicht begann zu brennen, als wäre er tagelang der prallen Sonne ausgesetzt gewesen. Damit tat sich eines der Gefühle hervor und dominierte alle anderen: Eine panische Todesangst stieg in ihm auf. *Was in Gottes Namen passiert mit mir?*

Ohne jede Vorwarnung neigte sich plötzlich das ganze Schiff knarrend zur Seite. Das Wasser in der Waschschüssel schwappte heraus und sein Weinglas kippte vom Beistelltisch. Auch Polo geriet durch das schwankende Schiff aus dem Gleichgewicht und stürzte zu Boden. Als er unsanft auf seine Schulter und Hüfte aufschlug, fiel die Maske von seinem Kopf und schlitterte polternd durch die Kajüte. Einen Moment lag er benommen am Boden, fühlte aber, wie das Leben in seine Gliedmaßen zurückkehrte. Auch das verwirrende Gefühlschaos legte sich, sodass nur Erleichterung und Verunsicherung zurückblieben. Obwohl er sich nach und nach besser fühlte, benötigte er dennoch seine ganze Kraft, um sich auf den Bauch zu rollen und aufstehen zu können. Unbeholfen, noch immer nicht völliger Herr über seinen Körper, stolperte er durch die Kajüte. Er prallte an Einrichtungsgegenstände und verhinderte nur mit Mühe, dass er erneut zu Boden fiel. Während er zur Tür taumelte, hörte er hinter sich, wie die Maske von einer Seite zur anderen durch den Raum rutschte. Er wagte einen kurzen Blick über die Schulter und sah gerade noch, wie sie unter der Koje verschwand.

Ein Schauer lief ihm über den Rücken. Was war hier los? Er zögerte kurz. Etwas in ihm verlangte, dass er die Maske an sich nehmen sollte, während all seine Instinkte ihn anschrien, das Weite zu suchen. Er verkrampfte sich, schloss die Augen und ballte die Hände zu Fäusten. Er atmete stoßweise aus und wandte sich ab. Mit einem Ruck riss er die Tür auf. Im selben Moment, in dem er vor die Kajüte treten wollte, legte sich die Galeere erneut seitlich, sodass Polo das Gleichgewicht verlor und in den Gang stürzte. Er prallte hart an die gegenüberliegende Wand, konnte sich aber auf den Beinen halten. Von Deck drangen hektische Schreie zu ihm hinunter. Mit beiden Händen an den Wänden abstützend, arbeitete er sich zur

Treppe vor und schaute hinauf. Die Tür am oberen Ende war geschlossen. Auf allen vieren kletterte er, so schnell er konnte, die Treppe hinauf. Am Absatz warf er sich mit seinem Körper gegen die hölzerne Tür und stolperte ins Freie.

Bei Gott ... was geschieht hier?

Er hatte das Gefühl, ihm würde das Blut in den Adern gefrieren. Auf Deck erwartete ihn das pure Chaos. Männer der Besatzung stürzten wild durcheinander und versuchten, irgendwo Halt zu finden. Die Rudersklaven hatten die Planken eingeholt und kauerten angsterfüllt auf ihren Bänken. Polos Blick glitt über die Sklaven hinweg zum Bug des Schiffes und blieb dort haften. Ungläubig riss er die Augen auf. Das Meer, das vor Kurzem noch spiegelglatt und in strahlendem Blau um das Schiff gelegen hatte, war nun grau verfärbt. Vor ihnen türmten sich meterhohe Wellen auf, die die Galeere hin und her warfen. Der Wind peitschte die Gischt auf das Deck und verstärkte damit noch das Chaos. Die Sonne war verschwunden und der Himmel hing wie eine bedrohliche dunkle Glocke über ihnen.

Polo entdeckte vor sich den Kapitän, der neben dem Steuermann stand und ihm etwas ins Ohr brüllte. Vorsichtig und darauf bedacht, den Halt nicht zu verlieren, arbeitete sich Polo zu ihm vor. Immer wieder drohte er zu stolpern, und damit von Bord gespült zu werden. Er wusste, dass das sein sicheres Ende wäre.

»Kapitän! Was zum Teufel geht hier vor sich?«, rief Polo, als er den Seemann erreicht hatte.

»Das seht Ihr doch! Wir sind mitten in einen Sturm geraten«, schrie der Kapitän gegen den Lärm an. Er hatte selbst größte Mühe, dabei auf den Beinen zu bleiben und nicht den Halt zu verlieren.

»Aber wie kann das sein? Seit Tagen sehen wir nicht die kleinste Wolke am Himmel und nun das.« Polo machte eine allumfassende Geste in Richtung Horizont.

»Das wissen nur die Götter selbst. Innerhalb weniger Augenblicke hat sich der Himmel verdunkelt und der Wind ist aufgekommen. Zuerst jubelten die Männer, weil die Flaute zu Ende schien, aber der Wind wurde immer stärker. Und mit dem Wind kamen die Wellen und …«

Ein lautes Krachen unterbrach den Kapitän und ließ beide zum Bug der Galeere schauen.

Der Seemann riss erschrocken die Augen auf und starrte ungläubig den Mast seines Schiffes an. Er war etwa in der Mitte gebrochen und der obere Teil hing drohend wie ein Galgen über dem Deck. Bei jeder Bewegung schwankte er über die Breite der Galeere. Die Männer darunter schrien panisch auf, als sie den Mast über sich sahen.

»Macht sofort die Sklaven los!«, schrie der Kapitän zu seiner Besatzung hinunter. »Beeilt euch!«

Zwei der Matrosen, jeder mit einem Ring, an dem eine Vielzahl Schlüssel hingen, schwankten zu den ersten Sitzreihen, an denen die Rudersklaven angekettet waren. Bei dem Seegang und der Gischt, die unablässig über das Deck peitschte, kamen sie nur schwer an die Schlösser heran. Die Sklaven gerieten in Panik. Sie schrien und zerrten an ihren Fesseln. Zwischen einigen brachen Schlägereien aus, die einer der Antreiber mit seiner Peitsche erfolglos zu unterbinden versuchte.

Bevor das erste Schloss geöffnet werden konnte, sah der Kapitän einen Augenblick von dem Geschehen auf und schaute zum Bug und auf das Meer dahinter. »Bei allen Göttern …«, kam es über seine Lippen, ohne dass er sich nur einen Zoll bewegte.

Marco Polo bemerkte die Schockstarre des Kapitäns und folgte dessen Blick. Ein Schauer durchfuhr seinen Körper. Wo er eben noch den Horizont zwischen dem aufgewühlten Meer und dem dunklen Himmel hatte sehen können, türmte sich eine einzige graue Wand aus Wasser vor ihnen auf. Eine Monsterwelle hatte sich aufgebaut und rollte unaufhaltsam auf die Galeere zu.

Kaum hatte der Kapitän seine Fassung wiedererlangt, setzte er an, einen Befehl zu rufen. Aber er kam nicht mehr dazu. Die Welle erreichte das Schiff. Der Bug stieg steil nach oben, während die gigantischen Wassermassen tosend unter dem Kiel verschwanden.

»Festhalten!«, schrie der Kapitän. Offensichtlich mehr zu sich selbst denn zu seiner Mannschaft.

Polo klammerte sich an die Reling neben dem Ruder. Seine Finger krallten sich so fest in das Holz, dass seine Knöchel weiß wurden.

Unaufhaltsam stieg der Bug weiter in die Höhe. Einer der Antreiber verlor den Halt und rutschte den Gang zwischen den Sitzreihen der Rudersklaven abwärts. Verzweifelt, aber vergebens versuchte er, sich festzuhalten. Umso steiler die Galeere in die Höhe ragte, desto schneller schlitterte er schreiend den Flur entlang. Wild mit den Armen rudernd, drehte es ihn zur Seite. Damit verlor er völlig die Kontrolle und raste unaufhaltsam auf das Ende des Ganges zu, wo eine Treppe in den Bauch der Galeere führte.

Marco Polo sah, wie der Mann auf die Luke zuraste. Mit einem dumpfen Knall endete abrupt das Schreien, als der Antreiber mit dem Kopf seitlich an den Rahmen der Luke krachte. Sein lebloser Körper verschwand unter Deck.

Polo wandte sich schockiert ab. Übelkeit stieg in ihm auf und ein bitterer Geschmack erfüllte seinen Mund.

Immer weiter richtete der Bug sich auf. Polo hatte das Gefühl, das Schiff würde jeden Moment senkrecht in der Luft stehen. Seine Füße fanden auf den nassen und steil werdenden Planken immer weniger Halt. Mit letzter Kraft schwang er einen Arm und ein Bein um die Reling vor sich.

In diesem Moment erreichte der Bug den höchsten Punkt. Ein kreischender Schrei ließ ihn über die Schulter blicken. Er sah, wie der Kapitän wegrutschte und panisch seinen Steuermann packte. Es gelang ihm, dessen Gürtel zu greifen und sich festzuhalten. Der Steuermann, der genug damit zu tun hatte, nicht selbst über Bord zu gehen, riss die Augen auf. Das zusätzliche Gewicht des Kapitäns war zu viel für ihn. Polo sah, wie sich der Griff des Steuermanns unaufhaltsam vom nassen Holz des Ruders löste. Mit den verzweifelten Schreien zweier Menschen, die den Tod auf sich zurasen sahen, stürzten sie in die Tiefe. Im Sturz prallten beide an den hinteren Aufbau und verschwanden stumm in der aufgewühlten See.

Polo umklammerte zitternd die Reling und starrte auf das hölzerne Steuerrad, wo eben noch die beiden Männer gehangen hatten. Wie von Geisterhand geführt, schlug das Rad hektisch hin und her. Polo schloss die Augen. Er dachte an seine Familie, an seinen Vater und den Onkel. An Venedig, das er so sehr wiedersehen wollte.

Eine plötzliche Bewegungsänderung riss ihn aus seinen Gedanken. Die Galeere war über den Kamm der Welle hinweg und sackte nach vorne. Polo war unfähig zu schreien. Anders die Rudersklaven, die sich an den Bänken festklammerten oder an ihren Ketten zerrten. Immer schneller raste der Bug auf die Wasseroberfläche zu. Polo schloss wieder die Augen, seine Tränen vermischten sich mit der Gischt. *Das ist das Ende*, schoss es ihm durch den Kopf. *Das Schiff wird zerbersten und ich werde ertrinken.*

Mit einem harten Schlag, der Polo zu Boden warf und ihm die Luft aus den Lungen presste, traf das Schiff auf die Wasseroberfläche. Er vernahm ein Geräusch, als würden mannsdicke Baumstämme zerbrechen. Durch die Wucht entstand ein Riss in der Mitte der Galeere, durch den sofort Wasser strömte. Die Rudersklaven, die das bemerkten, schrien auf. Es dauerte nur wenige Sekunden, bis alle Sklaven ihre Lage begriffen. Wie von Sinnen zerrten sie vergebens an den Ketten.

Polo richtete sich benommen auf. Er erkannte sofort die Gefahr. Suchend schaute er sich um. Außer ihm und den Rudersklaven waren alle tot oder über Bord gegangen – was am Ende das Gleiche bedeutete. Seine Gedanken kreisten. Er versuchte, sich zu beruhigen und überlegte, wie er handeln sollte. Sein Blick fiel auf einen jungen Sklaven, der ihm die Hände entgegenstreckte. Abgemagert, schmutzig und kaum dem Knabenalter entwachsen, sah er Polo mit flehenden Augen an. Seine Lippen bewegten sich, aber die Worte gingen in dem Lärm unter. Polo war klar, dass die Männer sterben würden, wenn er ihnen nicht helfen würde. Das durfte nicht passieren. Er hatte schon zu viele Männer sterben sehen.

Entschlossen drehte Polo sich um und stürmte zur Luke. Er steckte den Kopf hinein und sah, dass sich der Bauch der Galeere bereits mehrere Handbreit mit Wasser gefüllt hatte. Im Wasser trieb der leblose Körper des verunglückten Antreibers. Polo eilte die Treppe hinab, packte den Toten an den Schultern und rollte ihn auf den Rücken. Als er das Gesicht des Mannes sah, erschrak er und musste sich abwenden, um die aufkommende Übelkeit zu unterdrücken. Die Wucht, mit der der Antreiber gegen den Rahmen der Luke gekracht war, hatte ihm den halben Kopf abgetrennt. Nur noch ein Auge starrte Polo weit aufgerissen an. Die andere Seite des Kopfes hing schlapp herab und wurde lediglich durch ein Stück Haut oberhalb des Ohres gehalten. Polo würgte und schloss die Augen, um durchatmen zu können. Nachdem die Übelkeit auf ein erträgliches Maß zurückgegangen war, öffnete er die Augen wieder und machte sich daran, den Toten zu durchsuchen.

Er tastete zuerst den Oberkörper des Antreibers ab, fand aber nichts. Dann packte er den Toten am Gürtel und hob ihn ein Stück aus dem Wasser. Dabei drehte sich der Leichnam ein wenig zur Seite, sodass die abgetrennte Hälfte des Kopfes wieder zurück an ihre ursprüngliche Position klappte. Das war zu viel für Polo. Er hatte das Gefühl, sein kompletter Magen wollte plötzlich durch den Hals nach außen wandern. Er wandte sich ab und übergab sich in das mittlerweile kniehohe Wasser. Ihm wurde kalt, trotzdem hatte er das Gefühl zu schwitzen. Ein leichter Schwindel überkam ihn. Er versuchte, sich selbst zu beruhigen und gleichmäßig zu atmen. Dann nahm er eine Handvoll Wasser und wischte sich über das Gesicht, bevor er sich umdrehte und wieder der Leiche zuwandte.

»Na los, Marco!«, sagte er zu sich selbst. »Du brauchst diesen Schlüssel, sonst sind die Sklaven verloren.«

Gerade als er sich wieder über den Toten beugen wollte, vernahm er hinter sich ein Geräusch, das sich wie Metall auf Metall anhörte. Er drehte sich um und suchte nach dem Ursprung. Da sah er am Ende des Flures einen goldfarbenen Gegenstand, der im Gang der Wellen rhythmisch gegen einen gusseisernen Türbeschlag schlug.

Die Göttermaske. Polo wischte sich mit der Hand über das Gesicht. Nachdem der plötzliche Sturm aufgetreten war, hatte er sie völlig vergessen. Aber nun war sie wieder da. Keine fünf Schritte entfernt lag sie im Wasser und wog sanft hin und her, als würde sie ihm zunicken. Polo starrte sie an und vermochte es abermals nicht, seinen Blick von ihr abzuwenden. Die Maske erfüllte ihn mit Angst. Aber gleichzeitig war da etwas, das ihn fesselte. Das Gefühl, eine Sache dermaßen besitzen zu wollen, egal was es kostet. Polo wandte sich vollends von dem toten Antreiber ab und watete, so schnell er konnte, durch das Wasser zur Maske. Er packte sie und hob sie auf. Sie schien ihm heller zu strahlen als sonst. *Wahrscheinlich durch das Wasser*, versuchte es sich Polo zu begründen. *Wie wunderschön sie doch ist!*

Ein lautes Krachen riss ihn aus seinen Gedanken. Er drehte sich um und schaute in Richtung der Treppe, die hinauf an Deck führte. Polo erschrak. Die Treppe ragte nicht mehr nach oben, sondern lag flach vor ihm, sodass er durch die Luke auf den abgebrochenen Segelmasten dahinter sehen konnte. Der vordere Teil der Galeere war gebrochen und sank. Dadurch senkte sich der Bug ab und veränderte den Winkel des Schiffes. Polo bemerkte, wie er zu taumeln anfing, als der Boden unter ihm ebenfalls immer steiler wurde.

Er drückte die Maske fest an sich und sprang mit drei großen Schritten in seine Kajüte. Durch die Schräglage des Schiffes war der Raum nahezu trocken. Fast das gesamte Wasser war durch die Tür der Kajüte abgelaufen. Aber Polo wusste, dass ihm nicht viel Zeit blieb. Hastig schaute er sich um. Dann rannte er zu der Truhe, in der er die Göttermaske und alle anderen wertvollen Sachen transportiert hatte. Er packte die Göttermaske hinein und verschloss den Deckel. Dann riss er das Laken von seiner Koje und rollte es hastig zu einem Band zusammen. Die beiden Enden knotete er um die Griffe der Truhe. Danach legte er den improvisierten Trageriemen um seine Schulter und verließ die Kajüte.

Durch die Luke am Ende der Treppe konnte er inzwischen schon die Meeresoberfläche sehen. Ihm fiel auf, dass das Meer wieder spiegelglatt da lag und der Himmel strahlend blau war. Aber er hatte keine Zeit, sich darüber Gedanken zu machen. Es würde nicht mehr lange dauern, bis der Bug so weit abgetaucht war, dass das Wasser durch die Luke auch den hinteren Teil der Galeere flutete. Polo arbeitete sich mühsam die Treppe entlang, wobei ihn die umgehängte Truhe spürbar behinderte. Nachdem er die Luke erreichte und ins Freie kletterte, bot sich ihm ein schreckliches Bild. Ein Teil der Ruderbänke und mit ihnen die Sklaven, waren bereits unter der Wasseroberfläche verschwunden. Die Restlichen von ihnen schrien und weinten voller Panik, angesichts des sicheren Todes. Einige der Rudersklaven in den letzten Reihen bemerkten Polo und streckten ihm flehend die Hände entgegen. Er spürte, wie sich sein Magen zusammenzog. *Der Schlüssel für die Ketten,* erinnerte er sich. Er hatte ihn nicht gefunden. Oder hatte er nur nicht lange genug nach ihm gesucht?

Polo löste seinen Blick von den Sklaven und schaute sich hastig um. Er wusste, dass die Galeere ein Rettungsboot für die Stammbesatzung bereithielt. Er hoffte, dass es nicht schon untergegangen war. Nein … etwa zehn Meter entfernt sah er das kleine Boot, angebunden am Stumpf des abgebrochenen Segelmastes. In der Reling war ein Ausschnitt, durch den das Rettungsboot zu Wasser gelassen werden konnte. Polo würde den Ausschnitt aber nicht brauchen: Das Wasser stand schon auf Höhe des Bootes. Er musste sich beeilen, sonst würde das vertäute Rettungsboot mitsamt der Galeere auf den Grund der Adria gezogen werden.

Er lief durch den Gang zwischen den Rudersklaven hindurch. Immer wieder musste er Hände beiseite schlagen, die versuchten, sich an ihn zu klammern. Als er das Boot erreichte, stand er bereits bis zu den Schenkeln im Wasser. Er wuchtete die Truhe hinein und zog seinen Dolch, den er am Gürtel trug. Mit zwei schnellen Schnitten hatte er die Taue durchtrennt und schwang sich über die Kante in das Boot. Keinen Moment zu früh. Kaum hatte er Platz genommen und die Ruder hervorgeholt, versank der letzte Rest des abgebrochenen Segelmastes im Meer. Polo ruderte hektisch, um möglichst schnell von der Galeere weg-zukommen. Die restlichen Sklaven auf den letzten beiden Sitzreihen schrien um ihr Leben. Ihre Schreie gingen einer nach dem anderen in das Gurgeln ertrin-kender Männer über.

Polo ruderte und schloss die Augen ... bis auch der letzte Schrei verstummt war.

KAPITEL 5

Zadar / Kroatien, Gegenwart

Es war Vormittag, als Luka in der dalmatinischen Küstenstadt Zadar eintraf. Das archäologische Museum lag im historischen Zentrum und in unmittelbarer Nähe zur *Donatskirche*. Luka parkte seinen Land Rover vor den Stadtmauern auf einem öffentlichen Parkplatz unweit des Yachthafens und begab sich zu Fuß in die Altstadt.

Er war privat des Öfteren für ein Wochenende hier gewesen. Ihm gefiel die Stadt: der alte Stadtkern, umgeben von den wuchtigen Mauern, die Zadar schon zu Zeiten der Piraterie geschützt hatten; die verwinkelten Gassen mit den blank getretenen Pflastersteinen aus Kalkstein; die kleinen Läden und Cafés, die liebevoll eingerichtet waren. Selbst in den touristischen Sommermonaten gelang es der Stadt, sich ihre gemütliche Atmosphäre zu bewahren.

Er schlenderte zwischen den Häusern hindurch und genoss das entspannte Flair. Die Sommersaison war gerade vorbei, weshalb nicht mehr allzu viele Touristen unterwegs waren. Die Einheimischen eroberten ihre Stadt langsam zurück, gingen ihren Tagesgeschäften nach oder saßen einfach gelassen in einem der vielen Straßencafés.

Er bog auf den Platz vor der *Donatskirche* ein und sah direkt das archäologische Museum. Trotz der modernen Architektur fügte sich das Gebäude angemessen in das historische Stadtbild Zadars ein.

Beim Betreten des Museums wurde er sofort von angenehm klimatisierter Luft umhüllt. Erst jetzt fiel ihm auf, wie warm es an diesem spätsommerlichen Tag draußen war.

Er schaute sich kurz um und begab sich dann zu einem kleinen Informationstisch, an dem eine Museumsmitarbeiterin saß.

»Guten Tag! Mein Name ist Luka Sefic«, begrüßte er die Dame. »Ich habe heute um 11 Uhr einen Termin mit Frau Anic.«

Luka hatte einen Tag zuvor beim Museum angerufen und sich als Journalist ausgegeben, der einen Artikel über die Sonderausstellung schreiben wollte. Er hoffte, so einen ersten Kontakt knüpfen und Einblicke gewinnen zu können, ohne gleich für Aufsehen zu sorgen. Niemand fand es angenehm, wenn die Polizei auftauchte und seltsame Fragen stellte. Sicherlich auch niemand, der in einem Museum arbeitet.

Die Dame am Informationstisch erwiderte seine Begrüßung, griff zu ihrem Telefon und meldete Luka an.

Nachdem sie aufgelegt hatte, sagte sie: »Frau Anic ist auf dem Weg. Sie können es sich gerne so lange bequem machen.« Dabei deutete sie auf eine Sitzecke, die am Rand der Eingangshalle stand.

Luka bedankte sich und nahm auf einem der beiden Sessel Platz. Er trug eine Schreibmappe in der Hand, die er neben sich auf einen Beistelltisch legte.

Die Eingangshalle wirkte wie das gesamte restliche Museum modern und hell. Beim Bau wurde viel Beton verwendet, welcher dem Gebäude einen nüchternen und noblen Touch verlieh. Luka schaute sich interessiert um. Die Decke wurde durch weiße, eckige Säulen getragen. Der Fußboden war aus hellgrauem Vinyl und auf Hochglanz poliert. An den Wänden hingen verschiedene Bilder, die hauptsächlich Fotografien von Ausgrabungsstätten und diversen Fundstücken zeigten. Eine Wendeltreppe führte in die obere Etage.

Es vergingen einige Minuten, bis Luka das Klappern von Absätzen auf der Treppe hörte. Er sah auf, und einen Augenblick später trat eine Frau vor ihn und sah ihn freundlich an.

»Herr Sefic? Mein Name ist Senija Anic. Ich bin die stellvertretende Leiterin der wissenschaftlichen Abteilung des Museums.«

Luka sprang auf, zog sein Sakko straff und streckte ihr lächelnd die Hand entgegen. »Es freut mich sehr, Sie kennenzulernen. Vielen Dank, dass Sie sich Zeit für mich nehmen.«

Als er das sagte, schob er sich die Brille, die er eigens für heute besorgt hatte, auf dem Nasenrücken zurecht. Da er sonst keine Sehhilfe benötigte, war sie mit normalem Glas ausgestattet. Zusammen mit dem Sakko aus kariertem Tweed wollte er damit wie ein echter Wissenschaftsjournalist aussehen. Ein wenig Show konnte nicht schaden.

Während sie sich begrüßten, fiel Luka auf, wie attraktiv Senija Anic aussah. Nicht auf die herkömmliche, sondern eher auf eine herbe Art und Weise. Er schätzte sie etwas jünger als sich, vielleicht auf Ende zwanzig. Sie hatte eine sportlich schlanke Figur und lange, dunkle Haare, die sie zu einem Pferdeschwanz gebunden hatte. Ihr Gesicht war von natürlicher

Schönheit und wurde durch die markanten Wangen-knochen geprägt. Ihr Blick strahlte Selbstsicherheit und Neugier aus. Während er sie anschaute, hielt Luka weiter Anic' Hand.

Anic bemerkte Lukas Blick. Sie zog ihre Hand zurück und beeilte sich, das Gespräch fortzusetzen. »Seitens der Verwaltung wurde mir gesagt, Sie seien Journalist? Bei welcher Zeitung, wenn ich fragen darf?«

Luka lächelte freundlich. Er hatte erwartet, dass derlei Fragen gestellt wurden.

»Natürlich dürfen Sie. Ich arbeite für die Online-ausgabe des *Adriatic Science Report*. Wir sind ein recht kleines Magazin, schreiben aber über die ver-schiedensten wissenschaftlichen Themenbereiche. Angefangen bei Meeresbiologie, über Geologie, bis hin zur Archäologie und Kunstgeschichte. Uns geht es mehr um die Gesamtbetrachtung wissenschaftlicher Arbeit und nicht um spezifische Disziplinen.« Luka musste innerlich über seine mühsam entworfene Rede schmunzeln. *Ich würde mir das sogar selbst glauben*, dachte er stolz.

Anic nickte. »Zwar habe ich noch nie etwas von Ihnen gehört, aber ich versuche zu helfen, wo ich kann.«

»Vielen Dank!«

»Was genau interessiert Sie, Hr. Sefic?«

»Hauptsächlich die archäologische Privatsamm-lung, die derzeit ausgestellt wird.«

»Sie meinen die Sonderausstellung *Marco Polo*?«

»Ganz genau!«

»Da kann ich Ihnen tatsächlich helfen. Ich selbst habe mich dafür eingesetzt, dass die Sammlung für einige Zeit in unserem Haus ausgestellt wird. Ich kann Ihnen also gerne ein paar Dinge erzählen.«

»Dann bin ich ja in den besten Händen«, scherzte Luka, merkte aber, wie abgenutzt der Spruch klang.

Anic ging nicht auf seine Bemerkung ein, was nicht unbedingt zu seiner Erleichterung beitrug.

»Wenn Sie mir folgen möchten?«, fragte sie stattdessen und machte dabei eine einladende Geste.

Luka nahm seine Schreibmappe und folgte ihr über die Treppe in die nächste Etage. Dort führte sie ihn zu einer Glastür. Dahinter sah Luka bereits einige Ausstellungsstücke, die in Schaukästen und Vitrinen ausgestellt waren.

Anic ging voraus und öffnete die Glastür. Es waren fast keine Besucher in dem Museum. Luka hatte im Foyer lediglich ein deutsches Pärchen fortgeschrittenen Alters gesehen, das sich in leidlichem Englisch zwei Eintrittskarten kaufte. Darauf angesprochen erklärte Anic, dass die Besucherzahlen durch die Touristen erfahrungsgemäß in den Sommermonaten am höchsten seien. Das restliche Jahr verlief – insbesondere bei gutem Wetter – deutlich ruhiger.

Sie gingen zwischen den ausgestellten Exponaten der allgemeinen Ausstellung hindurch, während Anic ein paar Worte über das Museum, dessen Geschichte und Ausrichtung erzählte.

Am Ende des Ausstellungsraumes bogen sie einen Gang ab, der nach einigen Metern in einen zweiten, deutlich kleineren Raum mündete.

»So, da wären wir schon. Das ist einer unserer Räume für Sonderausstellungen.«

Beim Eintreten fragte Luka: »Wem gehört diese Sammlung eigentlich?«

»Über *diesen* Punkt kann ich leider nicht mit Ihnen reden«, antwortete Anic. »Sie müssen entschuldigen, aber der Eigentümer möchte gerne anonym bleiben.«

Luka nickte stumm, obwohl es ihn tatsächlich interessiert hätte.

Er schaute sich die einzelnen Vitrinen näher an. Es waren hauptsächlich Gegenstände des täglichen Lebens: eine Schreibfeder samt Federhalter und Tintenfässchen, Geschirr, Kleidungsstücke und Kopfbedeckungen, einige Bücher, Ölgemälde in verschiedenen Größen ...

Luka schoss ein paar Fotos mit seinem Smartphone, bevor er fragte: »Wie kommt es eigentlich, dass ein kroatisches Museum sich einem venezianischen Weltreisenden widmet?«

Anic runzelte fast unmerklich die Stirn. »Nun, wie Sie sicherlich wissen, stammte Polos Familie aus Korcula. Zumindest vertreten einige namhafte Historiker diese Meinung.«

Luka stutzte kurz. Davon hörte er zum ersten Mal. Er hatte sich im Internet grob über die Geschichte Marco Polos informiert, aber darüber hatte er nicht gelesen. »Ich erinnere mich, auch schon von dieser These gehört zu haben«, schwindelte er.

Das Gesicht von Anic verdunkelte sich merklich, sie blieb aber höflich. »Oh, das ist weit mehr als nur eine ... *These*«, sagte sie in einem Tonfall, der Luka unmissverständlich klarmachte, dass er etwas Falsches gesagt hatte.

Sofort hob er beschwichtigend die Hände. »Bitte entschuldigen Sie. Ich wollte keinesfalls unhöflich sein.«

Ihre Gesichtszüge entspannten sich. Offensichtlich hatte sie selbst gemerkt, dass sie zu harsch und unprofessionell klang. Sie setzte ein Lächeln auf. »Nein, *ich* muss mich entschuldigen. Sie müssen wissen, dass ich mich schon viele Jahre mit der Geschichte von Marco Polo beschäftige und *meine* Sicht der Dinge habe.«

Um das Thema zu wechseln, trat Luka an eine der Vitrinen. In ihr lag ein einzelnes Buch. Es hatte einen schweren Einband. *Vermutlich in Leder gebundenes Holz*, mutmaßte er. Das Buch lag aufgeschlagen auf einem Ständer. Die Seiten waren stark vergilbt und die handgeschriebenen Zeilen verblasst.

»Was ist das?«, fragte er und beugte sich vor. Dabei schob er demonstrativ seine falsche Brille nach oben.

Anic trat neben ihn. »Das ist eines der Bücher – genauer gesagt das zweite –, das Marco Polo nach seiner Heimreise aus China geschrieben hat«, erläuterte Anic mit einer Mischung aus Ehrfurcht und Stolz in der Stimme. »Es stammt vermutlich aus dem Jahre 1295 oder der Zeit danach.« Sie trat einen Schritt zurück, den Blick weiter auf das Buch gerichtet, ehe sie sagte: »Aus der Zeit nach Polos Reisen ist wenig über ihn und sein Leben bekannt.«

Luka nickte bedächtig. »Soweit ich weiß, kehrte er nach Italien zurück, wo er später heiratete, Kinder bekam und schließlich verstarb.«

»Oberflächlich dargestellt ist das richtig. Aber im Detail ist natürlich etwas mehr bekannt«, bemerkte Anic. »Marco Polos Erzählungen und Berichte wurden allerdings schon zu seiner Lebenszeit skeptisch betrachtet. In seiner Biografie *Il Milione* – den eigentlichen Reiseaufzeichnungen – finden sich einige Fehler und geografische Ungenauigkeiten. Polos Kritiker glaubten schon damals, dass er einen Teil seiner Reise frei erfunden hatte und auch niemals in China gewesen sei. Bis zu seinem Tod konnte er nicht alle Zweifel aus der Welt schaffen. Jetzt ist ein bislang unbekanntes zweites Buch aufgetaucht. Ein Tagebuch, in dem er nicht nur genauer von seinem Leben nach der großen Reise berichtet, sondern auch einen Beweis für die Glaubhaftigkeit seiner Erzählungen andeutet.«

»Was soll das für ein Beweis sein?«, fragte Luka mit echter Neugierde.

»Konkret wissen wir das noch nicht. Sie müssen wissen, dass die Existenz des Buchs erst seit wenigen Monaten bekannt ist. Es wurde noch nicht hinreichend wissenschaftlich ausgewertet. Lediglich eine erste Sichtung wurde durchgeführt und ein Gutachten erstellt, welches das Alter bestätigt. Die ausführliche wissenschaftliche Bewertung des Inhalts wird parallel zur Ausstellung vorgenommen. Wir erhoffen uns dadurch neue Erkenntnisse und ergänzende Fakten zu den bereits bekannten Reiseaufzeichnungen.«

»Wie kann es sein, dass das Tagebuch erst jetzt aufgetaucht ist?«, fragte Luka. Er klang skeptischer, als er es beabsichtigt hatte.

»Was die Umstände des Auffindens angeht, so verhält es sich wie mit der Identität des Eigentümers der Sammlung: Es wurde absolute Diskretion zugesichert.«

Während er noch vor der Vitrine stand und gebannt auf das Buch schaute, drehte Anic sich unvermittelt zu Luka und deutete den Gang entlang. »Dort geht es weiter. Wollen wir?« Ohne eine Antwort abzuwarten, marschierte sie los.

Luka warf einen letzten Blick auf das Tagebuch und folgte ihr wortlos.

Der nächste Raum war wie ein Schlafgemach eingerichtet. An der Wand stand eine antike Kommode, auf der sich eine Schale aus Keramik befand. *Wahrscheinlich diente sie zur Körperwäsche*, mutmaßte Luka. Der Raum wurde von einem Bett dominiert, dessen Bettpfosten gut zwei Meter hoch waren. Ein Baldachin fehlte jedoch. Vor dem Bett stand eine Sitzbank und jeweils an den Bettseiten lag ein dicker roter Teppich.

»Hier haben wir ein Schlafgemach aus dem 13. Jahrhundert nachgestellt. Die Möbel stammen aus dieser Epoche, wurden allerdings restauriert und gehörten nicht Marco Polo. Wie Sie wissen, ist dessen Haus in Venedig im Jahre 1596 einem Brand zum Opfer gefallen.«

Luka hatte keine Ahnung, ob das stimmte oder nicht. Versuchte Anic gerade, ihm auf den Zahn zu fühlen? Er hatte zwar gelesen, dass das Haus abgebrannt war. Aber die Jahreszahl hatte er sich nicht gemerkt. Wenn die Aussage falsch war, erwartete sie jetzt mit Sicherheit einen Einwand. Er entschied sich, still zu bleiben, und schaute sich stattdessen die Kommode in dem Raum eingehend an. Er hoffte, er erweckte damit den Eindruck, die Frage nicht gehört zu haben.

Nach einigen Sekunden fragte Anic: »Wollen wir unsere Führung fortsetzen?«

Luka atmete leise erleichtert aus.

Es folgten zwei weitere Räume, in denen typische Alltagsgegenstände aus der Zeit Polos ausgestellt wurden. Wie Anic erklärte, waren auch hier nicht unbedingt alle Stücke aus Polos Nachlass. Es handelte sich um Gegenstände aus der Epoche, die lediglich die Sammlung sinnvoll ergänzen sollten. Nach dem letzten Raum stieg Anic mit Luka über eine zweite Treppe hinab, die sie zurück in die Eingangshalle führte.

»So, das war eine schnelle Runde durch unsere Sonderausstellung. Ich hoffe, Sie haben alle Informationen erhalten, die Sie sich erhofften?«

»Das habe ich. Ihre Führung war sehr informativ. Ich werde wohlwollend über Ihre Ausstellung in der nächsten Ausgabe des *Adriatic Science Report* berichten.« Luka streckte Anic die Hand entgegen.

Statt den Handschlag zu erwidern, sah Anic ihn eindringlich an. Nach einem unangenehm langen Augenblick sagte sie: »Herr Sefic – wenn Sie denn tatsächlich so heißen – sparen Sie sich doch bitte ab sofort Ihre Show.«

Lukas Lächeln verschwand. Er ließ seine Hand fallen.

»Ich weiß nicht, wer Sie sind oder was Sie machen«, fuhr sie fort. »Aber mit Wissenschaft haben Sie garantiert nichts zu tun. Das habe ich bereits nach der ersten Minute erkannt.«

Luka stutzte. War seine Tarnung wirklich so schlecht? Er hatte eigentlich gedacht, gut vorbereitet zu sein. Dann fasste er sich und lächelte verschmitzt. »Was hat mich verraten?«

»So ziemlich alles«, antwortete Anic trocken. »Wie Sie reden, wie Sie sich geben ... Alleine Ihre Kleidung, mein Gott! Sie kleiden sich, als wollten Sie alle Klischees bedienen, die man im Allgemeinen Wissenschaftlern zuschreibt.«

Luka sah fragend an sich herab.

»Und diese peinliche Brille. Die ist so übertrieben, als wäre sie aus einem Kostümverleih.« Anic verschränkte die Arme vor der Brust. »Aber was mich jetzt brennend interessieren würde: Wozu das Ganze? Sie hätten sich die Ausstellung jederzeit als normaler Besucher anschauen können.«

Peinlich berührt nahm Luka die falsche Brille ab und steckte sie in die Innentasche seines Sakkos. Entschuldigend hob er die Hände. »Ich möchte mich bei Ihnen in aller Form entschuldigen. Ich wollte Sie weder beleidigen noch Ihnen Ihre wertvolle Zeit stehlen. Mein Name ist wirklich Luka Sefic. Ich bin Agent der USKOK.«

Senija Anic ließ sich keine Überraschung anmerken. »Seit wann interessiert sich die USKOK für Archäologie und Geschichte? Befürchten Sie, dass wir hier altertümliche Waffen im großen Stil verkaufen?« Ihr sarkastischer Unterton war nicht zu überhören.

»Wahrscheinlich habe ich diesen Spott verdient«, versuchte Luka, die Wogen zu glätten.

»Ich für meinen Teil denke, Sie hätten noch ganz andere Dinge verdient.« Anic schaute Luka angriffslustig an.

»Wie ich schon sagte: Ich entschuldige mich. Vielleicht hilft es, wenn ich Ihnen sage, dass es gute Gründe für mein Vorgehen gibt. Wir befürchten, dass es in nächster Zeit vermehrt zu Diebstählen von Antiquitäten und historischem Kulturgut kommen kann. Ihre Ausstellung wird von einem gewissen öffentlichen Interesse verfolgt und ich hoffte, einen Kontakt zur Szene herstellen zu können.«

»Also erstens sind wir keine *Szene*, sondern ein archäologisches Museum. Und zweitens: Wie Sie vielleicht festgestellt haben, beinhaltet unsere Ausstellung kein Stück, das von besonderem materiellen Wert ist. Wissenschaftlich äußerst wertvoll, aber auf dem Schwarzmarkt ist damit kaum Geld zu machen.«

Luka nickte. »Das sehe ich auch so. Aber es war ein vielversprechender Ansatz – zumindest dachte ich das. Für den Fall, dass Ihnen in nächster Zeit etwas Ungewöhnliches auffällt, das mich eventuell interessieren könnte, möchte ich Ihnen trotzdem meine Karte geben.«

Luka zog eine Visitenkarte aus der Tasche und reichte sie Anic. Sie zögerte kurz, löste dann aber ihre verschränkten Arme und nahm die Karte entgegen.

»Zum Schluss möchte ich Ihnen noch sagen, dass mir Ihre Führung sehr gut gefallen hat. Unabhängig von meinem Auftrag fand ich Ihre Ausführungen wirklich interessant. Vielen Dank dafür. Auf Wiedersehen.« Mit diesen Worten drehte er sich um, ging durch das Foyer und verließ das Museum.

Senija Anic blickte Luka Sefic stumm nach. Nachdem sich die große Glastür hinter ihm geschlossen hatte, schaute sie nochmals kurz auf die Visitenkarte. Durch ihre ernste Miene schimmerte ein flüchtiges Lächeln, bevor sie die Karte in die Hosentasche steckte und sich abwandte.

KAPITEL 6

Zadar / Kroatien, Gegenwart

»Was…?« Luka hob erschrocken den Kopf und sah sich schlaftrunken um. Sein Smartphone lag neben ihm auf dem Nachttisch und klingelte laut. Unbeholfen versuchte er, es an sich zu nehmen, wobei es ihm aus der Hand glitt und auf den Fußboden neben dem Bett fiel. »So eine Schei…!« Er unterdrückte den Rest, nachdem er das Telefon zu fassen bekam. Es klingelte noch immer.

»Ja … Sefic«, meldete er sich erschöpft, während er gleichzeitig seinen Kopf auf das Kissen fallen ließ.

»Herr Sefic? Hier spricht Senija Anic. Ich hoffe, Sie erinnern sich?«

Luka antwortete mit weiterhin geschlossenen Augen: »Hallo Frau Anic … Natürlich erinnere ich mich, es war ja erst gestern. Was gibt es so Dringendes, dass Sie mich um …« Er hielt kurz inne, um auf das Display des Telefons zu schauen. »Halb sieben anrufen? Wollen Sie noch eine Entschuldigung hören oder vermissen Sie mich etwa?« Luka biss sich auf die Unterlippe – fand dann aber seinen Spruch ganz witzig. Er grinste, als er das genervte Ausatmen am anderen Ende der Leitung hörte.

»Lassen Sie die Späße! Mir ist im Augenblick nicht danach. Sie sagten, ich kann Sie anrufen, falls etwas wäre. Nun, es ist etwas passiert.«

Luka öffnete die Augen. »Ich höre zu.«

»Vergangene Nacht wurde im Museum eingebrochen.«

Luka setzte sich auf und schwang seine Beine aus dem Bett. »Jetzt machen *Sie* die Scherze, oder?!«

»Ich wollte, es wäre so«, antwortete Anic und klang verzweifelt.

»Okay. Erzählen Sie, was genau passiert ist.«

Luka hörte, wie Anic hektisch ein- und ausatmete. Der Vorfall nahm sie merklich mit.

»Gut, ich versuche es«, begann sie. »Ich bin gestern als Letzte gegangen. Das war etwa gegen 20 Uhr. In der Regel bin ich morgens auch die Erste und schließe der Putzkolonne auf. Als ich heute gegen 6 Uhr ankam, warteten die drei Putzfrauen schon auf mich. Ich schloss auf und wir gingen hinein. Es war alles wie immer. Ich legte meine Tasche im Büro ab, während die Frauen ihre Putzwagen holten. Anschließend zeigte ich ihnen, worauf sie heute vielleicht besonderen Wert legen sollten. Dabei sind wir auch in die Sonderausstellung. Dort habe ich gedacht, mein Herz bleibt stehen.« Sie atmete wieder mehrere Male schwer ein und aus, bevor sie fortfuhr. »Das Buch. Das Tagebuch des Marco Polo ... Erinnern Sie sich?«

»Natürlich«, antwortete Luka.

»Es ist fort. Gestohlen!«

Luka konnte Anic' Verzweiflung fast spüren.

»Wissen Sie sicher, dass es ein Einbruch war? Vielleicht hat es ja einer Ihrer Mitarbeiter ...«

»Es war ein Einbruch!«, unterbrach sie ihn sofort. »Die Vitrine wurde aufgebrochen, das Schloss herausgerissen.«

Luka rieb sich den Nasenrücken zwischen Daumen und Zeigefinger, während er mit geschlossenen Augen nachdachte. »Wurde sonst noch etwas gestohlen?«, fragte er einen Moment später.

»Bisher konnte ich nichts feststellen. Ich bin schnell eine Runde durch das Museum gelaufen, aber auf den ersten Blick sieht es so aus, als würde nichts weiter fehlen.« Sie hielt kurz inne und holte wieder tief Luft, bevor sie fortfuhr: »Allerdings fand ich dann noch eine aufgebrochene Tür, die zur Ladezone in den Hinterhof führt. Ich vermute, dass die Einbrecher so in das Museum gelangt sind.«

»Haben Sie keine Alarmanlage?«, wunderte sich Luka.

»Nur einzelne Anlagen an den äußeren Türen. Die Türen zum Hof haben keine, da er ummauert ist. Die Zufahrt wird durch ein Metalltor verschlossen.«

»Und im Gebäude? Was ist mit den Vitrinen?«

»Bruchfestes Sicherheitsglas, aber keine Alarmanlagen.«

»Das ist schlecht«, bemerkte Luka.

»Wir sind nicht Fort Knox, sondern ein archäologisches Museum. Noch dazu ein kleines. Die Kosten für derlei Sicherheitsmaßnahmen würden nicht im Verhältnis zum Nutzen stehen«, entgegnete Anic.

Wie man sieht, dachte Luka. »Was mich zu meiner nächsten Frage bringt: Was ist das Buch tatsächlich wert?«

Luka konnte beinahe sehen, wie Anic die Augen verdrehte.

»Warum muss immer alles einen materiellen Wert haben, damit es wichtig ist? In Zahlen lässt sich das schwer sagen. Es wird überhaupt nur einen sehr überschaubaren Kreis möglicher Interessenten geben.

Wenn ich schätzen müsste: Ein paar tausend Euro würde der eine oder andere Sammler schon bezahlen. Aber wie gesagt: Den müsste man erst mal finden.«

»Und wie kann ich Ihnen jetzt helfen?«, fragte Luka.

»Wie? Äh, Sie sagten doch, ich solle mich melden, wenn etwas passiert. Nun, ich würde sagen, *es ist etwas passiert.* Haben Sie nicht sogar erzählt, dass Sie befürchten, es würde zu Diebstählen kommen?«

»Das ist richtig. Aber ich vermute nicht meine Zielperson dahinter. Er würde wahrscheinlich nicht selbst einen solchen Einbruch begehen und stattdessen jemanden beauftragen. Die müssten das Objekt auskundschaften, den Einbruch begehen, die Ware wegschaffen und übergeben. Dafür wollen sie natürlich bezahlt werden. Bei einem möglichen Preis von wenigen tausend Euro – wenn wir Ihre Schätzung als richtig annehmen – blieben dem Auftraggeber nur ein paar hundert Euro. Die Person, hinter der ich her bin, spielt in einer weitaus höheren Liga als ...«

»Herr Sefic«, unterbrach ihn Anic. »Gestern waren Sie bei mir, weil Sie Unterstützung brauchten. Heute brauche ich Ihre. Wenn ich bei der Aufklärung nur auf die hiesige Polizei setze, bekomme ich das Tagebuch nie wieder zu Gesicht.«

Luka schwieg.

Nach kurzem Zögern fügte Anic hinzu: »Außerdem, so denke ich, ist es momentan die einzige Spur zu Ihrem Mann.«

Luka merkte, wie schwer es Anic fiel, ihn um Hilfe zu bitten. Aber sie hatte recht. Die Polizei würde den Fall aufnehmen, eine Anzeige gegen unbekannt an die

Staatsanwaltschaft vorlegen und das Buch zur Sachfahndung ausschreiben. Damit wäre das Strafverfahren abgeschlossen, wenn sich keine neuen Ermittlungsansätze ergaben. Luka zweifelte daran. Anic brauchte ihn tatsächlich. Und in einem Punkt musste er ihr vorbehaltlos zustimmen: Der Einbruch war bisher das einzige, was einer Spur am nächsten kam. Allerdings konnte er sich nicht vorstellen, dass ein Danko Vladic unter die Bücherdiebe gegangen war. Außer natürlich, es steckte etwas anderes dahinter.

»Frau Anic, ich bin noch in Zadar. Ich mache mich schnell frisch und bin dann in etwa einer Dreiviertelstunde am Museum – wenn das für Sie in Ordnung geht?«

Anic seufzte erleichtert. »Natürlich geht das in Ordnung. Ich warte hier auf Sie. Vielen Dank, Hr. Sefic.« Dann legte sie auf.

Luka starrte einen Augenblick ins Leere. *Ein gestohlenes Buch ... toll!*

Er warf das Smartphone neben sich auf das Bett und stand auf.

Zwanzig Minuten später stand Luka frisch rasiert und geduscht in seinem Hotelzimmer. Durch das geöffnete Fenster schaute er auf das Meer hinaus, während er einen Schluck Kaffee trank, den er beim Zimmerservice bestellt hatte. Er genoss die morgendliche Ruhe. Die Adria war spiegelglatt und erst die aufkommenden Winde am Nachmittag würden die Wellen bringen. Er schaute auf die Uhr und erschrak. *Genug geträumt – ich muss los!* Er trank einen letzten Schluck und stellte die Tasse auf das Tablett.

Anschließend nahm er seine Pistole, die auf dem Tisch daneben lag. Er steckte sie in das Holster am Gürtel seiner Jeans.

Vor dem Spiegel schaute er noch mal, ob sein graues Hemd keine Flecken hatte und ordentlich saß. Dann zog er seine schwarze Lederjacke über. Zufrieden fuhr er sich mit der Hand durch das Haar. »Heute nicht der falsche Wissenschaftsjournalist«, sagte er zu seinem Spiegelbild. Schließlich nahm er die Wagenschlüssel und verließ das Hotelzimmer.

Sein Land Rover stand auf dem Gästeparkplatz unweit des Hoteleingangs. Luka trat vor das Gebäude und sofort umgab ihn der Duft von Piniennadeln, Feigen und frischer Meeresluft. Er blieb einen Moment stehen und atmete tief ein. Luka liebte diesen Geruch, der vom späten Frühling bis in den Spätsommer am intensivsten war. Er stieg in seinen Wagen und fuhr zum Hafen, wo er schon am Tag zuvor geparkt hatte.

So früh am Morgen war es in der Altstadt von Zadar noch sehr ruhig. Nur wenige Menschen waren unterwegs. Cafébetreiber wischten die Tische ab oder rückten die Stühle zurecht. Einige Besucher der Gemüse- und Fischmärkte trugen ihre Einkäufe in Tüten durch die Gassen. Auf dem Platz zwischen der *Donatskirche* und dem archäologischen Museum saßen die ersten Gäste in den Cafés und genossen in der Morgensonne ihr Frühstück. Die kleinen Souvenirstände auf dem Platz waren noch geschlossen.

Die Eingangstür des Museums war verschlossen. Luka versuchte, durch die getönte Glasscheibe etwas zu erkennen. Er konnte Senija Anic mit einer Mitarbeiterin am Empfang stehen sehen. Er klopfte an die Scheibe. Anic sah zu ihm herüber. Als sie ihn erkannte, eilte sie zum Eingang und schloss die Tür auf. Luka trat ein. Sofort spürte er wieder die klimatisierte Luft.

»Herr Sefic! Gott sei Dank sind Sie hier. Ich weiß nicht, wo mir gerade der Kopf steht.« Sie schüttelte ihm die Hand. »Vielen Dank, dass Sie so schnell kommen konnten.«

Luka fiel erneut auf, wie gut aussehend die Wissenschaftlerin war. Sie hatte nur das Nötigste an Make-up aufgetragen und hatte ihre Haare wieder zu einem Pferdeschwanz frisiert. Sie trug einen marineblauen Hosenanzug mit einer weißen Bluse unter dem Oberteil. Dezent, aber durchaus schick.

»Bedanken Sie sich nicht zu früh«, antwortete Luka. »Momentan weiß ich noch nicht, ob ich Ihnen helfen kann.«

»Ich muss zugeben, dass mich Ihr kleiner schauspielerischer Auftritt gestern ziemlich wütend gemacht hat. Aber nach dem Einbruch heute Nacht ... Inzwischen glaube ich, dass an Ihrer Geschichte durchaus etwas dran sein könnte. Und ich denke wirklich, dass Sie mir mehr helfen können als die örtliche Polizei.«

Luka blieb skeptisch. »Gut«, sagte er dennoch. »Am besten schauen wir uns gemeinsam die Spuren an. Zuerst bitte den Hintereingang, durch den die Einbrecher wahrscheinlich ins Museum eingedrungen sind.«

Anic lächelte erleichtert und nickte. »Gerne! Bitte folgen Sie mir.«

Sie führte ihn erst durch die Halle und einen Ausstellungsraum. Es war eine andere Ausstellung als gestern und zeigte prähistorische Exponate. Am Ende des Raumes gelangten sie durch eine unscheinbare weiße Tür in einen langen Flur, von dem auf beiden Seiten mehrere Zimmer abgingen. Einige standen offen und Luka konnte neben zwei Büros verschiedene Werkstätten und Labore sehen. Nach wenigen Metern bog der Flur links ab und endete vor einer weiteren Tür. Diese musste Anic über ein Tastenfeld aufschließen. Sie traten hindurch und gelangten ins Freie.

»Das ist der Hof des Museums. Hier werden Ausstellungsstücke angeliefert oder verladen. Auch andere Dienstleister, wie Getränkelieferanten oder Handwerker, kommen hier an. Zu den Öffnungszeiten des Museums oder falls eine Sonderlieferung ansteht, ist unser Hausmeister zur Stelle und kontrolliert die Zufahrt.«

Luka nickte und sah sich um. Der Hof war nahezu quadratisch und geschätzte dreißig Meter lang. Ihn umgab eine etwa zwei Meter hohe Mauer mit einem Metalltor auf einer Laufschiene. »Was ist mit der Kamera?«, fragte er und deutete auf eine Überwachungskamera an der Gebäudewand, die auf das Tor gerichtet war.

»Die überträgt live, aber es wird nicht aufgezeichnet. Das Bild kommt vorne beim Empfang an. Sie ist nur dafür da, damit wir Transporte vor dem Tor sehen. Die müssen sich zusätzlich noch über die Gegensprechanlage anmelden.«

Luka nickte wieder.

Nachdem er nichts weiter sagte und sich nur umsah, fuhr Anic fort: »Hier drüben ist die Tür, die aufgebrochen wurde.« Sie zeigte in eine Richtung und setzte sich sofort in Bewegung.

Die Tür war aus Metall. Die Einbrecher hatten das Zylinderschloss herausgebohrt und die Tür so leicht öffnen können. Auf dem Boden lagen noch die spiralförmigen Bohrspäne. Luka setzte sich in die Hocke und begutachtete die Bohrung. *Saubere Arbeit*, stellte er schweigend fest. »Das waren auf keinen Fall Stümper«, sagte er. Dann stand er auf und trat durch die aufgebrochene Tür.

Dahinter lag ein Lagerraum, in dem mehrere Regale standen. Auf ihnen stapelten sich Kartons und Eimer.

»Das ist unser Materiallager. Dinge für die Präparation der Exponate, aber auch Büromaterial, Kataloge und Prospekte«, erklärte Anic.

Der Lagerraum besaß noch eine weitere Tür. Die war ebenfalls beschädigt. Die Einbrecher hatten sie aufgehebelt, sodass der Rahmen im Bereich des Schließzylinders herausgerissen war. Als sie hindurch traten, befanden sie sich in einem Flur zwischen zwei Räumen der Marco-Polo-Ausstellung.

Anic schritt voraus und führte Luka in den Raum, wo sie ihm am Tag zuvor das Tagebuch gezeigt hatte.

»Hier, sehen Sie! Die Vitrine wurde aufgebrochen.« Anic klang wieder aufgeregter, während sie auf den Glaskasten vor ihnen deutete.

Luka trat näher an den Schaukasten und begutachtete ihn. Auf der Rückseite fand er eine hölzerne Klappe, durch die man die Ausstellungsstücke in die

Vitrine legte. Die Klappe konnte abgeschlossen werden. Jemand hatte sie mit einem Stemmeisen oder Ähnlichem gewaltsam aufgehebelt, sodass der Schließzylinder abgebrochen war und daneben auf dem Boden lag.

»Und ansonsten fehlt wirklich nichts?«

»Nach unserem Telefonat bin ich die gesamte Ausstellung nochmals gründlicher durchgegangen. Alles befindet sich an seinem Platz.«

Luka kratzte sich nachdenklich am Hinterkopf. »Ich weiß, das wird Ihnen nicht gefallen, aber die Spurenlage gibt nicht viel her. Ich sehe eigentlich nur eine Möglichkeit, wie wir in der Sache vorankommen könnten: Ich muss mit dem Eigentümer der Sammlung sprechen.«

»Das habe ich Ihnen doch schon erklärt: Dem Eigentümer wurde absolute Diskretion und damit Anonymität zugesichert.«

»Ich weiß, aber ich wüsste nicht, wo wir sonst ansetzen sollen. Außer den Hebelspuren und dem aufgebohrten Schloss ist wahrscheinlich nicht viel zu finden. Ich glaube nicht, dass brauchbare Fingerabdrücke an den Türen oder der Vitrine sind. Aber selbst wenn, würde die Auswertung der Abdrücke und der Abgleich mit Ihren Mitarbeitern Tage dauern und nicht einmal garantieren, dass uns das weiterbringt. Der Eigentümer kann uns vielleicht mehr erzählen. Vielleicht hat er eine Idee, wer ein so starkes Interesse an dem Buch haben könnte.«

Anic schwieg und schaute hilflos im Raum umher.

»Und außerdem – was glauben Sie, ist dem Eigentümer wichtiger: Diskretion oder dass wir sein Buch wiederfinden?«, setzte Luka nach.

Anic sagte zunächst nichts. Sie rieb sich nervös die Hände und atmete dann hörbar aus, bevor sie antwortete: »Ich muss telefonieren.«

KAPITEL 7

»Ich habe den Eigentümer der Sammlung erreicht. Es geht in Ordnung, wir werden von ihm erwartet.« Anic hielt ihr Mobiltelefon in der Hand, als sie zurückkehrte.

Luka saß in der Eingangshalle des Museums und wartete schon ungeduldig auf die Rückkehr der wissenschaftlichen Mitarbeiterin.

»Er war natürlich nicht sonderlich erfreut. Aber er möchte, dass das Tagebuch wiederbeschafft wird und ist bereit, uns in jeglicher Hinsicht zu unterstützen. In einer Stunde geht unser Flug.«

»Unser Flug?«, fragte Luka überrascht.

»Er schickt uns eine Maschine.«

Luka zog die Augenbrauen hoch und sein Kinn klappte herunter. Seine Reaktion ließ Anic schmunzeln.

»Wenn Sie noch zwei Minuten warten würden. Ich hole meine Handtasche aus dem Büro und hinterlasse meinem Chef eine Nachricht.«

»Kein Problem.«

»Gut. Wir können doch sicher Ihren Wagen für die Fahrt zum Flughafen nehmen?!«

»Sicher.«

»Schön, bis gleich!« Anic machte auf dem Absatz kehrt.

»Würden Sie mir vorher noch sagen, wohin der Flug geht?«, rief Luka ihr nach.

»Natürlich! Nach Venedig.«

Der Flughafen von Zadar lag etwas außerhalb. Sie brauchten eine gute Stunde, bis sie auf dem Rollfeld für Privatmaschinen eintrafen. Da sie angemeldet waren, gab es keine Probleme und Luka konnte mit seinem Wagen direkt auf das Flughafengelände fahren. Er parkte den Land Rover neben einem Hangar aus grün gestrichenem Wellblech. Sie waren kaum ausgestiegen, da eilte bereits ein junger Mann in einer Pilotenuniform auf sie zu.

»Frau Anic, Herr Sefic?«

Beide nickten.

»Ich grüße Sie! Mein Name ist Miller und ich bin heute der Co-Pilot. Wenn Sie mir bitte folgen wollen? Wir haben bereits Startfreigabe und der Tower hält alle anderen Flüge für uns zurück.«

»Moment noch! Müssen wir nicht zuerst zur Passkontrolle?«, gab Luka zu bedenken.

»Das wurde bereits geklärt«, meinte Miller trocken. »Wenn Sie mir dann bitte folgen möchten?«, wiederholte er.

Das wurde bereits geklärt. Luka war klar, dass mit genügend Geld fast alles machbar war, aber es mal persönlich zu erleben, war etwas völlig anderes. Er sah zu Anic, die nicht im Entferntesten so beeindruckt erschien, wie er selbst. Wahrscheinlich war sie öfter in den Genuss eines solchen *Services* gekommen, nachdem sie sich um die Sammlung bemüht hatte.

Miller ging mit schnellen Schritten um den Hangar zum Tor des Gebäudes. Bereits einige Meter entfernt konnte Luka warmlaufende Turbinen hören. Als sie in die Halle einbogen, blieb er abrupt stehen.

»Was ist denn das?«, stieß er ungläubig hervor.

Er wäre schon von einem herkömmlichen Privatjet überwältigt gewesen, aber was er hier vor sich sah, sprengte seine Erwartungen. So etwas hatte er noch nie gesehen. *Eine Mischung aus Düsenflugzeug und Raumschiff*, kam es ihm in den Sinn. Der Jet war etwas größer als ein üblicher Privatjet. Er wirkte extrem schlank, was durch den spitzen Bug noch unterstrichen wurde. Die Form erinnerte ihn unweigerlich an die Mini-Version einer *Concorde*. Der Jet hatte keine normalen Flügel, sondern dreieckige Deltaflügel, die über dessen gesamte Länge mit dem Rumpf verbunden waren. Zudem besaß er keine Turbinen an den Flügeln. Stattdessen prangte am Heck der Maschine ein einzelnes ovales Triebwerk, das sich über die gesamte Breite des Rumpfes erstreckte. Der komplette Jet glänzte schwarz. Sogar die Sichtfenster waren dunkel getönt.

Miller bemerkte, dass Luka stehengeblieben war. »Hr. Sefic, bitte! Wir sind in Eile.«

»Was ist das für ein Ding?«, fragte Luka, als er zu den anderen aufgeschlossen hatte und sie die Treppe zum Eingang hinaufstiegen.

»Das ist der *Space-Jet RB1*. Ein Prototyp«, erklärte Miller, während er über ein Bedienfeld neben der Luke die Tür schloss. »Eigentlich wurde er als Orbiter für den touristischen Weltraumflug konzipiert. Zumindest für heute ist er aber der schnellste Weg von Zadar nach Venedig.« Er zeigte auf die Sitzreihen. »Nehmen Sie Platz. Sie haben freie Auswahl – Sie sind die einzigen Gäste an Bord. Ich wünsche einen angenehmen Flug.« Den letzten Satz unterstrich Miller mit einem jugendlichen Lächeln und einem Augenzwinkern. Dann wandte er sich ab und verschwand im Cockpit.

Luka und Anic nahmen nebeneinander in der Ersten der insgesamt vier Sitzreihen Platz. Kaum hatten sie sich gesetzt, setzte sich der Jet sanft in Bewegung. Luka sah durch das Seitenfenster, wie sie zunächst aus dem Hangar rollten, den Vorplatz überquerten und schließlich auf die Startbahn bogen. Hier stoppte die Maschine.

Unmittelbar anschließend hörte Luka, wie das Triebwerk hochgefahren wurde. Der Jet, nur durch die Fahrwerksbremsen gehalten, wartete unruhig darauf, losgelassen zu werden. Luka spürte, wie die ganze Maschine vibrierte. Die zunehmenden Vibrationen wurden von der immer lauter werdenden Geräuschkulisse des Antriebs begleitet.

Luka neigte seinen Kopf zu Anic. »Ziemlich laut, oder? Nicht gerade luxuriös das …«

Dann löste der Pilot die Bremsen. Luka konnte den Satz nicht beenden. Er wurde dermaßen in den Sitz gedrückt, dass ihm das Atmen schwerfiel. Sein Kopf wurde an die Nackenstütze gepresst, sodass er Mühe hatte, ihn zu bewegen. Sein Sitz rüttelte und ließ Luka auf und ab wippen. Schließlich hoben die Räder vom Boden ab. Das Rütteln hörte schlagartig auf. Meter für Meter gewannen sie an Höhe. Luka konnte sich wieder bewegen und sah durch das Fenster, wie die Welt an ihnen vorbeijagte. Nach einigen Sekunden lenkte der Pilot den Jet Richtung Nordwesten und damit auf die Küste der Adria zu.

»Ich dachte, der Unterschied zu einem normalen Jumbojet fällt größer aus. Auch nur ein Flugzeug«, scherzte er und sah rüber zu Anic.

Diese schaute nur geradeaus und würdigte ihn mit keiner Antwort. Dann schloss sie die Augen.

Bevor Luka sie fragen konnte, ob alles in Ordnung sei, hörte er, wie der Antrieb im Heck deutlich lauter wurde. Ein ohrenbetäubender Knall, gefolgt von einem Brüllen wie tausend Rennwagen, erfüllte die Maschine. In derselben Sekunde wurde Luka – zumindest fühlte es sich für ihn so an – auf die Hälfte seiner Körpermasse zusammengequetscht.

Der Pilot beschleunigte und leitete einen steilen Steigflug ein. Luka musste sich anstrengen, um überhaupt atmen zu können. Er spürte, wie sich sein Gesicht straffte. Er hatte das Gefühl, dass ihm unsichtbare Hände versuchten, seine Augen in die Höhlen zu drücken und die Haut der Wangen nach hinten abzuziehen. Er krallte sich an den Armlehnen fest, die wie ein Presslufthammer in seinen Händen vibrierten. Anic neben ihm schien völlig entspannt zu bleiben. *Jetzt nur nichts anmerken lassen*, befahl er sich.

Kurz nachdem sie die Wolkendecke durchstoßen hatten, spürte Luka, wie der Steigflug flacher wurde und der Druck auf seinen Körper nachließ. Er rieb sich den Nacken, als eine Durchsage aus den Bordlautsprechern seine Aufmerksamkeit erweckte.

»Achtung, hier spricht Ihr Kapitän. Ich begrüße Sie an Bord des Space-Jet RB1 und wünsche einen angenehmen Flug. In Kürze werden wir unsere Flughöhe von 40.000 Fuß erreicht haben. Unsere Geschwindigkeit wird dann 1180 Knoten betragen.

Unsere errechnete Restflugzeit beträgt dann noch 16 Minuten. Vielen Dank!« Mit einem Knacken endete die Lautsprecherdurchsage.

Wahnsinn! In der Zeit fahre ich nicht mal vom Flughafen in die Innenstadt von Zadar. Luka war fassungslos. Er wandte sich an Anic. »Eigentlich könnten Sie mir endlich sagen, wer nun der geheimnisvolle Spender der Sammlung ist.« Luka fiel auf, dass die Museumsmitarbeiterin auffallend still war, seit sie in das Flugzeug gestiegen waren.

Anic atmete hörbar aus, zögerte eine Sekunde, gab aber schließlich nach. »Na gut. Ich denke, das geht jetzt in Ordnung. Der Eigentümer ist Sir Robert Bend.«

»Der englische Milliardär?«, fragte Luka überrascht.

»Ganz genau.«

Luka hatte – wie wahrscheinlich die meisten Menschen auf diesem Planeten – schon von Robert Bend gehört. Er war durch eine Reihe verschiedener Geschäftsideen reich geworden. Sein größtes Talent lag darin, Trends zu erkennen, bevor es andere taten. Sein neuestes Projekt befasste sich mit dem Vorhaben, das Weltall touristisch für die breite Masse zu erschließen. Dafür bedurfte es einer sicheren und rentablen Möglichkeit, die Weltraumtouristen in den Orbit und zurückzubringen.

Luka schaute sich in dem Jet um. *Scheint so, als wäre das Projekt schon weit fortgeschritten.*

»Wie passen Robert Bend und Antiquitäten zusammen? Mein Wissen über ihn lässt eher auf einen Mann schließen, der sich mit der Zukunft beschäftigt und sich nicht für Dinge aus der Vergangenheit interessiert.«

Anic nickte zustimmend. »Das könnte man meinen. Archäologie und Geschichte sind aber eine Leidenschaft von Sir Bend. Ein intensives Hobby, wenn Sie so wollen. ,*Die Zukunft im Auge – die Vergangenheit im Herzen*‘, würde er sagen.« Ein Lächeln huschte über ihr Gesicht.

Luka nickte, sagte aber nichts dazu.

Der Jet landete pünktlich auf dem *Marco-Polo-Flughafen* von Venedig. Auch hier wurden sie auf ein privates Rollfeld gelotst. Luka schaute aus dem Fenster und sah, wie sie auf einen einzelnen Hangar zufuhren. Kein anderes Flugzeug war zu sehen. Über den geöffneten Toren der Halle war das bekannte Logo der *Bend Corporation* aufgemalt. Langsam rollte der Jet in den Hangar und kam schließlich mit einem leichten Nicken zum Stehen. Kaum hatten sie die Parkposition erreicht, kam Miller aus dem Cockpit und öffnete die Luke. Von außen wurde eine Treppe an die Maschine geschoben.

»Ich hoffe, Sie hatten einen angenehmen Flug. Einen schönen Tag!«, verabschiedete Miller sie knapp, während er die Luke öffnete.

Luka und Anic stiegen die Treppe hinab. Einige Meter entfernt stand ein schwarzer Range Rover Sport. Der Fahrer war ausgestiegen und hielt ihnen die hintere Tür auf.

»Hallo Ms. Anic! Mr. Sefic. Im Namen von Sir Bend darf ich Sie in Venedig willkommen heißen«, begrüßte sie der Fahrer mit hörbar englischem Akzent.

»Mein Name ist Vincent Baxter. Ich bin der persönliche Fahrer von Sir Bend. Wenn ich Sie bitten dürfte …?!«. Baxter machte eine einladende Geste zum geöffneten Wagen.

Baxter trug einen schwarzen Anzug mit einer schwarzen Krawatte auf einem weißen Hemd. Der Anzug war maßgeschneidert in einem sportlich engen Schnitt und so fiel es Luka leicht, neben Baxters breiten Schultern und der muskulösen Brust, auch die Pistole im Schulterholster unter dem Jackett auszumachen.

»Nur der Fahrer, ja?«, fragte er betont zynisch.

Baxter war etwa so groß wie Luka und dürfte im gleichen Alter sein. Er trug sein hellbraunes Haar zur Seite gekämmt und er wirkte auf den ersten Blick wie die Schablone für einen britischen Banker – oder Geheimagenten.

»Bitte, Sir! Wir haben es eilig.« Baxter nickte zur geöffneten Tür, ohne auf Lukas Bemerkung einzugehen.

Anic, die offenbar keine Zeit verschwenden wollte, trat an Luka vorbei. »Hallo Vincent«, begrüßte sie den Fahrer, während sie einstieg.

Luka schaute Baxter weiterhin eindringlich an, erreichte aber nichts. Der Mann ließ sich keinerlei Gefühlsregung anmerken. Schließlich stieg seufzend auch Luka ein.

Baxter schloss die Tür hinter ihm, umrundete den Wagen, setzte sich auf den Fahrersitz und fuhr los. Mit quietschenden Reifen lenkte er den Range Rover vom Rollfeld und steuerte ihn geradewegs zur Flughafenausfahrt.

»Auf die Passkontrolle brauche ich wahrscheinlich nicht zu warten, oder?«, fragte Luka in die Runde.

Anic grinste und machte es sich auf ihrem Platz bequem. Luka sah nach vorne und hätte schwören können, im Rückspiegel auch bei Baxter ein Grinsen erkannt zu haben.

Das Anwesen von Sir Robert Bend lag außerhalb von Venedig und wurde von einer etwa drei Meter hohen Mauer umgeben. Den Eingang bildete ein schweres Metalltor, das sich automatisch öffnete, als sie mit dem Range Rover vorfuhren. Das Gelände dahinter war wie ein weitläufiger Park angelegt. Baxter lenkte den Wagen auf einem Weg aus weißem Kies zwischen Palmen, Sträuchern und einem akkurat gemähten Rasen auf das Wohngebäude zu.

»Das nenne ich mal ein Häuschen«, bemerkte Luka. Er hatte sich nach vorne gebeugt und schaute vorbei an Baxter durch die Windschutzscheibe.

Bei dem Gebäude handelte es sich um eine venezianische Villa mit drei Stockwerken. Das ganze Haus war weiß gestrichen – lediglich die Fensterrahmen und die Eingangstür bestanden aus rotbraunem Holz. Der Eingang wurde von vier Säulen eingerahmt, auf denen ein Balkon thronte. Vor dem Gebäude war ein großer runder Vorplatz angelegt worden, der ebenfalls mit weißem Kies bedeckt war. Die Mitte des Platzes dominierte ein steinerner Springbrunnen, aus dem eine Wassersäule in die Luft spritzte.

Baxter steuerte den Range Rover um den Brunnen und hielt direkt vor dem Eingang. Anschließend stieg er aus, eilte um den Wagen herum und öffnete ihnen die hintere Tür.

Anic bedankte sich freundlich und stieg aus. Luka rutschte über den Rücksitz und folgte ihr ebenfalls aus dem Wagen.

»Senija, meine Liebe«, hörte er plötzlich eine markante dunkle Stimme mit starkem britischen Akzent. Vom Eingang der Villa kam ihnen lächelnd Sir Robert Bend entgegen.

Luka hatte von dem Selfmade-Milliardär ab und an in der Zeitung gelesen. *Unternehmer, Pionier* und *Philanthrop* waren die gängigen Bezeichnungen, die in den Schlagzeilen Verwendung fanden. Luka wusste auch, dass Bend weit über sechzig war, aber durch seine Erscheinung und sein Auftreten wirkte er deutlich jünger. Er trug seine graublonden Haare locker nach hinten gekämmt. Zusammen mit seiner gebräunten Haut sah er eher wie ein Beachboy und weniger wie ein britischer Unternehmer aus. Barfuß und locker mit Leinenhose und Freizeithemd gekleidet, nahm er Senija Anic in die Arme und küsste sie herzlich auf die Wangen.

»Ich freue mich, dich zu sehen«, sagte er, nachdem er sie wieder losgelassen hatte. »Auch wenn die Umstände nicht gerade erfreulich sind.«

Senija lächelte gezwungen. »Hallo Robert! Ich freue mich auch, dich zu sehen.« Ernst fügte sie hinzu: »Sei versichert … für mich ist die ganze Sache mehr als *unerfreulich*.«

Bend nickte. »Das weiß ich doch, meine Liebe«, antwortete er mit einem beschwichtigenden Lächeln. »Dir liegt mindestens ebenso viel an der Sammlung wie mir. Gleich bei unserem ersten Treffen habe ich gemerkt, dass du mit dem ganzen Herzen dabei bist. Wenn es anders gewesen wäre, hätte ich dir meine Sammlung nicht anvertraut. Jetzt lass uns sehen, was wir in dieser Sache unternehmen können.« Nun wandte er sich an Luka. »Sie müssen Mr. Sefic sein. Senija hat mir erzählt, dass Sie für die USKOK arbeiten und uns bei der Wiederbeschaffung des Tagebuchs helfen können. Dafür möchte ich mich herzlich bedanken.« Er reichte Luka die Hand.

Luka erwiderte den Handschlag. »Sie müssen sich deswegen nicht bedanken, Sir Bend. Ich werde versuchen zu helfen, wo ich kann.«

»Ach bitte, nennen Sie mich Robert. Auf *Bend* oder gar *Sir* lege ich keinen besonderen Wert.«

Luka nickte. »Sehr gerne, Robert! Ich heiße Luka.«

»Luka, gut! Am Pool habe ich eine kleine Erfrischung anrichten lassen. Ich würde vorschlagen, dass wir dort in aller Ruhe unsere weiteren Schritte besprechen. Folgen Sie mir.« Mit diesen Worten schlenderte er zurück ins Haus.

Senija folgte ihm sofort.

Luka zögerte kurz und sah noch mal zu Baxter, der neben dem Range Rover stand und sich vermutlich erst entfernte, wenn auch er in die Villa gegangen war. Luka lächelte ihm aufgesetzt zu, hob die Hand und winkte übertrieben überschwänglich zum Abschied. Nachdem Baxter mit unbewegter Mine nur nickte und ansonsten keine Regung zeigte, wandte Luka sich ab und folgte den anderen ins Haus.

Kaum war er darin verschwunden, huschte ein Schmunzeln über Baxters Gesicht, bevor er kopfschüttelnd in den Wagen stieg und zu den Garagen fuhr.

KAPITEL 8

**Küstenstraße zwischen Split und Makarska /
Kroatien, Gegenwart**

Entspannt saß Danko Vladic auf dem dick
gepolsterten Rücksitz aus Leder. Er hatte den Kopf an
die Nackenstütze gelehnt und schaute aus dem
getönten Seitenfenster der Limousine, wo türkisblau
die Adria vorbeizog. Der Weg führte die Küstenstraße
von Split nach Makarska entlang und es waren schon
gut zwei Drittel der Strecke geschafft. Der starke
Motor des Audi brummte ruhig vor sich hin, während
der Fahrer routiniert den Wagen von einer Kurve zur
nächsten steuerte. Im Wageninneren herrschte
gelassene Ruhe. Danko hatte seine Krawatte gelockert
und den oberen Knopf seines Hemdes geöffnet. Sein
schwarzes Jackett hing an einem Haken über der
Autotür, sodass die Beretta, die er in einem
Schulterholster trug, zu sehen war. Seine Hand ruhte
auf einem Aktenkoffer, den er neben sich auf den
Rücksitz gelegt hatte. Sanft und rhythmisch tippten
seine Finger auf das feine Leder des Koffers, während
er die Aussicht auf das Meer genoss.

Marko, sein hünenhafter Bodyguard und gleichzeitig engster Vertrauter, saß vor ihm auf dem Beifahrersitz und trank Kaffee aus einem Pappbecher.

Ein Telefon klingelte. Danko kramte in seinem
Jackett und fand sein Smartphone in einer der Innenta-
schen. Er schaute auf das Display. Die Nummer war
unterdrückt. Er wischte mit dem Finger über das
Bedienfeld und nahm den Anruf an. »Ja?!«

»*Ich bin es!*«, meldete sich der Anrufer.

»Was gibt es?«, fragte Danko gelassen.

»*Wo bist du gerade?*«

»Auf dem Weg nach Makarska.«

»*Hat alles geklappt? Hast du es dabei?*« Die Stimme am anderen Ende klang nervös.

»Natürlich!«

»*Das ist gut. Gib mir Bescheid, wenn die Sache gelaufen ist.*«

»Selbstverständlich!«, bestätigte Danko knapp und nickte dabei unbewusst.

Ein kurzer Moment der Stille trat ein. Es war, als zögerte der Anrufer.

»*Noch etwas*«, fuhr er fort. »*Sefic ist heute nach Venedig geflogen.*«

»Venedig?« Danko richtete sich auf und stützte die Ellenbogen auf den Oberschenkeln ab. »Was macht er in Venedig?«

»*Er trifft dort den Eigentümer der Marco-Polo-Sammlung. Robert Bend!*«

»Den Milliardär?«, fragte Danko überrascht.

»*Ganz genau!*«

Danko überlegte kurz. »Ich denke, das ist kein Problem. Wir machen weiter wie geplant. Aber behalte Sefic im Auge. Schlimm genug, dass er einen Tag vorher im Museum aufgetaucht ist. Das hätte ins Auge gehen können!«

»*Es ist nicht meine Schuld, wenn du mir zu wenig Informationen gibst.*« Der Anrufer klang empört.

»Ist ja gut! Halte mich einfach auf dem Laufenden«, versuchte Danko zu beschwichtigen.

»*Natürlich. Ich melde mich.*« Danach wurde der Anruf beendet.

Danko sah noch einen Moment auf sein Smartphone, bevor er es wegsteckte. Er lehnte sich auf dem Sitz zurück und öffnete das Fenster. Eine wohltuende Brise frischer Meeresluft erfüllte das Wageninnere. Danko schloss die Augen und atmete tief ein.

Luka, Luka! Was mache ich nur mit dir?

Luka saß mit Senija und Robert Bend auf einer üppigen überdachten Lounge im Garten hinter der Villa. Vor ihnen breitete sich ein rechteckiger Pool aus, dessen Wasseroberfläche sich durch die sanfte Brise leicht kräuselte. Ein Butler hatte verschiedene gekühlte Getränke und Sandwiches gerichtet. Bend bestellte noch zusätzlich drei Cappuccini.

Während sie in ihren Tassen rührten und die ersten Schlucke tranken, wandte sich Bend an Luka. »Wie ich hörte, war es Ihnen wichtig, mich zu treffen.«

Luka, der gerade einen Schluck genommen hatte, stellte die Tasse vor sich auf dem Tisch ab. »Das ist richtig. Wie Frau Anic Ihnen sicher berichtet hat, bin ich auf der Suche nach einem Kriminellen. Ich ...«, er schaute kurz zu Senija, »beziehungsweise *wir* vermuten, dass er eventuell hinter dem Einbruch in das Museum und dem Diebstahl des Tagebuchs stecken könnte.«

Bend nickte. »Verstehe. Allerdings erschließt sich mir nicht gänzlich, wie *ich* da behilflich sein kann.«

»Sehen Sie«, fuhr Luka fort, »bei meiner Zielperson handelt es sich um einen gewissen Danko Vladic. Vladic ist seit einigen Jahren eine, wenn nicht sogar *die* Größe in der kroatischen Unterwelt. Er ist ein Mafioso, der mit allem handelt, was ihm Geld bringt.«

»Grundsätzlich ist dagegen doch nichts einzuwenden«, unterbrach ihn Bend und fügte lächelnd hinzu: »Das mache ich schließlich auch.«

Luka erwiderte das Lächeln. »Natürlich. Aber Sie stehlen die Dinge vorher nicht. Oder zwingen Frauen zur Prostitution. Oder verkaufen Waffen, die Sie über ihre alten Kontakte aus dem Bosnienkrieg beziehen. Das hoffe ich zumindest!«

Bend gab nun ein amüsiertes Lachen von sich. »Da kann ich Sie beruhigen. Alle meine Geschäfte sind völlig legal.«

»Jetzt kommen wir zu dem Punkt, der mir nicht einleuchten will: Vladic verkauft eigentlich nur Sachen, mit denen er eine ordentliche Gewinnspanne erzielt. Ein Ferrari beispielsweise. Je nach Modell macht er zwischen fünfzig und dreihunderttausend Euro Gewinn. Eine Prostituierte bringt ihm auch mehrere tausend Euro im Monat ein. Aber ein Tagebuch? Warum der ganze Aufwand für ein Buch, das – wie mir Frau Anic erklärt hat – von keinem wirklich großen materiellen Wert ist? Das passt nicht zu ihm. Wenn tatsächlich Vladic hinter dem Einbruch steckt, hat das einen Grund. Und *deswegen* bin ich hier. Um von Ihnen diesen Grund zu erfahren.«

»Oh, da täuscht man sich ganz gerne. Zugegeben, der Markt an antiken Tagebüchern, die auch noch etwas wert sind, ist überschaubar. Aber es gibt Interessenten, die für besondere Werke Höchstpreise bieten. Auch für das Polo-Tagebuch habe ich schon Angebote bekommen. Es ist ja nicht das Buch an sich. Der Inhalt macht es so kostbar.«

»Was meinen Sie? Was steht in dem Buch, das es so begehrt macht? Erklären Sie es mir, bitte!« Luka lehnte sich gespannt nach vorne.

Bend sah ihn einige Sekunden nachdenklich an und rührte in seiner Tasse. Er schien abzuwägen, ob er Luka genügend traute. »Also gut«, sagte er schließlich. »Haben Sie schon mal von der sogenannten *Göttermaske* gehört?«

»*Göttermaske*?«, fragte Danko.

»Richtig! Oder auch *Schatz des Marco Polo* genannt«, antwortete Sarantakos.

Vladic sah den Griechen ungläubig an. Beide saßen auf dem Oberdeck der *Leukothea* im Yachthafen von Makarska und tranken Tee.

»Die Maske, die Marco Polo aus dem Changai-Kloster hat mitgehen lassen?«, fragte Danko.

»Genau die! Sie haben mir bei unserem ersten Gespräch gut zugehört, wie ich feststelle.«

»Und Sie wollen die Maske mithilfe des Tagebuchs finden?«

»Wenn Sie das Buch für mich beschaffen konnten, ja!«

Danko zögerte kurz, holte dann aber den Aktenkoffer hervor, der neben seinem Stuhl auf dem Boden stand. Er legte ihn auf den Tisch und schob ihn Sarantakos zu.

Der Grieche nahm ihn entgegen und drehte die Zahlenschlösser zu sich. »Die Kombination?«

»Er ist nicht abgeschlossen.«

Sarantakos ließ die Schlösser aufschnappen. Langsam hob er den Deckel an. Sein Gesicht erhellte sich mit jedem Zentimeter mehr. »Es ist wunderbar!«, kommentierte der Grieche aufgeregt.

»Das freut mich. Jetzt hätte ich auch gerne *meinen* Koffer«, gab Danko zurück.

»Sicher«, bestätigte Sarantakos. Er hob eine Hand und schnippte mit den Fingern.

Sofort eilte einer seiner Wachleute heran, der einen silbernen Aktenkoffer in der Hand trug. Er stellte ihn vor seinem Chef auf den Tisch und entfernte sich mit einer Verbeugung.

»Hier ist Ihre Bezahlung. Wie gewünscht, einhunderttausend, je zur Hälfte in Euro und in Dollar.« Damit schob Sarantakos den Koffer über den Tisch, ließ aber seine Hand darauf ruhen, als Danko sich nach vorne beugte und ihn greifen wollte. »Sie können ihn nehmen und gehen, dann ist unser Geschäft abgeschlossen.« Der Grieche machte eine kurze Pause, bevor er fortfuhr: »Oder ... Sie suchen für mich die Göttermaske und ich lege noch eine beträchtliche Summe obenauf.«

Danko hielt inne. Dann ließ er den Koffer los und zog seine Hand zurück. »Ihr Vertrauen ehrt mich, aber ich bin Geschäftsmann und kein Schatzsucher.«

»Nun«, sagte Sarantakos, der ebenfalls den Koffer losließ und zu seiner Tasse griff. »Ich denke, für eine Million Euro könnten Sie beides sein.«

»Eine Million Euro? Ist das Ihr Ernst?« Luka dachte zunächst, Bend wolle ihm einen Bären aufbinden.

»Es ist, wie ich sage: Ein gewisser Vassilios Sarantakos hat mir zuletzt eine Million Euro für das Tagebuch angeboten. Ich habe natürlich abgelehnt.«

»Natürlich!«, wiederholte Luka trocken. »Und ich bin die ganze Zeit davon ausgegangen, das Buch sei nicht viel wert«, meinte er mit einem Seitenblick an Senija gewandt.

Sie saß neben ihm auf dem Sofa, hatte die Beine übereinandergeschlagen und rührte seelenruhig in ihrer Tasse. »Das wusste ich auch nicht. Sie sehen mich genauso überrascht, wie Sie es sind.«

Luka zog eine Augenbraue hoch. *Ja, fast schon schockiert siehst du aus.* Er beließ es bei dem Gedanken. »Und Sie vermuten nun, dass Sarantakos hinter dieser *Göttermaske* her ist?«, fragte er wieder Bend.

»Da bin ich mir absolut sicher«, antwortete der Milliardär. »Wissen Sie … die Maske ist mehr als nur ein Stück Metall mit Edelsteinen daran. Es ranken sich viele Mythen um das Artefakt. Bevor Marco Polo an die Maske kam, wurde sie von den Mönchen eines mongolischen Klosters gehütet. Der Legende nach sogar seit Anbeginn der Menschheit. Angeblich haben die Götter den ersten Menschen die Maske geschenkt.«

Luka räusperte sich. »Und wofür?« Seine Skepsis war nicht zu überhören.

»Um mit den Göttern Kontakt aufnehmen zu können. Die Maske soll eine Verbindung zwischen der Götterwelt und den Menschen herstellen.«

Luka lachte auf. »Das glauben Sie aber nicht wirklich, oder?«

»Es geht nicht darum, was *ich* glaube. Aber für Sarantakos scheint es mehr als nur ein Mythos zu sein. Sonst hätte er kaum so eine beträchtliche Summe geboten.«

»Und weil du nicht akzeptieren wolltest, hat er dann eine Einbrecherbande geschickt«, sagte Senija.

»Nimm es dir nicht zu Herzen, meine Liebe. Es war nicht deine Schuld«, beschwichtigte Bend sie, der den wütenden und zugleich resignierten Unterton in ihrer Stimme zu bemerken schien. Senija antwortete nicht, nickte aber kurz.

»Gut«, sagte Luka. »Mit Sarantakos hätten wir jemanden mit einem Motiv. Da Sie es nicht verkaufen wollten, hat er Vladic losgeschickt, der es für ihn beschaffen sollte. Wir können davon ausgehen, dass Sarantakos ihm eine entsprechende Summe geboten hat, damit er den Job übernimmt. Soweit erscheint mir das schlüssig. Die logische Folgerung wäre nun, dass wir Sarantakos finden müssen. Wo *er* ist, wird auch das Tagebuch sein und vielleicht entdecken wir auch eine Spur zu Vladic. Wissen Sie, wo Sarantakos sich derzeit aufhält?«

»Nein, das weiß ich leider nicht«, antwortete Bend. »Er kommunizierte ausschließlich über ein Anwaltsbüro in Genf mit mir. Was aber nicht unüblich ist, wenn es um Geschäfte dieser Art und Größe geht.«

»Mist. Von dort werden wir kaum eine Auskunft bekommen.«

»Wohl nicht«, bestätigte Bend. »Wie mein Anwalt in London aber herausfinden konnte, ist Sarantakos bei den britischen Behörden bekannt. Anscheinend wurde dort bereits gegen ihn ermittelt. Wenn Sie wollen, bitte ich meinen Anwalt, nähere Informationen einzuholen.«

Luka überlegte kurz und schüttelte dann den Kopf. »Das dauert zu lange. Ich kenne jemanden, der beim britischen Auslandsgeheimdienst MI6 arbeitet. Wir helfen uns hin und wieder mit Informationen aus. Er ist schneller als jeder Anwalt. Außerdem haben wir uns ohnehin schon viel zu lange nicht mehr gehört.« Luka hielt kurz inne. »Wäre es vielleicht möglich, dass ich irgendwo ungestört telefonieren kann?«

Luka schloss die Tür des Schreibzimmers und setzte sich in den bequemen Bürostuhl, der eigentlich mehr einem Sessel glich. Er rollte mit dem Stuhl an den riesigen, hölzernen Schreibtisch, dessen Tischplatte mit schwarzem Leder bezogen war. Der Tisch war aufgeräumt, nur ein Notizblock samt Stift, eine Schreibtischlampe mit goldfarbenem Gestell und grünem Lampenschirm sowie ein schnurloses Telefon befanden sich darauf. Luka holte sein Portemonnaie aus der Hosentasche und kramte eine handgeschriebene Karte daraus hervor. Es standen lediglich eine dreistellige Zahl auf der einen und zwei elfstellige Nummern auf der anderen Seite. Er griff zu dem Telefon und wählte die erste Nummer. Nach einem Knacken ertönte ein Freizeichen. Das Gespräch wurde mit dem vierten Klingeln angenommen.

»*Sprechen Sie!*«, sagte eine weibliche Stimme.

Luka gab die zweite Nummer durch.

»*Einen Moment, ich verbinde.*«

Es dauerte einen Augenblick, bis der Anruf durchgestellt wurde.

Ein Mann meldete sich. *»Hallo?!«*

»Hallo, mein Freund! Hier spricht Luka, Luka Sefic.«

»Luka? Meine Güte! Was für eine angenehme Überraschung. Wie lange ist das her?«

»Viel zu lange. Lass mich kurz überlegen … Rotterdam, vor drei Jahren, wenn ich mich nicht irre.«

»Stimmt! Die bosnischen Terroristen, die einen Anschlag in London geplant hatten. Wir konnten sie im Hafen von Rotterdam hochnehmen, als sie einen Waffendeal abschließen wollten. Das war gute Arbeit damals.«

»Gutes Teamwork!«, korrigierte Luka.

»Wie kann ich dir helfen? Ich glaube nicht, dass du der alten Zeiten wegen anrufst.«

»Zumindest nicht nur deswegen. Aber wenn du schon so direkt fragst: Ich bräuchte ein paar Auskünfte über eine Person, gegen die anscheinend die britischen Behörden ermitteln.«

»Diese Anfrage ist nicht offiziell, nehme ich an«, fragte der andere verschwörerisch.

»Nein. Und ich brauche die Infos so schnell es geht.«

»Verstehe! Du hast Glück, dass ich ausnahmsweise mal im Büro bin. Name?«

»Vassilios Sarantakos«, antwortete Luka.

Das Klappern einer Tastatur war zu hören.

»Da haben wir ihn schon. Oha, ein Hochkaräter! Vassilios Sarantakos, griechischer Industrieller. Altes Geld. Besitzt mehrere Erz- und Silberminen, eine Reederei sowie mehrere Hotels und Nachtclubs in Griechenland, auf dem Balkan und sogar in Russ-

land.« Der Mann am anderen Ende der Leitung murmelte etwas, während er offenbar die Zeilen überflog, bevor er fortfuhr. *»Man sagt ihm höchste Kontakte zu russischen Oligarchen und zur Londoner Russen-Mafia nach. Der Yard ermittelt in dieser Sache, hat aber noch nicht genug, um ihn endgültig aus dem Verkehr zu ziehen. Anscheinend ist er zu einer ernsten Größe geworden und sein Einfluss reicht weit in die britische Wirtschaft.«*

»Interessant! Hast du auch ein paar private Infos über ihn?« Lukas Neugierde war geweckt. Sarantakos war auf alle Fälle ein Mann, der ohne zu zögern Vladic' Dienste in Anspruch nehmen würde.

»Wenig. Er ist nicht verheiratet, aber genießt wohl die schönen Dinge im Leben. Zu seinen Hobbys zählen das Sammeln seltener und teurer Spielzeuge. Er besitzt mehrere Autos, Boote, Antiquitäten und Luxusimmobilien auf der ganzen Welt. Er wohnt dort meist nicht – er besitzt sie einfach.«

»Weißt du, wo ich ihn finden kann?«

»Nun ja ... Er hat eine Yacht. Die Leukothea. Meistens schipperte er damit um die Welt. Du scheinst Glück zu haben. Laut meinen Informationen liegt sie derzeit im Hafen von Makarska. Wir überwachen ihn nicht ständig. Die Hafenmeister müssen allerdings größere Boote und Schiffe an eine zentrale Stelle melden. Ich würde es mal in Makarska versuchen.«

»Danke, mein Freund! Du hast mir sehr geholfen. Ich hoffe, ich kann mich bald persönlich bei dir bedanken.«

»Das hoffe ich auch. Noch etwas: Wenn du Mr. Sarantakos begegnen solltest«, der andere unterbrach

sich kurz, bevor er fortfuhr *»richte ihm liebe Grüße seiner Majestät aus. Mach's gut, Luka!«*

»Mach's gut, James!«

Ein Klicken in der Leitung beendete das Gespräch.

KAPITEL 9

Venedig / Italien, Gegenwart
»Makarska, ja! Das passt. Dort trifft sich gerne, was sich selbst zum Jet-Set zählt. Sozusagen das ‚Monaco Kroatiens'«, stellte Bend fest, nachdem Luka von seinem Telefonat mit London berichtete.

»Ich sollte mich baldmöglichst auf den Weg machen«, gab Luka zu bedenken. »Wer weiß, wie lange sich Sarantakos dort noch aufhalten wird.«

»*Wir* sollten uns baldmöglichst auf den Weg machen«, korrigierte ihn Senija, mit einem Ausdruck in der Stimme, der wohl jegliche Diskussion im Ansatz unterbinden sollte.

»Das kommt überhaupt nicht infrage«, widersprach Luka vehement. »Viel zu gefährlich!«

»Ich kann sehr gut auf mich alleine aufpassen. Vielen Dank, Herr Sefic!«

»Frau Anic«, Luka versuchte, ihren Tonfall zu kopieren, »das ist mein Ernst. Wenn dieser Sarantakos auch nur im Entferntesten mit Vladic zu tun hat, sprechen wir vom organisierten Verbrechen. Mafia und dergleichen … Sie verstehen?«

»Ich verstehe sehr gut. Allerdings müssen auch Sie verstehen, dass ich mich verpflichtet fühle, persönlich an der Wiederbeschaffung des Tagebuchs zu beteiligen. Und vergessen Sie bitte eines nicht: Ohne mich wären Sie noch keinen Schritt näher an Ihrem Vladic dran.« Senija sah Luka herausfordernd an.

Er atmete hörbar aus. *Diese Frau treibt mich noch in den Wahnsinn.* »Würden Sie bitte Fr. Anic zur Vernunft bringen?!«, wandte sich Luka Hilfe suchend an Robert Bend.

Bend lachte und war sichtlich amüsiert. »Ich bin doch nicht verrückt. Ich weiß, dass man Senija, sollte sie sich etwas in den Kopf gesetzt haben, unmöglich von einem Vorhaben abbringen kann. Was glauben Sie, wie sie es geschafft hat, mich zum Verleih der Marco Polo-Sammlung zu überreden?«

Luka seufzte und schaute abwechselnd zu Senija und Bend. Während die Wissenschaftlerin ihre Arme vor der Brust verschränkte und ihn trotzig anschaute, kicherte der Milliardär noch immer vergnügt, bevor er kommentarlos einen Schluck aus seiner Tasse nahm.

»Na gut!«, gab Luka sich geschlagen. »Wir sollten aber sofort aufbrechen. Robert, ist es möglich, dass wir Ihren Jet für einen Flug nach Split in Anspruch nehmen können? Von dort würden wir mit einem Mietwagen nach Makarska fahren.«

Bend stellte seine Tasse ab. »Normalerweise gerne. Aber der Jet wird nach jedem Einsatz einer Inspektion unterzogen. Wie Sie wissen, befindet er sich noch in der Testphase. Da ist das unumgänglich.«

Luka nickte. »Ich verstehe.«

Bend winkte ab. »Heute ist es ohnehin zu spät. Es wird bald dunkel. Ich mache Ihnen einen Vorschlag: Sie und Senija bleiben heute Nacht hier. Als meine Gäste. Platz habe ich mehr als genug. Vielleicht wollen Sie beide noch in die Altstadt. Venedig am Abend hat einen ganz besonderen Reiz. Ich lasse derzeit Ihre Zimmer herrichten. Wir treffen uns dann zum Abendessen wieder. Und morgen früh, nach dem Frühstück, brechen Sie auf. Bis dahin wird der Jet wieder einsatzbereit sein. Und am Flughafen Split wird bis dahin ein Wagen für Sie bereitstehen. Was halten Sie davon?«

»Ich weiß nicht«, antwortete Luka. »Es wäre schade, wenn Sarantakos morgen nicht mehr in Makarska wäre.«

»Ich bin mir recht sicher, dass er heute Nacht nicht mehr abreisen wird«, entgegnete Bend.

Luka tauschte einen kurzen Blick mit Senija aus. Diese zuckte nur kommentarlos mit den Schultern.

»Na gut, Sie haben mich überzeugt«, lenkte Luka schließlich ein.

»Das freut mich sehr. Wenn Sie gestatten, lasse ich Ihnen ein Wassertaxi rufen. Damit sind Sie in fünf Minuten am *Markusplatz.* Abendessen dann in einer Stunde?«

»Das klingt gut.« Luka musste sich eingestehen, dass ihm die Aussicht auf einen Abend in Venedig und eine Nacht in Bends Villa gefiel.

Bend nahm ein schnurloses Telefon, das vor ihm auf dem Tisch lag und drückte eine Kurzwahltaste. »Ja, Salvatore?! Bestellen Sie bitte für unsere Gäste ein Wassertaxi. Vielen Dank!« Damit legte er auf. »So, erledigt. Das Taxi ist in zwei Minuten da. Sie müssen nichts bezahlen. Das Taxiunternehmen gehört einem Freund.«

»Ich soll wirklich mit?«, fragte Senija ungläubig. »Ich wüsste nicht, wozu ...«

»... weil ihr ab sofort ein Team seid. Und ich denke, dass ihr beide vielleicht noch ein oder zwei Dinge zu klären habt, bevor ihr morgen aufbrecht.« Bends Tonfall und Blick signalisierten, dass er in dieser Sache keine andere Meinung akzeptieren würde.

»Von mir aus«, sagte Senija kühl und trocken nach kurzem Nachdenken. Dann nahm sie ihre Handtasche und stand auf. »Wir treffen uns gleich an der Anlegestelle, Herr Sefic.« Mit diesen Worten verschwand sie im Haus.

»Na toll«, sagte Luka, halb zu sich selbst und an Bend gerichtet. »Das wird ja ein netter Ausflug.«

»Keine Sorge! Senija ist ein wirklich netter Mensch. Und sie wird Ihnen sicher noch nützlich sein. Glauben Sie mir!«

Da bin ich sehr gespannt, dachte sich Luka. Er beließ es aber bei einem Gedanken und nickte nur stumm.

Das Wassertaxi kam pünktlich und nahm die beiden an Bord. Sie fuhren durch die Lagune, entlang der ersten Gebäude der venezianischen Altstadt. Luka war schon einmal in Venedig, allerdings nicht bei Dunkelheit. Er stellte fest, dass die Stadt am frühen Abend wirklich einen besonderen Charme versprühte. Die spärliche Beleuchtung, die aus den Gebäuden nach außen drang und die einzelnen Laternen in den kleinen Gassen formten ein Bild, das wie ein historisches Gemälde wirkte. Robert Bend hatte nicht übertrieben.

Der Fahrer des Wassertaxis verlangsamte die Fahrt, bevor sie an einer Reihe Gondeln vorbeifuhren. An den länglichen Booten hingen, jeweils am hochgezogenen Bug und Heck, kleine Laternen. Deren Lichter hüpften auf und ab, als die Gondeln in den Wellen des Wassertaxis schaukelten. Der Fahrer steuerte eine

Anlegestelle in der Nähe des Markusplatzes an. Ein Helfer an Land nahm Senijas Hand und half ihr, von Bord zu steigen. Luka bedankte sich beim Fahrer und vereinbarte die Abholung für eine Stunde später. Dann stieg er auf den hölzernen Steg, wo Senija auf ihn wartete.

»Lust auf einen Drink am Markusplatz?«, fragte er, nachdem er zu ihr aufgeschlossen hatte.

»Von mir aus«, antwortete sie. Sie gab sich keine Mühe, ihr Missfallen zu überspielen.

Jetzt reicht es mir langsam, dachte Luka. Er hielt Senija am Oberarm zurück und drehte sie zu sich, sodass sie ihn direkt anschauen musste. Sie versuchte, sich zu lösen, aber er hielt sie weiter fest. »Hören Sie … ich weiß, wir hatten nicht den allerbesten Start. Und ich weiß, dass Sie sauer sind, weil ich Sie nicht mitnehmen wollte. Aber das war lediglich aus Sorge um Ihre Sicherheit.« Er ließ ihren Arm los. »Jetzt ist es aber wohl so, dass ich Sie brauche, um Vladic zu schnappen. Genauso, wie Sie mich brauchen, um das Tagebuch wieder zu beschaffen. Das kann Ihnen jetzt schmecken oder nicht. Mir ist das ziemlich egal.« Er sah, wie es hinter ihrer Stirn arbeitete, als sie das Gesagte verarbeitete.

Ihre harte Miene entspannte sich ein wenig. »Sie haben recht«, sagte sie schließlich in einem sanften Tonfall, den Luka so noch nie von ihr gehört hatte. »Es tut mir leid, Hr. Sefic. Am besten fangen wir wirklich noch mal ganz von vorne an. Ich meine ... wenn Sie einverstanden sind?!«

»Wie wäre es, wenn wir dann gleich mal etwas klarstellen«, sagte Luka mit bedeutungsvoller Stimme, die Senija sichtbar verunsicherte.

»Ja ... was denn?«, fragte sie.

»Ich heiße Luka. Herr Sefic ist mein Vater.«

Es dauerte eine Sekunde, bis Senija begriff. Aber dann musste sie lachen. Vielleicht auch deswegen, weil sie daran dachte, wie wohl gerade ihr Gesicht aussehen mochte.

»Senija«, sagte sie sichtlich erleichtert. »Ich heiße Senija.«

»Gut, Senija. Also? Darf ich dich zu einem unverschämt überteuerten Getränk auf dem *Markusplatz* einladen?«

Sie nickte. »Du darfst.«

Der Mann tippte eine Nummer in sein Smartphone und hielt das Gerät ans Ohr. Nachdem das Freizeichen einige Male ertönte, wurde der Anruf entgegengenommen.

»*Ja*«, meldete sich eine männliche Stimme.

»Ich bin es. Sie sind eben von der Villa mit einem Wassertaxi in Richtung Altstadt gefahren.«

»*Beide?*«

»Ja, beide!«

»*Was sollen wir tun?*«

Der Mann überlegte kurz, bevor er antwortete: »Wartet an der Anlegestelle der Wassertaxis auf sie und bleibt an ihnen dran. Aber unauffällig. Ich komme zu euch und dann schnappen wir sie uns.« Er merkte, wie seine innere Ruhe, auf die er sich sonst immer verlassen konnte, einer angespannten Aufregung zu weichen drohte. Er atmete tief durch. »Lasst sie nicht aus den Augen. Ich bin in ein paar Minuten bei euch. Achte darauf, dass du für mich erreichbar bleibst.«

»*Verstanden!*«, bestätigte der Angerufene am anderen Ende der Leitung.

Der Mann drückte eine Taste auf dem Display und beendete damit das Gespräch. *Das ist die Chance, auf die wir schon so lange gewartet haben.*

Luka fand glücklicherweise schnell einen freien Tisch in einem der Cafés auf dem *Markusplatz*. Die Tatsache, dass es schon einige Zeit dunkel war, schien keinen Einfluss auf die Touristenströme zu haben. Dicht gedrängt schoben sich die Menschen über den Platz. Manche schossen Fotos von der imposanten Kulisse oder posierten davor und ließen sich selbst fotografieren. Andere bestaunten einfach die Architektur und lauschten den Ausführungen ihrer Touristenführer.

Luka bestellte zwei Gläser Wein zum Preis eines kompletten Abendessens, wie man es in einem guten Restaurant in einer anderen Stadt bekommen würde. So saßen sie eine Zeit lang zusammen und unterhielten sich. Senija fragte, wie es ihn zur Polizei verschlagen hatte, und erzählte ihrerseits von ihrem Interesse an Geschichte und ihrer Arbeit im Museum. Luka erfuhr, dass Senija lieber Feldforschung bei Ausgrabungen betreiben würde, aber dass sie sich aus Karrieregründen für die Stelle der stellvertretenden wissenschaftlichen Leiterin des Museums entschieden hatte.

»Am Ende dreht sich immer alles ums Geld«, fasste Luka zusammen, nachdem Senija mit ihrer Erzählung fertig war.

Sie nickte. »Vermutlich ist das so.« Mit diesen Worten nahm sie ihr Smartphone aus der Handtasche und schaute auf das Display. »Es ist schon spät. Wenn wir noch eine kleine Runde drehen wollen, dann sollten wir jetzt los. Sonst schaffen wir es nicht rechtzeitig zurück. Ich schlage vor, dass wir einen Bogen durch die Altstadt in Richtung *Rialto-Brücke* gehen und dann über die *Basilica di San Marco* zurück.« Sie lächelte und fügte hinzu: »Du als Wissenschaftsjournalist kannst mir doch sicher das eine oder andere Interessante über die Bauwerke und die Geschichte Venedigs erzählen.« Sie zwinkerte.

»Klar, mache ich. Du wirst erstaunt sein, was ich alles zu erzählen weiß.«

»Davon bin ich überzeugt.«

Beide mussten lachen.

Luka bezahlte die Rechnung und legte, trotz des gesalzenen Preises, ein ordentliches Trinkgeld obenauf, das der Kellner kommentarlos einsteckte.

Zuerst schlenderten sie über den Markusplatz. Senija fing schnell an, von der Geschichte und Namensgebung des Platzes zu erzählen. Immer wieder hielt sie kurz inne, um Luka besondere Stellen oder Bauwerke vorzustellen. Ihm fiel auf, wie sich ihr Verhalten geändert hatte, seit er seine kleine Ansprache an der Anlegestelle des Wassertaxis gehalten hatte.

»Du weißt wirklich viel über Geschichte«, stellte er mit ehrlicher Anerkennung fest.

Sie lächelte geschmeichelt. »Scheint so, ja. Ich habe mich schon immer für Geschichte interessiert. Das Hier und Jetzt ist so offensichtlich. Auf die Zukunft haben wir Einfluss, sie ist im gewissen Maße vorhersehbar und gestaltbar. Aber die Vergangenheit besteht aus Puzzleteilen. Erst wenn man Rätsel um Rätsel löst, wird ein Bild daraus. Findest du das nicht auch ungemein spannend?«

»So, wie du es darstellst – schon! Aber ich gebe zu, dass ich mehr in der Gegenwart lebe. Ich treffe auf Probleme und löse sie. So lebe ich. Einer Herausforderung folgt einfach die nächste.«

Senija nickte verstehend, antwortete aber nicht darauf.

Ihr Weg führte sie durch verwinkelte Gassen und über kleine Brücken, welche die unzähligen Seitenkanäle des *Canal Grande* überspannten. Luka musste sich eingestehen, dass er ohne Senija, gerade jetzt bei Dunkelheit, ziemlich orientierungslos wäre. In die kleinsten der Gassen verschlug es nur wenige Touristen und er war sich nicht sicher, ob sie noch auf einer der üblichen Routen waren.

»Weißt du noch, wo wir sind?«, fragte er nach einer Weile, die Senija stumm vor ihm herging.

»Natürlich, wir sind genau richtig«, antwortete sie, ohne sich umzudrehen.

Sie bog um zwei weitere Ecken und hielt dann abrupt an.

»Was ist?«, fragte Luka, der sie dadurch fast angerempelt hätte.

»Da!« Sie deutete mit dem Kinn vor sich.

Luka schaute an ihr vorbei die Gasse entlang. Einige Meter vor ihnen stand eine dunkel gekleidete Gestalt. Die spärliche Beleuchtung zwischen den Häusern ließ nicht viele Details erkennen. Aber was man sehen konnte, war, dass die Person einen Kapuzenpullover trug und dessen Kapuze über den Kopf gezogen hatte. Mund und Nase waren mit einem Stofftuch oder Schal bedeckt, sodass Luka das Gesicht nicht erkennen konnte.

Die Gestalt regte sich nicht und sprach kein Wort. Sie stand einfach nur da und versperrte ihnen den Weg. Luka legte Senija, die noch immer wie angewurzelt vor ihm stand, die Hände auf die Schulter und schob sie sanft zur Seite.

»Lass mich das machen«, sagte er und schob sich an ihr vorbei. »Was wollen Sie?«, rief er der Gestalt zu.

Keine Antwort.

»Wir haben kein Geld oder andere Wertsachen dabei«, rief Luka erneut.

Wieder keine Antwort. Auch sonst reagierte die vermummte Gestalt nicht.

»Vielleicht sollten wir umkehren«, schlug Senija vor und zog dabei an Lukas Jacke.

»Du hast recht«, sagte er und wandte sich zu Senija um. Er sah kurz über sie hinweg und erstarrte sofort.

Seinem Blick folgend, drehte auch sie sich um und erschrak. Sie hielt sich die Hand vor den Mund, brachte aber ohnehin keinen Ton heraus. Am Eingang der Gasse, durch die sie gekommen waren, stand eine weitere Gestalt. Sie war ebenfalls dunkel gekleidet und hatte ihr Gesicht vermummt.

146

»Verdammte Scheiße!«, flüsterte Luka. Mehr zu sich selbst als zu Senija. »Hör zu! Bleib immer dicht hinter mir. Wenn ich aber sage, du sollst laufen, dann rennst du weg. So schnell du kannst. Suche dir einen sicheren Platz. Am besten einen belebten Ort. Warte nicht auf mich. Nimm ein Wassertaxi. Wir treffen uns spätestens in Roberts Villa wieder.«

Senija sah ihn mit aufgerissenen Augen an. »Was hast du vor?«

Luka lächelte gezwungen. »Keine Ahnung. Aber wie ich vorhin sagte: Ein Problem nach dem anderen.« Dann drehte er sich um und rannte los – direkt auf die Gestalt zu. Luka erkannte kaum etwas von dem Gesicht des Unbekannten, sah aber die weit aufgerissenen Augen unter der Kapuze.

Der Maskierte wusste offenbar zunächst nicht, was er tun sollte. Mit dieser Reaktion hatte er wohl nicht gerechnet. Aber es war ohnehin zu spät. Luka hatte sich ihm bis auf zwei Meter genähert und sprang mit aller Kraft ab. In der Luft stieß er sich mit einem Bein an der Hauswand ab und gewann dabei noch mehr an Höhe.

Die maskierte Gestalt schaute nach oben, von wo Luka auf ihn herabstürzte. Mit einem Knie voran, traf Luka ihn mitten ins Gesicht. Ein kurzer schmerzerfüllter Aufschrei, dann lag der Unbekannte bewusstlos am Boden.

Während er sich versicherte, dass die Gestalt außer Gefecht war, hörte Luka erleichtert die Schritte Senijas hinter sich, die zu ihm aufschloss. Aber er wusste, dass die Gefahr damit nicht gebannt war. Der zweite Unbekannte konnte jederzeit angreifen.

Er sprang auf und schob Senija schützend hinter sich. Fast zeitgleich zog er seine Pistole unter der Jacke hervor und riss sie hoch. Er zielte in die Gasse.

Der zweite Angreifer war verschwunden.

Luka verharrte einige Sekunden in dieser Stellung, wartete und lauschte. Nichts, außer den weit entfernten Geräuschen der Touristenströme.

Als er sicher war, dass keine akute Gefahr drohte, steckte er seine Waffe weg und wandte sich an Senija. »Alles in Ordnung?«

Sie nickte stumm, aber der Schreck war ihr ins Gesicht geschrieben.

»Ich denke, wir beenden hier unsere Sightseeingtour und gehen zurück«, sagte Luka.

Senija nickte erneut.

Ein Stöhnen erregte plötzlich ihre Aufmerksamkeit. Der Bewusstlose kam langsam zu sich und versuchte, sich aufzurichten.

»Wir sollten hier verschwinden, bevor sein Komplize wieder auftaucht«, sagte Senija hastig.

»Moment noch«, entgegnete Luka. »Ich will erst wissen, was das Ganze hier soll.« Er trat näher an den Niedergeschlagenen, der stöhnend aufzustehen versuchte. Luka packte den Mann an den Schultern und warf ihn auf den Rücken. Ein Schmerzensschrei entfuhr dem Unbekannten. Noch immer verdeckte das Tuch den Großteil seines Gesichts.

In dem Moment, als Luka ihm die Kapuze vom Kopf und das Tuch vom Gesicht reißen wollte, erfüllte ein wütender Ruf die Gasse. Er schreckte hoch und sah sich um. Eine weitere vermummte Gestalt war aufgetaucht und stand direkt vor ihnen.

»Oh Gott, da ist er wieder«, sagte Senija und wich zwei Schritte zurück.

Luka schüttelte den Kopf. Er wusste sofort, dass es sich um eine weitere Person handelte. »Das ist ein Dritter. Die beiden anderen tragen Kapuzenjacken. Der hier einen Rollkragenpullover.«

Das Gesicht des Mannes war ebenfalls mit einem Tuch verhüllt. Luka konnte aber erkennen, dass er kurzgeschorene dunkle Haare hatte.

Der Mann sah ihn mit zusammengekniffenen Augen an. Plötzlich und ohne Vorwarnung sprang der Unbekannte vor, machte er eine halbe Drehung und versuchte, gegen Lukas Kopf zu treten. Der riss im letzten Augenblick die Arme hoch und blockte den Tritt damit ab. Aber die Wucht des Angriffs ließ ihn gegen die Hauswand prallen. Sofort setzte der Angreifer mit einem zweiten Fußtritt nach. Diesmal war Luka vorbereitet und hatte sich entsprechend positioniert. Er wehrte den Angriff wieder mit den Unterarmen ab und konnte dabei das Bein des Angreifers packen. Der musste auf dem Standbein tänzeln, um nicht das Gleichgewicht zu verlieren.

»Blöd, nicht wahr?« Luka freute sich hämisch.

Dann geschah es blitzschnell. Ohne dass Luka es vorausahnte, beugte der Maskierte plötzlich sein Standbein, drückte sich explosionsartig in die Höhe und trat ihm mit einem Sprung seitlich an den Kopf.

Luka meinte, eine Granate würde in seinem Schädel detonieren. Er sah Sterne tanzen, ließ das Bein des Angreifers los und taumelte zur Seite. »Senija … lauf!« Sein Ruf klang gequält.

Senija rannte los, als wäre der Teufel hinter ihr her.

Benommen sah Luka, wie der Angreifer erneut auf ihn zukam. Er ahnte, dass er in einem Zweikampf heute den Kürzeren ziehen würde. Er zog seine Pistole.

Der Maskierte verharrte mitten in der Bewegung. Er starrte einen Augenblick auf Lukas Waffe und verschwand in der nächsten Sekunde in einer Seitengasse.

»Ja, genau. Verschwinde!« Luka lehnte sich an eine Hauswand und atmete tief ein. Er stellte erleichtert fest, dass seine Benommenheit allmählich nachließ. Er steckte die Pistole weg und folgte Senija. Nach ein paar Ecken sah er sie vor sich laufen.

»Ich glaube, wir haben sie abgeschüttelt«, rief er, nachdem er zu ihr aufgeschlossen hatte.

Senija wurde langsamer und blieb schließlich an einem Abzweig stehen.

»Was waren das für Kerle?« Sie war hörbar außer Atem.

»Ich habe keine Ahnung«, gestand Luka. »Ich vermute mal einen Raubüberfall.« Insgeheim zweifelte er daran, aber er entschied, dies Senija erst mal nicht sagen.

»Wir sollten vielleicht ...« Senijas Satz wurde jäh durch einen Schrei unterbrochen.

In der gleichen Sekunde sprang einer der Maskierten aus der nächsten unbeleuchteten Seitengasse, stürzte auf Luka und riss ihn zu Boden. Die Männer wälzten sich hin und her. Immer wieder versuchte Luka, an seine Waffe zu kommen. Dies gelang ihm aber nicht, da er gleichzeitig damit beschäftigt war, Griffe und Schläge des Angreifers abzuwehren.

»Senija, verschwinde hier! Ich komme klar«, schrie er, nachdem es ihm gelang, den maskierten Unbekannten in eine Beinschere zu nehmen. Der Mann strampelte wild, um sich aus der Umklammerung zu lösen. Aber Luka hielt ihn fest und boxte ihm mehrmals ins Gesicht. Er spürte nach dem zweiten oder dritten Schlag, wie hinter dem Gesichtstuch der Nasenknochen des Maskierten brach.

Laut aufheulend stellte der Mann seinen eigenen Angriff ein und hielt seine Hände vor das Gesicht, um sich gegen weitere Schläge zu schützen.

Luka nutzte diesen Moment, um sich umzusehen. Er sah, wie Senija die Gasse entlang rannte und dann, nach einem kurzen Blick zurück in seine Richtung, abbog und verschwand.

Luka fühlte Erleichterung. »So, nun zu dir!«, kündigte er das Kommende seinem Gegner an. Er drückte die Beinschere enger zusammen, sodass es dem Angreifer die Rippen quetschte und die Luft aus den Lungen presste. Der jaulte auf und nahm reflexartig seine Hände vom Gesicht und versuchte Lukas Beine auseinander zu drücken. Genau in diesem Moment löste Luka die Beinschere, schnellte nach vorne und rammte dem Angreifer seinen rechten Ellenbogen ins Gesicht.

Die Schmerzenslaute endeten ebenso abrupt, wie jegliche Gegenwehr sofort aufhörte. Schlaff fiel der Körper des Mannes nach vorne über und landete bäuchlings auf Luka.

»Runter von mir, du ...« Er rollte den maskierten Unbekannten von sich, blieb ein paar Sekunden schwer atmend sitzen und rappelte sich dann auf.

Er stand über dem bewusstlosen Angreifer und musterte ihn. Er trug ähnliche Kleidung, wie die anderen zuvor.

Die Kapuze des Pullovers war dem Mann während des Kampfes vom Kopf gerutscht. Luka erkannte die gleiche Frisur wie bei dem Kerl mit dem Rollkragenpullover – kurz geschorene dunkle Haare, wie sie beim Militär oft getragen wurden.

Das Gesicht des Mannes war noch immer von dem Tuch bedeckt. Mittlerweile war es völlig mit Blut und wohl auch anderen Flüssigkeiten aus dem Gesicht des Angreifers getränkt.

»Dann schauen wir uns doch mal dein nicht mehr ganz so hübsches Gesicht an«, sagte Luka. Er beugte sich nach unten und wollte die Maske abziehen, als er Schritte hinter sich hörte, die gefährlich schnell näher kamen. Luka schaute über seine Schulter und sah mit Schrecken, die beiden anderen Männer auf sich zustürmen. Der mit dem Rollkragen rannte voraus, sein Komplize folgte ihm auf dem Fuße. Sie hatten Messer gezogen, deren Klingen durch das Licht der Straßenbeleuchtung bedrohlich aufblitzten.

»Oh, nicht gut«, entfuhr es Luka. Schnell schätzte er seine Möglichkeiten ab: Schießen, danach italienische Polizei, blöde Fragen – auf die er ohnehin keine Antworten hatte –, Zeitverzug, Sarantakos und damit die Spur zu Vladic: weg! Oder ... Flucht!

Luka stand auf und rannte los. Er nahm zunächst den gleichen Weg wie Senija. Die Gasse hinunter bis zur nächsten Gabelung, dann nach rechts. Ab hier war ihm alles unbekannt. Jeder Abzweig konnte in einer Sackgasse enden. Es erschien ihm, als wäre er in einem Labyrinth gefangen. Sein Plan war, nicht mehr als zweimal in die gleiche Richtung abzubiegen ... und sich auf sein Glück zu verlassen. *Toller Plan!*

Nach unzähligen Ecken wurden die Wege endlich breiter und er schöpfte Hoffnung. Hinter den Häusern hörte er in einiger Entfernung leise Musik. *Vielleicht ein belebter Platz mit Straßenmusik oder Cafés.* Auch die Touristen wurden mehr und Luka musste sich immer wieder mit roher Gewalt freie Bahn schaffen. Er erntete dafür meistens wüste Beschimpfungen, konnte darauf aber keine Rücksicht nehmen.

Er hörte noch immer seine Verfolger hinter sich, die er nicht abschütteln konnte.

Nach einer weiteren Ecke rannte er in einen Durchgang, der wie ein kleiner Tunnel durch ein Gebäude führte. Er gelangte auf einen Platz. Luka verlangsamte seinen Schritt und sah sich hektisch um. Auf dem Platz standen Tische und Stühle eines Cafés. Fast alle waren mit Gästen besetzt. An zwei Seiten des Platzes liefen Wasserkanäle vorbei. Die dritte war durch eine Hauswand verbaut. An der vierten Seite befand sich der Durchgang, durch den er gekommen war.

Luka war völlig außer Atem. Er drehte sich im Kreis und suchte fieberhaft nach einem Ausgang oder wenigstens einem Versteck. *Eine Sackgasse,* dämmerte es ihm. *Vielleicht durch das Café ...?*

Kaum hatte er den Gedanken, war es schon zu spät. Seine Verfolger kamen auf den Platz gerannt und sahen ihn sofort. Zuerst der Kerl mit dem Rollkragen und dann einer seiner Begleiter. Der Dritte war nicht zu sehen. Vermutlich war er noch bewusstlos. Beide Männer trugen nach wie vor ihre Masken. In den

Händen hielten sie die Messer und kamen damit bedrohlich auf Luka zu.

Ein erster Gast des Cafés wurde auf die Gestalten aufmerksam und rief eine Warnung. Dem folgten weitere Gäste, bis der ganze Platz in Aufruhr war. Der größte Teil der Anwesenden versuchte, durch den Gang vom Platz zu fliehen. Doch dieser war so eng, dass es zu einem panischen Gedränge kam. Die Leute schrien und zerrten sich gegenseitig von dem Durchgang weg. Andere Gäste versteckten sich unter den Tischen oder flohen in das Café. Ein Mann sprang sogar in den Kanal.

Luka wog seine Optionen ab. Schießen war aus seiner Position nicht möglich, wenn er keinen der Passanten treffen wollte. Flucht schied ebenfalls aus. Blieb ihm nur der Kampf.

Er packte einen Stuhl des Cafés und hielt ihn schützend vor sich. Die Angreifer, davon offensichtlich nicht sonderlich beeindruckt, kamen weiter auf Luka zu. Der mit dem Kapuzenpullover erreichte ihn als Erster. Luka stieß den Stuhl, mit den Stuhlbeinen voraus, gegen den Angreifer. Dieser wehrte den Stuhl mit dem Arm seitlich ab, kam dabei aber kurz aus dem Gleichgewicht. Luka änderte seine Position und versuchte sofort den gleichen Angriff noch mal, diesmal in einer anderen Höhe. Er traf den Vermummten an der Hüfte, wodurch dieser zwei Schritte seitlich taumelte. Noch während Luka sich über den gelandeten Treffer freute, trat ihm der andere Kerl in den Rücken. Schmerz stieg ihm entlang der Schulter bis in den Nacken. Er wurde nach vorne geworfen und stolperte, konnte sich aber gerade noch fangen.

Die Passanten verfolgten den Angriff und schrien erschrocken auf.

Luka drehte sich blitzschnell um und stürzte, den Stuhl vor sich haltend, auf den Angreifer in seinem Rücken zu. Immer wieder rammte er das Möbelstück gegen den Unbekannten und drängte ihn damit rückwärts an eine Hauswand. Dessen Angriffe mit dem Messer verliefen ins Leere oder prallten an den Stuhlbeinen ab.

Als er den Angreifer mit dem Rollkragen bis auf einen Meter an die Wand getrieben hatte, sprang Luka unvermittelt nach vorne, um ihm einen besonders harten Stoß zu versetzen. Es geschah, wie er hoffte: Der Angreifer war nicht auf diese Wucht vorbereitet. Er wurde zurückgeworfen und prallte mit dem Rücken gegen die Wand. Begleitet von einem grunzenden Laut, wurde ihm die Luft aus den Lungen gepresst. Sofort setzte Luka nach. Er ließ den Stuhl im Halbkreis wirbeln und fegte damit die Beine des Unbekannten weg. Dieser konnte nichts dagegen halten und stürzte hart mit der Schulter auf die Pflastersteine.

Die Passanten jubelten und applaudierten. Ein älterer weißhaariger Mann streckte für Luka beide Daumen hoch und klatschte eifrigen Applaus.

Erschöpft ließ Luka den Stuhl fallen und beugte sich über den Angreifer. Er griff nach dessen Gesichtstuch und riss es mit einem Ruck herunter.

»Was? Wer zum Teufel …?«

Unvermittelt ließen laute Schreie und Warnrufe der Passanten Luka aufhorchen. Mehr aus Reflex denn Absicht sprang er einen Schritt zur Seite und warf sich herum. Der andere Angreifer hatte sich wieder aufgerappelt und eilte seinem Komplizen zur Hilfe. Er hielt seinen Dolch in der Hand und richtete dessen Spitze auf ihn.

Luka wich einige Schritte zurück in Richtung Wasser. Da er den Stuhl weggeworfen hatte, war er nahezu schutzlos. Noch immer befanden sich zu viele Menschen auf dem Platz, als dass er hätte gefahrlos schießen können.

Der am Boden liegende Rollkragenträger stand ebenfalls auf. Er machte sich nicht die Mühe, das Stofftuch wieder vor sein Gesicht zu ziehen. Er trat neben seinen Komplizen und beide bewegten sich nebeneinander auf Luka zu.

Lukas Gedanken rasten, während er Schritt für Schritt an den Rand des Kanals zurückgedrängt wurde. Er nahm beide Fäuste hoch, auch wenn er wusste, dass der Kampf für ihn aussichtslos wäre.

Plötzlich stellten sich seine Nackenhaare auf und seine Ohrmuscheln fühlten sich an, als hätten sie kurz gezuckt. Durch die Kanäle zwischen den Häusern war urplötzlich das Gebrüll eines Motors zu hören. Es klang, wie ein Rennwagen, der jeden Moment um die Ecke rasen würde. Alle Anwesenden hielten inne und horchten auf. Sogar Luka ließ sich eine Sekunde von seinen Widersachern ablenken und warf einen Blick auf die wenigen Meter Kanal, die man von dem Platz einsehen konnte. Das Wasser lag ruhig vor ihm und verlor sich nach kurzer Strecke in der Dunkelheit. Er sah wieder zu den Angreifern, die sich verunsichert anschauten.

Das Brüllen kam näher und wurde immer lauter. So laut, dass es fast schon schmerzte. Vereinzelt hielten sich Passanten die Ohren zu.

Plötzlich schoss ein schwarzes Rennboot auf dem Kanal um die Ecke und jagte auf den Platz zu. Luka riss die Augen auf und trat einen Schritt zurück. Der Motor schrie wie eine wild gewordene Büffelherde.

Unmittelbar vor dem Platz bremste der Fahrer das Boot abrupt ab und stoppte es mit einer viertel Drehung, sodass eine Welle auf das Pflaster klatschte. Mit einem letzten Brüllen und dem Heck an der Wasserkante kam das Rennboot zum Stehen.

Luka wandte seinen Blick wieder zu den beiden Angreifern, die abwechselnd ihn, das Boot und sich gegenseitig anschauten. Keiner der Anwesenden sagte etwas oder bewegte sich, so imposant war der Auftritt. Einen Moment schien es, die Situation sei eingefroren.

Das Boot hatte ein geschlossenes Führerhaus, dessen Scheiben komplett verdunkelt waren. Unvermittelt wurde die Kanzel aufgeschoben. Das schleifende Geräusch, das dabei zu hören war, durchschnitt die unnatürliche Stille.

Luka glaubte zu träumen. Vincent Baxter streckte seinen perfekt frisierten Kopf aus dem Führerhaus.

Er winkte Luka zu. »Guten Abend!«, rief er. »Gehe ich recht in der Annahme, dass Sie gerade ein Transportmittel gebrauchen können?«

Luka durchströmte ein Gefühl der Erleichterung. Er drehte sich zu den Angreifern, die noch immer einige Meter entfernt wie angewurzelt standen. Er hob beide Hände und zuckte mit den Achseln. »Sorry, Jungs! Ein anderes Mal vielleicht.«

Dann rannte er los. An der Wasserkante stieß er sich ab, sprang auf das Heck des Bootes und eilte zum Führerhaus. Dort ließ er sich durch die geöffnete Kanzel fallen und landete direkt auf dem Beifahrersitz.

»Ihre Annahme ist richtig«, meinte er zu Vincent und legte gleichzeitig seinen Gurt an.

Der Brite lächelte verschmitzt und schob die Kanzel zu. Dann drückte er zwei Knöpfe und legte einen Hebel nach vorne.

Lukas Gurte waren gerade eingerastet, als das Boot einen Satz machte. Begleitet vom markanten Gebrüll des Motors wurde er in den Sitz gedrückt.

Vincent steuerte das Boot zielsicher durch die engen Kanäle. Immer wieder dachte Luka, dass sie gegen eine Häuserwand prallen würden. Aber wie durch ein Wunder bogen sie kurze Zeit später unbeschadet in den *Canal Grande* ein. Dort drosselte Vincent die Maschine und reihte sich in den normalen Verkehr aus Gondeln und Taxibooten ein.

Luka sah den Engländer neben sich an. Auch nach dieser Aktion wirkte der Brite noch immer tadellos. Die Frisur und sein Maßanzug ließen ihn aussehen, als sei er eben erst vom Fotoshooting für ein Modemagazin geflohen.

»Ich muss mich wohl bedanken«, sagte Luka, mehr feststellend und weniger als Frage.

Vincent sah zu ihm herüber und lächelte schon wieder. Oder *immer noch*. Luka konnte das nicht sicher sagen.

»Ich bitte Sie«, antwortete der Engländer. »Es war mir ein Vergnügen.«

Luka nickte.

Beide schwiegen einige Zeit und Luka schaute dem Treiben auf dem *Canal Grande* vor sich zu. Vincent lenkte das Boot ruhig und gelassen. Der mächtige Motor säuselte gelangweilt und unterfordert vor sich hin.

»Was mich dennoch interessieren würde«, unterbrach Luka irgendwann das Schweigen. »*Warum* sind Sie hier? Ich meine, Sie kamen doch eben nicht zufällig um die Ecke.«

»Das haben Sie absolut richtig erkannt«, bestätigte Vincent. »Ms. Anic rief bei Mr. Bend an und schilderte Ihre missliche Lage. Er sandte mich sofort los, um Ihnen zur Hilfe zu eilen.«

»Senija? Wie geht es ihr? Ist sie in Sicherheit?«

»Keine Sorge, Mr. Sefic«, beruhigte ihn Vincent. »Als Ms. Anic anrief, war sie bereits an Bord eines Wassertaxis. Sie wird zwischenzeitlich bei der Villa eingetroffen sein und dort auf uns warten.«

Luka nickte erleichtert.

Vincent steuerte das Boot aus dem *Canal Grande* in die Lagune von Venedig und nahm Kurs auf die Villa von Robert Bend. Er beschleunigte wieder etwas mehr. Sofort wurde der Motor lauter und Luka spürte, wie er sanft aber dennoch deutlich spürbar in den Sitz geschoben wurde. Durch die Seitenfenster sah er immer wieder Fontänen aus Gischt die Bordwand hochspritzen. Vincent hielt das Steuer locker, drückte ab und zu einen Knopf. Er schien alles im Griff zu haben und war die Ruhe selbst. Auch Luka spürte, wie sich das Adrenalin in ihm abbaute er und er langsam ruhiger wurde. Dennoch brach er erneut das Schweigen.

»Aber mir ist noch immer nicht klar, wie Sie mich in diesem riesigen Irrgarten aus Gassen und Kanälen finden konnten.«

Luka stellte die Frage nicht ohne Grund. Es war schon ein ziemlicher Zufall. Erst der Überfall von drei maskierten Männern. Ein Überfall, der offensichtlich kein Raub gewesen war. Zumindest hatte keiner der Maskierten Geld oder Schmuck gefordert. Was kam also sonst infrage? Eine versuchte Entführung? Wollte man ihn und Senija einschüchtern? Oder gar Schlimmeres? Aber warum?

Luka ließ Vincent nicht aus den Augen, als er ihm die Frage stellte.

Aber dieser zeigte keine andere Reaktion, als die übliche. Er sah Luka an und lächelte vornehm. Dann klopfte er mit einem Finger auf ein Gerät in seinem Cockpit.

»Polizeifunk«, sagte er trocken. »Wenn Passanten eine Schlägerei zwischen drei Männern melden, zwei davon maskiert, fällt es mir nicht sonderlich schwer, einen Zusammenhang zu erkennen.«

Klingt schlüssig, dachte Luka und entschied, es dabei zu belassen. Wenn Vincent log, würde er es hier und jetzt ohnehin nicht herausfinden. Außerdem musste Luka zugeben, dass er diesen steifen Briten und dessen gestelzte Sprache irgendwie leiden konnte.

Er schaute sich stattdessen im Innern des Bootes um. Er rief sich in Erinnerung, was für eine Aufmerksamkeit es alleine durch seine Geräuschkulisse und äußere Erscheinung auf sich zog.

»Ein sehr … *auffälliges* Boot. Vermutlich gibt es in Venedig kein zweites dieser Art«, mutmaßte er.

»Es gibt auf der *ganzen Welt* kein zweites Boot dieser Art«, berichtigte ihn Vincent.

»Wird es der Polizei dann nicht klar sein, wem es gehört? Es wäre doch ein Leichtes, uns auf dem Weg zur Villa abzufangen, oder?«

Vincent lenkte das Boot um eine Tonne, welche Untiefen markierte. Er wandte seinen Blick nicht von den Instrumenten ab, während er antwortete.

»Mr. Bend rief sofort nach meinem Aufbruch den Polizeipräsidenten von Venedig an und schilderte ihm die Situation.« Vincent war um die Tonne herum und richtete das Boot wieder aus. »Beide kennen sich schon Jahre und sind gut befreundet.« Durch die Frontscheibe konnte man jetzt in einiger Entfernung die hell erleuchtete Villa erkennen, als Vincent sich kurz zu Luka wandte und knapp hinzufügte: »Ich kann Ihnen versichern: Keine Polizeistreife in ganz Venedig würde dieses Boot stoppen wollen.«

»Luka, Gott sei Dank! Ich habe mir solche Sorgen gemacht.« Senija kam eilig an den Bootssteg der Villa gelaufen.

Vincent hatte das Boot längs an den hölzernen Steg manövriert. Ein Helfer verknotete die Leinen an zwei Pfosten, während Luka und Vincent aus dem Cockpit kletterten.

Robert Bend folgte Senija in ein paar Metern Abstand.

»Alles in Ordnung«, versuchte Luka sie zu beruhigen. »Mir geht es gut. Dank Vincent.« Er klopfte dem Engländer kameradschaftlich auf die Schulter.

Vincent lächelte stumm. Diesmal mit einem kleinen Hauch von Unbehagen in den Augen, meinte Luka amüsiert festzustellen.

»Ja«, Senija nickte. »Ich bin auf das erste Wassertaxi gesprungen, das ich fand. Auf der Fahrt zur Villa habe ich Robert angerufen, der sofort Vincent auf den Weg schickte.«

»Wissen Sie, wer die Angreifer waren oder was sie wollten?« Die Frage kam von Robert, der inzwischen aufgeschlossen hatte.

»Weder noch«, antwortete Luka. »Aber ich vermute, dass Senija und ich keine willkürlichen Opfer waren.« Luka beobachtete sehr genau das Verhalten der Anwesenden, als er seinen Verdacht äußerte. Aber keiner von ihnen zeigte eine auffällige Reaktion.

»Sie meinen, dass es eventuell Männer von Mr. Vladic gewesen sein könnten?«, fragte Bend.

Luka fiel auf, wie eigenartig sich der Titel „Mister" im Zusammenhang mit einer Person wie Vladic anhörte.

»Das ist möglich, aber sicher bin ich mir nicht. Ich wüsste auch nicht, woher Vladic wissen soll, dass ich hier in Venedig bin. Oder *warum* ich hier bin.« Wieder beobachtete Luka die Reaktionen der anderen.

»Das stimmt … sehr mysteriös!«, konstatierte Bend, während er sich mit Daumen und Zeigefinger den Kinnbart strich.

Luka stellte bei keinem der drei eine verdächtige Reaktion fest. Vielleicht täuschte er sich mit dem

Gedanken, dass ein Verräter unter ihnen sein könnte. Aber die Umstände des Überfalls waren, um bei den Worten Robert Bends zu bleiben, mehr als mysteriös. »Da muss ich Ihnen zustimmen«, sagte er schließlich. »Aber dieses Rätsel wird vorerst ungelöst bleiben müssen. Für heute war das genug Aufregung. Außerdem habe ich ziemlichen Hunger. War vorhin nicht von einem Abendessen die Rede?«

»Könntet ihr mir mal erklären, was da vorhin los war?« Der Mann mit dem schwarzen Rollkragenpullover schnaubte vor Wut.

Seine Begleiter saßen vor ihm auf einem Ledersofa, das in ihrem Hotelzimmer stand. Keiner der beiden antwortete. Einer hielt sich einen Eisbeutel auf seine geschwollene Nase.

»Habt ihr eure Sprache verloren?«, fragte ihr Chef eine Spur wütender. »Das wäre *die* Chance gewesen und ihr vermasselt es.«

»Du warst doch dabei und hast selbst gesehen, was ...«, versuchte der Mann ohne Eisbeutel zu erklären, wurde aber mit einem eiskalten Blick des Anführers zum Schweigen gebracht.

»Wenn ihr es richtig angestellt hättet, dann wäre es in der Gasse schon erledigt gewesen.« Der Chef schüttelte den Kopf und wandte sich ab. Er ging ein paar Schritte durch das Zimmer und blieb vor einem Fenster stehen. Stumm schaute er hinaus. Seine Gedanken überschlugen sich und er versuchte, sie zu ordnen. Er beobachtete die beleuchteten Boote, die auf dem *Canal Grande* vor dem Fenster des Hotelzimmers vorbeizogen. Er atmete mehrmals tief ein und aus, um sich wieder zu beruhigen. Er wusste, dass ihn seine Wut hier nicht weiterbringen würde. Mit jedem Atemzug spürte er, wie sich sein Puls verlangsamte und er allmählich zur Ruhe fand.

»Was sollen wir jetzt tun?«, fragte vorsichtig der Mann mit der geschwollenen Nase in näselndem Ton.

Er hatte mit seiner Frage lange genug gewartet. Der Anführer wandte sich vom Fenster ab und sah seine Männer mit deutlich milderen Gesichtszügen an.

»Wir werden die Villa im Auge behalten. Ich denke, dort wird sich bald etwas tun und dann sind wir bereit.«

Seine beiden Begleiter nickten stumm.

Er drehte sich wieder zum Fenster und schaute hinaus, bevor er leise hinzufügte: »Aber seid sicher: Ich werde keine weiteren Fehler dulden!«

KAPITEL 10

Adriatische Küste, 1295 n. Chr.

Sein Mund war staubtrocken. Er versuchte, Speichel zu sammeln, aber es war vergebens. Seine Zunge klebte bei jeder Bewegung am Gaumen fest und sein trockener Rachen kratzte.

Marco Polo saß, nach vorne gebeugt und in sich versunken, auf der Planke des kleinen Bootes. Nur knapp war er dem Untergang der Galeere und damit dem gleichen Schicksal, wie die Besatzung es erleiden musste, entgangen. Lange hatte er über die Geschehnisse nachgedacht, während er über das offene Meer ruderte. Polo dachte daran, was passiert war, nachdem er in seiner Kajüte die Maske aufgesetzt hatte. Der plötzlich aufziehende Sturm, der ebenso plötzlich wieder verschwunden war. Der Wirbel seiner Gefühle, der ihn fast übermannte. Das Brennen auf seinem Gesicht, das sich wie Höllenfeuer anfühlte. *Hatte der Teufel seine Hände im Spiel?*

Mit den Ruderschlägen verblassten die Gedanken allmählich. Denn sie machten einem weitaus schlimmeren Gefühl Platz: Durst.

Er wusste nicht, wie lange er schon ruderte. Ebenso wusste er nicht, wie weit er von der Küste entfernt war. Als er die Galeere verlassen hatte, war kein Land in Sicht. Er hatte nur eilig seine Sachen zusammengerafft und war in das kleine Beiboot gestiegen. *Jetzt würde ich all meine Schätze für ein Glas Wasser eintauschen.*

Polo wusste, dass der Kapitän erst entlang der osmanischen und dann der griechischen Küste gefahren war. Davon ausgehend, musste das nächste Land in östlicher Richtung liegen. So hoffte er zumindest.

Die Sonne brannte auf ihn herab und blendete auf der Wasseroberfläche. Erinnerungen an die Rudersklaven kamen in ihm auf. War es Schicksal, dass er jetzt hier wie einer von ihnen saß? Mit Schwielen an den Händen, durstig und gepeinigt von der schier unerträglichen Hitze. Oder hatte er das Unheil selbst heraufbeschworen? Es war, als würde ihn die letzten Jahre der Teufel auf Schritt und Tritt folgen. *Die Jahre, seit ich die Göttermaske ...* seine Gedanken blieben haften. *Die Göttermaske!* Er schaute sich im Boot um und fand die Truhe mit seinen Schätzen unter der Planke. Das Laken, das er wie einen Trageriemen um die Griffe gewickelt hatte, klebte angetrocknet auf dem Deckel. Vorsichtig nahm er die Truhe auf und stellte sie auf seinen Schoß. Er schob das Laken beiseite und öffnete den Deckel.

Da lag sie. Gebettet auf Schmuck und hunderten Edelsteinen funkelte die Göttermaske in der Sonne. Ein goldener Schein strahlte Polo entgegen.

Er spürte, wie ihn wieder diese unbestimmte Unruhe erfasste. Dieses Gefühl, auf das bisher immer ein Unheil folgte ... erschrocken schlug er den Deckel der Truhe wieder zu. *War die Göttermaske schuld an allem?* Die Ereignisse im Kloster, auf dem Schiff ... Er schüttelte den Kopf. *Das ist Unsinn.*

Und wenn es doch so war? Was, wenn die Maske für all das verantwortlich war? Wenn man mit ihr wirklich Kontakt zu den Göttern herzustellen ver-mochte?

Was waren das nur für Götter, die solches Unheil brachten? Oder war es gar der Teufel selbst, der seine Finger im Spiel hatte? Der nur darauf wartete, dass jemand die Maske benutzte und ihn damit heraufbe-schwor.

Polo schauderte es bei den Gedanken. Vorsichtig, fast schon behutsam, schob er die Truhe zurück unter die Planke.

Das Gefühl der Unruhe verschwand. Was blieb, war der Durst und der Gedanke, dass der Leibhaftige hinter der Maske lauern könnte. Während Polo nach den Rudern griff und sich in die Riemen legte, war ihm eines klar: Sollte er nicht bald seinen Durst stil-len, konnte er den Teufel persönlich fragen.

Polo hatte zwischenzeitlich jegliches Zeitgefühl ver-loren. Waren Stunden oder Tage vergangen, seit er in das Boot gestiegen war? Er vermochte es nicht mit Sicherheit zu sagen. Die Hitze und der Durst nahmen nicht nur seinem Körper, sondern auch seinem Geist jegliche Lebensenergie.

Mit letzter Kraft erreichte Marco Polo das Fest-land. Während eine Welle das kleine Boot den letzten Meter auf den Strand schob, ließ er die Ruder fallen und sackte in sich zusammen. Seine Arme brannten wie Feuer. Ihm war heiß, als würde er fiebern und sein Durst war unerträglich.

Aber er hatte den Untergang der Galeere überlebt. Er war der einzige Überlebende. Seine Gedanken kreisten und blitzten im Licht der heißen Sonne vor seinen Augen auf. Der Sturm, die Wellen, der abgebrochene Segelmast, der wie ein Galgen über den Todgeweihten schwenkte ... alles erschien ihm vor seinem inneren Auge. Er hatte das Gefühl, er könne noch immer die Schreie der Rudersklaven hören, bevor das Meer sie auf alle Ewigkeit verschlang.

Er hob seinen Kopf und sah sich um. Ihm war klar, dass er keine Zeit hatte, sich mit solchen Erinnerungen aufzuhalten – denn noch war er nicht in Sicherheit. Vor ihm lag das steinige Ufer. Dahinter stieg die Landschaft sanft an, bis sie schließlich in einen nahen Gebirgszug überging. Außer unzähligen Ginsterbüschen und ein paar wenigen Nadelbäumen sah er nur Stein und Geröll.

Er musste Wasser und etwas zu Essen finden. Und eine Möglichkeit, nach Venedig zu gelangen. Aber wo? Hier war nichts außer Ödland.

Resigniert ließ er den Kopf wieder sinken. Er starrte auf den Boden des Bootes. Zunächst ins Leere. Dann blieb sein Blick an dem Bündel aus Bettlaken und Truhe hängen.

Polo zog sie unter der Planke hervor und schob sie vor seine Füße. Er fühlte wieder diese innere Unruhe in sich aufkommen. Er fasste an die Verschlüsse der Truhe und ... hielt inne. Schweiß rann ihm von der Stirn. Nicht alleine von der Hitze. Nein, er spürte Angst. Er ließ die Verschlüsse wieder los.

Polo stand auf und stieg aus dem Boot. Seine Glieder schmerzten. Die letzten Stunden hatten ihm mehr zugesetzt, als er es bisher gespürt hatte. Er entfernte sich ein paar Schritte vom Boot und versuchte, sich zu beruhigen. Tief atmete er ein und aus. Nach und nach wich das Gefühl der Angst aus seinem Körper.

Polo schaute das Ufer entlang. In beide Richtungen wurde das Gelände nach einigen Metern zerklüfteter und Klippen ragten ins Wasser. Er würde hier nicht weit vorankommen. Ihm blieb nur die Möglichkeit, ein Stück ins Landesinnere zu marschieren und so die schroffen Klippen zu umgehen.

Es ist die beste Idee, überzeugte er sich selbst. Polo holte tief Luft und ging entschlossen zum Boot zurück. Dort zog er seinen Dolch und schnitt den Rest der Leine ab, mit der das Rettungsboot an der Galeere festgemacht war. Die abgeschnittene Leine hatte etwa die Länge von vier Armlängen. Er wickelte sie zusammen und befestigte sie an seinem Gürtel. *Ein Stück Leine wird mir vielleicht noch von großem Nutzen sein.*

Dann nahm er eines der Ruder. Er legte es schräg an das Boot und trat mit aller Wucht dagegen, sodass das Ruderblatt mit einem Krachen abbrach. Den Stiel nahm er auf und wog ihn in der Hand. *Etwas schwer, aber besser als ohne.* Er hatte nun einen halbwegs ordentlichen Wanderstab.

Zuletzt packte er die Truhe und wuchtete sie aus dem Boot. Das Laken war noch immer fest mit den Griffen verknotet. Er beugte sich herab, warf das Laken über seine Schulter und hob die Kiste hoch. Er spürte, wie die Last vieler hundert Edelsteine, Goldschmuck und der Göttermaske an ihm zerrten. Aber er war nicht so weit gereist, um mit leeren Händen nach Hause zu kommen.

Er sah das ansteigende Ufergelände hinauf in die Richtung, die er sich vorgenommen hatte.

Gott der Allmächtige – bitte stehe mir bei! Mit schweren Schritten stapfte er los.

Der Tag zog vorüber und Polo schleppte sich einen weiteren der unzähligen Hügel hinauf. Sein Kopf glühte, aber es rann kein Tropfen Schweiß aus seinen Poren. Sein Körper war zu ausgetrocknet. Polo hatte jegliches Gefühl dafür verloren, wie viel Zeit vergangen war, seit er sich auf den Weg gemacht hatte. Dem Sonnenstand nach zu urteilen, mussten es aber mehrere Stunden gewesen sein. Stunden, die ihm unendlich lange vorkamen. Die Sonne brannte unerbittlich auf ihn herab und der Trageriemen aus Laken, den er notdürftig für die Truhe geschnürt hatte, scheuerte auf seiner Schulter.

Auf dem Gipfel des Hügels angekommen, blieb er stehen. Er ließ die Truhe zu Boden sinken und streifte den Riemen ab. Stöhnend massierte er sich Schulter und Nacken. Das Gewicht abzulegen war eine wahre Wohltat. Er schaute sich um. Westlich von ihm konnte er in weiter Entfernung das Blau des Adriatischen Meeres sehen. Anfangs hatte er versucht, parallel zum Ufer zu wandern. Aber das Gelände zwang ihn, sich immer weiter von der Küste zu entfernen. Inzwischen war er einige Kilometer ins Landesinnere vorgedrungen. Östlich von ihm ragten die Gipfel eines Gebirges in den Himmel. Im Vergleich zu den Bergen, die er im Himalaja gesehen hatte, waren diese geradezu zwergenhaft. Aber hier und heute standen sie bedrohlich wie eine gewaltige graue Mauer vor ihm, die unendlich in den Himmel zu ragen schien.

Marco Polo dachte nach. Ausgehend von der ihm letzten bekannten Position der Galeere, und vorausgesetzt, er war mit dem Ruderboot nicht allzu weit abgetrieben worden, dann könnten das die Berge des *Velebit*-Gebirges sein.

Der Gedanke ließ Hoffnung in ihm aufkeimen. Entlang der Küstenlinie vor dem *Velebit*-Gebirge gab es einige Hafenstädte, die sogar unter venezianischer Verwaltung standen. Von dort aus würde er sicherlich eine Fahrt auf einem Schiff nach Venedig erstehen können.

Sofern ich nicht vorher verdurstet bin.

Mit der neugewonnenen Kraft der Hoffnung griff er nach der Truhe und warf sich das Laken über. Sofort schmerzte das Gewicht wieder auf seiner wunden Schulter. Aber er ließ sich davon nicht beirren. *Weiter nach Nordwesten, dort wirst du eine Stadt oder wenigstens ein Dorf finden.* Vorsichtig stieg er den Hügel hinab. Immer wieder rutschte der lose Boden aus Stein und Geröll unter ihm weg und er musste sich mit seinem improvisierten Wanderstock abstützen.

So kämpfte sich Polo weiter voran. Hügel um Hügel stieg er unbeirrt hinauf und wieder hinab, bis die Sonne langsam unterging. Umso näher sie dem Horizont kam, desto mehr färbte sie die Felsen in einen orangen Farbton. Die Schatten wurden länger und Polo spürte, dass die Hitze allmählich nachließ.

Er wusste aber auch, dass er sich rechtzeitig nach einem geeigneten Platz für das Nachtlager umschauen

musste. In einer Senke wurde er fündig. Drei Bäume –
nicht größer als er selbst – standen in einer Gruppe
beisammen. In dieser kargen Felslandschaft waren
Bäume selten und er war froh, als er sein Bündel
ablegen und sich setzen konnte. Er lehnte den Rücken
an einen der Stämme und schloss die Augen. Der
Wind wehte sanft durch das lichte Laub der Bäume.
Das Geräusch weckte in Polo Erinnerungen. Erinnerungen an die weiten Steppen in der Mongolei. Er sah
die saftig grünen Gräser vor sich, über die sanft der
Wind strich. Eine Herde wilder Pferde, die über die
Steppe galoppierte. Und plötzlich sah er Atilla, Akai
und Tulga, das Kloster und den Abt, das Feuer und die
Göttermaske.

Polo öffnete die Augen. Er schaute zu seinem
Bündel, das zu seinen Füßen lag. Ein Schauer lief ihm
kalt über den Rücken und die Haare auf seinen Unterarmen stellten sich auf. Den ganzen Tag ging er durch
die brütende Hitze und war noch immer dem Verdurs-
ten nahe – und jetzt fröstelte es ihn. Schwerfällig
stand er auf und rieb sich die Arme.

*Das ist nur die Erschöpfung. Du musst bei klarem
Verstand bleiben*, versuchte er sich zu beruhigen und
die schlechten Gedanken zu verscheuchen. *Ein Feuer
wird helfen.* Er fing an, Zweige und Äste aufzulesen,
die zwischen den Bäumen verstreut lagen. Schnell
hatte er eine ausreichende Menge gesammelt und
machte sich daran, eine Feuerstelle vorzubereiten.
Nahe der Bäume fand er einen abgestorbenen und aus-
getrockneten Ginsterbusch, den er als Zunder nutzen
konnte. Von einem der Bäume riss er ein Stück tro-
ckene Rinde ab und legte sie mit einem Ast bereit.

Damit hatte er alles zusammen, was er zum Feuermachen brauchte. Da sein Vorrat an Feuerholz überschaubar war und er im näheren Umfeld kein Weiteres finden konnte, entschied er, mit dem Entzünden bis zum Einbruch der Dunkelheit zu warten.

Das Holzsammeln hatte ihn erschöpft. Sein Magen knurrte. Er sah sich um, obwohl ihm bewusst war, dass er in dieser Einöde nichts Essbares finden würde. Kraftlos ließ er sich wieder zu Boden sinken. Er lehnte seinen Kopf an einen der Baumstämme und schaute der Sonne zu, wie sie gerade am Horizont das Meer berührte.

»Du solltest bald das Feuer entfachen«, sagte Polo zu sich selbst. *Mache ich, nur einen Moment ausruhen.* Dann schlief er ein.

Wo bin ich? Marco Polo schreckte auf. Er sah sich hektisch um und hielt sofort inne, weil sein ganzer Körper schmerzte. Um ihn herum herrschte finstere Nacht. Es dauerte einen Augenblick, bis er sich an die Dunkelheit gewöhnte. Ein schwaches Licht half ihm dabei: Der Mond, der wie eine weiße Sichel am Nachthimmel stand. Polos Erinnerung kam langsam zurück. *Ich muss eingeschlafen sein.* Sein Nacken und die Schultern waren noch immer wund von dem Gewicht seines Bündels. Seine Füße und Beine brannten von dem langen Marsch. Und jetzt schmerzte auch der Rücken, weil er auf einem Felsen unter dem Baum eingeschlafen war.

Wie lange habe ich geschlafen? Was ist mit dem Feuer? Er schaute zur Feuerstelle, konnte in der Dunkelheit aber nur Konturen erkennen. *War es aus-*

gegangen oder habe ich es nicht entfacht? Schwerfällig und unter Schmerzen stand er auf und ging zur Feuerstelle. *Nein, ich habe kein Feuer gemacht,* stellte er fest. Er ließ sich auf die Knie sinken und nahm sich das Stück Rinde und den bereitgelegten Ast. Er stellte den Ast spitz auf die Rinde und begann, ihn zwischen beiden flachen Händen zu drehen. Er war wütend auf sich selbst. Auf seine Schwäche und darüber, dass er sich in eine solche Gefahr gebracht hatte. *Ohne ein Feuer in der Wildnis zu nächtigen, ist nicht sehr weise, Großmeister Polo.*

Plötzlich vernahm er ein Knacken hinter sich. Abrupt hörte er auf, den Ast zu drehen. Ein weiteres Knacken. Polos Nackenhaare stellten sich auf. Langsam legte er den Ast zu Boden und horchte. Außer einem leisen Wind, der zwischen den Felsen wehte, hörte er nichts. Aber er hatte das Gefühl, er würde beobachtet werden. Vorsichtig drehte er seinen Kopf zur Seite und schaute über seine Schulter. Da war nichts. *Wahrscheinlich werde ich verrückt vor Hunger und Durst.*

Er schüttelte den Kopf und nahm den Ast wieder auf. Er setzte ihn auf das Stück Rinde und drehte ihn erneut. Schon nach kurzer Zeit roch die Rinde verbrannt und es bildete sich eine zarte Rauchfahne. Polo freute sich und versuchte, den Ast noch schneller zwischen seinen Händen zu drehen. Wieder ein Knacken hinter ihm.

Er ließ sofort den kleinen Ast fallen. Er schnappte sich einen größeren Ast, sprang auf und hielt ihn wie ein Schwert vor sich. »Kommt heraus, Feigling!«, schrie er in die Dunkelheit.

Das Knacken wurde regelmäßiger und hörte sich wie schnelle Schritte an. In Polo stieg Panik auf. Er ließ den Ast fallen, hechtete zu seinem Bündel und packte das Leinentuch. Er warf es über seine Schulter. Diesmal spürte er keine Schmerzen. Dann klemmte er die Truhe zwischen Arm und Körper und rannte los. Er wusste nicht wohin. Er lief in Richtung des Mondes, damit er wenigstens etwas von seiner Umgebung erkennen konnte. Er wollte einfach nur weg – so schnell wie möglich.

Aber die Schritte folgten ihm. Er lief eine kleine Anhöhe hinauf. Immer wieder blieb er mit den Beinen an Büschen hängen oder stieß an Felsen. Auf der Anhöhe wagte er einen Blick hinter sich, aber er sah nur eine Wand aus Dunkelheit. Seine Lungen brannten und sein Herz hämmerte, als wollte es jeden Moment platzen. Vorsichtig setzte er einen Fuß vor den anderen den Abhang hinunter. Immer wieder kam er auf dem losen Untergrund ins Rutschen, konnte aber einen Sturz verhindern. Nachdem er einen Teil des Abhangs geschafft hatte, hörte er seinen Verfolger auf der Anhöhe hinter sich ankommen. Die Schritte verstummten und ein tiefes, angestrengtes Atmen war zu vernehmen.

Polo drehte sich hektisch um und versuchte, nach oben zu schauen. Dabei kam er erneut ins Rutschen. Diesmal verlor er vollends den Halt und stürzte. Er schlug hart mit der Schulter auf und rollte über seinen Bauch weiter. Seine Umgebung verschwamm. Er wusste nicht mehr, wo oben und unten war. Immer wieder stieß sein Körper gegen Felsen und den harten Untergrund. Die Truhe prallte in seine Rippen und rief einen stechenden Schmerz hervor. Die Luft blieb ihm weg. Er bekam noch mit, wie ihm ein Busch das Gesicht zerkratzte, bevor er hart mit dem Kopf gegen eine Wurzel schlug. Er spürte einen heftigen, dumpfen Schmerz und meinte einen grellen Blitz zu sehen, bevor ihm die Gnade einer Ohnmacht zuteilwurde und ihn schlagartig friedliche Dunkelheit umhüllte.

KAPITEL 11

Luka wachte früh auf. Er hatte ohnehin schlecht geschlafen und war froh, als die ersten Sonnenstrahlen durch einen Spalt zwischen den Fensterläden in das kleine Gästezimmer drangen. Er empfand das Aufstehen wie eine Erlösung. Die halbe Nacht grübelte er über die Geschehnisse der letzten Tage und war damit beschäftigt, alle Informationen einzuordnen. Er drehte gedanklich die Puzzleteile mehrfach hin und her, aber es wollte kein rechtes Bild daraus entstehen.

Luka stand auf, ging durch das Zimmer, öffnete das Fenster und schwang die beiden hölzernen Läden auf. Grelle Morgensonne schlug ihm sofort ins Gesicht und er kniff reflexartig die Augen zusammen. Die vier Gläser Wein, die er im Laufe des bemerkenswert delikaten Abendessens zu sich genommen hatte, trugen vermutlich einen großen Anteil an seiner morgendlichen Lichtempfindlichkeit bei. Nachdem sich seine Pupillen an die Helligkeit angepasst hatten, ließ er den Blick schweifen. Einen Moment vergaß er alle Gedanken, die ihn um den Schlaf gebracht haben. Er genoss schlicht den Anblick, der sich ihm bot. Von seinem Zimmer hatte er einen grandiosen Blick über den Garten der Villa bis hin zur Lagune. In der Ferne konnte er die Silhouette der Altstadt von Venedig erkennen.

Das Klingeln seines Smartphones ließ ihn herumfahren. Luka schaute sich schnell im Zimmer um und sah es auf dem Nachtschrank liegen. Mit drei großen

Schritten war er um das Bett gelaufen und griff nach dem Gerät.

»Luka Sefic hier!«

»Luka? Hier spricht Benkic!«

»Guten Morgen, Herr Benkic. Wie geht es Ihnen?«, begrüßte er den Oberstaatsanwalt.

»Ich rufe nicht für einen Smalltalk an. Darf ich fragen, wo Sie sich herumtreiben? Seit zwei Tagen höre ich nichts von Ihnen. In Ihrem Hotel in Zadar erhalte ich die Auskunft, dass Sie vorgestern abgereist sind. Und gestern Nachmittag bekomme ich einen Rückruf vom Direktor des archäologischen Museums in Zadar, der mir von einem Einbruch in sein Museum erzählte. Und, dass Sie mit einer seiner Mitarbeiterinnen einen Trip nach Venedig genießen.«

Luka merkte, wie aufgebracht sein Vorgesetzter war.

»Tut mir leid! Hier haben sich die Ereignisse überschlagen und ich hatte keine ...«

»Sparen Sie sich das!«, unterbrach ihn Benkic. »Ich möchte keine Ausflüchte hören. Was machen Sie überhaupt in Venedig? Ich wüsste nicht, dass wir dort zuständig sind.« Benkic klang noch immer aufgebracht.

Luka wusste, dass es Benkic gar nicht darum ging, seine Arbeit oder seine Methoden zu kritisieren. Er war nur nicht begeistert, nicht informiert worden zu sein.

»Ich verfolge in Venedig eine mögliche Spur zu Vladic«, erklärte Luka. »Vermutlich steckt Vladic hinter dem Einbruch in das Museum.«

»Vladic? Der Museumsdirektor erzählte mir, dass lediglich ein einzelnes Buch gestohlen wurde.«

»Das ist richtig.«

»Vladic ist jetzt also ein Bücherdieb?« Der Sarkasmus war nicht zu überhören.

»Ich weiß, wie sich das anhört. Aber da steckt mehr dahinter«, versuchte Luka seinem Chef zu erklären. »In Venedig lebt der Eigentümer des gestohlenen Buches. Sie kennen ihn vielleicht. Der Milliardär Robert Bend.«

»Der Engländer, der zum Mond fliegen will?«

Luka rollte die Augen. »Ja, so ähnlich. Auf alle Fälle ist es so, dass das Buch zum einen sehr wertvoll sein soll. Ein anderer Sammler hatte Bend eine Million Euro geboten. Zum anderen rankt sich eine Legende um das Buch, wonach es Hinweise zu einem versteckten ...« Luka hielt inne und bemerkte, wie verrückt es klingen musste, was er sagen wollte. Aber ihm fiel spontan keine bessere Umschreibung ein. »... Schatz enthalten könnte.«

Er wünschte sich, es anders ausgedrückt zu haben. Eine Sekunde war es still am Telefon.

Dann: »Wollen Sie mich verschaukeln?« Benkic' Tonfall klang alles andere als erfreut. »Ich habe Sie auf Vladic angesetzt und mir Ergebnisse erhofft. Und Ihre einzige Spur, wenn man das überhaupt so nennen kann, ist ein Buch mit einer Schatzkarte? So wie sich das anhört, wissen Sie noch nicht mal sicher, dass Vladic auch wirklich das Buch gestohlen hat.« Benkic war hörbar in Rage.

»Ich weiß, wie das klingen muss. Aber mein Gefühl sagt mir, dass an der Geschichte was dran sein könnte. Lassen Sie mich noch ein paar Tage in diese Richtung ermitteln. Es ist ohnehin die einzige Spur, die wir im Moment haben.« Nach einem Augenblick des Abwägens fügte er hinzu: »Außerdem waren Sie mit meinem neuen Ansatz einverstanden.« Luka konnte hören, wie Benkic Luft durch die Zähne presste, während er tief ausatmete.

»Also gut, Luka«, lenkte der Oberstaatsanwalt schließlich ein. »Sie haben noch zwei Tage. Dann lassen Sie es und gehen wieder ernsthaften Hinweisen nach. Sie sind Agent der USKOK und kein Schatzjäger, vergessen Sie das nicht!«

Luka nickte reflexartig, obwohl sein Gesprächspartner das nicht sehen konnte. »Selbstverständlich vergesse ich das nicht.«

»Gut!« Benkic klang versöhnt. »Und noch etwas: In Zukunft halten Sie mich auf dem Laufenden. Im Moment drehen alle durch. Der Innenminister, die Presse … ich habe keine Lust, Fragen gestellt zu bekommen, auf die ich keine Antworten habe.«

»Verstanden!«, antwortete Luka knapp.

Benkic legte ohne jedes weitere Wort auf.

Nach einem schnellen, aber deswegen nicht weniger exquisiten Frühstück, brachen Luka und Senija zum Flughafen Venedig auf. Robert Bend stellte ihnen eine Mercedes-Limousine samt Fahrer zur Verfügung.

»Fährt uns nicht Vincent?«, fragte Luka überrascht.

»Der lässt sich entschuldigen«, erklärte Bend. »Er hat anderweitig zu tun und musste früh los. Deswegen war er auch nicht beim Frühstück zugegen.«

Luka nickte stumm.

»Der Space-Jet steht am Flughafen bereit. Außerdem war ich so frei, Ihren Land Rover von Zadar nach Split bringen zu lassen. Von dort ist es dann nicht mehr weit nach Makarska.«

»Vielen Dank, Robert.« Luka reichte dem Milliardär die Hand.

»Ich muss *Ihnen* danken! Weil Sie Senija und mir helfen, das Tagebuch wiederzufinden. Wenn ich Ihnen irgendwie helfen kann, lassen Sie es mich einfach wissen.«

Luka nickte und stieg hinter dem Fahrer in den Mercedes. Er beobachtete, wie Robert Senija in die Arme nahm und ihr etwas sagte. Es war aber zu leise, als dass er es hören konnte. Dann küsste Bend sie auf die Wangen und verabschiedete sich.

»Alles in Ordnung?«, fragte Luka, nachdem Senija neben ihm Platz nahm und der Fahrer ihre Türe schloss.

Senija nickte, sagte aber nichts.

Nur wenig später landeten Luka und Senija mit dem Space-Jet auf dem Flughafen von Split. Der Flug hatte kaum mehr als eine halbe Stunde gedauert. Senija hatte während des Fluges nur wenig gesprochen. Luka beließ es dabei und bohrte nicht nach. Im Gegenteil. Es war ihm eigentlich ganz recht. Er ging seinen eigenen Gedanken nach und versuchte, diese zu sortieren.

Miller, der Co-Pilot, der sie schon auf dem Flug nach Venedig begleitet hatte, kam kurz nach der Landung in die Kabine.

»Für die Abholung Ihres Wagens«, sagte er und reichte Luka einen Notizzettel. »Unser Personal in

Zadar hat ihn bereits gestern Abend nach Split über-
führt. Mit dem Code auf dem Zettel erhalten Sie Ihre
Wagenschlüssel am Schalter des Parkhauses.«

Luka nahm das Stück Papier entgegen und
bedankte sich.

»Vollgetankt ist er auch und die Parkgebühr ist
selbstverständlich schon bezahlt«, ergänzte Miller mit
seinem jugendlichen Grinsen und einem Augenzwinkern, bevor er wieder im Cockpit verschwand.

Der Jet rollte entlang der Landebahn auf einen
abgesetzt liegenden Hangar zu, wo er endgültig zum
Stehen kam. Von außen wurde eine Treppe heran-
geschoben, während Miller wieder aus dem Cockpit
kam und die Luke öffnete.

Luka und Senija verabschiedeten sich von ihm und
stiegen die Treppe hinab. Ein Shuttlebus des Flug-
hafens wartete bereits und beide stiegen ein.

»Wie sieht der weitere Plan aus?«, fragte Senija
unvermittelt, als der Bus sich in Bewegung setzte.

Luka sah sie an. »Nun … ich denke, ich sollte
Herrn Sarantakos einen kleinen Besuch abstatten. Mal
sehen, was er zu berichten hat.«

»*Wir* sollten ihm einen Besuch abstatten, meintest
du wohl.«

»Senija, du hast doch in Venedig selbst erlebt, mit
was für Leuten wir es hier zu tun haben. Es wäre
wirklich besser, wenn ...«

»... wir zusammenbleiben«, ergänzte Senija seinen
Satz. »Da gebe ich dir vollkommen recht.«

Luka stutzte, schmunzelte dann aber. »Na gut. Ich
sehe ein, dass gegen deine Sturheit noch nichts
gewachsen ist.«

Senijas ernste Miene der letzten Stunden entspannte sich und wich einem zufriedenen Lächeln.

Die *Leukothea* lag am äußersten Rand des Yachthafens von Makarska. Sie war so mächtig, dass sie einen kompletten Steg brauchte, an dem normalerweise zwei oder drei Yachten lagen.

Luka und Senija saßen in Lukas Land Rover auf der anderen Seite der Hafenpromenade und beobachteten durch ein Fernglas das Treiben auf dem Schiff. Ein paar Matrosen putzten das Deck, andere trugen Kisten über eine Rampe an Bord der Yacht.

»Sieht aus, als wenn sie sich für die Abreise fertig machen«, mutmaßte Senija, während sie durch das Fernglas schaute.

Luka nickte stumm.

»Wer ist das?«, fragte Senija, ohne das Fernglas herunterzunehmen. Luka nahm es ihr aus der Hand und schaute, wen sie meinte.

An Deck war ein Mann mit dunklen Haaren und dunklem Teint aufgetaucht. Er hatte eine südländische Erscheinung und Luka schätzte ihn auf Mitte dreißig. Anders als die übrigen Männer war er mit einem schwarzen Anzug, einem schwarzen Hemd und ebenso schwarzer Krawatte gekleidet.

»Keine Ahnung«, gestand Luka. »Aber Farben sind wohl nicht sein Ding. Ich tippe mal auf Security.«

Der Mann schaute sich um, rief eine Anweisung zu einem der Matrosen und verschwand dann wieder unter Deck.

»Und wie geht es jetzt weiter? Ich meine, wir können ja schlecht rübergehen und einfach klingeln«, scherzte Senija.

Luka warf das Fernglas auf den Rücksitz. »Genau *das* war mein Plan«, antwortete er trocken und stieg ohne ein weiteres Wort aus dem Wagen.

Senija, die durch den plötzlichen Aufbruch sichtlich überrascht wurde, beeilte sich, ihm zu folgen.

Sie überquerten die Straße und steuerten den Eingang zum Yachthafen an. Eine Schranke versperrte die Zufahrt.

Luka sah sich kurz um und vergewisserte sich, dass niemand in der Nähe war. Dann tauchte er schnell unter der Schranke durch. Senija folgte ihm sofort.

Unbehelligt überquerten sie das Hafengelände. Sie gingen an mehreren größeren und kleineren Booten und Yachten vorbei, bis sie auf dem steinernen Steg vor der *Leukothea* standen. Die Matrosen waren noch immer mit dem Beladen beschäftigt und keiner beachtete sie.

»Was für ein Apparat«, stellte Luka beeindruckt fest. »Das Ding hat doch mindestens 60 Meter!«

»Es sind eigentlich 70 Meter«, rief eine Stimme von oben.

Luka und Senija schauten auf. Die Sonne blendete, weshalb die Herkunft der Stimme nicht gleich ausfindig zu machen war.

»Hier drüben!«, meldete sich die Stimme erneut.

Luka entdeckte einen älteren Mann mit braungebrannter Haut und einem schneeweißen Haarkranz auf dem Sonnendeck am Heck des Schiffes. Er war mit einer weißen Leinenhose und einem ebensolchen Hemd bekleidet. Der Mann strahlte eine entspannte Gelassenheit aus und wirkte auf keinen Fall so, als wäre er zum Arbeiten hier. Luka vermutete sofort, dass es sich um Sarantakos handeln musste.

»Entschuldigen Sie bitte unser neugieriges Auftreten. Aber meine Frau und ich ...«

Senija sah Luka überrascht an, begriff aber sofort, was er vorhatte. Sie hakte ihren Arm bei ihm ein und blickte lächelnd zu Sarantakos.

»... haben Ihre wunderbare Yacht entdeckt, als wir in einem Café an der Promenade saßen. Wir mussten sie uns einfach aus der Nähe ansehen.« Luka setzte sein schönstes Lächeln auf.

»Das ehrt mich sehr«, antwortete Sarantakos offensichtlich geschmeichelt. Er legte dabei die rechte Hand auf sein Herz und verneigte sich leicht. »Möchten Sie gerne das Innere sehen? Ich bin mir sicher, dass Sie begeistert sein werden.«

Na also, er hat angebissen! Lukas aufgesetztes Lächeln ging in ein echtes über. Aber er wollte nicht zu vorschnell sein. »Wir möchten wirklich nicht aufdringlich sein oder Ihnen Ihre Zeit rauben.«

»Aber, aber. Ich bestehe darauf! So viel Zeit kann ich immer aufbringen«, beharrte Sarantakos gut gelaunt.

Luka sah Senija an. Sie zuckte mit den Achseln und nickte.

»Gut. Wenn Sie ein paar Minuten opfern würden, kommen wir gerne an Bord«, rief Luka dem Griechen zu.

»Sehr schön!«, freute sich Sarantakos. »Kommen Sie zum Steg. Man wird Sie dort in Empfang nehmen.« Dann verschwand er hinter der Reling.

»Glaubst du, das ist eine gute Idee? Es könnte doch eine Falle sein«, gab Senija zu bedenken, während sie zum Bug der Yacht gingen.

»Deswegen sind wir doch hier, oder? Wir wollen herausfinden, ob Sarantakos etwas mit dem Diebstahl zu tun hat. Und das werden wir sicherlich nicht vom Wagen aus können. Und außerdem: Woher sollte er wissen, dass wir gerade deswegen hier sind?« Luka sah zu Senija und erwartete eine Antwort. Aber sie nickte nur stumm.

An dem Steg am Bug der Yacht angekommen, wartete bereits der Mann im schwarzen Anzug, den sie kurz zuvor auf Deck gesehen hatten. Er war in Begleitung zweier Männer in Matrosenuniform, die Luka an Türsteher erinnerten.

»Guten Tag, die Herrschaften«, begrüßte sie der Mann im schwarzen Anzug höflich.

Jetzt aus der Nähe mutmaßte Luka, dass der schwarzhaarige Mann aus Nordafrika oder dem Nahen Osten stammte. Er sprach nahezu ohne Dialekt.

»Wen darf ich anmelden?«, fragte er.

»Mirko Komarica. Und das ist meine Frau Svetlana. Ein netter Herr, ich vermute der Eigentümer dieser Yacht, hat uns freundlicherweise an Bord eingeladen.«

Der Mann lächelte Luka und Senija an, aber Luka konnte in seinen Augen deutlich das Misstrauen erkennen.

»Ja, Mr. Sarantakos hat mich informiert. Mein Name ist Fahed. Ich bin der Sicherheitsberater von

Mr. Sarantakos. Sie werden daher sicher verstehen, dass mir die Sicherheit an Bord sehr wichtig ist. Es ist daher üblich, dass alle Gäste durchsucht werden. Wenn Sie bitte Ihre Taschen leeren und alles dort ablegen würden.« Fahed deutete auf einen kleinen Tisch, direkt neben der Bordluke.

Luka spürte, wie ihm heiß wurde. Er hatte nicht mit einer Durchsuchung gerechnet und trug noch immer seine Pistole am Gürtel. Wenn Fahed die fände, wäre es aus. Im besten Fall würden sie ihn und Senija von Bord werfen. Im schlimmsten Fall ... Hitze breitete sich in seinem Kopf aus.

»Fahed, was machst du denn da?«, erklang eine aufgebrachte Stimme im Hintergrund. Sarantakos stand am oberen Ende einer Treppe und schaute zu ihnen hinunter. »Die beiden sind meine persönlichen Gäste.«

Fahed nickte und verbeugte sich vor Sarantakos.

»Ich bitte Sie, kommen Sie nach oben«, bat Sarantakos.

Luka atmete gedanklich auf. *Das war knapp!* Bevor er die Treppe hinaufstieg, schaute er noch mal zu Fahed. Dessen Lächeln war verschwunden – nur das Misstrauen in den Augen war geblieben.

Sarantakos empfing sie auf dem Oberdeck.

»Ich muss mich für meinen Angestellten entschuldigen. Er ist sehr gewissenhaft, müssen Sie wissen. Manchmal auch etwas übereifrig, befürchte ich.« Sarantakos hob beide Hände und ging auf Senija zu. »Aber wo bleiben meine Manieren?!«

Er nahm Senijas Hand und küsste sie nach alter Manier. »Mein Name ist Vassilios Sarantakos. Für Sie gerne Vassilios.«

Luka bemerkte amüsiert, wie sich Senijas Ohren rot färbten.

»Svetlana Komarica. Vielen Dank für die Einladung.«

»Ich bitte Sie!«, entgegnete Sarantakos. Er ließ Senija los und reichte Luka die Hand. »Es freut mich immer Leute zu treffen, die die schönen Dinge des Lebens genauso zu schätzen wissen, wie ich. Darf ich Ihnen einen Tee oder etwas anderes anbieten?«

»Ein Tee wäre reizend«, antwortete Senija.

Sarantakos strahlte über das ganze Gesicht. »Dann bitte«, sagte er erfreut. »Nehmen Sie doch Platz.« Er deutete auf eine Sitzgruppe auf Deck, die im Schatten eines Sonnensegels stand.

»Das ist eine wirklich beeindruckende Yacht«, begann Luka einen Smalltalk, während er sich umsah und sich dann auf einen der dick gepolsterten Sessel setzte.

Sarantakos, der gerade einem jungen Angestellten in einer Pagenuniform ein dezentes Zeichen gab, wandte sich zu ihm. »Ja, vielen Dank. Ich verbringe die meiste Zeit des Jahres hier an Bord. Ich liebe es, unabhängig zu sein und jeden Tag, sofern ich das will, in einem anderen Hafen aufzuwachen. Und so ein Leben erfordert natürlich ein gewisses Maß an Komfort.«

»Natürlich!«, gab Luka zurück.

»Ich habe die Yacht eigens für mich entwerfen und bauen lassen. So konnte ich sicher sein, das zu bekommen, was ich will.«

»Sie scheinen ein Mann zu sein, der immer bekommt, was er will«, schaltete sich Senija in das Gespräch ein.

Luka bemerkte, wie ihm wieder heiß wurde. *Was macht sie da? Will sie ihn provozieren?* Er räusperte sich. »Was meine Frau damit sagen möchte ...«

»Ist schon gut«, unterbrach ihn Sarantakos lächelnd. »Ihre Frau hat schon ganz recht. Ich bekomme tatsächlich immer alles, was ich möchte. Und ich schäme mich nicht dafür.«

Ein Moment des unangenehmen Schweigens folgte.

Luka warf Senija einen vorwurfsvollen Blick zu. Diese wandte den Blick ab und schaute auf den Hafen hinaus.

Das leise Klirren eines heranrollenden Servierwagens war zu hören. Der junge Page brachte den Tee. Luka atmete lautlos aber sehr erleichtert aus.

»Ah, der Tee«, stellte Sarantakos überflüssigerweise fest. »Sie werden mir mit Sicherheit gleich zustimmen, dass mein Diener den besten Minztee im ganzen Mittelmeerraum zubereitet.«

Der Diener richtete zunächst die Tassen auf den Untertassen an und verteilte sie an die Anwesenden. Dann legte er sich ein Tuch um den Unterarm und goss den Tee ein. Nach jeder Tasse wischte er kurz mit dem Tuch über die Nase der Kanne, damit keine Tropfen danebengingen. Nachdem er eingeschenkt hatte, verbeugte er sich tief und entfernte sich eilig.

»Zucker?«, fragte Sarantakos.

Luka und Senija verneinten.

Luka nahm schlürfend einen Schluck. »Wirklich hervorragend«, sagte er, ohne zu übertreiben. »Sie haben nicht zu viel versprochen.«

»Vielen Dank, Herr ... wie war noch gleich Ihr Name?«

»Mirko Komarica«, antwortete Luka.

»Ah, ja richtig. Komarica. Was machen Sie so, wenn Sie nicht gerade in Yachthäfen unterwegs sind?« Sarantakos schaute ihn neugierig an.

Luka stellte die Tasse ab. »Meine Frau und ich sind im Antiquitätengeschäft tätig. Wir betreiben einen kleinen Laden in Zagreb. Momentan machen wir Urlaub an der Küste.«

»Sehr interessant. Ich selbst habe auch ein Faible für Antiquitäten. Wenn Sie möchten, zeige ich Ihnen gerne ein paar Stücke.«

Das läuft ja besser als erwartet, freute sich Luka. »Aber nur, wenn wir Ihnen damit nicht Ihre wertvolle Zeit stehlen«, antwortete er auf das Angebot.

»Wo denken Sie hin?«, entgegnete der Grieche. »Einer der größten Vorteile, wenn man reich ist, ist, dass man sich Zeit nehmen kann, so viel man möchte.«

Senija rollte mit den Augen, was Luka nicht übersah und mit einem strengen Blick bestrafte.

Sarantakos stand auf und signalisierte ihnen, ihm zu folgen. Sie betraten das Innere der Yacht durch eine gläserne Schiebetür. Hier war es angenehm klimatisiert. Sofort fielen Luka die vielen Gemälde an den Wänden auf. Außerdem waren überall im Raum die verschiedensten Skulpturen und Statuen aufgestellt. Einige sahen moderner aus, andere wiederum alt, teilweise antik. Aber eines hatten alle gemeinsam: Sie sahen *sehr* teuer aus.

Sogar Senija konnte ihre offensichtliche Begeisterung nicht für sich behalten. Bei jedem Stück, das sie sich näher ansah, sprudelte es aus ihr heraus. Die Epoche, der Künstler, eine kleine Anekdote oder eine ganze Geschichte dazu. Luka war froh, sie dabei zu haben. Er hätte zu den meisten Stücken nichts sagen können. Und das als *Antiquitätenhändler aus Zagreb*. Spätestens jetzt wäre er aufgeflogen.

Sarantakos erfreute sich sichtlich an Senijas Interesse und Detailwissen. Er strahlte über das ganze Gesicht.

Gerade als der Grieche Senija eine Bronzebüste zeigte, die auf einem Schreibtisch stand, bemerkte Luka, wie Senijas Aufmerksamkeit durch etwas anderes abgelenkt wurde. Er sah, dass sie Sarantakos einen winzigen Moment nicht zuhörte und stattdessen an der Bronzebüste vorbei auf den Schreibtisch starrte.

»... und so konnte ich nicht anders, als die Büste zu ersteigern«, beendete der Grieche in diesem Moment seine Erzählung zu dem Stück.

»Das ist wirklich sehr beeindruckend«, schmeichelte Senija ihrem Gastgeber. Dann warf sie beiläufig einen Blick auf die Uhr. »Oh Gott, ist es wirklich schon so spät? Liebling ...«, sie schaute zu Luka, »wir wollten uns doch noch mit Ljuba treffen.«

Noch bevor Luka ein fragendes Gesicht aufsetzen konnte, fuhr sie an Sarantakos gerichtet fort.

»Ljuba ist meine Schwester, müssen Sie wissen. Sie wohnt in Makarska. Wir wollten uns heute noch mit ihr treffen. Aber bei all den schönen Stücken haben wir wohl völlig die Zeit aus den Augen verloren.«

Der Grieche lächelte wieder freundlich.

»Ich bitte Sie, meine Liebe. Das ist doch selbstverständlich. Familie geht schließlich vor. Erst recht, wenn ich mir vorstelle, dass Ihre Schwester ebenso charmant ist, wie Sie es sind.« Dabei nahm er Senijas Hand und küsste sie.

Luka bemerkte, wie Senijas Ohren erneut erröteten. Eines musste er dem Griechen lassen: Selbstbewusst und ein Charmeur war er.

Sarantakos begleitete die beiden zurück auf das Deck und zur Treppe, die hinunter an die Bordluke führte.

»Herr Komarica, Frau Komarica«, Sarantakos zwinkerte Senija kurz zu, während er ihr nochmals die Hand küsste, »es war mir ein außerordentliches Vergnügen. Vielleicht sehen wir uns eines Tages wieder. Es würde mich sehr freuen.«

Luka und Senija bedankten und verabschiedeten sich. Dann begleitete sie ein Matrose an die Luke, wo sie die Yacht über die angelegte Planke verließen. Als sie den steinernen Weg in Richtung Hafenausfahrt gingen, drehten sie sich noch mal um und winkten Sarantakos, der wieder an der Reling stand und ihnen lächelnd zurückwinkte.

»Was war denn plötzlich los? Es lief doch alles wunderbar. Warum mussten wir denn so schnell aufbrechen?«, fragte Luka, nachdem sie sich etwas von der Yacht entfernt hatten.

»Auf dem Schreibtisch von Sarantakos lag ein Zettel mit einem Namen – Luigi Servalla. Er ist italienischer Historiker, der seit ein paar Jahren in der Nähe von Rijeka lebt. Ich habe ihn während meines Studiums kennengelernt. Er ist Professor der Archäologie und Spezialist für das italienische Mittelalter. Seine Leidenschaft sind alte lateinische Schriften.«

Luka bemerkte die Aufregung in Senijas Stimme.

»Außerdem, und das ist das Interessante, hat er ein Buch über *Il Milione* geschrieben … das erste Buch des Marco Polo. Es gilt als Standardwerk und Professor Servalla ist *der* ausgewiesene Experte, wenn es um die Schriften Polos geht.« Senija hielt kurz inne, bevor sie fortfuhr. »Warum hat sich Sarantakos wohl dessen Namen notiert?«

Luka musste zugeben, dass das eine sehr interessante Frage war, und mit Sicherheit lautete die Antwort nicht ‚Zufall‘. Ob es ihn zu Vladic führen würde, wusste er nicht. Aber mehr und bessere Informationen hätten sie heute sicherlich nicht bekommen. Es war ein neuer Hinweis. »Wir sollten Professor Servalla besuchen und ihn genau *das* fragen«, beantwortete er Senijas Frage, während sie das Gelände des Yachthafens verließen und über die Straße zum Land Rover gingen.

Senija nickte zufrieden.

Sarantakos stand an der Reling und schaute den beiden nach. Als sie sich kurz umdrehten und verabschiedeten, winkte er lächelnd zurück.

„Sie haben mich rufen lassen?", ertönte eine Stimme hinter ihm. Es war sein Leibwächter Fahed.

Sarantakos drehte sich um. Sein Lächeln verschwand von der einen Sekunde zur anderen.

»Nimm Kontakt zu Vladic auf. Sag ihm, Luka Sefic und die Schlampe vom Museum waren hier und haben herumgeschnüffelt. Er soll keine Zeit vergeuden.« Er machte eine kurze Pause, in der er sich wieder abwandte und Luka und Senija dabei beobachtete, wie sie durch das Tor den Yachthafen verließen, bevor er ergänzte: »Und er soll die Sache endgültig klären.«

KAPITEL 12

Rijeka / Kroatien, Gegenwart
Luka und Senija trafen am späten Nachmittag in Rijeka ein. Senija dirigierte Luka durch die verwinkelten Straßen und Gassen der Hafenstadt, bis sie vor dem Wohnhaus von Professor Luigi Servalla ankamen.

Servalla wohnte in einem kleinen freistehenden Haus am hügeligen Stadtrand von Rijeka. Das Gebäude war in den Hang gebaut und die Lage bot einen weitläufigen Blick über den Stadtkern bis zur Adria.

Luka parkte den Land Rover ein paar Meter entfernt am Straßenrand.

»Weißt du von allen Kollegen, wo sie privat wohnen?«, fragte Luka. Er gab seiner Stimme einen scherzhaft schnippischen Unterton.

»Eifersüchtig?«, fragte Senija lachend. »Nein, Spaß beiseite. Luigi wohnt hier nicht nur. Er arbeitet auch viel zu Hause. Er meint, dass er hier mehr Ruhe als im Museum und der Universität findet. Da kam es schon mal vor, dass wir ein Projekt bei ihm zu Hause besprochen haben.«

»Der Klassiker.«

Senija boxte ihm auf den Oberarm. Sie schien verstanden zu haben.

Beide stiegen aus.

»Aber ernsthaft: Ich kann verstehen, dass er hier gerne arbeitet. Schon sehr ruhig hier«, stellte Luka fest, als er sich umschaute.

Das Haus von Luigi Servalla war von einem weitläufigen Garten umgeben. Große dichte Hecken umgaben das Grundstück und waren imstande, die meisten neugierigen Blicke abzuhalten. Auf der Straße vor dem Haus standen nur wenige Autos. Menschen waren gar nicht zu sehen.

Luka und Senija betraten das Grundstück durch das unverschlossene Gartentor. Der Garten wirkte naturbelassen, aber keinesfalls verwildert oder ungepflegt. Sie traten vor die Haustür und Senija klingelte. Sekunden vergingen, in denen sich nichts regte. Sie läutete erneut.

Plötzlich war ein Rumpeln zu hören, als wäre ein Stuhl im Innern des Hauses umgefallen.

»Luigi?«, rief Senija, während sie am Türgriff rüttelte. Die Haustür war von außen ohne Schlüssel nicht zu öffnen.

Dann ein kurzer schmerzerfüllter Aufschrei aus dem Innern.

»Auf die Seite!«, rief Luka.

Senija wich zurück.

Luka stieß den Ellenbogen durch eine Glaseinfassung in der Haustür. Klirrend zerbrach das kleine Fenster. Er fasste hindurch und tastete nach dem Türgriff. Nach kurzem Suchen konnte er ihn greifen und drückte ihn. Mit Erleichterung stellte er fest, dass die Tür nicht abgeschlossen war. Sie sprang auf und im gleichen Moment zog Luka seine Waffe.

»Warte hier!«, wies er Senija an, bevor er vorsichtig in das Haus spähte.

Direkt hinter dem Eingang lag ein kurzer Flur. Soweit er erkennen konnte, führte er rechts in die

Küche und links in ein Badezimmer. Beide Türen standen auf und er erkannte, dass sich niemand darin befand. Geradeaus lag, in einigen Metern entfernt, das Wohnzimmer. Auf dem Weg dorthin kam man an einer Treppe vorbei, die in das obere Stockwerk führte.

Wieder ein Rumpeln, als wenn Möbel gerückt würden. Es kam von oben.

»Hier spricht die Polizei!«, rief Luka, während er noch immer im Eingangsbereich stand. »Kommen Sie mit erhobenen Händen herunter.«

Nichts geschah.

»Ich sage es ein letztes Mal: Kommen Sie mit erhobenen Händen herunter.«

Er hörte, wie mehrere Männer aufgeregt miteinander sprachen. Leise, aber laut genug, dass er zwei oder drei verschiedene Stimmen ausmachen konnte. Den Inhalt verstand er nicht.

Plötzlich ein dumpfer Schlag, ein Aufschrei und eine weitere Stimme. »Helfen Sie mir, bitte!«

»Das ist Luigi«, sagte Senija hinter ihm aufgeregt.

Luka deutete ihr, weiterhin vor dem Haus zu warten. Dann schlich er sich vorsichtig zum Treppenabsatz. Die Pistole die Treppe hinaufgerichtet, aber die Flure immer aus den Augenwinkeln im Blick behaltend. Am Treppenabsatz reckte er den Hals, konnte aber oberhalb der Treppe nichts erkennen.

So leise wie möglich, stieg er hinauf. Die Waffe weiterhin nach oben gerichtet, den Rücken an der Wand. Nachdem er die Hälfte der Treppe geschafft hatte, konnte er über den oberen Absatz schauen. Auf der rechten Seite führte der Flur zu einem Zimmer, dessen Tür verschlossen war. Auf der linken Seite endete der Flur nach etwa drei Metern vor einem Fenster. An der Stirnseite, direkt gegenüber der Treppe, stand eine Zimmertür auf.

Luka sah einen Schatten, der sich in dem Raum bewegte. Langsam stieg er über die letzten Stufen der Treppe und schlich vorsichtig zu dem Zimmer. Dabei zielte er ununterbrochen auf die offenstehende Tür. Als er nur noch einen guten Meter entfernt war, sah er wieder einen Schatten und hörte das Knarzen einer Bodendiele. Er stoppte abrupt und versuchte, den Sichtwinkel durch eine Positionsveränderung zu vergrößern. Nach zwei Schritten seitwärts war es ihm möglich, weiter in den Raum zu sehen.

Er sah einen Mann, der einen schwarzen Anzug mit einem weißen Hemd und ebenfalls schwarzer Krawatte trug. Der Mann saß an einem Schreibtisch und blätterte in einer Zeitschrift.

Luka glaubte, seinen Augen nicht zu trauen. Seine Gedanken rasten und einen Moment vergaß er alle Vorsicht. Mit einem Satz sprang er ins Zimmer und zielte mit der Pistole auf den Mann.

»Danko Vladic, Sie sind hiermit festgenommen!«

Vladic schaute nicht einmal auf, sondern blätterte einfach weiter in der Zeitschrift, die vor ihm lag. Mit einer Seelenruhe überflog er die Seite, bevor er gemächlich zur Nächsten blätterte.

»Nehmen Sie die Hände hoch, Vladic.«

»Luka Sefic«, sagte Vladic mit ruhiger, fast gelassener Stimme, ohne dabei den Blick von der Zeitschrift zu nehmen. »Was soll ich nur mit Ihnen machen? Ständig rauben Sie mir meine Zeit.«

»Sie werden bald mehr Zeit haben, als Ihnen vermutlich recht sein wird«, antwortete Luka und wunderte sich erneut, dass Vladic seinen Namen kannte.

Vladic lachte kurz auf, aber blätterte unbeirrt weiter, ohne den Blick zu heben. »Wissen Sie … es gibt Leute, die nicht so viel Geduld mit Ihnen haben. Denen sind Sie …«, Vladic überlegte kurz, »ich nenne es mal: zu übereifrig. Ich persönlich empfinde Ihren jungen Eifer bei der Jagd nach mir als große Ehre.«

»Dann werden Sie es wahrscheinlich als noch viel größere Ehre empfinden, wenn ich Sie an den Haaren vor den Haftrichter schleife. Stehen Sie auf, Vladic!«

Luka unterstrich seine Aufforderung, indem er den Hahn seiner Pistole vorspannte und dabei ein leises Klicken zu hören war.

»Es tut mir leid, dass Sie das so sehen«, entgegnete Vladic, während er die letzte Seite der Zeitschrift umblätterte und das Heft schloss. Dann blickte er zum ersten Mal auf und sah Luka eindringlich an. »Ich habe kein persönliches Problem mit Ihnen. Im Gegenteil! In jungen Jahren war ich auch so patriotisch und pflichtbewusst. Daher gebe ich Ihnen, bevor ich gleich gehen werde, einen Tipp, den Sie jederzeit beherzigen sollten: Geben Sie Acht, wen Sie hinter sich glauben.«

Luka hörte, wie hinter ihm eine Tür aufgerissen wurde. Dann die Schritte und Stimmen mehrerer Männer.

Das andere Zimmer am Ende des Flures, schoss es ihm durch den Kopf. *Vladic wollte mich hier in das Zimmer locken.*

Doch bevor er den Gedanken verarbeiten konnte, wurde direkt neben ihm eine Schranktür aufgestoßen.

Die Tür prallte hart gegen Luka, sodass er einen Schritt zu Seite taumelte. Ein weiterer Mann sprang aus dem Schrank, packte ihn und riss seinen Waffenarm nach oben. Da die Pistole vorgespannt war, löste sich ein Schuss und die Kugel fuhr schräg in die Decke. Der Angreifer ließ Lukas Arm nicht los und schlug ihn gegen die Kante des Schrankes. Ein stechender Schmerz durchfuhr seinen Arm und Luka ließ reflexartig die Waffe fallen. Der Angreifer löste den Griff, um sofort Lukas Oberkörper von hinten zu umklammern. Der Mann hatte einen Griff, als würde er in der Freizeit Baumstämme herumtragen. Luka spürte, wie ihm die Luft wegblieb. Er schlug und trat wie ein Wilder, um sich irgendwie aus der Umklammerung zu befreien. Dabei registrierte er, wie Vladic das Zimmer verließ.

Im Türrahmen drehte Vladic sich nochmals kurz um und verabschiedete sich von Luka, indem er zwei Finger an die Stirn legte. »Adieu, mon Capitaine!« Dann verschwand er.

Luka wand sich im Griff des Angreifers hin und her. Vom Flur hörte er zwei oder mehr Männer rufen, ein weiterer schrie um Hilfe. Von der unteren Etage vernahm er einen erschrockenen Schrei von Senija.

Luka erschrak und mobilisierte die Kraft und Wut der Verzweiflung. Adrenalin rauschte durch seine Blutbahnen. Mit Wucht schlug er seinen Kopf zurück und rammte seinen Schädel auf die Nase des Angreifers hinter ihm, der ihn noch immer umklammerte. Ein schmerzerfüllter Schrei. Luka setzte sofort nach und rammte seinen Hinterkopf erneut gegen die Nase des Mannes, die sich schon deutlich weicher anfühlte.

Die Umklammerung löste sich. Luka riss sich los, drehte sich um und versetzte dem Angreifer einen Schwinger gegen den Kiefer.

Das Jaulen endete sofort und der Mann sank bewusstlos zu Boden.

Luka hob seine Pistole auf, stürzte aus dem Zimmer und rannte die Treppe hinunter. Er hörte, wie vor dem Haus Senija seinen Namen rief. Lukas Herz hämmerte. Nachdem er die Eingangstür erreicht hatte und aus dem Gebäude trat, sah er, wie zwei schwarze Mercedes-Limousinen vor dem Haus vorfuhren und mit quietschenden Reifen zum Stehen kamen. Zwei Männer zerrten einen dritten Mann zu dem hinteren Wagen und stießen ihn auf den Rücksitz. Der Mann wehrte sich heftig, aber vergebens. Am vorderen Fahrzeug konnte Luka Vladic sehen und erschrak. Vladic hatte Senija am Oberarm gepackt und zerrte sie unsanft neben sich her.

»Stehen bleiben!«, schrie Luka.

Davon unbeeindruckt öffnete Vladic die hintere Tür der Limousine und stieß Senija hinein.

Luka rannte los und zielte dabei mit seiner Pistole auf Vladic. Aber es war zu spät. Vladic sprang in das Auto, und noch bevor er die Türe geschlossen hatte, raste der Fahrer davon.

KAPITEL 13

Laut klatschte die Ohrfeige in das Gesicht des bewusstlosen Mannes. Luka hatte ihn auf einen Stuhl in Professor Servallas Haus gesetzt. Die Hände des Kerls hatte er hinter der Rückenlehne mit dessen Gürtel gefesselt. Die Beine mit dem Kabel einer Schreibtischlampe an den Stuhlbeinen fixiert.

»Aufgewacht, Arschloch!«, schrie er den Kerl an.

Der Mann öffnete die Augen, rollte den Kopf und schaute benommen im Raum umher, als eine zweite Ohrfeige in sein Gesicht klatschte.

Der Mann schrie auf. Sein Gesicht war um die Nase dick angeschwollen. Angetrocknetes Blut bedeckte Mund, Nase und Kinn. Man sah ihm an, dass er höllische Schmerzen haben musste.

»Wo ist Vladic? Wohin bringt er die Frau und den Professor?«, fragte Luka in harschem Ton.

Keine Antwort.

Wieder flog eine Ohrfeige in das Gesicht des Mannes.

Er brüllte und spuckte Blut auf den Teppich. »Keine Ahnung«, presste er hervor.

»Dann denke noch mal nach«, fauchte Luka und holte dabei erneut aus.

»Hören Sie auf«, flehte der Mann. »Bitte! Ich kann mich nie mehr bei Danko sehen lassen, wenn ich rede.«

Luka sah ihn einen Moment eindringlich an. »Deine Entscheidung!«, sagte er dann, mit deutlich sanfterer Stimme. Er lächelte gutmütig und legte dem anderen freundschaftlich die Hand auf die Schulter. Dann schlug er ihm erneut ins Gesicht.

»Ist ja gut«, schrie der Mann. »Ich erzähle alles, was ich weiß.«

Luka ließ seine Hand sinken und zog sich einen zweiten Stuhl heran. Er setzte sich vor den Mann, rutschte etwas näher und schaute ihm ins Gesicht. »Ich höre!«

»Vladic hat einen Auftrag angenommen. Von irgendeinem stinkreichen Griechen.«

»Von Sarantakos?«, fragte Luka wenig überrascht.

»Ja, ich glaube, so heißt er.«

»Was war das für ein Auftrag?«

»Das weiß ich nicht genau. Er soll dem Griechen eine Antiquität oder so etwas beschaffen. Eine Million soll der Job angeblich einbringen.«

Lukas Gehirn fing an zu puzzeln. *Sarantakos hatte Robert Bend die gleiche Summe für das Tagebuch des Marco Polo geboten. Das Buch hatte er aber vermutlich inzwischen bekommen. Wofür bezahlte er jetzt Vladic eine Million?*

Luka grübelte weiter, bis ihm ein aberwitziger Gedanke in den Sinn schoss. »Wofür braucht er Servalla?«

»Danko hat ein Buch, in dem so eine Art Wegbeschreibung enthalten sein soll. Aber in alter Schrift auf Italienisch und auch noch in Rätseln geschrieben. Das Problem mit der alten Schrift und dem Italienisch war schnell gelöst. Danko hat einfach jemanden bezahlt, der das übersetzt hat. Das war leicht. Aber die Interpretation war wohl das Problem, soweit ich das kapiert habe.«

»Warum hat er dann Servalla nicht auch einfach bezahlt, anstatt ihn zu entführen? Warum der Aufwand und das Risiko?«

»Danko wollte ihn bezahlen. Deswegen waren wir ja bei ihm. Aber der wollte nicht. Faselte was von *beruflicher Integrität*. Schatzjägerei sei keine Wissenschaft und dass er sich nicht daran beteiligen werde.« Der Mann grinste. »Gerade, als wir ihn *überreden* wollten, bist du aufgetaucht.«

Luka dachte nach. Langsam ergab die Geschichte ein halbwegs schlüssiges Bild für ihn. »Wo bringt Vladic den Wissenschaftler und die Frau hin?«, fragte er.

»Das kann ich nicht sagen. Danko bringt mich um, wenn ich ...« Der Mann stockte mitten im Satz, als Luka seine Pistole aus dem Holster zog, neben sich auf den Schreibtisch legte und bedeutungsvoll sein Gegenüber ansah.

Der Mann schluckte. »Hundertprozentig kann ich es nicht sagen. Sie wollten zur Yacht von dem Griechen. Aber sie wollen sich auf dem offenen Meer treffen und nicht im Hafen. Wo genau, weiß ich wirklich nicht.«

»Wann genau wollen sie sich treffen?«

»In ungefähr zwei Stunden.«

Luka überlegte. Wenn er die Zeiten grob berechnete und einbezog, von wo Vladic und Sarantakos jeweils losgefahren sind, so müssten sie sich irgendwo im Küstenbereich zwischen Rijeka und Zadar treffen. *Noch immer ein verdammt großes Gebiet.* »Du wirst ihn anrufen und ihm sagen, dass du mich abschütteln konntest und ihn fragen, wohin du kommen sollst«, wies Luka den Mann an.

Dieser schloss verzweifelt die Augen, aber nickte schließlich nur stumm.

»Wo ist dein Telefon?«, fragte Luka.

»In der Innentasche.« Der Mann deutete mit einer Kopfbewegung zu seiner linken Brust.

Luka fasste in die Jacke des Mannes und kramte dessen Smartphone hervor. Dann suchte er selbst die Nummer von Vladic in der Kontaktliste und stellte die Verbindung her. Als ein Freizeichen ertönte, aktivierte er den Lautsprecher und hielt das Gerät vor den Mund des Mannes.

Nachdem einige Male das Freizeichen zu hören war, wurde der Anruf angenommen.

»*Ja?*«

»Danko? Ich bin es … Viko.«

»*Viko! Was ist passiert? Wo steckst du?*«

»Der Kerl … dieser Bulle! Er hat mich niedergeschlagen. Ich war kurz weggetreten. Als ich aufwachte, war ich alleine im Haus. Dort bin ich noch immer.«

Kurz war es still am Telefon, bevor Vladic fragte: »*Was ist mit Sefic?*«

»Keine Ahnung! Ich sagte doch: Ich bin alleine aufgewacht.«

Vladic antwortete nicht. Nach ein paar Sekunden gab Luka Viko ein Zeichen, dass dieser weiterreden solle.

»Danko? Bist du noch dran? Wo soll ich hinkommen?«

Wieder einige Sekunden keine Antwort.

Dann: »*Luka Sefic. Meinen Respekt, dass Sie Viko überwältigen konnten. Das spricht für Sie und Ihre Beharrlichkeit.*«

Viko schaute Luka gleichermaßen irritiert und ängstlich an.

Luka zog das Smartphone an sich, schaltete den Lautsprecher aus und hielt das Gerät an sein Ohr.

»Vladic, ich will mit Senija reden!«

»*Aber, aber. Kein Vertrauen? Ich kann Ihnen versichern: Frau Anic geht es bestens. Kein Grund zur Beunruhigung.*«

»Davon überzeuge ich mich lieber selbst.«

Es folgte ein Moment der Stille, dann konnte Luka die Stimme Senijas hören: »*Luka, oh mein Gott! Die haben ...* «

»*Das genügt!*«, erklang wieder die Stimme von Vladic. »*Sie sehen: Es geht ihr gut. Und weil Frau Anic meine kleine Versicherung gegen das Auftauchen eines Spezialkommandos ist, geht es auch mir gut.*«

»Ich brauche kein Spezialkommando für Sie, Vladic. Ich alleine hole Sie aus jedem Versteck – egal wo und mit wem Sie sich verkriechen.«

Vladic lachte am anderen Ende der Leitung. »*Ach, ist das so? Gut. Ich bin ja bekannt dafür, einem guten Spiel nicht abgeneigt zu sein. Um es für mich interessanter zu machen und um Ihnen Ihre Grenzen aufzuzeigen, werde ich verraten, wo ich gerade bin. Wir kommen gleich in Senj an. Dort werden ich und meine reizende Begleitung ein Boot besteigen und auf das Meer hinaus fahren.*« Seine Stimme wurde spürbar dunkler. »*Ich vermute, dass Viko Ihnen schon längst erzählt hat, was ich dort machen werde.*«

Viko schluckte.

»So, aber nun muss ich Schluss machen, die Arbeit ruft. Adieu, mein Bester!« Die Leitung war tot. Vladic hatte das Gespräch beendet.

»So eine Scheiße! Ich wusste, dass er es herausbekommt. Jetzt kann ich mich nirgends mehr blicken lassen. Ich bin so gut wie tot.« Vikos Stimme klang verzweifelt.

Luka stand auf und steckte seine Waffe weg. Dann drehte er sich wortlos um und verließ das Zimmer.

»Hey!«, rief Viko ihm nach. »Mach' mich wenigstens los. Du kannst mich hier doch nicht verschimmeln lassen.«

Während Luka die Treppe hinunterging und Vikos Stimme immer leiser wurde, zog er sein Smartphone und wählte eine Nummer.

»Benkic?!«, meldete sich der Oberstaatsanwalt.

»Hier Luka Sefic.«

»Verdammt noch mal, wo stecken Sie? Was ist passiert?« Benkic klang hörbar aufgebracht.

»Vladic hat Fr. Anic entführt.«

»Was?« Der Tonfall von Benkic änderte sich schlagartig. *»Was ist passiert?«,* fragte er erschrocken.

»Keine Zeit für lange Erklärungen. Ich bin ihm auf den Fersen. Sie können mir einen Gefallen tun. Ich werde Ihnen eine Adresse schicken. In dem Haus sitzt einer von Vladic' Leuten. Er wartet darauf, dass ihn jemand abholt. Vielleicht schicken Sie die örtliche Polizei hin, damit die ihn einpacken.«

»Ja, natürlich. Das werde ich sofort veranlassen. Was haben Sie jetzt vor?«

Luka trat durch die Eingangstür vor das Haus. »Ich werde mir Vladic holen.«

»*Ja, aber ...* « Benkic kam nicht dazu, den Satz zu beenden.

Luka hatte das Gespräch bereits abgebrochen. Er schickte Benkic noch schnell seine Standortdaten und steckte dann das Smartphone weg. Er stieg in den Land Rover, schnallte sich an und startete. Während er den Wagen wendete, zog er sein Smartphone erneut aus der Jackentasche. Er klemmte es in eine Halterung am Armaturenbrett, wählte eine Nummer und aktivierte die Freisprecheinrichtung. Ein Freizeichen erfüllte das Wageninnere.

»*Hallo, hier Robert Bend*«, meldete sich der Milliardär mit dem unverwechselbaren britischen Akzent.

»Robert, Luka Sefic hier! Ich brauche dringend Ihre Hilfe.«

»*Luka! Du meine Güte. Was ist passiert?*« Bend klang besorgt.

»Senija und ich wollten einen Wissenschaftler besuchen, der uns vielleicht ein paar Fragen zu dem Tagebuch beantworten könnte. Er lebt bei Rijeka und Senija kennt ihn aus ihrer Zeit an der Universität.«

»*Sie meinen vermutlich Professor Luigi Servalla.*«

Luka stutzte. »Ja, genau. Woher kennen Sie ihn?«

»*Ich engagierte Professor Servalla bereits, bevor ich das Tagebuch an das Museum in Zadar verliehen hatte. Er war es, der für mich den Inhalt übersetzte.*«

»Wie dem auch sei«, fuhr Luka fort. »Als wir bei Servallas Haus ankamen, wurden wir von Vladic und dessen Leuten bereits erwartet.«

»Großer Gott!«

»Sie sagen es! Vladic hat den Professor und Senija in seine Gewalt bringen können und entführt. Ich habe einen groben Anhaltspunkt, wohin er mit den beiden will. Und da kommen *Sie* ins Spiel.«

Ein kurzer Moment der Stille am Telefon, bevor der Brite antwortete: *»Sagen Sie mir, was Sie brauchen.«*

Luka fuhr so schnell er konnte, aber sein betagter Land Rover ließ auf der kurvigen Küstenstraße keine Rekordzeiten zu. Immer wieder musste er den alten Diesel an seine Grenzen bringen, wenn er ihn aus einer scharfen Kurve herausbeschleunigte. Dabei wankte der hochbeinige Geländewagen bedrohlich hin und her und die groben Offroadreifen brummten laut über den Asphalt.

Er erreichte Senj etwas weniger als neunzig Minuten, nachdem er Servallas Haus verlassen hatte. Für seine Möglichkeiten ziemlich flott, aber Vladic und dessen Männer werden mit ihren starken Limousinen um einiges schneller gewesen sein. Luka hielt am Ortseingang Ausschau nach den Fahrzeugen, aber natürlich konnte er sie nicht finden. Er hatte nicht erwartet, dass die Fahrer mit den Fahrzeugen hier warten würden.

Luka parkte direkt an der Marina, die gleichzeitig so etwas wie das Ortszentrum bildete. Um den Hafen gab es Cafés, Restaurants und einen Supermarkt. Er stellte den Wagen auf den Parkplatz direkt am Hafenbecken, in dem einige Fischkutter und einzelne Sportboote festgemacht waren. Zwei kleinere Yachten lagen weiter draußen vor Anker.

Luka stieg aus. Er schloss den Land Rover ab und ging das Hafenbecken in Richtung offenes Meer entlang. Die Sonne strahlte und der Himmel war wolkenlos. Die Adria lag wie ein blau getönter Spiegel vor ihm. Je weiter er sich dem offenen Meer näherte, desto leiser wurden die Geräusche, die von der Straße zu ihm drangen. Sanft klatschten die Wellen gegen den steinernen Pier des Hafenbeckens. Einzelne Möwen flogen über ihn hinweg und gaben ihre unverwechselbaren Laute von sich.

Luka schaute auf seine Uhr. »Wo bleibt der nur?«

Ein Motorengeräusch unterbrach plötzlich die idyllische Ruhe und ließ ihn aufhorchen. Erst war das Geräusch nur weit entfernt zu hören und wurde unregelmäßig vom Wind herangetragen. Doch es näherte sich schnell und wurde damit immer lauter und aggressiver.

Luka nickte zufrieden. *Na also, endlich!* Noch war nichts zu sehen, aber er wusste, wer oder was sich näherte. Er schaute auf das Meer hinaus in die Richtung, aus der das Geräusch zu kommen schien. Aus dem Augenwinkel sah er, wie einige Fußgänger im Hafen stehen geblieben waren. Sie zeigten aufs Meer hinaus und redeten aufgeregt miteinander.

Dann sah er es: Um eine Landzunge schoss ein schwarzes Rennboot herum und zog eine meterlange Fontäne aus Gischt hinter sich her. Das Boot jagte so schnell über die kleinen Wellen, dass es immer wieder komplett den Wasserkontakt verlor und meterweit durch die Luft flog, bevor es mit dumpfen, harten Schlägen wieder aufsetzte.

Luka trat an den Rand des Piers, hob beide Arme und winkte. Es dauerte zwei Sekunden, bis der Fahrer reagierte und dann eine scharfe Kurve in Richtung Hafenbecken zog. Dabei verringerte er die Geschwindigkeit nicht.

Luka sah das Boot direkt auf sich zurasen. Seine Augen wurden groß und instinktiv trat er drei Schritte zurück. Das Rennboot hielt weiter auf ihn zu. Erst als es die beiden Tonnen an der Hafeneinfahrt erreichte, nahm der Fahrer das Gas komplett zurück. Als hätte das Boot eine Bremse, wurde die Fahrt abrupt verlangsamt. Durch die plötzliche Verzögerung tauchte der Bug tief ein und stieß eine Welle von sich, die bis über den Rand des Piers schwappte.

Luka musste einen weiteren Schritt zurückspringen, damit er keine nassen Füße bekam. Das Boot ging längsseits zum Pier. Luka drang der Geruch von Treibstoff und Abgasen in die Nase. Der Motor blubberte gleichmäßig vor sich hin. Aber selbst jetzt konnte er erahnen, welche Kraft in dieser Maschine lauerte.

Die Kuppel wurde aufgeschoben, und das vertraute Gesicht von Vincent Baxter erschien. »Hallo!«, grüßte ihn der Engländer. »Entschuldigen Sie, es ging leider nicht schneller. Ich hoffe, Sie warten noch nicht allzu lange?«

»Langsam habe ich das Gefühl, Sie haben ein Faible für dramatische Auftritte«, rief ihm Luka zu.

Der Brite grinste, ließ seinen Kommentar jedoch unbeantwortet.

Luka trat an den Rand des Piers und sprang in das Cockpit. Er landete direkt im Sitz des Beifahrers. »Danke, dass Sie so schnell gekommen sind«, sagte er mit ernster Stimme. »Sie haben wahrscheinlich schon gehört, was passiert ist.«

Vincent nickte stumm.

Luka legte den Sicherheitsgurt an und schloss ihn.

»Wo soll es hingehen?«, fragte ihn der Engländer.

»Ich weiß nur nach Südwesten. Vladic hat das zumindest gesagt.«

»Und Sie glauben ihm?« Vincent wirkte skeptisch.

»Vladic ist ein überheblicher Zocker. Und wahrscheinlich denkt er sich, dass ich ohnehin nichts ausrichten kann.« Luka hielt kurz inne. »Ich vermute, dass er irgendwo in dieser Richtung mit einem Boot oder Schiff unterwegs ist. Und ich müsste mich schwer täuschen, wenn es sich dabei nicht um die Yacht von Sarantakos handelt.«

»Die *Leukothea*«, erinnerte sich Vincent.

»Genau. Wenn wir Glück haben und schnell genug sind, finden wir die Yacht, bevor sie endgültig auf das offene Meer verschwindet.«

Vincent nickte und griff nach der Kuppel des Cockpits. Er schob sie zu, drückte zwei Knöpfe und sah zu Luka. »Auf Glück habe ich leider keinen Einfluss.« Er betätigte einen Kipphebel und Luka hörte, wie das Triebwerk lauter wurde. »Aber Geschwindigkeit kann ich bieten.«

KAPITEL 14

Adria / vor der Küste Kroatiens, Gegenwart

»Was haben Sie sich dabei gedacht?«, schnaubte Sarantakos wütend. »Sie sollten Servalla zum Reden bringen und ihn nicht kidnappen.« Der Grieche marschierte auf dem Upper Deck der *Leukothea* hin und her und gestikulierte wild mit den Händen.

»Regen Sie sich ab«, entgegnete ihm Danko. Er hatte sich auf eines der Sofas gesetzt, die Beine übereinandergeschlagen und beide Arme auf der Rückenlehne abgelegt. »Wir waren gerade dabei, Servalla zu befragen. Da taucht plötzlich Sefic auf und kommt uns in die Quere. Ich musste eine Entscheidung treffen.«

Sarantakos winkte wütend ab und drehte sich weg. Er ging zur Reling und schaute auf das Meer hinaus. »Sie hätten Sefic gleich an Ort und Stelle erledigen sollen«, fuhr er fort.

»Machen Sie sich um den keine Sorgen. Das ist meine Sache. Ich werde mich darum kümmern.«

»Das könnte längst erledigt sein«, setzte Sarantakos nach.

Danko atmete schwer aus. Langsam begann der Grieche ihn zu nerven. »Wie ich schon sagte: Sefic ist *meine* Sache. Und *ich* entscheide, wann und was ich mit ihm mache. Ich versichere Ihnen, dass ich alles im Griff habe und mich darum kümmern werde.«

Der Grieche drehte sich wieder zu Danko. »Und genau dessen bin ich mir nicht mehr so sicher. Vielleicht war es ein Fehler, Sie mit der ganzen Sache zu beauftragen.«

Danko stand auf. »Sie können sich gerne einen anderen suchen, Mister Sarantakos. Das ist mir egal. Aber vergessen Sie nicht, dass *Sie mich* aufgesucht haben. Also: Entweder feuern Sie mich oder Sie lassen mich verdammt noch mal meinen Job so machen, wie ich es für richtig halte.«

Sarantakos zögerte einen Moment und winkte erneut genervt ab. Dann drehte er sich wortlos um und schaute wieder aufs Meer hinaus.

»Dachte ich mir«, sagte Danko.

Senijas Handgelenke schmerzten. Die Männer waren nicht gerade zimperlich mit ihr umgegangen. Sie hatten sie auf die Yacht gezerrt und in einer Kabine mit Klebeband an einen Stuhl gefesselt. Das Gewebe schnitt tief in die Haut und ihre Hände hatten durch den Blutstau bereits eine andere Farbe als die Unterarme. Sie sah sich um. Die Kabine war in etwa so groß wie das Schlafzimmer in ihrer eigenen Wohnung in Zadar. Aber die Kabine war sehr viel luxuriöser eingerichtet. Alles war von höchster Qualität. Der Teppich, die Möbel, die Bilder an der Wand … sie stockte, als ihr Blick auf ein Gemälde zu ihrer Rechten fiel. Es zeigte ein Segelboot, das in einem Sturm unterwegs war und deren Besatzung um die Kontrolle des Bootes kämpfte. Senija erkannte das Bild sofort, das die biblische Szene aus Matthäus 8,23-25 darstellte. Es handelte sich um *Christus im Sturm auf dem See Genezareth* von Rembrandt van Rijn. Senija schluckte. Sie erinnerte sich, dass das Gemälde 1990 in

Boston aus einem Museum gestohlen wurde. Mit einem Wert von geschätzten einhundertfünfzig Millionen Euro ist es das teuerste Gemälde, das jemals bei einem Kunstraub entwendet wurde. Ihr Herz klopfte schneller. »Das kann nicht sein. Das ist bestimmt eine Kopie«, sagte sie zu sich selbst. *Und falls nicht?*

Nur schwer konnte sie ihren Blick von dem Gemälde lösen. Sie schaute sich weiter um und fand keine Ruhe. Ein Selbstbildnis von Albrecht Dürer hing völlig unpassend neben einem abstrakten Bild von Wassily Kandinsky. Auf einer Kommode stand eine Bronzefigur. Sie stellte eine sitzende Frau mit langen Haaren dar. Senija vermochte wenig über die Herkunft zu sagen, aber auf den ersten Blick stammte das Stück aus dem Europa des 8. oder 9. Jahrhunderts. Eine Bronze aus dieser Zeit war höchst selten und von enorm kulturhistorischem Wert.

Die Kabinentür wurde aufgeschlossen und Senija zuckte zusammen. Die Tür schwang auf und ein Mann mit schwarzen Haaren und dunklem Teint kam herein, der aus dem arabischen oder nordafrikanischen Raum stammte. Er trug einen schwarzen Anzug, kombiniert mit einem schwarzen Hemd und ebenso schwarzer Krawatte. Senija erkannte ihn sofort wieder: Es war Fahed, der Sicherheitsberater von Sarantakos. Er schloss die Tür hinter sich und ging auf Senija zu, bis er direkt vor ihr stand. Senija fielen die pechschwarzen Augen des Mannes auf. Sie waren ihr schon an Bord im Hafen von Makarska aufgefallen. Aber heute wirkten sie noch dunkler und bedrohlicher.

Fahed zog einen zweiten Stuhl heran und setzte sich vor Senija. »So, Ms. Komarica … oder sollte ich besser Ms. *Senija Anic* sagen?«. Seine Stimme klang ruhig, aber kalt.

Senijas Magen zog sich zusammen. Sie antwortete nicht.

»Sie brauchen nichts zu sagen. Ich weiß alles, was ich über Sie wissen muss.« Fahed lächelte.

Aber es war ein frostiges Lächeln, das Senija eine Gänsehaut am ganzen Körper bescherte.

»Über Ihren Freund weiß ich auch Bescheid. Den Bullen«, fuhr Fahed fort. Er lehnte sich zurück und schlug die Beine übereinander. »Ich freue mich schon darauf, auch Mr. Sefic bald wiederzusehen.«

»Er ist nicht mein Freund«, entgegnete Senija trocken.

Fahed schaute sie einen Augenblick irritiert an, bevor er laut loslachte. »*Das* ist es, was Sie dazu sagen möchten?«

»Was wollen Sie denn von mir hören?« Senija wollte hart klingen, aber ihre Angst machte das fast unmöglich.

»Nun, da gibt es so einiges. Zum Beispiel, warum Sie und Sefic in Makarska im Hafen waren? Oder warum Sie bei Professor Servalla aufgetaucht sind? Und erzählen Sie mir nicht, das wären Zufälle gewesen.« Den letzten Satz betonte Fahed mit mehr Härte.

Senija starrte vor sich ins Leere.

»Nun gut«, sagte Fahed, nachdem sie keine Anstalten machte, zu antworten. »Wissen Sie, der Vorteil einer Schiffsreise ist, dass man sehr viel Zeit hat.«

Daraufhin stand er auf und zog sein Jackett aus. Sorgfältig hing er es über die Rückenlehne seines Stuhls.

Senija warf dabei einen kurzen Blick auf ihn. Sie sah, dass Fahed eine Pistole am Gürtel trug. Außerdem hatte er ein doppeltes Schulterholster um den Körper gelegt. An beiden Seiten hing jeweils ein arabischer Dolch mit krummer Klinge.

Fahed bemerkte ihren Blick, als er sich wieder auf den Stuhl setzte. »Oh, gefallen Ihnen meine *Jambiya*?« Er fasste über Kreuz an die Griffe und zog die Dolche zeitgleich heraus. Die polierten Klingen reflektierten dabei kurz das Licht der Kabinenbeleuchtung.

Senija schreckte auf und zerrte an ihren Fesseln. »Lassen Sie mich gehen. Ich weiß nichts.« Ihre Stimme zitterte ebenso wie ihr ganzer Körper.

»Aber, aber. Sie sind doch gerade erst angekommen.« Fahed schien Spaß an seinem Spiel zu haben. Er beugte sich nach vorne und legte die Klinge auf Senijas Wange.

Senija schloss die Augen und drehte den Kopf zur Seite. Sie spürte das kalte Metall der Klinge auf ihrer Haut.

Fahed fuhr sanft erst ihre Wange hinunter und dann den Hals entlang, bis er mit der Klinge auf ihrer Bluse lag.

Senijas Herz raste. Eine Träne lief ihr die Wange herunter.

»Ich bin noch immer ganz Ohr«, sagte Fahed betont sanft, fast flüsternd. Er tauchte die gekrümmte Klinge in die Knopfreihe ihrer Bluse ein. »Aber das kann sich sehr schnell ändern«, ergänzte er, jetzt mit harter Stimme. Dabei machte er eine kurze schnelle Bewegung und schnitt den oberen Knopf ab.

Ihre Bluse klappte ein Stück weiter auf und Senija begann zu weinen.

Plötzlich öffnete sich die Tür.

»Was ist denn hier los?«, fragte Danko Vladic, als er in die Kabine trat. Hinter ihm baute sich Marko auf. Der Leibwächter füllte fast die ganze Kabinentür aus.

»Nichts, das Sie etwas angeht«, antwortete Fahed entrüstet, während er aufstand und seine Dolche zurück in die Holster steckte.

»Das sehe ich anders«, sagte Vladic. »Frau Anic ist mein Gast und Sie lassen Ihre Finger von ihr.« Sein Blick war steinhart.

Senija schaute mit feuchten Augen zwischen beiden Männern hin und her. Fahed schien einen Moment verunsichert zu sein, fing sich aber schnell.

»Sie sollten nicht vergessen, *wessen* Gast *Sie* sind«, gab er an Danko zurück. Als der nichts antwortete, schnappte Fahed sein Jackett und streifte es über. Nach einem letzten Blick auf Senija trat er Richtung Kabinentür, in der noch immer Marko stand. »Dürfte ich bitte vorbei?«, fragte er mit sarkastisch freundlichem Tonfall.

Marko, der Fahed um fast zwei Kopflängen überragte, rührte sich nicht.

Fahed wandte sich zu Danko. »Sagen Sie ihrem Gorilla, dass er mich vorbeilassen soll.«

Danko nickte Marko fast unmerklich zu. Der hünenhafte Bodyguard trat einen kleinen Schritt zur Seite. Gerade so weit, dass Fahed sich nur mit Mühe durch die Lücke drücken konnte.

Auf dem Flur drehte er sich nochmals um und sagte zu Vladic: »Sie sollten außerdem nie vergessen, auf welcher Stufe Sie stehen.« Dann wandte er sich ab und ging davon.

Mit harten Stößen jagte das schwarze Rennboot über die Wellenkämme auf das offene Meer hinaus. Luka bekam bei jedem Wellenkontakt einen Schlag in den Rücken und hob zwischen zwei Wellen von seinem Sitz ab. Durch die Frontscheibe tauchte immer wieder der Horizont nach unten weg, wenn das Boot aus einem Wellental heraus Richtung Himmel stieg. Luka trug ein Headset, über das es ihm möglich war, sich mit Vincent zu unterhalten. Außerdem sollte es ihn vor dem Lärm schützen, was nur leidlich gelang. Der Motor brüllte so laut, dass Luka kaum einen klaren Gedanken fassen konnte. Er sah zu Vincent hinüber. Der Brite hielt das Steuer vor sich fest in der Hand und schaute konzentriert auf das Meer und die Instrumente. Auch Luka ließ seinen Blick über die Armaturen schweifen. Unzählige Anzeigen, Knöpfe, Tasten und Hebel prangten im Cockpit. Er hatte das alles schon in der Nacht in Venedig wahrgenommen, aber in dem Moment hatten ihn andere Dinge beschäftigt. Sein Blick wanderte weiter und blieb bei der Geschwindigkeitsanzeige hängen. Einhundertfünfzig stand auf der Digitalanzeige. Noch während Luka erstaunt darüber war, dass sie einhundertfünfzig Stundenkilometer fuhren, sah er neben der Anzeige, dass es sich um *Meilen* pro Stunde handelte. Er stutzte und überschlug schnell die Umrechnung im Kopf.

»Fahren wir wirklich zweihundertvierzig Stundenkilometer?«, fragte er ungläubig. »Auf dem Wasser?«

Vincent erlaubte sich einen kurzen Blick auf die Anzeige. »Ja«, erklang die Stimme des Briten in Lukas Kopfhörer. »Das kommt ungefähr hin. Es tut mir sehr leid – eigentlich ist mehr drin, aber Sie merken ja selbst: Die Wellen schlagen schon bei dieser Geschwindigkeit hart zurück.«

Luka sagte nichts. Aber er stellte fest, dass ihn solche Bemerkungen weniger beeindruckten, als sie es noch vor ein paar Tagen getan hätten.

»Ich habe ein Schiff auf dem Radar, dass ungefähr die Größe der *Leukothea* haben dürfte. Ungefähr zwei Seemeilen südöstlich von uns.« Vincent tippte mit dem Finger auf einen Punkt, der auf dem Radarbildschirm angezeigt wurde. »Das ist auch das einzige Schiff im Umkreis von zwanzig Seemeilen mit dieser Größe«, ergänzte er.

»Dann müssen sie das sein.«

»Wie wollen wir jetzt vorgehen?«, fragte Vincent.

Luka schwieg einen Moment, bevor er antwortete. »Ehrlich gesagt, habe ich mir darüber noch keine Gedanken gemacht.«

Vincent nahm abrupt das Gas zurück. »Sie machen Witze, oder?«

Luka merkte, dass er von der Frage peinlich berührt war. »Na ja, ich wollte erst mal die Verfolgung aufnehmen. Ich dachte, der Rest ergibt sich dann von selbst.«

»So, dachten Sie das?« Zum ersten Mal schien Vincent für einen Moment seine Souveränität zu verlieren. Aber er fing sich schnell. »Nun denn.

Anschleichen wird mit diesem Boot wohl kaum möglich sein. Somit bleibt uns nur die Offensive.«

Luka überlegte noch, was Vincent damit meinen könnte, da drückte der Brite bereits einige Knöpfe. Das Boot war zwischenzeitlich zum Halten gekommen. Luka hörte ein mechanisch schleifendes Geräusch, bevor er sah, wie sich metallische Jalousien die Scheiben emporschoben. Wenige Sekunden später war das Cockpit komplett umschlossen und die Innenraumbeleuchtung sprang an. Auf dem Hauptmonitor der Instrumentenanzeige wurden zwei Bilder angezeigt. Es waren jeweils einhundertachtzig Grad Videoübertragungen, die offensichtlich von Außenkameras des Rennbootes aufgenommen wurden. Luka erkannte den Rand des Bootrumpfes und das offene Meer darum.

Vincent drückte weitere Knöpfe. Zuerst bemerkte Luka nichts. Dann sah er auf dem Kamerabild des Bugs eine Luke, die sich im vorderen Teil des Bootes öffnete. Ein Geschütz wurde ausgefahren und prangte wie die Harpune eines Walfängers am Bug. Auf einem kleineren Bildschirm, der bisher nur die Wasseroberfläche zeigte, erschien ein rotes Fadenkreuz.

»Jetzt machen *Sie* die Witze, oder?«, fragte Luka.

»Das Boot wurde gegen Piratenangriffe ausgerüstet«, antwortete Vincent kühl. »Der Rumpf und die Scheiben sind nach Level III Militärstandard gepanzert. Die Cockpithülle und die Jalousien sind noch ein Level höher.«

»Und das Teil?«, fragte Luka mit einem Nicken auf den Monitor, der das Bordgeschütz zeigte.

»Ein Geschenk der Royal Navy. Eine lange Geschichte, die ich Ihnen bei einer besseren Gelegenheit erzählen werde.« Vincent lächelte. »Sie dürfen keinen falschen Eindruck bekommen. Sir Bend ist ein friedliebender Mensch. Allerdings müssen Personen wie er stets damit rechnen, angegriffen zu werden. Dabei sind Entführungen wahrscheinlich noch das wenigste, was passieren kann.«

Luka schwieg und Vincent betätigte erneut verschiedene Tasten und Schalter. Der Motor wurde wieder lauter. Er deutete auf eine Art Joystick an der Mittelkonsole.

»Der ist für die Bedienung des Bordgeschützes. Die Bedienung ist kinderleicht. Sie zielen mit dem Joystick. Der schwarze Knopf an der Vorderseite löst Einzelschüsse aus. Der rote Knopf oben ist für Dauerfeuer.« Vincent sah Luka an. »Es können bis zu zehn Schuss pro Sekunde abgegeben werden. Wir haben fünfhundert Schuss an Bord. Wenn Sie also Vollgas geben, ist das Magazin in weniger als einer Minute leer. Haben Sie das verstanden?«

Luka nickte. Ein mulmiges Gefühl ergriff ihn. Natürlich hatte er Erfahrung mit Waffen, auch mit größeren Kalibern. Aber *das* war schon etwas Neues für ihn.

»Noch ein Hinweis«, ergänzte Vincent. »Es reicht, wenn wir die Yacht stoppen. Wir müssen sie nicht versenken.« Er zwinkerte und hatte wieder das bekannte verschmitzte Lächeln aufgelegt. Dann gab er Gas.

Luigi Servallas Kopf dröhnte, als er das Bewusstsein wiedererlangte. Er hatte das Gefühl, ihm würde jemand mit einem kleinen Hämmerchen in gleich-mäßigen Takt gegen seinen Hinterkopf schlagen. Sein Blick war unscharf und er blinzelte. Die Decken-beleuchtung brannte hell und blendete ihn. Durch den trüben Schleier erkannte er, dass er sich in einem Zimmer befand. Zunächst dachte er, in einem Hotel-zimmer zu sein. Dann bemerkte er, dass sich der Raum bewegte; er schwankte leicht. Luigi vermutete, dass es an seinen Kopfschmerzen lag. Vielleicht hatte er eine Gehirnerschütterung. Mit zunehmendem Bewusstsein wurde ihm aber klar, dass es nicht sein Kopf war. Der Raum bewegte sich tatsächlich. *Ein Schiff. Ich bin in einer Schiffskabine.* Luigi stöhnte. Er wollte sich an den Hinterkopf fassen. Dabei stellte er fest, dass er an den Stuhl gefesselt war. Er rüttelte an den Handschellen, mit denen er an die Armlehnen gekettet war. Plötzlich kam eine Erinnerung zurück. Wie ein Film, der unvermittelt aufflackerte, schossen ihm die Bilder in den Sinn.

Ich erinnere mich an mein Haus und die Männer, die bei mir einbrachen und mich angriffen. Ich hatte mich gewehrt, aber es waren zu viele. Ich wurde gepackt und zu Boden gerissen. Plötzlich hörte ich noch jemanden an der Haustür und wollte schreien. Doch sie haben mir den Mund zugehalten und eine Waffe an den Kopf gedrückt.

Luigi lief ein Schauer über den Rücken. Was wollten die Männer von ihm? Seine Erinnerungen setzten sich fort und nahmen immer mehr Gestalt an.

Ich wurde die Treppe hinunter gezerrt und in ein Auto gestoßen. Aber ich war nicht alleine. Senija. Senija war auch da. Was wollte sie dort? Sie fuhren mit mir die Küstenstraße Richtung Süden. In Senj hielten sie und forderten mich auf, in ein Boot zu steigen. Ich weigerte mich. Sie wollten mich aus dem Auto zerren, aber ich wehrte mich. Ich schrie um Hilfe und rief nach Senija. Dann plötzlich ein Schmerz, als würde mein Schädel explodieren. Ein helles Licht wie ein Blitz. Dann völlige Dunkelheit.

Bis eben.

»Hey, hört mich jemand? Hallo … hallo!« Luigi schrie, so laut er konnte. Aber es passierte nichts, außer dass das Pochen in seinem Kopf stärker wurde. Er stöhnte vor Schmerzen. Er musste ein paar Sekunden durchatmen, bis das Pochen nachließ und er erneut rufen konnte. »Ich bin hier, hört mich denn …« Luigi unterbrach sich, als er hörte, wie die Tür aufgeschlossen wurde.

KAPITEL 15

»Sie ist es!« Luka deutete auf den Monitor, der das Bild der vorderen Kamera des Rennbootes zeigte. »Es ist die *Leukothea*!«

Vincent nickte. Er nahm etwas Gas heraus, bewegte sanft die Steuerung zur Seite und fuhr einen langgezogenen Bogen um die Yacht. Die beiden Männer verfolgten weiter das Kamerabild auf dem Monitor. Erst sahen sie das Heck, dann die Steuerbordseite. Auf Deck konnte man einzelne Personen erkennen, die aufgescheucht umherrannten. Vincent hielt aber so viel Abstand, dass keine Details an Bord auszumachen waren. Sie umrundeten den Bug und fuhren der *Leukothea* auf der Backbordseite entgegen.

»Sie beschleunigen«, stellte Vincent mit einem Blick auf das Radar fest.

Auf dem Kamerabild war zu sehen, wie die Welle am Heck der Yacht größer wurde.

»Ich denke, es wird Zeit für eine Begrüßung«, meinte Luka und griff nach dem Joystick. Auf dem Monitor sah er, wie das Bordgeschütz am Bug zum Leben erwachte. Er testete die Steuerung und ließ den Lauf in alle Richtungen schwenken. »Ich wäre soweit«, teilte er Vincent mit.

Der beschleunigte wieder und hielt auf die Yacht zu. Das Rennboot hatte keine Mühe, die *Leukothea* einzuholen. Sie näherte sich erneut dem Heck der Yacht.

Luka zielte etwas seitlich am Rumpf vorbei und drückte den Abzug. Er war überrascht, wie unspektakulär die Salve aus dem Geschütz kam. Die brüllenden Motoren des Rennbootes übertönten die Schüsse. Der Joystick in Lukas Hand gab keinerlei Vibrationen zurück. Wenn er nicht die Fontänen neben der Yacht hätte aufspritzen sehen, wäre er von einem Defekt ausgegangen.

Der Kapitän der *Leukothea* wich mit einem scharfen Manöver Richtung Backbord aus. Vincent setzte nach und brachte das Rennboot wieder in Position.

Luka zielte erneut, diesmal auf die andere Seite. Er drückte ab und entließ eine Salve.

Die *Leukothea* schlug einen Haken, als die Schüsse auf der Wasseroberfläche einschlugen.

Vincent lenkte auf die Backbordseite und setzte an, die Yacht zu überholen, als sie metallische Klopfgeräusche hörten. »Sie sind aufgewacht«, stellte er nüchtern fest.

Luka sah auf die Monitore und erkannte, wie mehrere Besatzungsmitglieder auf Deck standen und auf sie feuerten. Es fühlte sich zunächst unecht an, da er die Schüsse nicht hörte, sondern nur das Mündungsfeuer auf dem Kamerabild sehen konnte. Die Einschläge auf ihrem Rumpf waren im Innern als dumpfes Klopfen wahrnehmbar, wie wenn jemand Kiesel auf eine Metallplatte werfen würde.

Vincent zog einen weiten Bogen und vergrößerte den Abstand. Die Einschläge wurden weniger. »Auf diese Entfernung dürften sie es schwer haben, uns mit Handfeuerwaffen zu treffen.«

Luka schwenkte das Bordgeschütz herum und suchte ein geeignetes Ziel. Er hatte weder vor, das Boot zu versenken, noch eine Gefährdung der Menschen an Bord in Kauf nehmen. Zu groß war die Gefahr, dass Senija oder dem Professor etwas passierte. Er entschied sich für das Rettungsboot, das im hinteren Teil der Yacht aufgehängt war. Er zielte und drückte ab.

Auf dem Monitor sahen Luka und Vincent, wie die Schüsse in das orange Rettungsboot einschlugen. Stücke und Splitter wurden aus dem Rumpf gerissen. Fetzen der Abdeckplane flogen durch die Luft. Die Crew an Deck brachte sich panisch in Sicherheit. Innerhalb weniger Sekunden war niemand mehr zu sehen.

»Sehr gute Idee«, lobte Vincent. »Ich würde mutmaßen, dass die Gentlemen nun unsere Ernsthaftigkeit nicht mehr anzweifeln werden.«

Luka blinzelte. *Als wäre man mit Shakespeare unterwegs.*

Vincent gab mehr Gas und jagte in Fahrtrichtung an der Yacht vorbei. Mühelos entfernten sie sich von der *Leukothea*. Nachdem sie etwas Vorsprung aufgebaut hatten, riss er das Steuer herum und wendete in einer scharfen Kurve. Auf dem Monitor sahen sie die Yacht direkt auf sich zukommen. Das Radar zeigte eine Entfernung von sechshundert Metern an. Vincent stoppte die Maschinen. Die Motoren wurden abrupt leiser und das Rennboot schaukelte nur noch sanft auf den Wellen.

»Was machen Sie?«, fragte Luka überrascht.

»Wir können nicht den ganzen Tag *Katz und Maus* spielen. Unser Tank ist zu drei Vierteln aufgebraucht. Wenn wir nicht aufpassen, schaffen wir es nicht mehr in den nächsten Hafen. Wenn wir die Yacht nicht stoppen können, war es das mit unserem Rettungsversuch.« Vincent schaute Luka ernst an und deutete auf den Joystick der Bordkanone.

Luka nickte. Er griff den Hebel und schwenkte das Geschütz in Richtung der entgegenkommenden Yacht. Auf dem Zielmonitor sah er das Fadenkreuz auf dem Rumpf der *Leukothea*. Luka wollte aber auf keinen Fall das Schiff versenken. Er entschied sich, etwas höher zu zielen, und visierte die getönten Scheiben der Brücke an. Er fuhr mit der Zieleinrichtung möglichst weit nach außen und hoffte, dass dort kein Besatzungsmitglied stand. Dann drückte er ab. Diesmal nur mit einem einzelnen Schuss.

Auf dem Monitor verfolgten die Männer, wie das rechte äußere Scheibenelement zerbarst. Der Blick ins Innere wurde frei und sie sahen die Brückenbesatzung in Deckung springen.

Abrupt wurden die Maschinen der *Leukothea* gestoppt. Die Daten auf dem Radar gaben an, dass die Yacht deutlich langsamer wurde. Das Kamerabild zeigte, wie die seitlichen Wellen am Bug abebbten und das Schiff nur noch zu treiben schien.

»Das war einfacher als gedacht«, freute sich Luka.

Vincent verzog keine Mine. »Abwarten!«

Luigi Servalla hob den Kopf und sah, wie die Kabinentür aufging. Ein untersetzter Mann, braungebrannt und mit weißem Haarkranz, trat herein. Ihm folgten zwei muskulöse Männer mit umgehängten Maschinenpistolen.

»Ah, Professore Servalla. Es freut mich, dass Sie endlich aufgewacht sind«, begrüßte der Mann ihn.

»Wer sind Sie? Wo bin ich? Was soll das alles hier?« Luigi schrie, aber das aufflammende Stechen und Pochen in seinem Schädel unterbrach ihn sofort. Stöhnend ließ er seinen Kopf auf die Brust fallen.

»Sie sollten sich nicht so aufregen. Schonen Sie sich. Ihre Dienste werden noch gebraucht.« Die Stimme des Mannes klang sanft. »Mein Name ist Sarantakos und ich bin Ihr Gastgeber.«

»Was wollen Sie von mir?«, fragte Luigi, nun deutlich leiser. Er atmete tief und seine Kopfschmerzen ließen nach.

Sarantakos antwortete zunächst nicht. Er schritt an Luigi vorbei und setzte sich neben ihm auf die Bettkante. Mit einem Fingerzeig wies er seine Männer an, sich zu entfernen. Stumm, aber mit einer Verbeugung verließen sie die Kabine und schlossen die Tür hinter sich. »Nun, ich dachte, das sei offensichtlich.«

Luigi hob den Kopf und sah den Griechen fragend an.

Sarantakos lächelte. »Sie überraschen mich. Ein Mann mit Ihrem Wissen und Ihrer Reputation ist sehr gefragt.« Der Grieche machte eine kurze Pause, bevor er fortfuhr. »Aber gut. In Anbetracht der besonderen Umstände möchte ich Ihnen gerne auf die Sprünge helfen. Was war das aufregendste und wichtigste Projekt, an dem Sie in letzter Zeit gearbeitet haben?«

Luigi ließ die Frage einmal in seinem Gehirn kreisen, aber kam dann sofort auf die Lösung. »Das Tagebuch des Marco Polo«, sagte er leise, fast flüsternd.

»Sehen Sie, jetzt verstehen wir uns«, freute sich Sarantakos und schlug sich mit beiden Händen auf die Oberschenkel.

»Aber *was* wollen Sie von mir?«, frage Luigi irritiert. »Ich habe vor einigen Monaten an dem Buch gearbeitet. Danach ging es zurück an den Eigentümer. Ich habe es nicht mehr.«

»Das stimmt«, bestätigte Sarantakos freudig. »Sie haben es nicht mehr. Aber der ehemalige Eigentümer hat es auch nicht mehr – *ich* habe es jetzt.«

Luigi Servalla stutzte. »Sir Bend würde das Tagebuch niemals verkaufen.«

Sarantakos lachte laut auf. »Ich sagte auch nicht, dass ich es *gekauft* habe.«

»Sie haben es gestohlen?« Luigi war schockiert und zeigte sich aufgebracht.

»Wenn man es genau nimmt, dann war ich es nicht direkt. Aber Sie haben die Männer bereits kennengelernt, die es für mich … *beschafft* haben.«

Luigi dachte an den Überfall in seinem Haus und die Männer, die ihn mit Gewalt verschleppt haben. Sofort verschlimmerten sich seine Kopfschmerzen wieder.

»Wie dem auch sei«, fuhr Sarantakos fort, bevor er etwas sagen konnte. »Ich habe Sie nicht holen lassen, weil ich an einem Schwätzchen interessiert bin.«

»An was sind Sie denn interessiert?«

»Ich bin auf der Suche nach der Göttermaske und ich will, dass Sie mir dabei helfen.«

Jetzt war es Luigi, der laut auflachte. »Sie meinen das nicht ernst, oder? Die Maske ist nur eine Legende. Ein Märchen.«

Sarantakos faltete die Hände im Schoß zusammen und schaute den Wissenschaftler stumm an.

»Sie müssen verrückt sein«, fuhr Servalla fort. »Marco Polo hat das zweite Buch kurz vor seinem Tod geschrieben. Zu dieser Zeit ging es ihm finanziell schlecht. Wahrscheinlich wollte er mit der Geschichte nur etwas dazuverdienen, starb aber bereits vor der Veröffentlichung.«

»Und wenn es nicht so war?« Sarantakos stand auf. »Was, wenn Polo die Wahrheit niedergeschrieben hat? Was, wenn er kurz vor seinem Tod sein größtes Geheimnis der Nachwelt offenbaren wollte?«

Luigi Servalla konnte nicht fassen, dass Sarantakos wirklich an die Legende glaubte. »Blödsinn!« Er schüttelte ablehnend den Kopf. »Außerdem haben Sie mir noch immer nicht gesagt, was Sie von *mir* wollen. Ich habe das Buch übersetzt und bezüglich des Alters und der Herkunft ein Gutachten erstellt. Das war alles. Mehr kann ich dazu nicht sagen. Außer, dass in dem ganzen Buch keine Schatzkarte oder etwas ähnliches enthalten ist.« Bei dem letzten Satz grinste Luigi spöttisch und lehnte sich auf dem Stuhl zurück.

Sarantakos wandte sich ab und machte einen Schritt zur Tür, blieb dann aber stehen. »Es muss einen Hinweis geben, dessen bin ich mir sicher. Sie werden diesen Hinweis finden.«

»Und wenn nicht?« Der Professor musste über seine Schulter blicken, um den Griechen sehen zu können.

»Dann sind Sie für mich entbehrlich«, antwortete Sarantakos. »Aber glauben Sie mir: Sie möchten nicht, dass ich Sie für entbehrlich halte.«

»Ist alles in Ordnung?« Danko stand vor Senija, die noch immer Tränen in den Augen hatte. Sie schaute ihn an, aber antwortete nicht. Danko nickte Marko zu, der ebenfalls an Senija herantrat. Sie erschrak, als sich der Hüne vor ihr aufbaute. Der Bodyguard zog ein Klappmesser aus der Hosentasche und ließ es aufspringen.

»Was? Nein!« In Senija stieg wieder Panik auf und sie rüttelte an ihren Fesseln.

Marco beugte sich nach vorn und durchschnitt mit zwei schnellen Bewegungen das Klebeband.

Senija sah erst Marko überrascht an, dann Danko. Hektisch zog sie ihre Hände an sich und rieb die Handgelenke. Die Fesseln hatten tiefe Spuren hinterlassen.

Marko trat einen Schritt beiseite und Danko setzte sich ihr gegenüber. »So, da wir uns jetzt alle besser fühlen, können wir uns in Ruhe unterhalten. Ich vermute, Sie wissen, wer ich bin?«

Senija nickte stumm. Natürlich wusste sie, wen sie vor sich hatte.

»Gut. Denn ich weiß auch, wer *Sie* sind, Frau Anic!«

Danko sprach ruhig, aber Senija lief ein Schauer über den Rücken. Der drohende Unterton war nicht zu überhören. »Was wollen Sie von mir?«, fragte sie leise.

Danko lächelte. »Eigentlich nichts. Sie waren eine …«, er stockte kurz und schien zu überlegen, »Gelegenheit. Ich wollte Professor Servalla. Dass Sie und Luka Sefic dort auftauchen, war nicht vorgesehen und noch viel weniger erwünscht.«

»Dann können Sie mich doch freilassen«, schlug Senija hoffnungsvoll vor.

»Ich fürchte, das wird nicht so einfach möglich sein. Sie sind meine Versicherung. Sie stellen sicher, dass Sefic keine Dummheiten macht.«

Kaum hatte er den Satz beendet, schien der Raum zu kippen. Das Schiff neigte sich abrupt zur Seite. Senija schrie auf und krallte sich an den Armlehnen des Stuhls fest. Marco kam ins Taumeln und musste sich an der Wand abstützen.

Danko schaute nach oben und im Raum umher. »Was zum Teufel ist denn jetzt los?« Er wollte aufstehen, hatte aber Mühe, das Gleichgewicht zu halten. »Schau nach, was los ist. Schnell!«, befahl er Marko.

Der Bodyguard nickte und stampfte aus der Kabine.

»Wenn man vom Teufel spricht«, sagte Danko. »Es scheint, als wäre unser Freund auf der Party eingetroffen.«

Senija spürte Hoffnung in sich aufkeimen. Gerade als ihr der Ansatz eines Lächelns über die Lippen huschen wollte, neigte sich die Yacht ruckartig in die andere Richtung. Wieder schrie sie auf und versuchte, mit dem Stuhl nicht umzukippen.

Danko entfuhr ein Fluch. »Verdammte Scheiße! Jetzt reicht es mir aber.« Er sprang auf und schwankte zur Kabinentür. »Sie bleiben hier, ich bin gleich zurück.« Mit diesen Worten verschwand er.

Senija hörte, wie die Tür abgeschlossen wurde. Trotzdem grinste sie.

Danko arbeitete sich den Flur entlang. Die Yacht schien ruhiger zu werden, dennoch musste er sich immer wieder an den Wänden abstützen. Mannschaftsmitglieder stürzten an ihm vorbei und riefen sich Kommandos zu. Er erreichte die Treppe zum Oberdeck und zog sich am Geländer hinauf. Auf Deck herrschte eine aufgeregte Hektik. Wachleute mit Maschinenpistolen standen an der Reling und feuerten auf das Meer hinaus.

Danko trat vor und erkannte ein schwarzes Rennboot, das im weiten Bogen um die Yacht raste. »Nicht schlecht, Luka«, sagte er so leise, dass nur er selbst es hören konnte.

Er sah sich um und entdeckte Marko, der bei Sarantakos und Fahed stand. Die Männer hielten sich an der Reling fest, während Fahed wie ein Irrer mit seiner Pistole auf das Boot feuerte. Sein Magazin war gerade aufgebraucht, als Danko die Gruppe erreichte.

»Es scheint, als hätte Sefic Sie gefunden«, stellte Sarantakos fest.

Fahed hatte ein neues Magazin in seine Pistole geschoben und feuerte wieder wild in Richtung des Bootes.

»Hören Sie auf!« Danko bremste den Sicherheitschef ein. »Das bringt nichts. Sie sehen doch, dass sie zu weit weg sind. Außerdem sieht das Boot aus, als wäre es gepanzert.«

Fahed drehte sich um und sah Danko giftig an. »Kümmern Sie sich um Ihren eigenen Dreck.«

Marko stellte sich demonstrativ neben seinen Boss.

»Was?«, schrie Fahed Dankos Bodyguard an.

Bevor jemand etwas sagen konnte, erfüllte das Rattern von Maschinengewehrsalven die Luft. Die Männer warfen sich instinktiv zu Boden.

Aus der Deckung eines Pfostens wagte Danko einen Blick. »Sie haben eines der Rettungsboote getroffen. Wie es aussieht, haben sie ein 50er Kaliber auf ihrem Boot.« Er schaute zu Sarantakos. »Mit genügend Munition pulverisieren sie damit die Yacht. Wir müssen sie unbedingt loswerden.« Er hielt kurz inne. »Haben Sie größere Waffen, als die Maschinenpistolen an Bord?«

Sarantakos schaute zu Fahed. Der nickte und wandte sich ab. Gebeugt rannte er von einer Deckung zur nächsten, bis er durch eine Tür im Innern der Yacht verschwand.

Plötzlich wieder ein Schuss. Diesmal aber keine Salve, sondern nur ein einzelner Schuss. Der Kapitän der *Leukothea* stoppte die Maschinen. Danko spürte, wie der Bug der Yacht eintauchte.

»Was macht dieser Idiot?«, schrie Sarantakos, der auf dem Boden hinter einer Truhe für Rettungswesten lag.

Danko schaute hinauf. »Sie haben auf die Brücke geschossen. Eine Scheibe ist zerstört«, rief er dem Griechen zu.

»Was interessiert mich die Scheibe? Der Kapitän soll weiterfahren, oder ich lasse ihn über Bord werfen.« Sarantakos hatte Angst, das hörte Danko. Bevor er etwas sagen konnte, sah er Fahed zurückkommen. Der trug einen länglichen Koffer. Er kniete sich neben Danko und schob den Koffer vor sich.

»Wird auch Zeit«, bemerkte Danko.

Fahed antwortete nicht und klappte den Koffer auf.

Danko stieß einen Pfiff aus. In dem Koffer lag ein MGL-Granatwerfer. »So etwas meinte ich«, sagte er begeistert.

Fahed nahm den Granatwerfer aus dem Koffer und klappte die Trommel nach vorne. Dann lud er die sechs Kammern mit jeweils einer 40 mm-Granate. Er klappte die Trommel zurück und stand auf.

Danko folgte ihm. Der Araber eilte an die Reling und nahm den Granatwerfer in Anschlag. Danko sah das schwarze Boot, das in einiger Entfernung vor der Yacht im Wasser lag. Die Bordkanone war noch immer auf die Brücke ausgerichtet. Fahed zielte und drückte ab.

»Was hat der Kerl da auf dem Arm?« Luka zeigte auf den Monitor der vorderen Kamera.

Vincent beugte sich etwas nach vorne, um das Bild besser sehen zu können. »Oh, verdammt!«, stieß er plötzlich aus. Er richtete sich auf. Drückte einen Knopf und schob den Gashebel voll auf Anschlag.

Luka wurde dermaßen in den Sitz geschoben, dass sein Hinterkopf hart auf die Kopfstütze schlug. Er spürte, wie der Bug nach oben stieg, als Vincent voll beschleunigte.

»Die haben einen Granatwerfer«, stellte Vincent hektisch fest, während er bei voller Beschleunigung hart das Steuer herumriss.

Luka hatte das Gefühl, sein Magen würde den angestammten Platz verlassen und in Richtung linke Niere wandern, als Vincent einen Haken nach Steuerbord schlug. »Ich dachte, das Boot sei gepanzert?!«, presste er hervor.

»Aber nicht gegen Granatwerfer«, erklärte Vincent. »*Einen* Treffer überstehen wir vielleicht ... mit viel Glück. Spätestens der zweite Treffer wäre das Aus.«

In dem Moment ertönte eine Explosion. Trotz der Panzerung war der Lärm so laut, als würden sie mit offenen Fenstern fahren. Luka sah erschrocken auf den Monitor, dann zu Vincent.

»Sie haben uns verfehlt«, stellte der fest. »Die Granate ist neben uns auf dem Wasser aufgeschlagen. Das war wirklich knapp!«

Die *Leukothea* war aus dem Monitorbild verschwunden. Vincent zog einen weiten Bogen, bis die Yacht wieder auf dem Bildschirm auftauchte. »Sie beschleunigen wieder«, stellte er fest.

In diesem Moment hörten sie eine zweite Explosion. Auf dem Bildschirm türmte sich eine Wasserwand vor ihnen auf, sodass die *Leukothea* kurz nicht mehr zu sehen war.

Vincent zog einen weiteren Bogen und setzte das Rennboot hinter die Yacht. »Wir dürfen nicht zu nah heran«, erklärte er. »Aber trotzdem müssen wir die Yacht so schnell wie möglich stoppen. Ich habe bald nicht mehr genügend Treibstoff für den Rückweg.« Der Brite wirkte ungewohnt angespannt.

Eine dritte Explosion war auf dem Monitor zu sehen. Diesmal schlug die Granate aber ein ganzes Stück vor dem Boot auf dem Wasser auf.

»Wir sind außer Reichweite des Granatwerfers«, stellte Luka beruhigt fest. »Aber die Yacht nicht für uns«, ergänzte er und griff nach dem Joystick. Er schwenkte das Geschütz, bis auf dem Zielmonitor das Heck der Yacht zu sehen war.

Vincent fuhr in Schlangenlinien, damit sie kein einfaches Ziel darstellten.

»Sie müssen das Boot kurz ruhig halten, damit ich zielen kann«, forderte Luka den Briten auf.

Dieser nickte stumm und stellte das Steuer gerade. Luka schwenkte sanft den Joystick, bis das Zielkreuz auf dem gewünschten Punkt lag. Er drückte ab. Auf dem Monitor war zu sehen, wie die drehende Radarantenne der *Leukothea* auseinandergerissen wurde und vom Dach der Brücke fiel. Auf Deck sprangen Männer auseinander, als die Teile auf sie herabstürzten.

»Guter Schuss«, lobte Vincent.

Fast zeitgleich legte der Kapitän der *Leukothea* die Yacht hart auf die Seite, als wolle er weiteren Schüssen ausweichen. Doch dann war zu sehen, dass er wieder merklich verlangsamte.

»Was machen die?«, fragte Luka.

Vincent antwortete nicht, aber nahm ebenfalls das Gas zurück, um den Abstand zu halten.

Beide Männer schauten gespannt auf den Monitor. Einen Moment passierte nichts. Die *Leukothea* fuhr mit langsamer Fahrt quer vor ihnen.

»Da!«, rief Luka und tippte auf das Display. Auf dem Bild war zu sehen, wie hinter der Yacht ein Zodiac auftauchte. Das Schlauchboot musste auf der gegenüberliegenden Seite zu Wasser gelassen worden sein. Auf dem Boot waren zwei Männer zu erkennen.

Einer der beiden stand am Steuer. Der Zweite kniete im vorderen Teil. Sie kamen schnell näher.

Noch während Luka und Vincent auf den Monitor starrten, nahm der Mann im Bug des Zodiacs plötzlich den Granatwerfer hoch und schoss. Luka erschrak, aber Vincent hatte schon das Steuer herumgerissen und Vollgas gegeben. Das Rennboot bäumte sich auf und legte die Nase zur Seite. Luka sah das Zodiac aus dem Bild verschwinden. Unmittelbar danach explodierte die Granate. Trotz der dicken Panzerung hörte es sich an, als wäre die Explosion direkt neben ihnen hochgegangen.

»Das war Glück«, stellte Vincent fest. »Er hat uns nur knapp verfehlt und das Wasser getroffen.«

Lukas Blick wechselte von Vincent auf den Monitor, der das Bild der rückwärtigen Kamera zeigte. Der Brite fuhr wieder Schlangenlinien und warf das Steuer ruckartig hin und her.

Auf dem Monitor sah Luka das Zodiac, das überraschend schnell hinter ihnen her war. »Die kleben an uns wie ein Kaugummi am Schuh«, stellte er beunruhigt fest.

»Offensichtlich hat Mr. Sarantakos auch ein Faible für starke Motoren«, konstatierte Vincent.

»Achtung!«, rief Luka erschrocken.

Eher aus Reflex, riss Vincent das Steuer scharf herum. Luka wurde dermaßen zur Seite geworfen, dass er fast auf Vincent prallte. Nur seine Sicherheitsgurte verhinderten den Zusammenstoß. Dann ertönte eine weitere Explosion. Luka spürte, wie das Heck ihres Bootes einen kleinen Satz machte.

»Danke. Eine halbe Sekunde später und wir säßen jetzt in einem U-Boot«, sagte Vincent mit einem kurzen Seitenblick und einem verschwörerischen Zwinkern.

Er ist ganz klar verrückt. Luka fand den Briten immer sympathischer.

»Ich versuche, seitlich an das Zodiac heranzukommen, damit Sie es ins Visier nehmen können.«

»Einverstanden«. Luka nahm den Joystick in die Hand.

Vincent fuhr eine enge Kurve nach Steuerbord, riss kurz darauf das Steuer zur anderen Seite und zog einen weiten Bogen Richtung Backbord. Luka wurde durch das Manöver erst nach links und dann nach rechts geworfen. Aber kurz darauf sah er das Zodiac im Zielmonitor des Bordgeschützes auftauchen. Luka beeilte sich, das Schlauchboot ins Visier zu nehmen.

Aber dessen Fahrer war ebenfalls kein Anfänger und fuhr seinerseits eine enge Kurve. Bevor Luka abdrücken konnte, war das Zodiac wieder aus dem Bild verschwunden. Stattdessen war eine weitere Explosion zu hören, klang diesmal aber nicht mehr so nahe. Offenbar hatte das Fahrmanöver des Fahrers den Schützen überrascht.

Vincent wechselte erneut die Richtung. Für einen Augenblick tauchte die *Leukothea* im Bild auf und verschwand wieder. Sie fuhr wahrscheinlich mit voller Fahrt und hatte bereits einigen Abstand gewonnen.

»Wo steckst du?«, murmelte Vincent, während er unbeirrt im Kreis weiterfuhr. Beide Männer starrten konzentriert auf die Bildschirme vor sich.

Plötzlich tauchte das Zodiac auf dem Monitor der vorderen Kamera auf.

Es war näher, als Luka es erwartet hätte. Er erschrak und versuchte, das Bordgeschütz auf das Ziel auszurichten. Hektisch zog er an dem Hebel. Das Boot tauchte im Bild des Zielmonitors auf. Aber es war zu spät. Der Schütze feuerte eine Granate ab. Begleitet von einem kurzen Aufflammen stieg eine kleine Rauchwolke auf, während das Geschoss auf den Weg gebracht wurde. Vincent stieß einen überraschten Laut aus und legte reflexartig das Steuer zur Seite. Dann traf die Granate auf den Rumpf des Rennbootes.

Die Explosion war ohrenbetäubend. Die Granate erwischte sie backbord achtern, obwohl Vincent mit einem verzweifelten Manöver auszuweichen versuchte. Lukas Ohren pfiffen, als der Krach nachließ. Er spürte, wie das Boot in Schieflage geriet, was ihn schräg in seinen Sicherheitsgurten hängen ließ. Eine dünne Rauchfahne drang durch eine Lüftungsöffnung ins Innere des Cockpits. Der Geruch von Ozon breitete sich aus.

»Sie haben uns getroffen und den Motor beschädigt. Der Antrieb ist ausgefallen und irgendetwas brennt.« Vincent zeigte auf den Rauch aus der Lüftung. Er prüfte das Bild auf den Monitoren. »Und ganz offensichtlich sinken wir«, ergänzte er mit einem Tippen auf den Bildschirm der Heckkamera.

Luka folgte dem Finger und erkannte, dass der hintere Teil des Bootes bereits unter Wasser lag. »Was machen wir jetzt?« Er sah zu Vincent. »Die da draußen werden uns wohl kaum helfen.«

»Da könnten Sie recht haben«, stellte der Brite fest und schnallte sich von seinem Sitz los. »Kommen Sie, wir haben nicht viel Zeit, bis wir komplett gesunken sind.«

Luka machte sich ebenfalls daran, seine Gurte zu lösen.

Vincent eilte in den hinteren Teil des Cockpits und drückte einen Knopf an der Wand. Direkt neben ihm fuhr eine elektrische Schiebetür zur Seite und gab den Blick auf einen Einbauschrank frei. »Hier, ziehen Sie das an.« Er reichte Luka einen kurzen dunkelblauen Neoprenanzug.

»Wollen Sie Schnorcheln gehen?«, fragte er mit gespieltem Humor, während er sein Hemd aufknöpfte.

»So ähnlich«, bestätigte Vincent, der sich seinerseits auszog.

Kurze Zeit später standen beide Männer in den Neoprenanzügen im Cockpit. Vincent drückte einen zweiten Knopf und ein weiterer Schrank öffnete sich.

Luka pfiff durch die Zähne. »Nicht schlecht, mein Lieber«, bemerkte er.

In dem Schrank lagen zwei komplette Taucherausrüstungen.

»Waren Sie schon einmal tauchen?«, fragte Vincent und hievte eine der Sauerstoffflaschen aus dem Schrank.

»Vor Jahren, ja. Ich denke, ich komme klar.« Luka griff nach der Flasche, die Vincent ihm entgegenstreckte. »Aber wollen Sie bis zur Küste tauchen?«

Vincent warf seine Sauerstoffflasche über die Schulter und zog die Gurte fest. »Ich habe noch eine kleine Überraschung«, antwortete er, mit dem Luka bekannten Lächeln. Er zog seine Taucherbrille auf die Stirn, bevor er fragte: »Sind Sie soweit?«

Luka nickte.

»Sehr gut. Es wird nämlich höchste Zeit.« Vincent eilte wieder an die Bedienelemente. Er drückte mehrere Knöpfe. Die Innenraumbeleuchtung wechselte zu Rot und eine Maschinenstimme zählte einen Countdown. »*Neun, acht, sieben ...*«

Vincent trat zurück zu Luka. »Gehen Sie in die Hocke und halten Sie sich die Ohren zu.«

Luka wollte wissen, was das Ganze werden sollte, aber als er Vincent sah, wie der tief in die Hocke ging und sich beide Hände auf die Ohren presste, tat er es ihm kommentarlos gleich.

»*... drei, zwei, eins.*«

Mit einem Zischen, gefolgt von einem lauten Knall wurde die Kuppel des Cockpits vom Boot abgesprengt.

Obwohl er in der Hocke saß, hatte Luka das Gefühl, dass er von den Beinen gerissen würde. Er prallte kurz gegen Vincent, konnte sich aber abstützen.

»Los jetzt, schnell.« Vincent packte Luka am Oberarm und zerrte ihn auf die Beine. »Brille auf!«

Luka folgte Vincent, der zum fast vollständig versunkenen Heck des Bootes lief und dabei seine Brille auf das Gesicht schob. Dort deutete der Brite auf zwei zylindrisch aussehende Geräte, die im Heck des Bootes auf Laufschienen festgemacht waren, aber bereits komplett unter Wasser lagen. »Das sind *SEA-BOB* Tauchscooter. Nehmen sie den auf der rechten Seite. Einfach darauflegen und vorne die beiden Griffe greifen. Auf jedem Griff ist jeweils ein Knopf.

Mit dem einen geben Sie Gas, mit dem anderen werden Sie langsamer. Der Rest ist intuitiv – Sie werden es schon herausfinden.« Damit sprang Vincent ins Wasser, nahm das Mundstück des Atemschlauchs in den Mund und rutschte auf den linken *SEABOB*. Mit einem Surren erwachte der Motor des Geräts und Vincent wurde unter Wasser gezogen.

Luka warf einen Blick auf das Meer. Das Zodiac hatte sich entfernt und war auf dem Rückweg zur *Leukothea*. Die Yacht war nur noch ein Fleck am Horizont. *Vermutlich waren sie der Meinung, uns genug beschädigt zu haben. Oder ihnen war schlicht die Munition ausgegangen.* Luka entschied, dass Zweites wahrscheinlicher war.

Er wandte sich ab, steckte das Mundstück in den Mund und sprang ins Wasser. Das Aufsteigen auf den Tauchscooter war schwieriger, als er es sich vorgestellt hätte. Beim zweiten Versuch gelang es ihm, auf das Unterwassergefährt zu rutschen. Er packte die beiden Griffe. Im gleichen Moment bemerkte er, wie der Antrieb automatisch gestartet wurde. Auf Höhe seines Gesichts sah er ein digitales Cockpitinstrument, das eine Null neben einem Prozentsymbol anzeigte und daneben eine Batterieskala. Die Batterie zeigte den vollen Ladezustand an. Auf der Oberseite der beiden Griffe konnte er, die von Vincent erwähnten Knöpfe ertasten. Er drückte den rechten Knopf und der Tauchscooter setzte sich in Bewegung. Aus der Null wurde schnell eine Zwanzig und Luka begriff, dass es die Anzeige für die Leistung war. Luftblasen wirbelten auf und strömten ihm ins Gesicht, als er unter Wasser gezogen wurde. Es dauerte einen

Moment, bis die Sicht klarer wurde und er sich orientieren konnte.

In einigen Metern Entfernung erkannte er Vincent, der offensichtlich auf ihn gewartet hatte. Als der Brite ihn sah, beschleunigte er.

Luka gab ebenfalls mehr Gas. Er musste bis auf neunzig Prozent der Leistung erhöhen, damit Vincent seinen Vorsprung nicht ausbaute. Luka hörte das gleichmäßige Surren des Antriebs unter sich, während der *SEABOB* durch die Unterwasserwelt glitt. Das Meer war klar und er konnte einige Meter weit sehen. Unter sich sah er Fischschwärme, die wild auseinanderstieben, als er über sie hinweg tauchte. Noch weiter unten erkannte er unzählige Seeigel, die verstreut auf dem Meeresgrund lagen.

Luka wagte einen Blick zurück. In einiger Entfernung glaubte er, das Rennboot zu erkennen, das bereits gesunken war. Wasserblasen stiegen unablässig vom Grund nach oben und verrieten die Position des Wracks.

Seine Gedanken kreisten unvermittelt um Senija. Um den gescheiterten Rettungsversuch und um Vladic. Wut und Ratlosigkeit machten sich in Luka breit. Auch wenn Vincent und er mit dem Leben davongekommen waren, so hatten sie trotzdem versagt. Sarantakos und Vladic hatten Senija und den Professor in ihrer Gewalt. Außerdem waren sie im Besitz des Tagebuchs.

Luka hatte nichts – außer Robert Bend und den verrückten Engländer, der dort vor ihm durch die Adria tauchte. Und beide kannte er erst seit einem Tag.

»Das war gute Arbeit.« Sarantakos deutete einen Applaus an, als Fahed aus dem Zodiac an Bord der *Leukothea* stieg.

»Ich wollte ihnen noch den Rest geben. Aber die Granaten waren aufgebraucht«, gab Fahed kritisch zurück.

»Sei nicht zu streng mit dir. Das Boot ist gesunken und Sefic wahrscheinlich schon Fischfutter. Es ist also alles so, wie es sein soll.«

Fahed nickte stumm und entfernte sich.

Da wäre ich nicht so voreilig. Danko stand an der Reling und beobachtete das kurze Gespräch zwischen dem Griechen und dessen Sicherheitschef. Er behielt seinen Gedanken jedoch für sich. »Sind Sie bei Servalla weitergekommen?«, fragte er stattdessen.

Sarantakos drehte sich zu ihm um. »Ich denke, dass ich Professore Servalla motivieren konnte, sich das Tagebuch noch einmal anzuschauen.«

Danko nickte. »Wir werden sehen, wohin das führt.«

»Sie zweifeln noch immer an der Legende der Göttermaske?«

Danko lächelte humorlos. »Wie Sie richtig sagen: Es ist eine Legende.«

»Sie wissen sicher, dass Legenden immer ein wahrer Kern innewohnt.«

»Solange der wahre Kern Sie glücklich macht und ich bezahlt werde, soll es mir recht sein.«

»Keine Sorge, Mr. Vladic. Sie werden wie vereinbart bezahlt, sobald ich die Maske in den Händen halte.« Der Grieche setzte sich in Bewegung. Bevor er durch die große gläserne Tür im Innern der Yacht verschwand, drehte er sich nochmals zu Danko um. »Bis dahin schlage ich vor, dass Sie sich Gedanken darüber machen, was Sie mit Anic anstellen wollen.«

Luka starrte gedankenverloren auf den Inhalt seines Whiskey-Glases. Mit sanften Bewegungen schwenkte er die goldfarbene Flüssigkeit des 1960er *Macallan* und atmete das feine Aroma des edlen Getränks ein. Er saß auf dem dick gepolsterten *Chesterfield*-Sofa im Arbeitszimmer des Milliardärs Robert Bend.

Nachdem Vincent und er nach zwei Stunden Fahrt mit den Tauchscootern das Festland erreichten, verständigten sie Sir Bend. Der schickte unverzüglich einen Hubschrauber, der die beiden zurück zur Villa nach Venedig brachte. Die Dunkelheit war bereits über der Lagune hereingebrochen, als sie landeten. Eine Dusche später trafen sich die drei Männer in Bends Büro.

»Ich möchte, dass Sie beide sich keine Vorwürfe machen. Sie haben getan, was getan werden musste und alles, was unter den gegebenen Umständen möglich gewesen war.« Bend saß in seinem Bürosessel hinter dem Schreibtisch aus rotbraunem Mahagoniholz und nahm einen Schluck aus seinem Whiskey-Glas.

»Ich wünschte, ich könnte dem beipflichten«, gab Vincent zurück, der vor dem Kamin stand und nachdenklich mit dem Schüreisen im brennenden Holz stocherte.

Es entstand ein Moment der Stille, der nur durch das Knistern des Feuers umrahmt wurde.

»Ich werde auf mein Zimmer gehen«, unterbrach Luka das Schweigen. »Ich hoffe, Sie sind mir nicht böse, wenn ich das Abendessen ausfallen lasse. Aber ich habe gerade keinen Appetit.«

Bend nickte. »Selbstverständlich. Wir können morgen besprechen, wie wir weiter vorgehen. Schlafen Sie gut.«

Luka kippte den Whiskey mit einem Mal in den Mund und schluckte ihn hinunter. »Schlafen Sie auch gut«, sagte er, während er aufstand. Als er an Vincent vorbei zur Tür ging, nickte er dem Briten wortlos zu. Dieser erwiderte die Geste und wandte sich wieder dem Feuer zu.

In seinem Zimmer schaltete Luka nur die Stehlampe ein und setzte sich an den Sekretär in der Zimmerecke, auf dem ein Telefon stand. Er nahm den Hörer und wählte.

»Benkic«, meldete sich der Oberstaatsanwalt.

»Luka Sefic hier.«

»Luka, na endlich. Ich sitze seit Stunden auf glühenden Kohlen und warte auf eine Nachricht von Ihnen. Was ist mit Frau Anic?« Benkic klang besorgt.

»Ich kann noch keine guten Nachrichten überbringen. Der Befreiungsversuch ging schief«, erklärte Luka. »Vladic konnte mit Senija ... ich meine mit Frau Anic, an Bord der Yacht von Sarantakos entkommen. Das vermute ich zumindest.«

»Sarantakos ... Vassilios Sarantakos? Der griechische Milliardär?« Benkic klang überrascht.

»Genau der. Es besteht momentan der unbestätigte Verdacht, dass Vladic und Sarantakos gemeinsame

Sache machen. Ich vermute, dass Sarantakos Vladic für ...« Luka unterbrach sich kurz, bevor er weiterredete. »... irgendeinen Job angeheuert hat.« Er wollte es vermeiden, das Wort ‚Schatzsuche‘ gegenüber Benkic in den Mund zu nehmen.

»*Und wie passt Frau Anic in die Geschichte?*«

»Wir wollten einen alten Bekannten von Frau Anic besuchen«, antwortete Luka.

»*Diesen Luigi Servalla? Sie hatten mir dessen Adresse in Rijeka geschickt.*«

»Genau«, bestätigte Luka.

»*Die Polizei von Rijeka fand dort diesen Viko.*« Benkic holte kurz aber hörbar Luft, bevor er fortsetzte. »*Über das Thema müssen wir uns noch persönlich unterhalten. Vikos Anwalt hat ein riesiges Theater veranstaltet. Der Haftrichter hat ihn dann auf freien Fuß gesetzt. Erzählte was von Willkür und Polizeigewalt.*«

»Viko ist nicht wichtig. Er ist nur ein Handlanger und es würde mich wundern, wenn Vladic ihn nicht längst fallengelassen hat.«

»*Das sieht der Innenminister anscheinend etwas anders. Ihm war die Sache wichtig genug, dass ich keine fünf Minuten nach der Freilassung von Viko einen Anruf bekam.*«

Luka sagte darauf nichts. Er wusste, dass im Augenblick jede Diskussion mit seinem Vorgesetzten keinen Erfolg bringen würde.

»*Letztendlich egal. Erzählen Sie mir lieber, was Sie jetzt gedenken zu tun*«, fuhr Benkic fort.

»Im Moment habe ich noch keinen konkreten Plan. Ich bin wieder in der Villa von Sir Bend. Ich werde hier übernachten und morgen gehe ich die Sache erneut an.«

»*Bei dem britischen Milliardär? Luka, wo treiben Sie sich eigentlich herum? Ich schicke Sie los, einen Mafiaboss zu schnappen, und Sie trinken Tee mit Milliardären auf deren Yachten.*« Luka konnte keinen Humor in der Stimme von Benkic erkennen. »*Ich denke, es ist besser, wenn ich Sie von dem Fall abziehe.*«

Luka richtete sich auf. »Das meinen Sie nicht ernst?!«, fragte er schockiert. »Ich kann doch jetzt nicht einfach abhauen. Frau Anic wird noch immer vermisst.« Er hielt kurz inne. »Außerdem ist das die einzige Spur, die wir im Moment zu Vladic haben.«

»*Wir haben überhaupt nichts*«, korrigierte Benkic.

Luka schnaubte, aber schwieg.

»*Sie wissen weder, wo Vladic noch Anic jetzt gerade sind. Ganz zu schweigen von diesem Professor. Dass Sarantakos mit Vladic unter einer Decke steckt, ist momentan auch nicht mehr als eine Vermutung. Stattdessen höre ich etwas von Milliardären, geheimen Büchern und versunkenen Schätzen.*«

»Ich verstehe, dass Sie aufgebracht sind. Und ich weiß, wie sich das für Sie anhören muss. Ich war ja anfangs selbst skeptisch. Aber es fügt sich langsam alles zu einem Bild zusammen.« Luka legte alles, was er an Überzeugungskraft aufbringen konnte, in seine nächsten beiden Sätze. »Lassen Sie mich weitermachen. Das bin ich Frau Anic, mir und auch Ihnen schuldig.«

Benkic atmete hörbar aus. »*Na gut, Sie sturer Bock. Tun Sie, was Sie nicht lassen können. Aber ich*

will laufend informiert werden. Ist das klar?« Den
letzten Satz betonte Benkic mit besonderer Strenge.

»Selbstverständlich!«, bestätigte Luka knapp.
»Gute Nacht, Herr Oberstaatsanwalt.«

Benkic beendete das Telefonat, ohne ein weiteres
Wort.

Luka starrte einen Moment auf den Telefonhörer
und legte dann ebenfalls auf.

KAPITEL 16

Marco Polo versuchte, die Augen zu öffnen. Sie waren verklebt von Schmutz und Tränen. Er blinzelte und rieb mit den Fingern den Dreck aus seinem Gesicht, bis er die Augen öffnen konnte.

Polo lag auf dem Rücken und ein schwaches Licht umgab ihn. Er legte den Kopf zur Seite. Sofort stieg Schwindel in ihm auf und er ließ ihn zurückrollen. Stöhnend schloss er wieder die Augen. Sein Mund war trocken, aber er schmeckte den metallischen Geschmack von Blut. Mit der Zunge leckte er seine Lippen und spürte, dass seine Oberlippe aufgeplatzt war. Die Wunde war bereits krustig, aber pochte heftig. *Ich lebe also noch*, stellte er fest, ohne zu wissen, ob er das in diesem Moment gut oder schlecht finden sollte.

Unvermittelt fiel ihm auf, dass er vergleichsweise weich auf dem Rücken lag. Er öffnete erneut die Augen und versuchte, nochmals den Kopf zu drehen. Diesmal etwas langsamer. Er sah, dass er auf einem Bett in einer Kammer lag. Die Läden waren verschlossen. Auf einem Hocker neben dem Bett brannte eine Kerze, die auf einer Schale stand. Das Flackern der Flamme warf hektische Schatten auf die Wände. Polo merkte, dass er nicht auf die Schatten schauen durfte, wenn ihn nicht wieder der Schwindel überkommen sollte. Er wandte seinen Blick ab und versuchte, sich aufzurichten. Ein stechender Schmerz bohrte sich in seine rechte Seite. Er stöhnte laut auf, schaffte er es aber, sich vollends aufrichten. Schwer atmend saß er auf der Bettkante und wartete, dass der Schmerz ein wenig nachließ. Schweiß bildete sich auf seiner Stirn.

Plötzlich hörte er Schritte vor der Tür, die näher kamen. Er versuchte aufzustehen, aber er war zu schwach. Noch bevor er richtig darüber nachdenken konnte, schwang die Tür auf.

»Oh, Ihr seid wach«, stellte eine weibliche Stimme fest. Polo sah auf und schaute in das Gesicht einer Frau. Sie war jung – kaum dem Mädchenalter entwachsen. Sie hatte dunkle Haare, die sie hinter dem Kopf zusammengebunden hatte. Ihre Augen strahlten hell und freundlich, als sie Polo ansah. Sie war gekleidet wie eine Magd und ihr Überrock war am Saum stark verschmutzt, was auf eine Arbeit im Freien hindeutete. Sie trug ein Tablett, das sie auf dem Hocker neben die Kerze abstellte.

»Wo bin ich?«, fragte Polo müde.

»Ihr solltet Euch noch schonen. Legt Euch wieder hin. Ihr seid in Sicherheit«, antwortete die junge Frau. Sie trat an das Bett und drückte ihn sanft nach hinten. Gleichzeitig zog sie das Kissen zurecht, damit er aufrechter liegen konnte. »Ich habe Euch etwas zu Essen und Trinken mitgebracht«, fuhr sie fort. Sie setzte sich auf die Bettkante, nahm einen Becher von dem Tablett und hielt ihn an Polos Mund.

Er zögerte erst, nahm dann aber einen vorsichtigen Schluck. Es war frisches Wasser und schmeckte wunderbar. Gierig trank er mehrere Schlucke.

»Nicht so hastig, es ist genug da«, beruhigte ihn die junge Frau mit sanfter Stimme.

Nachdem er den Becher ausgetrunken hatte, stellte sie ihn zurück auf das Tablett und nahm einen Teller zur Hand. Darauf lagen ein kleines Stück Fleisch und zwei Scheiben Brot. Sie hielt ihn Polo lächelnd hin.

Er nahm eine der Brotscheiben, brach sie und steckte eine Hälfte in den Mund. Es schmeckte wie das delikateste Festmahl seines Lebens. Er zog der Frau den Teller aus der Hand und begann zu essen. Hastig biss er ein Stück Fleisch ab und stopfte sich die angebissene Brotscheibe in den Mund. Kauend schaute er zu ihr auf. Sie lächelte sanft und schien sich zu freuen, dass es ihm schmeckte. Er schluckte die Speisen runter. »Danke«, sagte er leise. »Ich danke Euch.«

Das Lächeln der Frau wurde noch breiter. »Ihr braucht Euch nicht zu bedanken. Wenn Ihr möchtet, hole ich Euch noch etwas.« Sie stand hastig auf.

»Nein, bitte«, hielt Marco sie auf. »Bleibt noch einen Moment bei mir.«

Sie nickte und setzte sich wieder auf die Bettkante.

Marco steckte sich den letzten Bissen Brot in den Mund und stellte den Teller zurück auf das Tablett. »Ihr habt vorhin meine Frage nicht gänzlich beantwortet. Wo bin ich hier? Und wer seid Ihr?«

»Ich heiße Alica. Mein Vater hat Euch gefunden. Wir sind Bauern und Ihr seid hier auf unserem Hof.«

Marco nickte, als die Tür erneut aufging. Ein stämmiger Mann mit Vollbart trat herein.

»Aha, der edle Herr hat ausgeschlafen«, stellte er mit tiefer, aber freundlicher Stimme fest. »Wir dachten schon, Ihr schafft es vielleicht nicht«, fügte er ernst hinzu. »Ihr habt Euch bei Eurem Sturz am Kopf verletzt.«

Wie auf Stichwort spürte Marco wieder das Pochen in seinem Schädel. Er bemühte sich, sich daran zu erinnern, was geschehen war. Aber er wusste nur noch, wie er in die Dunkelheit gerannt war, weil jemand hinter ihm her war. An einen Sturz erinnerte er sich nicht. »Wart Ihr es, der mich verfolgt hat?«

Der Mann lachte herzlich. »Wenn Ihr es so nennen wollt. Ich war gestern mit den Ziegen auf einer Wiese oben auf dem Kamm. Das war gegen Nachmittag. Unten zur Küste hin habe ich Euch gesehen, wie Ihr zwischen den Felsen umhergeirrt seid. Ich habe die Ziegen zurück zum Hof getrieben und bin zu Euch. Es war schon dunkel, als ich Euch gefunden hatte. Warum, um Gottes Willen, habt Ihr kein Feuer gemacht?« Er schüttelte vorwurfsvoll den Kopf. »Na ja, wie auch immer«, fuhr er fort. »Als ich an Eurem Lager ankam, seid Ihr davongerannt, als hätte Euch der Leibhaftige verfolgt. Ich bin Euch nachgelaufen, aber meine Knochen sind nicht mehr die jüngsten.« Der Mann klopfte sich demonstrativ auf die Schenkel. »An einem Abhang seid Ihr gestürzt und habt Euch den Kopf gestoßen. Als ich es nicht geschafft habe, Euch zu wecken, habe ich Euch hierher geschleppt. Ihr seid nicht gerade ein Federgewicht, kann ich Euch sagen.« Der Mann grinste.

»Ich verdanke Euch mein Leben. Ich stehe in Eurer Schuld.«

Der Mann winkte ab. »So macht man das in den Bergen. Wir helfen uns hier. Hauptsache, Ihr seid am Leben und werdet wieder gesund.«

Plötzlich schoss eine Erinnerung in Marco hoch. Er sah sich hektisch in der Kammer um. »Wo ist meine Truhe?«, fragte er aufgeregt.

»Macht Euch keine Sorgen«, sagte Alica sanft und legte ihm eine Hand auf die Schulter. »Mein Vater hat sie gleich heute Morgen geholt.« Sie beugte sich runter und zog etwas unter dem Bett hervor.

Marco sah nach unten und erkannte seine Truhe. Sie war noch immer in das Laken eingewickelt. Er spürte einen Kloß im Hals. So viel Freundlichkeit hatte er lange nicht mehr erlebt. Das waren gutmütige und ehrliche Menschen.

»Sagt Ihr mir, was in der Truhe ist?«, fragte Alica mit jugendlicher Neugier.

»Alica, sei nicht unhöflich«, wies ihr Vater sie zurecht.

Ihr Lächeln verschwand. »Entschuldigt bitte, ich wollte nicht unhöflich sein.«

»Ihr wart nicht unhöflich«, beruhigte Marco die junge Frau und bedachte ihren Vater mit einem beschwichtigenden Blick. »Ich war mit einem Schiff unterwegs. Wir sind in Seenot geraten. Das Schiff sank. Ich habe nur mich und die Truhe retten können. Das ist alles, was mir geblieben ist.«

»Das klingt ja schrecklich«, sagte Alica. »Aber Hauptsache, Ihr habt überlebt.«

Marco nickte.

»War es ein großes Schiff?«, fragte Alica mit ehrlicher Neugier weiter.

»Nun ja, es war eine Galeere. Schon etwas größer, würde ich meinen.«

»Und Ihr habt als Einziger überlebt?«, hakte Alica nach.

Marco sah sie an. In ihrem Gesicht war kein Vorwurf zu erkennen, nur echtes Interesse. Anders bei ihrem Vater. Er schaute ebenfalls neugierig. Aber sein Blick war begleitet von einer skeptischen Vorsicht.

»Ja, leider. Es war ein schwerer Sturm und wir wurden überrascht. Ich habe es auch nur knapp überlebt.«

Alica hielt sich erschrocken eine Hand vor den Mund.

»Solch starke Stürme, die sogar eine Galeere zum Sinken bringen, sind selten an unserer Küste«, stellte Alicas Vater vorsichtig fest. »Besonders zu dieser Jahreszeit«, ergänzte er.

»Jetzt werdet *Ihr* unhöflich, Vater«, ermahnte ihn Alica.

Ihr Vater dachte einen Moment nach. Dann erhellte sich sein Gesicht wieder. »Du hast recht«, sagte er. »Verzeiht mir«, bat er Marco.

»Ich bitte Euch«, antwortete Marco und hob beschwichtigend die Hände. »Es gibt nichts zu entschuldigen. Ich verstehe Eure Skepsis. Aber es war, wie ich sagte.«

Der Vater neigte dankbar den Kopf. »Nun denn. Ich habe noch einiges an Arbeit, bevor ich mich schlafen lege. Wir können uns morgen weiter unterhalten. Alica, lass den Mann noch ein wenig ruhen.«

Sie nickte ihrem Vater zu. »Ruht Euch aus und schlaft gut«, sagte sie zu Marco. Dann stand sie auf und verließ die Kammer.

Ihr Vater warf Marco einen letzten Blick zu und schloss dann die Tür hinter sich.

Marco schlief schlecht. Seine Kopfschmerzen machten ihm zu schaffen. Er hatte Albträume und wachte immer wieder auf. Als der Hahn draußen krähte, war er froh, dass sich der Morgen näherte. Er richtete sich auf und schwang die Beine aus dem Bett. Das Pochen im Schädel und der Schwindel waren sofort wieder da, aber nicht mehr so intensiv wie an dem Abend zuvor. Er blieb einen Moment sitzen und atmete mehrmals tief ein und aus. Das Pochen und der Schwindel wurden weniger. Er stand auf und schlurfte mit schweren Schritten zum Fenster. Er klappte den Riegel zur Seite und warf die Fensterläden auf. Frische Morgenluft strömte herein. Die Sonne war noch nicht aufgegangen, aber es dämmerte bereits. Grau lag die Landschaft vor ihm. Nur die hellen Steine, von denen es hier unendlich viele zu geben schien, zeichneten sich wie graue Flecken von der Umgebung ab. Marco hörte das leise Läuten der Ziegenglocken – die Tiere konnten nicht weit entfernt sein.

Die frische Luft tat Marco gut. Er spürte, wie es ihm langsam besser ging. Der Schwindel war fast verschwunden und der Kopfschmerz erträglich geworden. Er wandte sich vom Fenster ab, ließ die Läden aber geöffnet. Er ging zurück zum Bett und setzte sich. Mit geschlossenen Augen rieb er sich den Nacken. Als er die Augen wieder öffnete, fiel Marcos Blick auf die Truhe neben dem Bett. Er zog sie heran. Das Leinentuch sah schon ziemlich mitgenommen aus. Es war fleckig und an vielen Stellen zerrissen. Er streifte das Laken ab. Die Truhe schien auf den ersten Blick unbeschädigt und das Schloss war unversehrt.

Marco schaute zur Tür und lauschte. Nachdem er eine Weile nichts hörte, nahm er die Kette um seinen Hals ab. An ihr baumelte der Schlüssel für das Schloss. Er beugte sich hinunter und sperrte es auf. Danach lauschte er nochmals kurz, ob draußen jemand umherschlich. Alica und ihr Vater mochten gute Menschen sein, aber was wusste er wirklich von ihnen? Etwas Vorsicht konnte nicht schaden.

Behutsam öffnete er den Truhendeckel. Marcos Gesicht strahlte – auf einem Bett aus Schmuck und hunderten glitzernden Edelsteinen in allen Farben ruhte die Göttermaske. Wie ein goldfarbenes Gesicht ohne Augen starrte die Maske ihn an. Marcos Herz pochte wieder schneller. Er nahm die Maske in beide Hände und strich sanft mit den Daumen über die Oberfläche. *So wunderbar und unfassbar schön.*

Die Stimme von Alica drang plötzlich durch das geöffnete Fenster. Sie rief etwas, das er nicht genau verstehen konnte. Aber offenbar war sie nicht sehr weit entfernt. Hastig legte er die Maske zurück in die Truhe, schloss den Deckel und hängte das Schloss vor. Gerade als er die Truhe unter das Bett schob, klopfte es an der Tür.

»Ja«, rief er.

Die Tür ging auf und Alica kam herein. »Oh, Ihr seid schon auf. Hat Euch der Hahn geweckt?«, fragte sie verschmitzt.

»So war es«, antwortete Marco mit einem Lächeln. »Aber das ist in Ordnung. Ich habe genug geschlafen.«

»Ich habe ein Frühstück für Euch zubereitet. Nichts Besonderes. Ein wenig Brot, Käse und Eier.« Alica sah ihn erwartungsvoll an.

»Das klingt verlockend«, antwortete Marco. Er hatte wirklich großen Hunger.

Alica freute sich. »Dann kommt«, forderte sie ihn auf, ihm zu folgen, und machte dabei eine einladende Geste.

»Einen Moment noch«, hielt er die junge Frau auf.

Überrascht blieb sie stehen und schaute ihn neugierig an. »Ja?!«

»Wäre es vielleicht möglich, dass Ihr mir etwas Garn und eine Nähnadel besorgen könnt?«

Alica schien ein wenig enttäuscht über den banalen Wunsch zu sein. »Natürlich«, antwortete sie. Dann lächelte sie wieder. »Ich kann Euch aber auch etwas nähen, falls das erforderlich sein sollte«, bot sie eifrig an.

»Danke, das wird nicht nötig sein.«

Sie nickte. Offensichtlich überrascht darüber, dass er das Angebot ausgeschlagen hatte. »Wie Ihr meint. Aber jetzt müsst Ihr erst etwas essen. Dann besorge ich Euch, was Ihr wünscht.«

Das Frühstück schmeckte vorzüglich. Alica hatte Marco einen Korb mit Scheiben frischen Brotes aufgetischt. Dazu gab es einen Würfel Käse, etwas getrocknete Wurst und zwei Eier. Sie saß neben ihm und beobachtete, wie er genüsslich das Frühstück zu sich nahm.

»Wo ist Euer Vater?«, fragte er kauend.

»Er ist immer früh unterwegs. Er treibt die Ziegen vor Sonnenaufgang über den Kamm. Dort gibt es ein paar Wiesen. Zur Küste hin ist alles karg und die Ziegen finden nichts zu fressen.«

Marco nickte. »Das kann ich bestätigen«, sagte er grinsend und biss vom Käse ab.

Alica lachte über seinen Scherz.

»Warum lebt Ihr dann nicht hinter dem Kamm?«, fragte Marco. »Wenn die Tiere dort mehr zu fressen finden.«

Alicas Gesicht verfinsterte sich. »Wir sind dort nicht erwünscht«, sagte sie knapp.

»Wie meint Ihr das?«

Alica stand auf und schnitt noch ein Stück Käse ab, das sie Marco auf den Teller legte. »Das ganze Land gehört einem Grafen. Er erlaubt uns nicht, auf der anderen Seite zu leben. Mein Vater darf die Ziegen zum Grasen über den Kamm treiben, aber dafür müssen wir eine Abgabe zahlen. Die Hälfte unseres Ziegenkäses müssen wir abtreten.«

»Das ist eine Unverschämtheit«, echauffierte sich Marco.

Sie hob beschwichtigend die Hand. »Lasst gut sein.« Sie zwang sich zu einem Lächeln. »So ist das doch im Leben, oder? Es gibt die, die etwas haben … und die anderen, die dafür sorgen, dass es so ist.«

Marco schwieg, aber grübelte noch einige Zeit über Alicas letzten Satz nach.

Nachdem er mit dem Frühstück fertig war, verschwand Alica und kam kurz darauf mit einer Rolle Garn und einer Nadel zurück. Sie fragte ihn erneut, ob sie nicht doch helfen solle. Er lehnte freundlich ab und bedankte sich für das Frühstück. Dann gab er vor, dass er sich noch etwas schwach fühle und sich gern wieder hinlegen würde.

»Ich verstehe. Aber bitte meldet Euch, wenn Ihr etwas braucht«, sagte sie mit besorgter Stimme.

Marco ging in seine Kammer und schloss die Tür hinter sich. Er hob die Truhe vom Boden und stellte sie auf den Hocker. Dann zog er seinen Mantel aus und breitete ihn auf dem Bett aus. Das Garn und die Nähnadel legte er daneben. Er setzte sich auf die Bettkante, zog den Hocker heran und öffnete die Truhe. Die Göttermaske lag obenauf. Marco nahm sie heraus und legte sie vorsichtig – fast ehrfurchtsvoll – beiseite. Dann beugte er sich über die Truhe und begann zu wühlen. Er suchte besonders schöne und große Edelsteine und bereits nach kurzer Zeit hatte er beide Hände voll. Er häufte sie neben sich auf und zog seinen Mantel auf den Schoß. Erst glättete Marco den Stoff ein wenig mit der Hand, dann legte er den Saum etwa zwei Finger breit um. Er griff nach der Nadel und fädelte das Garn ein. Danach nähte er den umgelegten Saum rundherum fest. Die Enden ließ er offen. Nachdem er fertig war, hielt Marco den Mantel vor sich und begutachtete sein Werk. Er war zufrieden mit dem Ergebnis.

Er legte das Kleidungsstück wieder auf seinen Schoß und begann, die ausgesuchten Edelsteine in den umgelegten Saum zu schieben. Einer nach dem anderen verschwand in dem Stoff. Nachdem er alle Steine eingeschoben hatte, war noch immer Platz und er suchte weitere aus der Truhe heraus. Auch diese schob Marco hinein, bis der komplette Saum gefüllt war.

Sorgfältig vernähte er die Enden, damit die Edelsteine nicht herausfallen konnten. Er stand auf, zog den Mantel an und schaute an sich herunter. Dabei bewegte er sich und tastete den Stoff ab.

Das wird gehen, stellte er zufrieden fest. Von außen fielen die versteckten Edelsteine nicht auf.

Jemand klopfte an der Tür. Hastig schloss Marco die Truhe und schob sie zur Seite. »Tretet ein!«, rief er.

Die Tür öffnete sich und Alica kam herein. »Oh, Ihr seid auf?!«, sagte sie überrascht.

Marco lächelte verschmitzt. »Ja, ich konnte doch nicht mehr schlafen.«

Alicas Blick fiel auf die Rolle Garn und die Nähnadel. »Seid Ihr zurechtgekommen oder soll ich Euch doch behilflich sein?«, fragte sie.

Marco winkte ab und schüttelte mit dem Kopf. »Nur ein loser Knopf. Nichts Besonderes. Ich habe mich schon darum gekümmert.«

Alica nickte stumm. Ihr Blick wanderte weiter zur Truhe. »Ich möchte wirklich nicht neugierig sein«, sagte sie vorsichtig. »Aber was schleppt Ihr in dieser Kiste mit Euch? Mein Vater meinte, sie sei ziemlich schwer.« Erwartungsvoll und mit glänzenden Augen schaute sie Marco an.

Er zögerte. Ein Teil in ihm wollte ihr alles erzählen. Die ganze Geschichte. Wollte ihr die Edelsteine zeigen und die Göttermaske. Ein anderer Teil warnte ihn, dass er niemandem trauen konnte. Auch nicht Alica oder ihrem Vater.

Sie schien sein Zögern zu bemerken. »Verzeiht mir! Ich wollte Euch nicht bedrängen.« Ihr Blick deutete von Unbehagen. »Ich lasse Euch besser wieder alleine.« Sie wandte sich ab und schickte sich an zu gehen.

»Wartet«, sagte Marco. Er hatte sich entschieden.

Sie drehte sich um und sah in fragend an.

»Vielleicht erzähle ich Euch, was in der Truhe ist. Aber Ihr müsst mir versprechen, dass Ihr mit keinem Menschen darüber reden werdet. Auch nicht mit Eurem Vater. Habe ich Euer Wort?«

Alica nickte hastig.

»Setzt Euch zu mir.«

Sie tat, wie er es verlangte.

Marco zog die Truhe heran. »Zu keinem Menschen ein Wort«, wiederholte er eindringlich.

Alica nickte stumm. Die Aufregung war ihr ins Gesicht geschrieben.

Marco hob den Deckel. Nachdem er ihn vollständig geöffnet hatte, schaute er Alica an. Die hielt sich eine Hand erschrocken vor den Mund, aber sagte nichts. Es dauerte einen Moment, bis sie die Fassung wiederfand.

»Das ist unglaublich. So viel Reichtum. Seid Ihr ein Adeliger? Ihr müsst mindestens ein Graf oder ein Herzog sein. Oder sogar ein König?! Seid Ihr ein König?« Alica plapperte aufgeregt drauf los.

»Nein, nein«, versuchte Marco sie zu beruhigen. »Ich bin nur ein Handelsreisender. Ich war auf Reisen in Asien und habe dort mit allerlei Waren gehandelt. Jetzt war ich auf dem Heimweg, als mein Schiff unterging.«

»Wo ist dieses Land *Asien*?«, fragte Alica.

Marco musste schmunzeln. »Asien ist kein Land. Es ist ein Kontinent. Zu Asien gehören viele Länder.«

Alica nickte, aber er war sich nicht sicher, ob sie mit der Erklärung etwas anfangen konnte. Er sah sie an und dachte nach. Niemals hatte er einen ehrlicheren und gutmütigeren Menschen gesehen. Da war er sich sicher. Sie und ihr Vater haben ihm das Leben gerettet. Ihm Nahrung und Obdach gewährt. Und das, obwohl sie selbst nicht viel hatten.

»Öffnet Eure Hände«, bat er die junge Frau.

Sie zögerte kurz, aber hielt dann ihre Hände, als wolle sie aus einem Bach trinken.

Marco griff wahllos in die Truhe und hob eine Handvoll Edelsteine heraus. Er ließ sie in Alicas geöffnete Hände fallen.

Sie sah ihn fragend an.

»Das ist für Euch«, sagte er mit einem Lächeln. »Ich verdanke Euch mein Leben. Euch und Eurem Vater. Nehmt das als Zeichen meiner Dankbarkeit.«

Marco sah, wie Alicas Augen glasig wurden.

»Das«, ihre Stimme klang heiser, »kann ich nicht annehmen.«

»Bitte, ich *möchte* Euch das geben. Ab heute soll Euer Leben ein besseres sein.«

Alica ließ ihre Hände in den Schoß sinken und begann zu weinen. Sie benötigte einen Moment, bis sie sagte: »Ich weiß nicht, wie ich Euch danken soll.«

Sanft legte er ihr die Hand auf die Schulter. »Ihr braucht mir nicht zu danken. Ich war es, der in Eurer Schuld stand.«

Sie sah ihn mit tränenüberlaufenen Wangen an und lächelte.

Marco schloss die Truhe, hängte das Schloss ein und schob sie an den alten Platz zurück. »Wisst Ihr, ich würde …«

Die Geräusche wiehernder Pferde unterbrachen ihn. Marco sah Alica an. »Ich habe gar keine Pferde auf Eurem Hof gesehen«, bemerkte er.

»Das sind die Soldaten des Grafen.« Alica schaute ihn erschrocken an. »Normalerweise kommen sie nach jedem zweiten Vollmond und holen den Ziegenkäse ab. Aber das ist erst in ein paar Tagen.«

»Versteckt die Steine, schnell!«, wies er sie an.

Alica nickte und sprang auf. Sie eilte in die Küchenstube und sah sich hektisch um. Dann kniete sie neben die Feuerstelle und ließ die Edelsteine auf die Asche fallen. Sie vermengte beides miteinander, bis die bunten Edelsteine nicht mehr zu sehen waren.

In dem Augenblick, in dem sie aufstand, wurde die Tür aufgestoßen. Ein großgewachsener stämmiger Mann stand darin. Er hatte dunkle lockige Haare und einen dichten Vollbart. Sein Alter war für Marco schwer zu schätzen, aber er mochte etwa in der Mitte seines Lebens stehen. Bekleidet war er mit einem silberfarbenen Brustpanzer, den er über ein schwarzes Hemd gelegt hatte. Die Oberschenkel seiner Lederhosen waren mit Platten des gleichen Materials wie der Brustpanzer bedeckt. Seine rechte Hand ruhte auf dem Griff eines Schwertes, das er in einer Scheide an seinem Gürtel mitführte. Er musste den Kopf senken, als er durch die Tür eintrat. Ihm folgte ein weiterer Mann. Er war kleiner und trug die einfache Lederrüstung und den blechernen Helm eines niederen Soldaten.

Instinktiv legte Marco schützend den Arm um Alica und schob sie hinter sich. Nachdem der Mann eingetreten war, richtete er sich wieder auf. Er überragte Marco um wenigstens eine Kopflänge. Marco schaute auf und musste schlucken.

Der Mann sah sich im Raum um, bis sein Blick schließlich auf Alica hängen blieb. »Wen haben wir denn da?«, fragte er mit tiefer Stimme, die Marco an das Brummen eines Bären erinnerte. »Das Ziegenmädchen!« Sein Tonfall war herablassend, fast schon angewidert. Er legte den Kopf zur Seite und ließ seinen Blick zu Marco wandern. »Aber *dich* kenne ich noch nicht.« Er musterte Marco eindringlich.

Marco zog die Schultern zurück und nahm Haltung an. »Mein Name ist Marco Polo. Händler, Weltreisender und Abgesandter des Vatikans. Ich bin im Auftrag des Papstes unterwegs«, verkündete er steif.

Der Mann schaute Marco einen Moment stumm an, bevor er lauthals lachte. Erst alleine, dann schloss sich der Soldat an.

Marco sah zu Alica, die mit ernster Miene fast unmerklich den Kopf schüttelte.

»Es ist mir eine Ehre, Euer Gnaden!«, prustete der Mann hervor und machte eine übertrieben tiefe Verbeugung, in der er verharrte. »Sir Goran, stets zu Euren Diensten.«

»Ich wüsste nicht, wie ich zu Eurer Belustigung beigetragen haben könnte. Aber ich finde Euer Verhalten über die Maßen unangemessen«, beschwerte sich Marco und griff sich demonstrativ mit beiden Händen an das Revers seines Mantels.

Der Mann richtete sich wieder auf. Sein Lachen war einem bösen und aggressiven Gesichtsausdruck gewichen. Ohne jede Vorwarnung schoss seine Hand hervor und schlug mit einer schallenden Ohrfeige in Marcos Gesicht.

»Wie unangemessen fandest du *das*?«, fragte Goran und spuckte dabei auf den Boden. Nachdem er keine Antwort bekam, lachte er von Neuem.

Marco hatte Mühe bei Bewusstsein zu bleiben. Sein Blick war getrübt und er meinte, Sterne in der Luft tanzen zu sehen. Sein Kopf bewegte sich unkontrolliert hin und her. Gedämpft nahm er wahr, wie Alica schrie.

»Nein, hört auf«, rief das Mädchen. »Er ist unser Gast und hat Euch nichts getan.«

Marco hörte wieder eine schallende Ohrfeige. Doch diesmal war sie für Alica bestimmt. Noch immer benommen, sah er, wie das Mädchen fiel und bewusstlos auf dem Boden liegen blieb.

»Halt dein Maul und schweig«, schrie Goran, obwohl ihn Alica nicht mehr hörte. Dann ging er stampfend auf Marco zu, packte ihn an der Schulter und setzte ihn grob auf einen Stuhl. »So mein Freund. Jetzt unterhalten wir uns in Ruhe. Wer bist du und was willst du hier?«

Marcos Benommenheit ließ im Sitzen deutlich nach und er konnte langsam wieder scharf sehen. Aber sein Kopf dröhnte noch immer vor Schmerz. Seine Ohren rauschten und er schwitzte vor Wut und Angst. »Das sagte ich doch bereits. Mein Name ist Marco Polo.« Er zuckte zusammen, als Goran sich einen zweiten Stuhl heranzog und sich darauf setzte.

Die Stuhlbeine ächzten unter dem Gewicht des Riesen.

»Marco Polo. Du kommst nicht aus dieser Gegend, oder?! Venedig?«

Marco nickte stumm und tastete vorsichtig seine linke Gesichtshälfte ab, wo ihn der Schlag des Hünen traf.

»Ich frage dich erneut: Was willst du hier?«

Marco war wegen der Schmerzen nach wie vor nicht zu ausgereiften Gedankengängen fähig. Aber er wusste, dass der Verlauf dieses Gesprächs über sein Leben entscheiden würde. »Ich war auf einem Schiff nach Venedig unterwegs. Es ist vor der Küste in einem Sturm gesunken.«

»Lüge!«, schrie Goran und hob drohend die Hand. »Es gab seit Wochen nicht einen Tropfen Regen, geschweige denn einen Sturm. Du bist ein venezianischer Spion!«

Marco zuckte zusammen und nahm schützend die Hände vor das Gesicht. »Ich sage die Wahrheit«, beteuerte er.

Goran ließ die Hand sinken. »Na gut, wie du meinst.« Er drehte sich zu dem Soldaten. »Durchsuche alles«, befahl er. »Es würde mich wundern, wenn wir keine Beweise finden.«

Der Soldat nickte und machte sich sofort daran, Kommoden und Schränke aufzureißen. Dabei warf er alle Gegenstände achtlos auf den Boden. Geschirr zerbrach und knirschte unter seinen Stiefeln.

Marco schaute dabei zu und ließ dann den Blick auf Alica gleiten, die bewusstlos auf den Boden lag. Er schüttelte angewidert den Kopf.

»Stört dich etwas?«, fragte ihn Goran herausfordernd, als er Marcos Reaktion sah.

Marco sah den Hünen an und erstmals, seit dessen Ankunft, war er nicht mehr ängstlich. »Ihr seid ein Schwein, Goran. Oder zumindest trieb es Eure Mutter mit dergleichen.« Er schloss die Augen und wartete, dass Goran ihm die Kehle für diese Beleidigung aufschlitzte. Aber genau in diesem Moment hörte er die Stimme eines anderen Mannes.

»Herr, ich habe etwas gefunden.«

Marco öffnete die Augen und sah den Soldaten in der Tür zu seinem Schlafgemach stehen. In den Händen trug er Marcos Truhe.

Goran stand auf und trat zu dem Soldaten. Er nahm ihm die Truhe ab und stellte sie auf den Tisch in der Mitte der Stube. »Gehört das dir?«, fragte er und deutet dabei auf die Truhe. Als Marco nicht antwortete, packte ihn Goran an den Haaren und zog ihm seinen Kopf zurück. »Ich fragte, ob die Truhe dir gehört«, zischte er spuckend.

Marco schwieg und starrte stur vor sich ins Leere.

Goran fragte nicht noch mal. Er ließ Marcos Schopf los und zog sein Schwert. *Das war also mein Ende.* Marco spürte, wie ihm heiß wurde. Er beobachtete aus dem Augenwinkel, wie Goran die Waffe mehrmals in der Luft kreisen ließ. Einmal kam die Klinge dabei so nah an Marcos Gesicht, dass er den Windzug spürte. Er vermochte nicht mit Bestimmtheit zu sagen, ob das Absicht oder ein Versehen war. Aber er betete, dass ihm die Klinge nicht noch näher kam.

Dann ließ Goran unvermittelt den Schwertgriff wie einen Hammer auf das kleine Vorhängeschloss sausen.

Mit einem metallischen Knacken gab das Schloss nach. Er steckte das Schwert zurück in die Scheide und griff mit beiden Händen den Deckel der Truhe. Vorsichtig hob er ihn an. »Heilige Mutter …« Goran unterbrach sich, als er ihn komplett aufklappte.

Marco beobachtete, wie Goran und dessen Begleiter mit offenen Mündern vor der Truhe standen, unfähig zu einer Reaktion. Er riskierte einen kurzen Blick zu Alica, die nach wie vor bewusstlos auf dem Boden lag. Dann wandte er sich wieder zu Goran und registrierte, dass der mit beiden Händen zur Truhe griff. *Nein, nicht die Maske. Nicht die Maske anfassen!* Marcos Gedanken schrien förmlich in seinem Kopf.

Und als hätte der Riese die stummen Schreie gehört, hielt Goran kurz inne. Die Hände über den Schatz haltend, schien er abzuwägen, ob er den Inhalt berühren durfte. Dann griff er unvermittelt an der Maske vorbei nach dem Truhendeckel und schloss ihn. »Die nehmen wir mit«, sagte er knapp, während er sich von der Truhe abwandte.

Bevor Marco protestieren konnte, antwortete der Soldat: »Sehr wohl, Herr. Und was ist mit den beiden?«

Goran schaute auf Marco und Alica herab. »Ihn nehmen wir auch mit. Der Graf wird ihn sicher sehen wollen.« Er stupste die am Boden liegende Alica mit dem Fuß an. »Das Ziegenmädchen brauchen wir nicht.«

Der Soldat nickte, zog ein dünnes, etwa zwei Ellen langes Seil aus dem Ärmel und trat vor Marco. Grob schlang er es um Marcos Handgelenke, fesselte ihn vor dem Bauch und riss ihn unsanft in die Höhe.

»Das werdet Ihr noch bereuen«, presste Marco hervor, bevor ihn der Soldat durch die Tür nach draußen stieß.

»Das glaube ich nicht«, entgegnete Goran, der gerade auf sein Pferd gestiegen war.

Der Soldat zog ein zweites Seil aus der Satteltasche und band das eine Ende um Marcos gefesselte Hände. Das andere Ende reichte er seinem Herrn.

»Das ist das Land des Grafen«, fuhr Goran fort. Er wickelte das Seil um den Sattelknauf. »*Dessen* Wort ist Gesetz und *ich* wache über die Gesetze.« Mit einem Kopfnicken gab er dem Soldaten ein Zeichen. »Und von Zeit zu Zeit muss ich auch Strafen verhängen und vollstrecken.«

Marco sah, wie der Soldat zuerst die Truhe heranschleppte und sie auf seinem Sattel festband. Als er mit dem Ergebnis zufrieden war, nahm er eine Fackel aus der Satteltasche, die er auf den Boden legte und flink mit zwei Feuersteinen in Brand setzte.

»Was habt Ihr vor?«, rief Marco, den eine dunkle Vorahnung erfüllte.

Der Soldat hob die brennende Fackel auf und schleuderte sie in hohem Bogen auf das Dach der Wohnhütte.

»Nein!«, schrie Marco. »Seid Ihr wahnsinnig? Das Mädchen ist noch in der Hütte.«

Unbeeindruckt von der Äußerung stieg der Soldat auf sein Pferd und nahm die Zügel auf. Das Feuer breitete sich rasend schnell aus und hatte zu diesem Zeitpunkt das Dach fast zur Gänze verschlungen.

Marcos Magen zog sich zu einem einzigen Knoten zusammen. Das Gefühl der Wut und des Schreckens machte ihn unfähig zu schreien. Mit aufgerissenen Augen sah er, wie der erste Dachbalken brennend und krachend in das Gebäudeinnere fiel. Die Funken stieben empor und erfüllten die Luft wie kleine glühende Sterne.

»Was tut Ihr?«, schrie jemand panisch hinter ihnen.

Marco brauchte sich nicht umdrehen, um zu wissen, wem die Stimme gehörte. Es war Alicas Vater. Der Mann kam zwischen den Büschen angerannt und hielt sich beide Hände verzweifelt an den Kopf.

»Was habt Ihr getan?«, wiederholte er schluchzend und drehte sich zu Goran. Sein Gesicht war kreidebleich. »Ihr habt mir versprochen, dass meiner Tochter nichts passiert.«

Die Erkenntnis traf Marco wie ein Blitz. Alicas Vater war zu Goran oder gar direkt zum Grafen gegangen und hatte von ihrer Begegnung erzählt. Vermutlich erhoffte er sich eine kleine Belohnung für die Information. Marco ließ den Kopf sinken. *Du verdammter Narr!*

»Pläne ändern sich«, entgegnete Goran kühl, ohne sich die Mühe zu machen, näher darauf einzugehen.

»Ihr habt es versprochen«, schrie der Vater erneut und griff dabei nach Gorans Arm.

Der riss sich abrupt los und versetzte dem Mann einen Schlag mit dem Handrücken ins Gesicht.

Mit einem Aufschrei und die Hände vor das Gesicht nehmend, taumelte Alicas Vater zurück. Als er die Hände wieder herunternahm, war sein Gesicht rot angelaufen und von Tränen übersät. Sein Blick streifte Marcos und blieb hängen. Mit einer Mischung aus Schuldbewusstsein und abgrundtiefer Trauer sah er Marco an, bevor er sich zu dem brennenden Haus umdrehte und auf die Knie sank.

Aus seinem Schluchzen wurde ein wehklagendes Schreien, das Marcos Blut in den Adern gefrieren ließ, bevor ein Ruck an seiner Fessel signalisierte, dass Goran sein Pferd in Bewegung gesetzt hatte.

Marco wusste nicht, wie lange sie unterwegs waren. Es vergingen Stunden, in denen er wie ein Hund an der Leine hinter Gorans Pferd hertrottete. Sein Mund war ausgetrocknet und seine Zunge klebte unangenehm am Gaumen, aber Goran gab ihm weder Wasser, noch gestattete er eine Pause. Nachdem sie den Hof von Alica und deren Vater verlassen hatten, waren sie zuerst über den Kamm auf die andere Seite der Bergkette marschiert. Von dort wanderten sie bergab durch bewaldetes Gebiet, bis sie ein Tal aus weiten Flächen erreichten.

Marcos Gedanken drehten sich um Alica. Er sah das Gesicht der jungen Frau mit diesen großen, neugierigen Augen vor sich. Die Augen, die ihn so herzlich und umsorgend angeschaut hatten. Er dachte daran, wie fröhlich und unbeschwert Alica wirkte, obwohl sie und ihr Vater wahrlich kein einfaches Leben geführt hatten. Und jetzt war dieses Leben vorbei.

Marco schluckte einen Kloß hinunter. Er war gewillt, Alicas Vater zu verfluchen. Weil er zu dem Grafen gelaufen war und ihm von Marco erzählt hatte. Weil er das Leben seiner Tochter für ein paar Silbermünzen – oder noch weniger – geopfert hatte. Marco schloss einen Moment die Augen. Es waren sein Bauch und sein Herz, die ihn so fühlen ließen. Sein Kopf verstand Alicas Vater. Marco war ein Fremder für ihn, dem er nichts schuldete. Um seine Tochter aber musste er sich kümmern. Er redete sich ein, Alicas Vater würde sehr wahrscheinlich nicht einmal wollen, dass Marco Unheil passierte. Er war kein böser Mann. Aber die Armut und vielleicht die Hoffnung auf ein besseres Leben für seine Tochter ließen den Vater unkalkulierbare Risiken eingehen. Marco schüttelte den Kopf, als er sich die Tragik der Geschichte vor Augen führte. Er bemerkte, wie seine eigene Traurigkeit und sein Mitleid für den Vater, die zuvor verspürte Wut hinwegschwemmte. Seine Augen füllten sich mit Tränen.

Die Nachmittagssonne verschwand gerade hinter dem Gebirgskamm, als sie eine Anhöhe erreichten, auf der eine Festung über dem Tal thronte. Während sie aufstiegen, musste Marco den Kopf in den Nacken legen, damit er das Bauwerk in seiner Gänze betrachten konnte. Die Anlage war beeindruckend. Sie erstreckte sich fast auf die gesamte Fläche der Anhöhe und war terrassenartig in den Hügel gebaut. Meterhohe Verteidigungsmauern aus hellgrauem Stein türmten sich wie eine gigantische Treppe auf den einzelnen Ebenen auf. Krähen kreisten um die Anlage und verliehen dem Bauwerk eine düstere Atmosphäre.

Ein plötzlicher Ruck ging durch Marcos Fesseln, der ihn fast zu Fall brachte.

»Höre auf in die Luft zu starren und bewege dich etwas schneller«, fuhr Goran ihn an und zog nochmals an dem Seil.

Marco unterdrückte einen Fluch und beschleunigte seinen Schritt.

Der Pfad schlängelte sich auf einer Serpentine den Hügel hinauf. In den engen Kurven hatten die langbeinigen Pferde sichtlich Mühe, nicht aus dem Gleichgewicht zu geraten. Immer wieder musste Goran sein Pferd mit Zwang zum Weitergehen bewegen. Die Serpentine endete vor einem geschlossenen Burgtor aus massivem Holz.

»Macht das Tor auf«, rief eine Stimme von der Burgmauer in den Innenhof. »Es ist der Hauptmann.«

Kaum hatten sie das Burgtor erreicht, da wurde einer der beiden Flügel geöffnet. Goran ritt, ohne anzuhalten, durch das Tor auf den Burghof. Sofort eilte ein Knappe heran und griff nach dem Zaumzeug von Gorans Pferd. Der Hüne ließ die Zügel fallen und sprang aus dem Sattel.

»Informiert den Grafen, dass wir zurück sind«, befahl er einem zufällig vorbeigehenden Soldaten. Der nickte eifrig und eilte wortlos davon.

Zwei weitere Soldaten hatten sich zwischenzeitlich neben Marco aufgebaut und lösten das Seil, das ihn mit Gorans Pferd verband. Seine Hände ließen sie gefesselt.

»Kerkert ihn ein, bis der Graf ihn sehen will«, wies Goran die beiden Männer an.

»Verstanden!«, bestätigte der Soldat zu Marcos Rechten. Mit einem Stoß setzte er Marco in Bewegung. »Los, bewege dich!«

Die Soldaten brachten Marco über den Hof zu einem Eingang unterhalb des Burgfrieds. Im Innern des Turms führte eine steinerne Treppe in beide Richtungen. Einer der Soldaten ging vor und nahm den Weg nach unten. Mit Marco in ihrer Mitte stiegen sie die Wendeltreppe unzählige Runden abwärts, bis sie auf einen unterirdischen Gang trafen. Nur einzelne Fackeln beleuchteten den Weg spärlich alle paar Meter. Es roch modrig nach kaltem nassen Stein, Schimmel und menschlichen Fäkalien. Der erdige Boden war weich und schmatzte bei jedem ihrer Schritte.

Marco wagte einen Blick um sich. Er stellte fest, dass der unterirdische Gang nicht gegraben wurde. Die ungleichmäßige Oberfläche deutete zweifelsfrei auf eine natürliche Höhle hin, die stellenweise viele Meter in der Höhe und Breite maß.

Auf ihrem Weg durch den Höhlengang kamen sie an vereinzelten Kerkern vorbei. Sie waren dunkel und in den meisten erkannte Marco nichts. Manchmal meinte er, Stimmen zu hören. In einzelnen Verliesen sah er verwahrloste und abgemagerte Gestalten, die hinter den Gittern standen oder saßen. Sie alle schauten nur teilnahmslos zu, wie die Soldaten mit Marco vorbeigingen.

Vor einem Kerker, dessen Gittertür offenstand, blieb der vordere Soldat stehen. Er zog ein Messer und drehte sich zu Marco. Er erschrak und wich einen Schritt zurück. Dabei stieß er an den Soldaten hinter sich, der ihn sofort an den Schultern packte.

»Halt still!«, befahl der Soldat mit dem Messer. Er trat auf Marco zu und durchtrennte mit einem Schnitt seine Fesseln. »Und jetzt, rein da!« Er unterstrich seine Anweisung, indem er Marco am Arm packte und in den Kerker stieß.

Dabei stolperte Marco und stürzte zu Boden. Krachend fiel die Gittertür hinter ihm ins Schloss. Er hörte, wie die Soldaten abschlossen. Bis er sich aufgerappelt und zur Tür gewandt hatte, waren die Männer verschwunden. Er vernahm nur das Schmatzen ihrer Schritte, das sich langsam entfernte und schließlich völlig verklang.

Resigniert und erschöpft ließ sich Marco auf den Boden sinken. Er lehnte sich mit dem Rücken an die Wand und senkte seinen Kopf auf die Brust.

Wann hat mein Leben nur diese unheilvolle Wendung genommen? Er fühlte Verzweiflung und Ratlosigkeit. Seine Gedanken schienen zu kreisen. Er erinnerte sich an die Zeit in Asien. An den Khan, an dessen Hof er lebte. An all die schönen Tage voller Wunder und Entdeckungen. Er dachte an Akai und Tulga, an die Khangai-Mönche ... den Abt des Khangai-Klosters. Marco hob den Kopf, als ihn die Erkenntnis traf. *Die Göttermaske. Mit ihr hat alles angefangen.*

Seit dem Tod des Abtes, durch den er in den Besitz der Göttermaske kam, starben die Menschen in seiner Nähe. Marco fröstelte es bei dem Gedanken. Die Bilder reihten sich in seinem Kopf aneinander. Zuerst sah er Tulga und Akai, dann den Kapitän der Galeere und dessen Mannschaft. Alica. Marco schluckte und ließ den Kopf wieder sinken. *Es ist ein Fluch. Der Fluch der Göttermaske.*

KAPITEL 17

Luka wurde sehr früh wach. Er hatte die halbe Nacht über die Ereignisse nachgedacht und überlegt, wie er jetzt weiter vorgehen sollte. Erst spät nach Mitternacht war er in einen unruhigen Schlaf gefallen.

Er richtete sich auf und streckte sich. Vincent hatte ihm eine lange Pyjamahose geliehen. Ansonsten schlief er mit freiem Oberkörper. Er knetete sich die nackte Schulter und ließ den Kopf kreisen. Sein Nacken knackte. Die letzten Tage waren nicht spurlos an ihm vorübergegangen.

Luka stand auf und trat ans Fenster. Er öffnete es und schwang die Läden auf. Die Sonne war noch nicht aufgegangen. Die Vögel zwitscherten allerdings schon und es sollte nicht mehr allzu lange bis zum Sonnenaufgang dauern. Die Lagune lag ruhig in der Morgendämmerung vor dem Anwesen. Luka saugte die kühle frische Luft ein. Es roch nach Salzwasser, Gartenblumen und Zypressen. Er sah in einiger Entfernung, wie ein einzelnes Fischerboot vom offenen Meer zurück nach Venedig fuhr. Ein Schwarm Möwen begleitete den Trawler und hoffte, an überschüssigen Resten des Fangs beteiligt zu werden. Luka dachte darüber nach, wie schön alles sein könnte, wenn er hier in einem entspannten und erholsamen Urlaub wäre.

Ein Geräusch ließ seine Aufmerksamkeit von der Lagune abkehren. Er schaute in den Park. Das Geräusch wiederholte sich. Es klang wie ein größeres Tier, das durch das Dickicht schlich. Luka strengte sich an, um in der Dunkelheit etwas erkennen zu können. Die Wege im Park waren zwar beleuchtet, aber abseits von ihnen war alles andere umso dunkler.

Plötzlich sah er sie: Eine schwarz gekleidete Gestalt, die von einem Busch über den Rasen zu einem Baum hastete und dahinter verharrte.

Luka begriff sofort. Langsam und möglichst beiläufig wandte er sich vom Fenster ab. Kaum war er außerhalb des Sichtfeldes für Blicke aus dem Park, hechtete er über das Bett an den Nachtschrank. Er packte seine Waffe und rannte aus dem Zimmer. Zwei Räume weiter riss er – ohne zu klopfen – die Tür auf. Vincent stand im Badezimmer und schaute überrascht um die Ecke. Sein halbes Gesicht war mit Rasierschaum bedeckt.

»Im Park schleicht jemand herum«, rief Luka ihm zu. Er versuchte dabei, möglichst nicht zu laut zu sein. Ohne eine Antwort abzuwarten, rannte er weiter. Am Ende des Flures führte die Treppe nach unten. Luka packte das Geländer und schwang sich herum. Er nahm den halben Absatz in einem Sprung. In der Lobby prallte er beinahe mit einer Dame des Hauspersonals zusammen, die ein Tablett mit Obst in den Händen hielt. Die junge Frau stieß einen überraschten Laut aus.

»Mi scusi«, rief Luka und lief an ihr vorbei zur Eingangstür. Er riss die Tür auf, trat einen Schritt nach draußen und schaute zu beiden Seiten. Es war niemand zu sehen. Er überlegte, welchen Bereich des Parks er von seinem Zimmer aus einsehen konnte und wohin er laufen müsste. Er war gerade dabei, sich zu orientieren, als er hinter sich schnelle Schritte hörte.

Vincent hatte ihn eingeholt. Auch er war mit einer Pyjamahose bekleidet und hielt eine Pistole in der Hand.

Für eine Millisekunde erinnerte sich Luka an seine erste Begegnung mit Vincent ... *Nur der Fahrer.*

»Von meinem Zimmer aus, etwa dreißig Meter südöstlich, habe ich eine Person im Dickicht umherschleichen sehen. Es war sicher kein Wachmann«, erklärte er Vincent knapp.

Der Brite nickte. »Dann los!«

Sie liefen los. Die Pistolen im Anschlag und ständig das Umfeld beobachtend, bewegten sie sich etwa zehn Meter nebeneinander. Sie versuchten dabei, möglichst wenig Geräusche zu verursachen. Luka sah, wie Vincent ihm ein Zeichen gab, dass sie um die Garagen herum in den Park mussten. Er quittierte seinerseits mit einem Handzeichen. An den Fahrzeughallen angekommen, verlangsamte Vincent seinen Schritt und Luka schloss zu ihm auf. Vorsichtig schauten beide um die Ecke. Vor ihnen erstreckte sich der Teil des Parks, der unter Lukas Zimmer lag.

»Dort hinten. Rechts des Weges in Richtung Lagune. Etwa in Höhe des Baumes, der ein paar Meter neben dem Busch steht«, erklärte Luka flüsternd.

»Verstanden. Ich schlage vor, Sie gehen rechts herum. Entlang des Gebäudes. Ich gehe links, parallel zum Weg und komme dann von der anderen Seite. Wir müssten uns dann ungefähr in der Nähe des Bootstegs treffen.«

Luka nickte und lief los. Er eilte um die Garage und hielt dabei ständig den Bereich, den er Vincent beschrieben hatte, im Blick. Aus dem Augenwinkel sah er, wie der Brite seine Richtung einschlug und kurz darauf von der Dunkelheit verschluckt wurde.

Die Sonne war noch hinter dem Horizont und Luka hatte alle Probleme, etwas in dem trüben Grau zu erkennen. Mit dem Rücken zur Wand bewegte er sich langsam und möglichst leise am Gebäude entlang. In dem Moment, als er sich etwa unter seinem Zimmerfenster befand, hörte er ein Geräusch. Es klang wie das Knacken eines Astes und das Zischen einer menschlichen Stimme. Luka konzentrierte sich auf die Richtung, aus der das Geräusch kam. Und plötzlich sah er sie: Eine Gestalt, die hinter einem Busch hervorsprang und zur Lagune rannte.

»Stehen bleiben!«, rief Luka und nahm die Verfolgung auf. Er sprintete quer über den Rasen und hoffte, auf keine Wurzel oder einen größeren Stein zu treffen. Da er barfuß war, lief er so vorsichtig wie nötig. Trotzdem schaffte er es, den Abstand zu verringern. Als er nur noch wenige Meter hinter der Person war, änderte diese plötzlich die Richtung und lief damit direkt quer vor Luka. Er nutzte den Moment. Er stieß sich ab und warf sich von hinten auf den Flüchtenden. Mit einem überraschten Schrei stürzte die Person zu Boden und Luka fiel mit seinem ganzen Gewicht obenauf. Dabei verlor er seine Waffe, die in der Dunkelheit verschwand. Luka konnte an dem Aufschrei hören, dass es sich um einen Mann handelte. Er packte den Unbekannten von hinten und versuchte, ihn in einen Würgegriff zu nehmen. Aber der andere befreite sich mit einer geschickten Drehung aus dem Griff und saß jetzt seinerseits auf Luka, der rücklings auf dem Rasen lag. Er konnte das Gesicht des Angreifers nicht erkennen, da es mit einer schwarzen Maske bedeckt war. Der Unbekannte holte zu einem Schlag aus. Luka riss beide Arme hoch und blockte den Fausthieb ab. Gleichzeitig ließ er seine Hüfte in die Höhe schnellen, sodass der Angreifer aus dem Gleichgewicht geriet. Luka zögerte keinen Augenblick und schlug seinerseits zu. Der Unbekannte wich mit dem Kopf leicht zur Seite aus und vereitelte damit, dass er direkt ins Gesicht getroffen wurde. Allerdings konnte Luka dabei die Maske packen und riss sie herunter.

»Wer zum Teufel ...«, stieß er hervor, wurde aber durch die Mündung einer Pistole zum Schweigen gebracht, die ihm der Fremde an die Stirn drückte.

Luka schaute in das Gesicht eines Asiaten. Er hatte die charakteristischen Gesichtszüge, wie sie die Menschen in Tibet oder der Mongolei hatten. Luka hatte das Gesicht schon einmal gesehen ... und das war gar nicht allzu lange her.

Das kalte Metall der Pistole auf seine Stirn ließ Lukas Gedanken wieder in das hier und jetzt zurückkommen und seine Arme nach unten sinken. »Hey, ganz ruhig!«, versuchte er auf den Unbekannten einzuwirken. »Alles kein Problem.«

Der Asiate biss sich auf die Unterlippe. Er schien zu zögern, aber Luka spürte, wie er den Druck der Waffe auf seine Stirn erhöhte. *Das war es dann also.* Nach all den Jahren im Einsatz würde er am Ende im Park einer Milliardärsvilla in Venedig sterben. Barfuß, erschossen von einem unbekannten Asiaten. *Das wäre super Stoff für einen Roman.* Luka schloss die Augen.

»Wenn ich Sie bitten dürfte, die Waffe beiseite zu legen, wäre das sehr nett.«

Die Stimme kenne ich! Luka öffnete vorsichtig die Augen und sah Vincent, wie er hinter dem Asiaten stand und ihm seine Waffe an den Hinterkopf hielt.

»Das wurde aber auch Zeit«, sagte Luka zu dem Briten und versuchte dabei möglichst lässig zu klingen. In Wirklichkeit war er heilfroh, Vincent zu sehen und sich sicher, dem Briten eine neue Pyjamahose kaufen zu müssen.

Der Asiate zögerte einen Moment, warf dann aber trotzig die Pistole zur Seite.

»Und jetzt wäre es äußerst zuvorkommend, wenn Sie von meinem Kollegen steigen würden.« Vincent hielt nach wie vor seine Waffe an den Kopf des Angreifers.

Der Asiate starrte auf Luka herab und schien zu überlegen.

Mach jetzt bloß keinen Quatsch, ging es Luka durch den Kopf, als er in die Augen des Fremden schaute, der seine Chancen abzuwägen schien.

Aber der Asiate blieb ruhig, stieg von Luka und stand langsam auf. Er nahm beide Hände hoch und rührte sich nicht. Luka tat es gleich und rappelte sich auf.

»Ich glaube, die haben Sie schon vermisst«, meinte Vincent, als er Luka seine Pistole reichte.

»Danke, Sie haben was gut bei mir.«

»Dann sind es jetzt schon Zwei, nicht wahr?!«, stellte Vincent fest. »Aber nicht der Rede wert«, fügte er abschließend hinzu.

Luka nickte dankbar.

»Wären Sie nun so nett und setzen sich in Bewegung? Zur Villa, bitte!«, forderte Vincent den Asiaten auf. Um seinen Worten Nachdruck zu verleihen, stupste er den Pistolenlauf in den Rücken des Mannes. Ohne zu antworten, setzte der sich in Bewegung.

Danko Vladic saß am großen ovalen Tisch auf dem Achterdeck der *Leukothea* und trank einen Kaffee. Er war nicht der Typ für ein ausgiebiges Frühstück. Ein schwarzer Kaffee mit einer Zigarette war für ihn der perfekte Start in den Tag. Es war noch früh. Die Sonne war gerade aufgegangen und die frische Meeresluft wehte ihm ums Gesicht. Der Kapitän der *Leukothea* hatte bereits gestern die Maschinen gestoppt, damit die Besatzung sich auf die notwendigen Reparaturen konzentrieren konnte. Die Begegnung mit dem Rennboot hatte ihre Spuren an der Yacht hinterlassen. Somit lag die *Leukothea* antriebslos auf der offenen Adria.

Er genoss die Ruhe. Nur das leise Plätschern des Wassers am Schiffsrumpf und entfernte Geräusche der Besatzung waren zu hören. Er atmete tief ein, hielt die Luft kurz an und ließ sie dann langsam aus seinen Lungen entweichen.

Das schleifende Geräusch einer Schiebetür, gefolgt von Schritten, ließ ihn wieder die Augen öffnen. Senija Anic kam auf das Deck; begleitet von Marco, Dankos ebenso hünenhaften wie stummen Leibwächter.

»Ah, Miss Anic. Schönen guten Morgen. Es freut mich, dass Sie meiner Einladung gefolgt sind.«

Senija antwortete nicht. Stattdessen verschränkte sie demonstrativ die Arme vor der Brust.

Danko ließ sich davon nicht beeindrucken. »Setzen Sie sich doch, bitte. Möchten Sie etwas frühstücken?«

»Sparen Sie sich Ihre Höflichkeiten für jemanden, der darauf hereinfällt«, fuhr es aus Senija heraus. »Warum haben Sie mich entführt? Ich verlange auf der Stelle, dass Sie mich zurück an Land bringen.«

Danko lächelte. Diese aufbrausende Art gefiel ihm. »Aber, aber. *Entführung* ist so ein unnötig hartes Wort. Sie sind eher ...«, er unterbrach sich und überlegte demonstrativ, »... ein geschätzter Gast.«

»Ich verzichte gern auf Ihre Gastfreundschaft«, schnaubte Senija.

Danko fühlte einen Anflug von Beleidigung und sein Lächeln wich einem ernsten Gesichtsausdruck. »Gestern schienen Sie kurzzeitig ganz froh über meine Gesellschaft zu sein«, stellte er trocken fest und spielte damit auf den Vorfall mit Fahed an.

Senija antwortete nicht. Danko konnte sehen, wie sich ihre Nasenflügel vor Wut bewegten, aber sie schwieg. Dann trat sie wortlos an den Tisch und zog sich einen Stuhl heran.

»Das war doch jetzt gar nicht so schwer, oder?«, meinte Danko, während Senija sich auf den Stuhl niederließ. »Möchten Sie jetzt einen Kaffee?«

Senija schüttelte den Kopf.

»Schade«, befand Danko. »Aber nun gut. Um auf Ihre Frage zurückzukommen: Ich habe Sie lediglich deshalb mitgenommen, weil es eine günstige Gelegenheit war. Ich wollte eigentlich nur mit Professor Servalla ein Pläuschchen halten. Zwischenzeitlich glaube ich aber, dass Sie mir recht bald noch ziemlich nützlich sein werden.« Er nahm seine Tasse auf und trank einen Schluck.

»Wofür nützlich?«, fragte Senija, mit einem spürbar weniger feindseligen Tonfall.

»Nun, zum einen als Versicherung, wie ich gestern schon sagte.«

»Ja, um Luka Sefic von Dummheiten abzuhalten«, ergänzte Senija. Sie sah sich demonstrativ an Bord um und zeigte in Richtung der Reparaturarbeiten. »Das scheint ja sehr gut funktioniert zu haben.«

Danko musste lachen. »Touché! Aber es gibt noch einen weiteren Grund.«

Senija legte die Stirn in Falten. »Ich höre!«

»Sie wissen wahrscheinlich, dass auch Luigi Servalla an Bord ist.«

Senija nickte.

»Professor Servalla ist so freundlich, uns bei der Suche nach Marco Polos Göttermaske zu helfen. Ich möchte, dass Sie ihn dabei unterstützen. Frei nach dem Motto: *Zwei wissen mehr als Einer.*«

Senija lachte auf. »Das meinen Sie doch nicht ernst, oder?! Sie haben Luigi und mich entführt, damit wir für Sie einem Märchen nachjagen? Sie müssen verrückt sein. Nein, warten Sie ... Sie *sind* verrückt!«

Danko lächelte. »Sehen Sie ... ich persönlich glaube auch nicht an dieses *Märchen*. Aber Sarantakos tut es. Mehr als das. Er ist *besessen* von der Göttermaske. Und er bezahlt mich dafür, dass ich ihm beschaffe, wonach er sucht.«

»Aber es *gibt nichts zu beschaffen!*« Senija betonte die letzten vier Worte, als wäre Danko schwerhörig ...

oder schwer von Begriff, er war sich dessen nicht sicher.

»Sie verstehen noch nicht«, fuhr Danko unbeirrt fort. Er sah sich um. Außer Marko, der etwas abseits stand und darauf achtete, dass sie ungestört blieben, war niemand zu sehen. Dann beugte er sich zu ihr und sprach fast flüsternd weiter. »Ich werde dafür sorgen, dass Sarantakos *eine* Maske bekommt.«

Senija grübelte und zog die Augenbrauen hoch, als sie plötzlich verstand. »Sie wollen ihm eine Fälschung unterjubeln?«, fragte sie ebenso flüsternd aber mit einem ungläubigen Zischen in der Stimme.

Danko nickte lächelnd. »Ich sehe, der Groschen ist gefallen.« Er lehnte sich in seinem Stuhl zurück und schlug die Beine übereinander.

»Sind Sie wahnsinnig? Stellen Sie sich vor, was passiert, wenn er das herausbekommt.« Senija redete noch immer leise, war aber sichtlich außer sich.

»Und da kommen *Sie* ins Spiel. Sie werden zusammen mit Servalla an dem Buch arbeiten und schließlich einen möglichen Fundort für die Maske benennen. Ich habe bereits vor unserer Abreise eine Maske im Antiquitätenhandel erworben. Zugegeben, sie stammt nicht aus Asien, sondern aus der Türkei und ist auch nur etwa vierhundert Jahre alt. Aber immerhin hat sie mich ein paar tausend Euro gekostet – ein nettes Sümmchen, wenn Sie mich fragen.« Danko lächelte zufrieden und nahm sich eine Zigarette aus der Schachtel, die er sich in den Mund steckte.

»Und Sie glauben, Sarantakos fällt auf diesen Taschenspielertrick herein?«, fragte Senija. »Der Mann sammelt seit Jahren Kunst und Antiquitäten.«

Danko zündete seine Zigarette mit seinem Zippo an. Er nahm einen Zug und blies den blauen Dunst in den Morgenhimmel. »Sie werden die Echtheit selbstverständlich bestätigen«, antwortete er und ließ den Deckel des Feuerzeugs zuschnappen. »Das ist doch Ihr Beruf, oder nicht?«

»Ich bin Wissenschaftlerin und keine Betrügerin«, echauffierte sich Senija.

Danko schob sich aus dem Stuhl, stand auf und drückte seine Zigarette im Aschenbecher aus. »Nun … ich hoffe um Ihretwillen, dass Sie in der Lage sind, beides zu sein.«

»Was ist passiert?« Robert Bend kam eilig durch die Halle gelaufen. Sein Morgenmantel flatterte dabei im Wind und seine Lederhausschuhe quietschten bei jedem Schritt auf dem Marmorboden.

»Mr. Sefic hat mich informiert, dass er diesen Gentleman dabei beobachtete, wie er die Villa auskundschaftete«, erklärte Vincent. »Wir sind dann gemeinsam in den Park und konnten den Eindringling stellen.«

»Du meine Güte!« Bend wirkte sichtlich betroffen. »Ist mit Ihnen alles in Ordnung?« Er sah abwechselnd zu Vincent und Luka.

»Selbstverständlich, Sir«, bestätigte Vincent.

Luka nickte. »Ja, alles in Ordnung«, meinte er beiläufig. Seine wirkliche Aufmerksamkeit galt dem Asiaten, den Vincent noch immer in Schach hielt.

Jetzt, in der beleuchteten Halle, bestätigte sich seine Vermutung: Bei dem Mann handelte es sich um einen der Angreifer in Venedig. Er war derjenige, dem er die Maske vom Gesicht reißen konnte. Luka war sich absolut sicher. Wie an dem Abend trug der Mann sogar einen schwarzen Rollkragenpullover unter seiner Jacke.

Robert Bend sah sich um. »Gehen wir in mein Büro. Das Personal muss nicht alles mitbekommen«, beschloss er, als er zwei tuschelnde Hausdamen entdeckte.

Die Männer gingen in das Arbeitszimmer, in dem sie sich schon am Abend zuvor aufgehalten hatten. Vincent wies den Fremden an, sich auf das Sofa zu setzen. Er selbst blieb hinter ihm stehen. Bend setzte sich an seinen Schreibtisch. Luka nahm auf einem der Sessel Platz.

Ein kurzer Augenblick der Stille trat ein, bevor Bend das Schweigen brach. »Gut. Würden Sie uns vielleicht verraten, was Sie auf meinem Grundstück zu suchen haben?«

Der Mann in Schwarz blieb stumm und starrte ins Leere.

Bend sah ratlos zu Vincent und Luka, bevor er sich wieder an den Asiaten richtete. »Na gut, fangen wir mit etwas Einfachem an: Wie ist Ihr Name?«

Wieder keine Antwort.

»Verstehen Sie überhaupt, was ich sage?« Bend sprach langsam und betonte dabei jedes einzelne Wort.

»Ich glaube, er versteht Sie sehr gut, Robert«, schaltete Luka sich ein. »Ist doch so, oder?«, fragte er den Mann. »Wir kennen uns aus Venedig. Du warst einer der Männer, die uns überfallen haben, nicht wahr?!«

»Das ist ja allerhand!«, konstatierte Bend aufgebracht und haute mit der flachen Hand auf den Tisch.

Der Fremde war offensichtlich unbeeindruckt und schwieg weiter.

»Der Überfall war kein Zufall«, fuhr Luka unbeirrt fort. »Und der heutige Besuch wahrscheinlich auch nicht, oder?« Er stand auf. »Wer weiß … vielleicht war das heute nicht der erste Besuch bei der Villa.« Er trat ans Fenster, schob die Gardine einen Spalt beiseite und spähte hinaus. Er konnte jedoch nichts Auffälliges erkennen. »Und wahrscheinlich bist du nicht alleine gekommen.« Luka ließ die Gardine aus der Hand gleiten und richtete seine Aufmerksamkeit wieder auf den Unbekannten.

Der Mann starrte weiter stur ins Leere und reagierte nicht.

»Na gut«, sagte Bend. »Wenn Sie *uns* nichts zu sagen haben, dann vielleicht den Carabinieri. Ich werde mal beim Polizeichef nachfragen, ob er eine Streife vorbeischicken kann.« Ohne ein weiteres Wort zu verlieren, nahm der Brite sein Telefon zur Hand und wählte eine Nummer.

Der Asiate zeigte die erste Reaktion und schaute auf.

»Ja, Alberto? Robert hier. Ich grüße dich mein Freund«, sprach Bend in den Hörer.

»Sie brauchen das nicht zu tun. Ich werde reden.«

Alle schauten sie den Mann verdutzt an, als dieser endlich sein Schweigen brach.

Robert zögerte einen Moment, bevor er sich einen Ruck gab und wieder in den Hörer sprach. »Alberto, mir ist ein kleines Malheur mit meiner Terminplanung passiert. Ich muss unser Spiel morgen Nachmittag leider absagen.« Eine kurze Pause, in der der andere sprach. »Ja, so machen wir das. Bis nächste Woche. Und Danke für dein Verständnis. Grüße Isabella und die Kinder von mir. Ciao Alberto.« Damit beendete Bend das Telefonat.

»Wir sind ganz Ohr«, sagte Luka, kaum dass Bend aufgelegt hatte.

Der Asiate sah kurz zu Luka und drehte danach leicht den Kopf, um vergeblich einen Schulterblick auf Vincent zu werfen, bevor er sich wieder an Robert Bend wandte. »Mein Name ist Gelong«, sagte er schließlich, als würde er vor Gericht ein Verbrechen gestehen.

»Gelong.« Bend wiederholte den Namen und schien zu überlegen. »Ist das nicht die Bedeutung für *Mönch?*«

Gelong nickte. »Ich bin einer der letzten Sucher.«

Luka bemerkte die Reaktion von Bend, oder besser gesagt, dessen Ausdruck. Jegliche Farbe war aus dem Gesicht des Milliardärs gewichen und er schien wie versteinert.

»Was für ein *Sucher?*«, fragte Luka.

Der Asiate schwieg. Er schaute lediglich über den Schreibtisch zu Bend. Der erwiderte den Blick und schien fieberhaft nachzudenken.

»Hey, ich habe dich was gefragt«, setzte Luka nach.

»Er ist ein *Khangai-Mönch* aus dem *Tempel von Chjatruum*«, antwortete Bend, ohne den Blick von Gelong abzuwenden.

»Und das bedeutet *was?*«, setzte Luka nach, nachdem ein weiterer zäher Moment verstrich, ohne dass Bend fortfuhr.

Der Brite sah zu ihm auf. »Der *Tempel von Chjatruun* war ...«, er unterbrach sich und blickte kurz zu Gelong, bevor er sich wieder an Luka wandte, »oder *ist* das Kloster, aus dem Marco Polo seinerzeit die *Göttermaske* mitnahm.«

»Mitnahm«, wiederholte Gelong mit dermaßen verächtlichem Tonfall, als wollte er jeden Moment auf den Boden spucken. »*Geraubt* hat er sie. Dabei hatte er den Abt und viele unserer Brüder getötet.«

»Selbstverständlich«, versuchte Bend hastig den Mönch zu beschwichtigen. Er hob beide Hände für eine entschuldigende Geste. »So habe ich das natürlich gemeint.«

Gelong nickte stumm. Offensichtlich genügte ihm die Entschuldigung.

»Aber der Raub ist doch schon über siebenhundert Jahre her, wenn ich mich richtig erinnere.« Luka trat neben Bend und schaute Gelong direkt an. »Wie kann es sein, dass du und deine Brüder, nach all der Zeit, plötzlich hier auftauchen?«

Gelong senkte seinen Kopf. Er schien zu zögern und Luka dachte, dass er keine Antwort bekommen würde. Gerade, als er wieder ansetzen wollte, hob der Mönch seinen Kopf.

»Nachdem Polo mit der geraubten Maske aus dem Kloster geflohen war, waren die Brüder am Boden zerstört. Der Abt war tot und mit ihm waren sie ohne Führung und Halt.« Er hielt kurz inne, als würde er abwägen, was er sagen dürfe und was nicht. »Nachdem sie die erste Trauer überwunden hatten, wurde der Ältestenrat einberufen. Die zehn ältesten Mönche berieten acht Tage und sieben Nächte, um aus ihren Reihen ein neues Oberhaupt zu wählen. Als der neue Abt gewählt war, entschied dieser, dass die *Khangai-Mönche* nicht ruhen würden, bis die *Göttermaske* wieder in den *Tempel von Chjatruum* zurückgekehrt ist.« Ein Schimmer des Stolzes huschte über sein Gesicht. »Der Abt wählte drei der klügsten und stärksten Brüder aus. Sie sollten sich auf die Jagd nach Marco Polo machen und die *Göttermaske* nach Hause bringen.« Sein Blick wechselte zwischen Luka und Bend, bevor er sich auch langsam zu Vincent umdrehte, der noch immer hinter ihm stand.

Der Brite hatte zwischenzeitlich seine Waffe gesenkt und nickte Gelong mit milder Mine zu.

Der Mönch nickte seinerseits und wandte sich wieder an Luka und Robert. »Das waren die ersten Sucher. Der Abt stattete sie mit Pferden, Waffen und einem Schatz aus Gold und Edelsteinen aus. Die Brüder folgten der Spur von Polo viele Jahre. Sie gingen jedem noch so kleinem Hinweis nach. Sie verhörten und bestachen alle möglichen Informanten – vom Bettler bis zum Edelmann.« Er machte erneut eine kurze Pause und holte tief Luft. »Oft wurden sie betrogen und verraten, aber nie verloren sie die Spur zu Polo und der Göttermaske völlig. Jede jüngere Generation schickte drei neue Sucher. Einen Anführer und zwei Soldaten. Bereits im Kindesalter ausgewählt und ausgebildet, führen sie die Arbeit der Älteren fort.« Unvermittelt sprang Gelong auf.

Lukas Muskeln im Körper spannten sich reflexartig an. Vincent trat einen Schritt zurück und hob seine Pistole wieder ein wenig an. Aber Gelong machte keine Anstalten für einen Angriff oder eine Flucht.

»Ich bin Gelong. Anführer der letzten Sucher des Ordens der *Khangai-Mönche* aus dem *Tempel von Chjatruun*. Meine Kraft und mein Leben habe ich der Suche nach der Göttermaske gewidmet, bis sie und die Ehre wieder in unser Kloster zurückgekehrt sind, oder bis zu meinem Tod.«

Die drei Männer sahen sich einander und Gelong abwechselnd an. So plötzlich der Mönch aufstand, setzte er sich wieder auf das Sofa.

Ein Moment der Stille trat ein, bis sich Robert Bend räusperte. »Ähem, nun ja. Das ist wirklich eine außerordentlich interessante Geschichte.« Er verschränkte beide Hände vor sich auf der Tischplatte und schien zu überlegen. »Was ich nicht ganz verstehe, ist, wie Sie darauf kommen, dass ich«, er unterbrach sich und ließ den Blick zu Vincent und Luka wandern, »*wir* etwas über den Verbleib der Göttermaske wissen.«

»Die letzten Jahre verbrachten meine Brüder und ich ohne eine wirkliche Spur entlang der Adriaküste von Venedig bis nach Griechenland. Mit den Jahrhunderten wurde es immer schwerer für die Sucher, noch wirklich brauchbare Spuren zu finden. Wir konzentrierten uns auf Recherchen in den Aufzeichnungen, die in Bibliotheken, Stadtarchiven und Klosterbibliotheken zu finden sind. Bis wir Ende letzten Jahres von einer Auktion in Athen erfuhren.«

Bend versteifte sich und richtete sich in seinem Bürosessel auf.

»Wo ich das zweite Tagebuch des Marco Polo erstanden habe«, schloss er selbst die Erklärung Gelongs ab.

Der Mönch nickte. »Danach war es eine leichte Aufgabe. Das Tagebuch wurde zwar anonym versteigert und das Auktionshaus hätte uns niemals Ihren Namen verraten. Aber einer der Arbeiter, die beim Verpacken und Versenden der gekauften Stücke anwesend waren, konnte mit etwas Zureden und noch etwas mehr Geld überzeugt werden, uns den Empfänger zu verraten. Dass die adressierte Firma Ihnen gehört, war dann nur noch eine simple Internetrecherche.« Über Gelongs Gesicht blitzte ein zufriedener Schimmer, bevor er wieder eine ernste Miene machte. »Leider waren wir zu spät, um die Lieferung abzufangen. Also mussten wir den richtigen Moment abwarten. Wir beobachten Ihre Villa schon seit Monaten.« Gelong schaute kurz über seine Schulter zu Vincent. »Aber die Sicherheitsmaßnahmen auf dem Gelände sind zu umfangreich, als dass wir einen ungefährdeten Einbruch hätten versuchen können.« Gelong hielt kurz inne, als ob er über seine Worte nachzudenken schien. »Wir möchten niemanden verletzen«, fügte er schnell und knapp hinzu.

Luka runzelte die Stirn. »Dann habt ihr Vladic beauftragt, das Buch in Zadar aus dem Museum zu stehlen?«

Gelong wirkte irritiert und schüttelte den Kopf. »Ich kenne keinen Vladic. Und dass das Buch in Zadar sein soll, höre ich heute zum ersten Mal.« Er schaute wieder zu Vincent. Der hatte mittlerweile seine Pistole weggesteckt. »Offensichtlich sind die Maßnahmen des Sicherheitsbeauftragten nicht nur umfangreich, sondern auch diskret.« Gelong neigte seinen Kopf anerkennend.

Vincent nickte höflich zurück.

»Okay, soweit schlüssig«, stellte Luka fest. »Wenn ihr niemanden verletzen wollt, was war das dann aber neulich in Venedig? Wolltet ihr mich freundlich um den Hausschlüssel zur Villa bitten?«

Gelong zuckte mit den Schultern. »Wir wollen niemand verletzen. Aber manchmal müssen wir mit«, er unterbrach sich und schien nach dem passenden Wort zu suchen, »etwas *Nachdruck* unsere Mission voranbringen. Und wenn Sie sich noch erinnern: *Zugeschlagen* haben Sie zuerst.«

Vincent kicherte leise, aber dennoch hörbar.

Luka warf dem Briten einen vorwurfsvollen Blick zu, worauf der entschuldigend die Hände hob. »Tut mir leid«, schob er leise nach.

»Na gut«, übernahm Robert Bend wieder das Gespräch. »Nachdem wir nun im Bilde sind, muss ich Ihnen leider mitteilen, dass das Tagebuch nicht mehr in meinem Besitz ist. Ich habe es dem archäologischen Museum in Zadar als Leihgabe zur Verfügung gestellt. Dort wurde es durch den bereits erwähnten Mr. Vladic gestohlen. Außerdem hat er eine Museumsmitarbeiterin – die ganz nebenbei auch noch eine gute Freundin ist – entführt. Wir haben im Moment keine Ahnung, wo sie sich aufhalten.«

Gelong sank enttäuscht in sich zusammen. »Dann war wieder alles umsonst. Wenn das Tagebuch des Marco Polo verschwunden ist, werden wir niemals die Spur zur *Göttermaske* wiederfinden.« Der Mönch schien am Boden zerstört.

»Vielleicht doch«, warf Luka unvermittelt in den Raum.

Die anderen Männer schauten überrascht zu ihm.

»Wie meinen Sie das?«, fragte Bend, der mit seinem Bürosessel eine viertel Umdrehung zu Luka gemacht hatte.

»Ganz einfach: Vladic und damit Sarantakos haben jetzt das Buch. Das ist ärgerlich, aber nicht der Untergang. Robert, Sie sagten, dass eine Kopie des Buches angefertigt wurde.«

Bend nickte zögerlich. »Ja, eingescannt in digitaler Form und als Ausdruck. Aber es ist eben nur eine Kopie.«

Luka lächelte. »Ja, aber was steht darin anderes als im Original? Wenn wir jetzt mal die – wenn auch unwahrscheinliche – Möglichkeit außer Acht lassen, dass sich *der* entscheidende Hinweis im Umschlag des Buches befindet, dann sollten wir im Besitz derselben Informationen wie Sarantakos und Vladic sein.«

Bei Robert Bend schien es hinter der Stirn zu arbeiten. Sein Gesicht erhellte sich. »Luka, Sie haben recht.« Er haute mit der flachen Hand erneut auf die Tischplatte. »Wenn wir denselben Hinweisen wie Sarantakos nachgehen, sollten wir irgendwann auf die Bande treffen. Dann könnten wir Senija befreien und

uns das Buch zurückholen.« Bend sprühte vor Taten-
drang.

»Wir haben dabei nur ein Problem«, gab Luka zu
bedenken. »Wir dürfen nicht vergessen, dass Sarantakos und Vladic noch Professor Servalla in ihrer
Gewalt haben.«

Bend nickte und winkte hektisch ab. »Den befreien
wir natürlich auch.«

Lukas Mundwinkel zuckten zu einem Lächeln.
»Das meinte ich nicht, Robert. Professor Servalla ist
der Fachmann, wenn es um das Tagebuch geht. Er hat
es für Sie damals begutachtet. Wenn es jemand
schafft, in den Texten versteckte Hinweise zu finden,
dann wohl er.« Luka schaute die Anwesenden an.
»Wenn ich mich hier so umschaue, dann sehe ich
unter uns keinen Experten für antike lateinische
Schriften.«

Ein Moment der nachdenklichen Stille entstand,
bis Luka das schelmische Grinsen von Robert Bend
auffiel. »Was?«, fragte er den Milliardär.

»Professor Servalla hatte natürlich nicht nur den
Auftrag, das Tagebuch auf Alter und Echtheit zu überprüfen. Er sollte es zudem übersetzen und den Inhalt
wissenschaftlich aufbereiten. Die Übersetzung hatte er
beendet und den Inhalt in einer ersten Abhandlung
zusammengefasst. Andere Verpflichtungen haben
dann das Projekt vorerst unterbrochen, weshalb ich
Senija vorübergehend die Ausstellung in Zadar
zusagen konnte. Die endgültige und vollumfängliche
wissenschaftliche Auswertung des Inhalts sollte im
kommenden Winter beginnen.« Er hielt kurz inne und
schaute in die Runde. »Also wenn der Professor zum

Zeitpunkt seiner Entführung keinen USB-Stick mit der Übersetzung des Textes in seiner Hosentasche hatte, dann würde ich sagen, dass wir sogar einen kleinen Schritt voraus sind.« Er stützte sich mit beiden Händen auf die Tischplatte, drückte sich aus dem Stuhl und stand auf. »Meine Herren, wir haben trotzdem keine Zeit zu verlieren. An die Arbeit!«

»Was ist mit dem Gentleman?«, fragte Vincent, der immer noch hinter Gelong stand und mit dem Kinn in dessen Richtung deutete.

Der Mongole drehte sich erst zu dem blonden Briten und dann zu Robert Bend, den er erwartungsvoll anschaute.

Bend überlegte einen Moment und schien gedanklich alle Möglichkeiten abzuwägen. »Sie und Ihre Wächter wollen die Göttermaske wiederfinden«, sagte er an Gelong gerichtet. »Die Männer, die unsere Freundin und den Professor entführt haben wollen dasselbe. Ich schlage Ihnen vor, dass wir unsere Kräfte bündeln und kooperieren.« Bend hielt kurz inne, bevor er schmunzelnd fortfuhr. »Außerdem muss dann keiner von Ihnen noch eine Nacht in meinem Park verbringen.«

Jetzt war es Gelong, der einen Moment zögerte. Er schaute in die Runde und schien jeden von ihnen zu mustern. »Einverstanden«, sagte er schließlich. In seiner Stimme lag eine Mischung aus Erleichterung und Zuversicht. »Was können wir tun?«.

»Holen Sie Ihre Männer in die Villa. Ich halte es für sinnvoll, wenn wir uns hier erst einmal sammeln und das weitere Vorgehen absprechen. Vincent, Sie könnten Luka in der Zwischenzeit die *Garage* zeigen.

Ich vermute, dass wir bald ein paar Sachen daraus gebrauchen können.«

Vincent nickte ... und lächelte.

»Ich selbst werde ein paar Telefonate führen. Wäre doch gelacht, wenn die Yacht von Sarantakos nicht aufzufinden wäre. Außerdem lege ich uns die Kopie und die Übersetzung des Tagebuchs bereit. Wenn alle einverstanden sind, dann treffen wir uns in zwei Stunden wieder hier.«

Die Männer nickten.

Robert Bend klopfte kraftvoll mit seinen Fingerknöcheln auf die Tischplatte seines Schreibtischs. »Sehr schön, dann los!«

Kaum hatte Luka sich frisch gemacht und angezogen, klopfte Vincent an seiner Zimmertür.

»Sind Sie bereit?«, fragte er.

»Ich weiß zwar noch nicht wofür, aber *ja*«, antwortete Luka, während er seine Schuhe schnürte.

»Es wird Ihnen gefallen, dessen bin ich mir ziemlich sicher«, entgegnete Vincent geheimnisvoll.

Luka griff nach seiner Lederjacke und folgte dem Briten aus dem Zimmer. Sie gingen die Treppe hinunter und zur Vordertür hinaus. Die Sonne war mittlerweile aufgegangen und stand bereits über den Bäumen. Vincent steuerte ein Nebengebäude der Villa an.

»Was ist denn so besonderes in der Garage«, fragte Luka, als sie das Gebäude erreichten.

Vincent antwortete nicht, sondern stieg eine Treppe zu einer Kellertür hinab. Dort tippte er auf ein Zahlenfeld, das in Form eines kleinen Kastens neben dem

Türrahmen angebracht war. Eine LED-Leuchte wechselte von Rot auf Grün und Vincent öffnete die Tür.

Sie betraten den Kellerraum. Luka konnte aufgrund der Dunkelheit nur schemenhaft die Umrisse von Regalen erkennen. Vincent trat weiter in den Raum, tastete die Wand entlang und schaltete das Licht an.

»Na, *das* ist doch mal was«, sagte Luka.

Der Keller war größer als das Gebäude darüber. Luka schätzte, dass er etwa die doppelte Fläche haben musste. Es reihten sich dutzende Regale aneinander, die vollgepackt mit den unterschiedlichsten Ausrüstungsgegenständen waren. Luka erkannte beim ersten Rundumblick diverse Fotoapparate, Filmkameras, Computer, Funkgeräte, Taschenlampen in allen Arten und Größen. Dazu Helme, Klettergeschirr, Seile, Tauchausrüstungen und vieles mehr.

Luka ging einen Schritt zwischen zwei Regale und drehte sich zu Vincent. »Was ist das hier?«

»Alles, was man so braucht«, antwortete der Brite.

»Braucht *wofür?*«, hakte Luka nach.

Vincent trat weiter in den hinteren Teil des Raums. »Mr. Bend ist ein Mann mit vielen Interessen«, sagte er dabei. »Wie Sie wissen, hat er eine Leidenschaft für Geschichten und den damit verbundenen Relikten längst vergangener Zeiten. Manchmal kauft er sie. Wie im Fall des Tagebuchs. Manchmal müssen die Dinge erst noch gefunden werden.« Vincent deutete auf die Regale. »Und dafür werden ab und an diese Sachen gebraucht.«

Sie waren am letzten Regal vorbei und standen vor einer Reihe mit Tischen, auf denen verschiedene

Laborgeräte aufgebaut waren. Einige kannte Luka. Der Verwendungszweck anderer wiederum, war ihm völlig schleierhaft. Eines der Geräte brummte leise und arbeitete vermutlich. In einer weißen Wanne lagen ein paar antike Münzen in einer Flüssigkeit und durchliefen offenbar einen Reinigungsprozess.

Vincent trat an einen Stahlschrank, der ebenfalls mit einem Zahlenschloss gesichert war. Er drückte vier Tasten und mit einem Signalton wurde das Schloss entriegelt.

»Wie unsere letzte Begegnung mit Mr. Vladic und Mr. Sarantakos gezeigt hat, sollten wir uns wohl besser vorbereiten«, sagte Vincent und zog beide Schranktüren auf.

Luka pfiff durch die Zähne. »Jetzt wird es böse«, bemerkte er, während er näher herantrat. In dem Schrank standen und lagen die unterschiedlichsten Waffen aufgereiht. Mehrere Pistolen und Gewehre in den verschiedensten Ausführungen. Luka griff nach einem großkalibrigen Jagdgewehr und nahm es aus der Halterung. »Ist die Elefantenjagd auch ein Hobby von Mr. Bend?«, fragte er und betrachtete die Waffe.

Vincent nahm ihm das Gewehr aus der Hand und stellte es – fast schon ehrfürchtig – an seinen Platz zurück. »Mr. Bend liebt Tiere und würde keines töten.«

Luka nickte und ließ die Aussage so stehen.

»Sie können sich nehmen, was immer Sie möchten und für nötig halten«, lud Vincent ihn mit einer umfassenden Geste ein. »Alles in der Garage steht zu unserer Verfügung.«

Luka trat vor und griff in den Schrank. »Ich mag die Beretta mit dem Laser-Visier«, sagte er und nahm die Pistole aus der Halterung. Er zog den Verschluss zurück und prüfte den Ladezustand.

»Munition finden Sie hier«, informierte Vincent ihn und klopfte dabei mit dem Zeigefinger auf eine Schublade unterhalb der Pistolenablage.

Dann trat der Brite zurück in den Raum und sah sich einige Sekunden auffällig um. »Aber wir werden einiges mehr brauchen«, stellte er schließlich fest.

Luka schaute zu, wie Vincent eine Holzkiste aus einem Regal zog und auf einem der Tische abstellte. Er öffnete sie nicht, sondern wandte sich sofort wieder einem anderen Regal zu.

Luka lehnte sich neben der Holzkiste an die Tischkante und verschränkte die Arme vor der Brust. »Was haben Sie vorher gemacht?«, fragte er nach einem Moment, in dem er Vincent beobachtete.

»Was meinen Sie?«, fragte der Brite, ohne seine Suche zu unterbrechen und während er zwei andere Kisten verrückte, um dahinter schauen zu können.

»Ich meine, bevor Sie anfingen, für Sir Bend zu arbeiten.«

Vincent antwortete nicht, sondern zog stattdessen einen schwarzen Kunststoffkoffer aus dem Regal. Der Koffer schien schwer zu sein und der Brite mühte sich sichtlich, ihn zu dem Tisch zu schleppen. Mit einem Schwung hievte er das Teil auf die Platte. Der Tisch wackelte dabei und selbst Luka konnte erahnen, wie schwer der Koffer sein musste.

»Das ist eine lange Geschichte«, sagte Vincent plötzlich und schaute Luka dabei an. »Und nein, wir haben leider keine Zeit für lange Geschichten. Nur, falls Sie jetzt so etwas wie *es ist noch ein langer Weg* sagen wollten.«

»Schade.« Luka stieß sich vom Tisch ab und schlenderte zwischen zwei Regalreihen. »Ich weiß nur gerne, mit wem ich es zu tun habe.« Er sah sich um und wollte gerade einen Rucksack von einem der Regalböden nehmen, als Vincent unvermittelt weitersprach.

»Ich war nach meinem Studium beim Militär. Beim SAS der britischen Armee, um genau zu sein.« Vincent hielt kurz inne und schien zu überlegen, was er erzählen wollte und was nicht. »Dort war ich ein paar Jahre. Nach meinem Dienst bin ich in die Privatwirtschaft. Ich habe für einen britischen Ölkonzern gearbeitet und war in der ganzen Welt unterwegs. Hauptsächlich in Asien, Südamerika und im Nahen Osten.«

»Was haben Sie dort gemacht?«

Vincent lächelte. Aber es war ein anderes Lächeln, als er es sonst an den Tag legte. »Das kann ich Ihnen nicht erzählen, ohne gegen unzählige Verschwiegenheitserklärungen zu verstoßen.«

Luka nickte.

»Wie dem auch sei«, fuhr Vincent fort. »Auf einer dieser Auslandsreisen lernte ich Mr. Bend kennen. Er bot mir einen Job als sein Sicherheitschef an. Das Angebot kam zur rechten Zeit und ich sagte zu.« Er wandte sich ab und begann, an der Holzkiste zu hantieren. »Jetzt kennen Sie meine Geschichte.«

Luka ahnte, dass es da noch mehr zu erzählen gab. Aber er wusste auch, dass er hier und heute nichts

Weiteres aus dem Briten herausbekommen würde. Also ließ er es damit auf sich bewenden.

»Was ist mit Ihnen?«, fragte Vincent, ohne sich dabei umzudrehen.

»Was meinen Sie?«, fragte Luka überrascht.

»Was ist Ihre Geschichte?«

»Die ist nicht so spannend. Ich habe nach der Schule ein Jurastudium angefangen. Aber das war nicht das Richtige für mich. Ich wollte für Gerechtigkeit sorgen, dabei etwas erleben und nicht in einem Büro sitzen und Verbrechern helfen, wieder freizukommen.«

»Sie hätten Staatsanwalt werden können«, gab Vincent zu bedenken.

»Selbst als Staatsanwalt säße ich in einem Büro und hätte ich mich auf zweifelhafte Deals einlassen müssen. Nein, danke. Also bin ich zur Polizei. Ich habe dort die ersten Jahre in einer Antiterroreinheit gearbeitet. Wir haben Terroristen und Verbrecher aus dem gesamten ehemaligen Jugoslawien gejagt. Auch im Ausland.« Luka nahm eine Stablampe aus dem Regal und betrachtete sie. »Dann habe ich das Angebot bekommen, eine Ermittlungseinheit zur Bekämpfung des organisierten Verbrechens zu leiten. Ich hatte Lust auf was Neues und sagte zu. Das erschien mir attraktiv.«

»War es das nicht?«

»Doch, sicher. Anfänglich hatten wir auch gute Erfolge vorzuweisen. Aber dann kam die Akte Danko Vladic auf meinen Tisch. Direkt vom Innenministerium. Ich fühlte mich zunächst geehrt. Der meistgesuchte Verbrecher auf dem Balkan – das war wie ein Ritterschlag. Doch dann hatte die Erfolgssträhne unserer Einheit plötzlich ein Ende. Hinweise liefen ins Leere. Bei Razzien und Festnahmen gingen nur kleine Fische ins Netz, während Vladic seine Organisation weiter ausbaute.« Luka trat auf Vincent zu und legte die Stablampe neben dem Koffer auf den Tisch. »Der Mann ist wie ein Nebel. Er taucht unvermittelt auf, trübt die Sinne und verschwindet wieder ebenso schnell.« Er wandte sich von Vincent ab und setzte sich auf die Tischplatte. »Bei unserem letzten Einsatz wurden sogar zwei meiner Kollegen verletzt.«

Vincent nickte verständnisvoll. »Ich verstehe. Aber das dürfen Sie sich nicht selbst anlasten. Solche Dinge laufen manchmal nicht wie geplant.«

Luka antwortete darauf nicht. Er wusste, dass der Brite recht hatte, aber trotzdem nagten die Misserfolge an ihm. »Wie geht es jetzt weiter?«, fragte er stattdessen nach kurzer Zeit.

»Mr. Bend wird ein paar Anrufe tätigen. Wie er schon sagte, wurde das Tagebuch bereits kopiert und der Inhalt durch Prof. Servalla einer Vorabprüfung unterzogen. Die Unterlagen hierzu bewahrt Mr. Bend hier in der Villa auf. An der Universität Venedig gibt es einen Lehrstuhl für Sprachen und Kulturen. Mr. Bend kennt den Dekan der Universität und wird versuchen, einen Fachmann für italienische Geschichte und Latein zu bekommen.«

Luka zog eine Augenbraue hoch. »Haben wir Zeit für so etwas? Ich dachte, das Tagebuch sei schon übersetzt.«

»Prof. Servalla hat das Buch inhaltlich zusammengefasst. Lediglich diese Zusammenfassung liegt übersetzt vor. Sollten wir bei der Recherche auf Passagen stoßen, die für uns interessant erscheinen, werden diese von dem Sprachwissenschaftler dann im Detail übersetzt werden.«

Luka atmete schwer aus. »Ich weiß nicht, ob das ein guter Plan ist.«

»Momentan können wir wenig anderes machen, als uns vorzubereiten und zu hoffen, dass wir in den Unterlagen eine mögliche Spur finden.«

»Glauben Sie wirklich, in dem Buch ist eine Schatzkarte oder so etwas versteckt?« Luka lachte humorlos.

»Was *ich* glaube, ist völlig ohne Belang.« Vincent warf sich einen Rucksack über die Schulter, bevor er sich zu Luka drehte und fortfuhr. »Aber wenn Mr. Sarantakos und damit auch Mr. Vladic auf dieselben Hinweise stoßen, dann werden wir uns sicherlich bald über die Wege laufen.«

KAPITEL 18

Luigi Servalla schrak auf, als die Tür zu seiner Kabine aufgeschlossen wurde. Er hatte eine schlaflose Nacht hinter sich gebracht und lag völlig gerädert auf seiner Koje. Einzig das kleine Bullauge verriet ihm, ob es Tag oder Nacht war. Ansonsten hatte er zwischenzeitlich jegliches Zeitgefühl verloren. Er wälzte sich zur Seite und sprang auf, gerade als die Kabinentür geöffnet wurde.

»Ah, wie ich sehe, sind Sie wach«, stellte Fahed mit gespielter Freundlichkeit fest. »Umso besser.«

»Bitte, ich möchte jetzt endlich nach Hause. Ich weiß gar nicht, was ich hier überhaupt soll«, gab Luigi erschöpft zurück.

»Sie werden bald verstehen. Kommen Sie – Mr. Sarantakos erwartet Sie.« Fahed machte eine einladende Geste durch den Türrahmen nach draußen.

Luigi ließ resigniert den Kopf fallen. Dann nahm er sein braunes Tweed-Jackett, das locker über die Rückenlehne eines Stuhls gelegt war und trat an Fahed vorbei auf den Gang. Erst vor der Kabine erkannte Servalla, dass Fahed nicht alleine gekommen war. Zwei bewaffnete Männer, mit schwarzen Hosen und schwarzen Polo-Shirts bekleidet, standen im Flur und warteten. Sie hatten ihre Waffen zwar nicht in der Hand, aber sie trugen die Pistolen so unverhohlen am Gürtel und die Maschinenpistolen an Schulterriemen, dass es sich fast wie eine Drohung anfühlte. Luigi brauchte nicht viel Fantasie, um sich vorzustellen, dass die Männer keine Sekunde zögern würden, die Waffen einzusetzen.

Fahed deutete wortlos mit dem Kopf den Flur entlang. Luigi verstand und setzte sich in Bewegung. Einer der Begleiter ging voran. Dann folgte Servalla. Fahed und der zweite Wachmann bildeten den Schluss. Der Gang bog nach einigen Metern im rechten Winkel ab und mündete an einer Treppe, die auf das Deck führte.

Luigi musste blinzeln, als er ins Freie trat. Auch wenn er ein kleines Bullauge in seiner Kabine hatte, so blendete ihn die direkte Sonne, die tief über dem Horizont stand. Es dürfte später Morgen oder höchstens vormittags sein, schätzte er.

An Deck herrschte schon geschäftiges Treiben. Männer waren damit beschäftigt, Reparaturen an der Yacht durchzuführen. Es wurde geschraubt, geschweißt und mit Farbe überstrichen. Ein Vorarbeiter brüllte Befehle auf Griechisch, die Luigi nicht verstand. Freundlich war der Tonfall auf alle Fälle nicht. Luigi konnte beim Umschauen noch vier weitere Wachen erkennen, die wie seine Aufpasser gekleidet und bewaffnet waren.

»Nicht träumen, Professor. Hier gehts lang.« Fahed deutete über das Deck zu einer weiteren Tür, die wieder ins Innere der Yacht führte.

Luigi wagte nochmals einen Rundumblick, bevor er sich in die angewiesene Richtung in Bewegung setzte. Von den Arbeitern nahm keiner Notiz von ihrer kleinen Gruppe. Zumindest ließen sie sich nichts anmerken und arbeiteten unbeirrt weiter. Anders die Wachleute. Sie schienen jeden ihrer Schritte zu verfolgen. Und gleichzeitig hatte Luigi das Gefühl, dass sie die Umgebung im Auge behielten. Er war kein Fachmann in solchen Dingen, aber die Männer machten auf ihn nicht den Eindruck, als wären es irgendwelche Amateure, die man im letzten Hafen aufgegabelt hätte.

Der Eingang war etwas größer als der, durch den sie auf das Deck gekommen waren. Ebenso der dahinterliegende Flur – er war deutlich breiter und schicker gestaltet. Auf dem Boden lag ein dicker Teppich, der sich unter Luigis Füßen wie ein weicher englischer Rasen anfühlte. An den Wänden auf beiden Seiten hingen in regelmäßigen Abständen Gemälde, die jedes einzeln beleuchtet wurden. Luigis Kunstverständnis war allenfalls rudimentär ausgeprägt, aber er erkannte dennoch die Charakteristika der Pinselstriche des einen oder anderen Künstlers. Manche Bilder, so schätzte er, dürften gut und gern ein Vielfaches seiner Jahresgehälter an der Universität kosten. Und hier hingen sie in einem Flur. Schlicht als Dekoration.

Fahed blieb vor einer Kabinentür stehen. Auf einem goldfarbenen Schild auf dem Türblatt war „*Room Penelope*" eingraviert. Er zog einen Schlüssel aus der Hosentasche und schloss die Kabine auf.

Senija stand am Panoramafenster ihrer Kabine und starrte gedankenverloren auf das Meer. Die *Leukothea* hatte ihre Maschinen gestoppt, damit die Crew die notwendigen Reparaturarbeiten durchführen konnte. Sie hatte nicht viel von den Schäden gesehen, da man sie nach ihrem morgendlichen Gespräch mit Vladic sofort wieder in ihre Kabine gesperrt hatte. Aber Luka

311

schien einiges angerichtet zu haben. Ein Schmunzeln zuckte über ihre Lippen. *Luka ... hoffentlich geht es ihm gut.* Sie hatte die Schüsse gehört. Und die Motorengeräusche von mindestens zwei Booten. Da sie sich noch immer in Gefangenschaft befand, schien der Rettungsversuch misslungen zu sein. Das Schmunzeln verschwand und Sorge machte sich in Senija breit.

Sie wurde aus den Gedanken gerissen, als die Kabinentür hinter ihr aufgeschlossen wurde. Senija drehte sich um und sah, wie die Tür aufschwang.

»Professor«, rief sie, als Luigi Servalla den Raum betrat. Er war in Begleitung von Fahed und zwei Wachmännern. Sie lief auf Servalla zu und umarmte ihn.

»Senija, Gott sei Dank sind Sie wohlauf.« Der Professor schien ehrlich erleichtert zu sein. »Haben die Ihnen etwas getan?«, hakte er nach und löste die Umarmung.

Senija sah Fahed mit einem giftigen Blick an. »Mir geht es gut, keine Sorge«, antwortete sie dem Professor, ohne den Blick von Fahed zu nehmen.

Der Sicherheitschef zeigte keine Reaktion.

Stattdessen waren Schritte vom Gang vor der Kabine zu hören, bevor weitere Personen in den Raum traten.

»Ah, wie ich sehe, sind nun alle vereint. Sehr schön!«, stellte Sarantakos mit übertriebener Sanftheit fest. »Frau Anic, Professor ... Sie wissen sicher, warum ich Sie hierher bringen ließ.« Sarantakos sah beide nacheinander eindringlich an. »Ich gehe davon aus, dass ich auf Ihre Mitarbeit zählen kann und Sie mich nicht enttäuschen werden.«

»Ich habe Ihnen doch schon gesagt, dass in dem Buch keine Schatzkarte enthalten ist«, beschwor Servalla den Griechen. »Sie jagen einer Legende … nein, einem *Märchen* nach.«

Sarantakos nickte kurz zu Fahed, der nur darauf zu warten schien. Im Bruchteil einer Sekunde fuhr seine Hand in die Höhe und schlug dabei mit dem Handrücken an Servallas Kinn. Der Professor schrie auf und taumelte einen Schritt zurück. Er hielt sich mit beiden Händen das Gesicht und wimmerte schmerzerfüllt.

»Hören Sie auf, Sie Schwein!«, schrie Senija und wollte auf Fahed zuspringen. Aber die beiden Wachen an den Seiten des Sicherheitschefs rissen sofort ihre Maschinenpistolen hoch und zielten auf Senija. Sie blieb abrupt stehen und hob die Hände.

»Sehen Sie«, sagte Sarantakos, »so langsam verstehen wir uns doch.« Der Grieche schnippte mit den Fingern und einer der Diener kam mit einem goldfarbenen Tablett um die Ecke in die Kabine. Darauf lag etwas, das mit einem weißen Tuch abgedeckt war. Sarantakos trat vor seinen Diener und zog das Tuch beiseite. Darunter lag ein altes Buch mit braunem Ledereinband.

»Das Tagebuch«, stieß Senija hervor. *Gott sei Dank sieht es unbeschädigt aus,* dachte sie erleichtert.

Der Diener trat zwei Schritte vor und stellte das Tablett auf dem Tisch ab. Nach einer tiefen Verbeugung vor Sarantakos entfernte er sich wortlos und verschwand.

»Ich werde Ihnen das Buch nun vertrauensvoll überlassen«, sagte der Grieche. »Sie beide werden umgehend mit Ihrer Arbeit beginnen. Sie bekommen jede Unterstützung und Ausstattung, die Sie benötigen.« Er hob beide Hände in Höhe der Schultern und schaute sich demonstrativ um. »Geld spielt keine Rolle, wie Sie wissen.« Dann nahm er die Hände wieder herunter und fuhr fort: »Aber ich erwarte Ergebnisse. Und weil ich kein besonders geduldiger Mensch bin, erwarte ich die Ergebnisse *schnell*.«

Servalla setzte an, etwas zu erwidern, aber Senija konnte ihm gerade noch rechtzeitig die Hand auf den Arm legen, sodass er schwieg.

Sarantakos lächelte und nickte zufrieden. »Ich wusste, dass wir uns einig werden.«

»Gentlemen, ich möchte Ihnen Signora Francesca Bianchi vorstellen.« Robert Bend stand in Begleitung einer zierlichen Frau in der Bibliothek seiner Villa, als Luka und Vincent zu ihnen stießen.

Luka schätzte Francesca Bianchi auf etwa Ende vierzig, wobei es sein konnte, dass ihr kurzes dunkles Haar, das erste graue Stellen zeigte, sie älter wirken ließ. Sie stand an einem Arbeitstisch und war über eine Reihe von Dokumenten gebeugt. Als die Männer den Raum betraten, sah sie kurz auf und nickte ihnen zu.

»Ciao«, grüßte sie die beiden, bevor sie mit dem Zeigefinger ihre dünne Brille auf der Nase zurechtrückte und sich wieder in die Dokumente vertiefte.

»Signora Bianchi ist Dozentin an der Universität von Venedig. Sie lehrt dort, neben römischer Archäologie, auch lateinische Sprachwissenschaft«, erklärte Bend.

»Im Nebenfach«, ergänzte Bianchi beiläufig, ohne den Blick von den Papieren zu nehmen.

»Richtig«, bestätigte Bend und war für einen Moment sichtlich aus dem Konzept gebracht. Aber er fasste sich schnell wieder. »Signora Bianchi ist so freundlich, uns bei der Sichtung der Aufzeichnungen und der Ausführungen von Professor Servalla behilflich zu sein. Sie gilt als Koryphäe auf dem Gebiet der Übersetzung und Interpretation mittelalterlicher und römischer Texte.«

Luka beobachtete, wie Bianchi einen kleinen Notizblock aus ihrem dunkelblauen Cord-Blazer zog und mit einem Bleistift einzelne Worte notierte.

»Wie lief es bei Ihnen?« Bends Frage war an Luka und Vincent gerichtet.

»Wir haben uns weitestgehend ausgestattet«, berichtete Vincent. »Da wir aber nicht genau wissen, was uns erwartet, war das nicht wirklich einfach.«

Bend nickte.

»Gibt es Neuigkeiten von unseren neuen Freunden?«, fragte Luka.

»Gelong hat sich vorhin telefonisch gemeldet. Er und seine Brüder sind auf dem Weg hierher. Ich habe für die Gentlemen drei Zimmer auf derselben Etage wie der Ihren herrichten lassen.« Er hielt kurz inne, bevor er nachdenklich fortfuhr. »Auch wenn ich Gelongs Geschichte sehr überzeugend fand, so bin ich dennoch kein Narr. Ein Vertrauensvorschuss ist sicherlich gut. Aber ich fühle mich wohler, wenn ich weiß, dass Sie beide in ihrer Nähe sind und die Mönche ein wenig im Blick behalten.«

Vincent nickte fast unmerklich.

»Das ist interessant!« Bianchis Stimme ließ die drei Männer herumfahren.

»Haben Sie etwas gefunden?«, fragte Bend überrascht.

Bianchi sah über ihren Brillenrand, ohne den Kopf anzuheben. »Ich bin zwar gut, aber zaubern kann ich nicht.« Sie senkte wieder den Blick auf die Papierseiten. »Professor Servalla hat einige aufschlussreiche Notizen vermerkt. Seine Gedanken sind nicht immer auf Anhieb zu verstehen, aber sie helfen dennoch beim Interpretieren des Textes.«

»Konnten Sie schon irgendwelche konkreten Hinweise auf die Göttermaske finden?«, fragte Bend.

»Sie meinen die *Deus Larva,* wie Marco Polo die Göttermaske lateinisch nannte. Ja, sie wird häufiger erwähnt. Wussten Sie, dass er die Maske aus einem Kloster gestohlen hatte?«

»*Geraubt* ist der passendere Begriff«, fuhr eine männliche Stimme dazwischen, bevor einer der Anwesenden antworten konnte. Gelong betrat die Bibliothek, begleitet von seinen Brüdern und einem der Hausdiener.

»Ah, Gentlemen. Willkommen auf *Casa Bend*«, begrüßte Robert die Ankömmlinge. Er gab dem Butler ein Zeichen, der daraufhin die Taschen der drei Mönche nahm und sich entfernte. »Darf ich Ihnen vorstellen: Das ist Signora Francesca Bianchi von der Universität Venedig. Mr. Sefic und Mr. Baxter kennen Sie ja bereits.«

Luka überhörte den Unterton in Bends Stimme nicht. Es schien so, als hatte der Brite durchaus seine Freude an dem Zusammentreffen. Luka seinerseits hätte auf das erste Aufeinandertreffen mit den Mönchen verzichten können. Er musterte die beiden Mönche, die in Gelongs Begleitung waren. Sie sahen etwas jünger als Gelong aus und wirkten fast schon schüchtern.

»Guten Tag, Signora Bianchi. Ich bin Bruder Gelong«, grüßte der Mönch die Wissenschaftlerin knapp. »Das sind meine beiden Brüder Nirmal und Pawan.« Während er die Namen sagte, zeigte Gelong auf den jeweiligen Bruder.

Luka erkannte Pawan als denjenigen, dem er die Nase blutig geschlagen hatte. Sie war noch immer geschwollen und sah etwas unförmig aus. »Tut mir leid, das mit der Nase«, sagte er, tippte dabei erst auf seine eigene Nase und zeigte dann auf die von Pawan.

»Es gibt nichts, wofür Sie sich entschuldigen müssten. Das war eine Lektion für mich. Ich danke Ihnen dafür«, entgegnete Pawan und verbeugte sich.

Luka war überrascht und wusste keine Antwort, weshalb er sich unbeholfen selbst kurz verbeugte. Es fühlte sich eigenartig an. Als er sich aufrichtete, fiel ihm auf, dass Vincent schmunzelte und diskret wegschaute.

»Mein Personal hat Ihnen drei Zimmer hergerichtet«, verkündete Bend an Gelong gerichtet. »Sie wohnen im selben Flügel wie Mr. Sefic und Mr. Baxter. Ihre Taschen wurden bereits auf Ihre Zimmer gebracht.«

»Das ist sehr freundlich, aber uns hätte ein gemeinsames Zimmer genügt«, antwortete Gelong.

Bend winkte ab. »Ich bitte Sie. Wir haben hier genügend Platz im Haus. Das geht schon in Ordnung.«

Gelong schwieg, aber neigte dankbar den Kopf.

»Mario!«, rief Bend einen der Hausdiener heran. »Zeigen Sie unseren Gästen bitte ihre Räumlichkeiten.«

»Si, Signore Bend.« Der Diener nickte und bat Gelong und seine Brüder mit einer einladenden Geste, ihm zu folgen.

»Ruhen Sie sich etwas aus. Das Haus und der Park stehen Ihnen zur Verfügung. Wenn Sie etwas benötigen, lassen Sie es mein Personal oder mich wissen.«

Gelong senkte abermals den Kopf, warf einen kurzen Blick auf Luka und Vincent, bevor er mit seinen Brüdern dem Hausdiener folgte.

»Das wird noch interessant«, prophezeite Luka und ließ sich in einen der *Chesterfield*-Sessel fallen.

»Da muss ich Mr. Sefic zustimmen«, bestätigte Vincent. »Wir können noch nicht mit Sicherheit sagen, ob Gelong und seine Brüder Freunde oder Gegenspieler sind.«

Bend nickte bedächtig. »Selbstverständlich. Aber in der derzeitigen Lage denke ich, dass wir jede Hilfe annehmen sollten. Egal, wie sie sich uns zunächst darstellt.«

»Ich weiß nicht, was dieser Sarantakos von uns erwartet.« Servalla saß vor dem Tagebuch, das auf dem Tisch in Senijas Kabine lag. Er hatte beide Hände auf die Stirn gelegt und stützte sich mit den Ellenbogen auf der Tischplatte ab. »Ich habe das Buch komplett gelesen und wochenlang daran gearbeitet. Darin finden sich keine Hinweise auf den Verbleib der Göttermaske.«

Senija ging nervös die Kabine auf und ab. Zwischendurch testete sie, ob die Tür verschlossen war, und rüttelte vorsichtig an der Klinke, aber sie waren eingesperrt. Sie schlug mit der Faust gegen die Wand neben der Tür und drehte sich resigniert um. Dann trat sie zum Professor an den Tisch und legte ihm die Hand auf die Schulter. »Es gibt vielleicht eine Möglichkeit«, sagte sie zaghaft.

Servalla hob den Kopf und sah sie an. »Was meinen Sie damit?«

Senija setzte sich neben ihn und rückte dicht heran. »Vladic war bei mir.«

»Der Verbrecher?« In Servallas Stimme lag eine Mischung aus Überraschung und dem Zorn auf seinen Entführer. »Ich wüsste nicht, wie *der* uns helfen könnte.«

Senija zögerte, bevor sie leise weitersprach. »Eigentlich will er eher sich selbst helfen. Aber das schließt ja nicht aus, dass uns das auch hilft.«

Servalla schaute sie verwirrt an.

Senija rückte noch ein Stück näher. »Er will Sarantakos eine andere Maske als die Göttermaske verkaufen«, flüsterte sie.

»Ist der wahnsinnig?«, entfuhr es Servalla.

Senija hob schnell die Hand und presste sie auf Servallas Mund. »Nicht so laut«, zischte sie. Servalla nickte hastig, worauf Senija vorsichtig die Hand senkte. Sie lauschte kurz in Richtung der Kabinentür, bevor sie wieder flüsternd fortfuhr. »Sie haben recht.

Das war auch mein erster Gedanke. Aber überlegen Sie: Wenn Vladic Sarantakos eine Maske vorzeigen will, dann kann er das schlecht hier auf der Yacht tun. Also müssen wir an Land. Von der Yacht fliehen ist nahezu aussichtslos. An Land haben wir vielleicht eine Chance.« Der Professor schwieg, aber Senija spürte, dass er von dem Plan nicht überzeugt war. »Das kann nur funktionieren, wenn Sie mithelfen und wir zusammenarbeiten«, schob sie bittend nach.

Servalla schwieg, aber nickte schließlich. »Ich halte das für eine ungemein blöde Idee, aber in der derzeitigen Situation sehe ich auch keine Alternativen.«

Senija war erleichtert.

»An was für eine Maske hat dieser Verbrecher denn bei seinem Schwindel gedacht?«, fragte Servalla.

»Soweit ich weiß, eine alte osmanische Totenmaske. Ich habe sie allerdings noch nicht sehen können«, erklärte Senija, wohlwissend, was gleich folgen würde.

»Eine osmanische Totenmaske?«, entfuhr es dem Professor, der sichtlich bemüht war, nicht durchzudrehen. »Die Maske von Polo stammt nicht aus dem Osmanischen Reich. Jeder Student der Archäologie im dritten Semester würde den Schwindel sofort erkennen.« Er hielt sich die flache Hand an die Stirn und ließ sich auf seinem Stuhl zurückfallen.

Senija wusste, dass der Professor recht hatte. Dennoch versuchte sie, so überzeugend wie möglich zu klingen. »Deshalb will Vladic, dass wir mitspielen. Er ist davon überzeugt, dass Sarantakos nur ein reicher

Sammler ist, der aber insgesamt keine Ahnung von Antiquitäten hat.«

»Ach, und *er* kann das einschätzen?«, erwiderte Servalla schnippisch.

Senija hatte darauf keine passende Antwort, weshalb sie nur mit den Schultern zuckte. »Sie haben mit allem recht, was Sie sagen, Professor. Aber ich sehe im Augenblick keine Alternativen für uns, und ich kann Sie nur bitten, mit mir zusammenzuarbeiten.«

Servalla rang sichtlich mit sich und seiner Überzeugung. »Na gut«, sagte er schließlich, wobei die Mischung aus Zweifel und Resignation nicht zu überhören war. »Jetzt brauchen wir nur noch eine gute Geschichte, wo wir die angebliche Göttermaske finden werden.«

KAPITEL 19

Senija saß am Tisch ihrer Kabine und studierte Seite für Seite Marco Polos Tagebuch. Es war mittlerweile später Abend, und nachdem die Wachen ihr und dem Professor eine Mahlzeit gebracht hatten, war Servalla auf einem Sessel eingeschlafen. Nur hin und wieder nahm sie sein leises Schnarchen wahr, während sie aufmerksam die Aufzeichnungen des Marco Polo las.

Sie und Servalla hatten den ganzen Tag damit verbracht, das Tagebuch akribisch zu lesen, zu übersetzen und einzelne Textpassagen zu diskutieren. Der Professor behielt bisher völlig recht: Das Buch enthielt keine konkreten Hinweise, die auf einen Verbleib der Göttermaske schließen lassen.

Resigniert und erschöpft lehnte sie sich zurück und rieb sich mit den Händen über das Gesicht. Auch wenn das Buch am Ende keinerlei Hinweise enthielt, so müssten sie dennoch etwas finden, das sie Sarantakos präsentieren konnten. Denn darum ging es schließlich. Weder der Professor noch sie, wenn sie ehrlich zu sich war, glaubte an die Existenz der Göttermaske. Sie schüttelte den Kopf bei dem Gedanken und verschränkte die Arme vor der Brust.

Ein besonders lautes Schnarchen des Professors ließ sie ihren Blick auf den schlafenden Wissenschaftler richten. Er hatte sich mit einer leichten Wolldecke zugedeckt. Seine Brille hatte er hochgeschoben, nun hing sie schräg zwischen seinen Haaren auf dem Kopf.

Senija musste lächeln bei dem Anblick. Sie kannte den Professor schon lange. Er war so etwas wie ein Mentor für sie – damals während ihres Studiums. Danach nahm der Kontakt stetig ab, bis sie … mit einem leichten Schaudern erinnerte sie sich an die Geschehnisse der letzten Tage.

Ihr Blick fiel auf ein Wasserglas, das neben dem Professor auf einem Beistelltisch stand. Er hatte es fast zur Gänze ausgetrunken, bevor er eingeschlafen war. Beim Anblick des Glases bemerkte sie, dass sich ihr Mund trocken anfühlte. Sie erhob sich und trat um den Tisch, an dessen anderem Ende eine Karaffe mit Wasser stand, in die Zitronenscheiben gegeben wurden. Sie schenkte sich ein und ging zurück an ihren Platz.

»Sind Sie schon fündig geworden?«

Die Frage des Professors kam aus dem Nichts und schnitt so unerwartet durch die Stille, dass Senija erschrak. Sie warf dabei die Arme nach oben, sodass ihr beinahe das Wasserglas aus der Hand fiel. Sie konnte es festhalten, verhinderte damit aber nicht, dass der Inhalt des Glases herausschwappte. Wie in Zeitlupe sah Senija den großen Schluck Wasser, der unaufhaltsam durch die Luft flog und sich schließlich über das aufgeschlagene Tagebuch ergoss.

»Nein«, entfuhr es Senija, während sie panisch in den Duschraum eilte und mit einem Frotteehandtuch zurückkam. Sie versuchte hektisch aber dennoch behutsam, das Buch abzutupfen.

»Oh mein Gott«, rief Servalla. »Was haben Sie getan?!« Er warf die Decke von sich, rückte seine Brille zurecht und sprang auf.

»Ich konnte nichts dafür. Sie haben mich erschreckt«, entgegnete Senija.

»Nein, nein, nein«, sagte Servalla. Seine Stimme ließ die Vorstufe einer Panikattacke erkennen. Er schob Senija beiseite und tupfte selbst mit dem Handtuch über das völlig durchnässte Buch. »Wenn Sarantakos das sieht, sind wir tot. Er erschießt uns oder wirft uns zu den Haien. Oder beides.«

Senija wusste, dass der Professor wahrscheinlich recht hatte. »Wir müssen jetzt ruhig bleiben und überlegen, was wir tun können«, sagte sie dennoch. Allerdings wusste sie, dass sie damit eigentlich nur sich selbst beruhigen wollte. Sie sah sich hektisch um. In ihrer Kabine gab es kaum etwas, womit sie was anfangen könnte. Sie eilte nochmals ins Badezimmer und zog die einzige Schublade auf, die dort zu finden war. Sie fand darin einen Haarföhn, der allerdings mit seinem Kabel fest mit dem Wandanschluss verbunden war. »Professor, schnell! Bringen Sie das Buch«, rief sie.

Es dauerte nur einen Augenblick, bis Servalla mit dem tropfenden Buch in der Tür stand. »Das ist nicht Ihr Ernst?!«, fragte er mit weit aufgerissenen Augen, als er Senija mit dem Föhn in der Hand sah.

»Haben Sie eine bessere Idee? Soll ich Fahed rufen und ihn fragen, ob sie zufällig eine Papiertrockenmaschine im Keller der Yacht haben?«

Servalla presste die Lippen zusammen und trat widerwillig heran.

»Halten Sie es am Deckel und am Buchrücken hoch, sodass die Seiten nach unten auffächern«, sagte Senija.

Er tat, wie ihm geheißen wurde.

Senija schaute auf den Föhn und schaltete ihn in der schwächsten Stufe ein. Mit einem Brummen startete das Gerät und verströmte umgehend warme Luft in dem engen Duschraum. Vorsichtig bewegte sie den Föhn auf und ab. Sie achtete darauf, dass keine Seiten zusammenklebten, wozu sie immer wieder ihre Position und den Winkel des Luftstroms änderte.

Der Professor stand wie angewurzelt und hielt steif das Buch vor sich. Er sprach kein Wort, aber sie konnte seine Sorge förmlich greifen.

»Was ist das?«, fragte Senija. Sie kniete auf dem Boden unterhalb des Buches und trocknete von dort die Seiten.

»Was meinen Sie?«, fragte Servalla. Seine Frage klang abwesend und beiläufig. Es war, als hätte er sich mit ihrem Schicksal abgefunden und seine Reaktion wäre nur ein Reflex.

Senija stellte den Föhn aus und legte ihn neben dem Waschbecken ab. Dann nahm sie Servalla behutsam das Tagebuch aus der Hand und ging zurück zum Tisch. Sie hielt das Buch etwas höher vor ihr Gesicht, damit sie mehr von der Deckenbeleuchtung nutzen konnte. »Sehr interessant«, stellte sie fest und legte das Buch auf dem Tisch ab. Dann schaute sie sich suchend um.

»Was ist denn jetzt schon wieder los?«, fragte der Professor, dessen Stimme mittlerweile eine spürbare Aggression aufwies.

Senija antwortete nicht, sondern eilte stattdessen erneut ins Badezimmer. Sie fand sofort, was sie suchte und griff sich das Nagelpflege-Set, das auf dem

Waschtisch in einer Schale lag. Sie kehrte zum Tisch zurück und zog die Nagelschere aus dem Etui.

»Jetzt ist genug«, herrschte der Professor sie an, als sie sich mit der Schere an dem Buch zu schaffen machte. »Sind Sie wahnsinnig geworden? Erst ertränken Sie das Buch in Zitronenwasser und dann wollen Sie es noch zerschneiden. Haben Sie so wenig Lust am Leben?«

Senija hielt kurz inne und sah den Professor an. »Professor, wenn ich richtig liege, habe ich die Lösung für unser Problem gefunden. Bleiben Sie ruhig und vertrauen Sie mir.« Mit diesen Worten beugte sie sich wieder über das Buch.

Der Professor antwortete nicht, aber marschierte nervös – fast schon panisch – die Kabine auf und ab.

Senija klappte die Schere auf und stach mit einem der spitzen Enden in das Papier, das innen am Buchrücken verklebt war. Dann fuhr sie vorsichtig an der Klebekante entlang. Sie war erleichtert, dass die Schere scharf geschliffen war. Es dauerte nicht lange, bis sie die obere kurze Kante eingeschnitten hatte. Sie dreht das Buch um fünfundvierzig Grad und begann, die längere seitliche Kante einzuschneiden.

»Oh Gott, das kann doch alles nicht wahr sein«, hörte sie Servalla jammern.

»Ich habe es gleich«, sagte sie – mehr zu sich selbst und weniger an den Professor gerichtet. Sie drehte das Buch um weitere fünfundvierzig Grad und schnitt die untere Kante ein. »So, fertig«, verkündete sie schließlich und legte die Schere beiseite. Langsam und behutsam hob sie das abgelöste Blatt an.

»Heilige Maria, Mutter Gottes!« Servalla trat näher heran und beugte sich über den Tisch.

»Dem kann ich nur zustimmen«, sagte Senija.

Unter dem Papier kam der Ausschnitt einer Art Landkarte zum Vorschein. Die Karte war einfarbig gestaltet und Senija vermutete, dass der Zeichner einen Kohlestift oder Ähnliches verwendet hatte. Dennoch war sie sich sicher, dass sowohl Land als auch ein Gewässer dargestellt wurden, was an den Wellenlinien an einer Stelle erkennbar war. Unter dem Kartenteil standen zwei schwer leserliche Textzeilen geschrieben.

Servalla zog das Buch heran und beugte sich nahe darüber. »Bitte, holen Sie mir noch eine zusätzliche Lichtquelle«, bat er Senija. Sein Tonfall hatte sich normalisiert. Aus ihm sprach nun wieder der neugierige Wissenschaftler, den sie kannte und so sehr schätzte.

Senija eilte zum Bett und griff nach der Nachttischlampe. Sie zog den Stecker heraus und ging zurück zum Tisch. »Hoffentlich reicht das Kabel«, sagte sie, während sie den Stecker in eine andere Steckdose steckte. Es reichte.

Der Professor las zunächst stumm, nur seine Lippen bewegten sich. Dann schaute er Senija mit großen Augen an. »Es ist unglaublich!«

»Was, Professor? Reden Sie schon!«

Servalla beugte wieder über den Text und las laut vor: *»Omnibus illis qui veritatem fabulae meae dubitant illis dico Prozor arcanum novit.«*

Senija glaubte nicht, was sie da hörte. Sie sagte sich den Satz in Gedanken nochmals auf und übersetzte: »An alle, die an der Wahrheit meiner Geschichte zweifeln …«

»… denen sage ich, dass Prozor das Geheimnis kennt«, vervollständigte der Professor ihren Satz. Damit ließ er sich auf einen Stuhl fallen. »Ich kann es nicht fassen. Das ist einfach nur unglaublich.«

Senija hatte dem nichts hinzuzufügen.

Vincent Baxter genoss die kühle klare Luft, die der frühe Morgen mit sich brachte. Kurz vor Sonnenaufgang war er losgelaufen, wie er es nahezu täglich zu tun pflegte. Er joggte von der *Casa Bend* durch den eigenen Park, bis er auf die Straße gelangte, die die Halbinsel mit dem neuen Teil Venedigs verband. Seine Strecke umfasste etwa zwölf Kilometer, was ihm normalerweise genügend Zeit verschaffte, den Kopf freizubekommen. Aber heute wollte das nicht passieren. Er versuchte, sich auf das tappende Geräusch seiner Laufschuhe zu konzentrieren, das sie auf dem rauen italienischen Asphalt verursachten.

Aber auch das half nicht. Als er seinen Wendepunkt in einem benachbarten Dorf erreichte, hingen seine Gedanken noch immer an den Geschehnissen der letzten Tage und blickten auf das, was vor ihnen lag. Willkürlich zwängte sich die Erinnerung an seine erste Begegnung mit Robert Bend in Vincents Gedächtnis. Das war vor ungefähr fünf Jahren gewesen, als er für den britischen Ölkonzern im Nahen Osten eingesetzt war.

Robert Bend war damals geschäftlich in Jordanien und Saudi-Arabien, wo sich ihre Wege kreuzten. Die darauffolgenden Ereignisse führten dazu, dass Vincent den Ölkonzern verließ und fortan als Sicherheitchef für Bend arbeitete. Seit dieser Zeit war Vincent in viele heikle Situationen geraten, die ihn das eine oder andere Mal fast das Leben gekostet hätten. Auch der neueste Fall war voller Gefahren und forderte seine Fähigkeiten heraus. Nur knapp waren er und Luka Sefic dem Tod entronnen, nachdem ihr Boot – bei dem Versuch, Senija und den Professor zu befreien – zerstört wurde und sank.

Er bog von der Straße in die geschotterte Auffahrt zur *Casa Bend* ein und lief zwischen den Baumreihen auf die Villa zu, die vor ihm aufragte und orange in der Morgenröte strahlte. Auf dem Platz vor dem Haupteingang verlangsamte er seine Schritte zu einem Gehen und sah sich um. Noch war alles still und nur wenig Personal zu sehen. Eine Wache stand etwas abseits und rauchte eine Zigarette. Er winkte Vincent zu, der ihm zunickte.

Erst seine Zeit beim SAS, gefolgt von den heiklen Aufträgen für den britischen Ölkonzern und jetzt beschäftigt als Sicherheitchef für einen Tech-Milliardär, der ein Faible für Schatzsucherei hatte und sich nebenbei mit griechischen Oligarchen anlegt. Vincents Leben war schon immer gefährlich und aufregend. Aber wollte er darauf verzichten? Er lächelte. Niemals!

»Ah, da sind Sie ja«, begrüßte Robert Bend Vincent, während er den Speiseraum betrat. Vincent war nach seiner morgendlichen Joggingrunde direkt auf sein Zimmer, hatte sich rasiert und geduscht. Die anderen waren schon beim Frühstücken und nickten ihm zur

Begrüßung zu, als er zu ihnen stieß. Gelong und seine Brüder saßen nebeneinander an einer Tischseite und zeigten sich so zurückhaltend, wie man sie kannte. Vincent fiel auf, dass die Mönche nur Obst auf ihren Tellern hatten, wogegen Luka Rührei und Speck in seinen Mund stopfte und gierig darauf kaute. Francesca Bianchi war ebenfalls anwesend. Bend hatte sie gestern Abend eingeladen, die Nacht in der Villa zu verbringen, was sie, ohne zu zögern, dankend annahm.

Vincent nahm sich einen Teller mit zwei Scheiben Vollkornbrot, Käse und einem Apfel. Im Vorbeigehen griff er noch einen Becher Joghurt, der in einer Schale mit Eiswürfeln lag. Er setzte sich auf den freien Platz neben Luka.

»Haben Sie gut geschlafen«, fragte Luka grinsend, unmittelbar nachdem er den Bissen hinuntergeschluckt hatte.

Sein Tonfall verriet Vincent, dass er ihn für einen Langschläfer hielt. »Tadellos, vielen Dank«, antwortete er knapp und gönnte ihm den kleinen Scherz.

»Jetzt, wo wir alle beisammen sind«, begann Bend, »möchte uns Signora Bianchi gerne den aktuellen Stand ihrer Recherche darstellen.« Mit einer einladenden Geste übergab er das Wort an die Wissenschaftlerin.

»Vielen Dank. Nun, meine Herren, ich kann es kurz machen: Die Kopie des Tagebuchs enthält keinerlei Hinweise, die auf den Verbleib der Göttermaske direkt hindeuten würden.«

Luka atmete mit einem Brummen enttäuscht aus.

»Aber …«, fuhr Bianchi fort und unterbrach ihn damit, »es lässt sich anhand des Tagebuchs relativ genau die Route Marco Polos rekonstruieren. Wie sie wahrscheinlich alle wissen, behandelt dieses Tagebuch die Ereignisse, die Polo nach seiner Abreise aus Trapezunt und vor seiner Rückkehr in Venedig erlebte.«

Alle Anwesenden nickten mehr oder weniger eifrig.

»Nun ist es aber tatsächlich so, dass das Tagebuch bereits *vor* Polos Ankunft in Venedig endet. Dieser spezielle Teil ist dann wieder in seinen ersten Aufzeichnungen ‚*Il Milione*‘ enthalten, die seit jeher allgemein bekannt sind. Daher ist es auch nicht verwunderlich, dass bislang niemand die Lücke in den Ereignissen auf seiner Heimreise bemerkte. In seinem ersten Buch schilderte Polo seine Heimreise nach Venedig ohne größere Zwischenfälle und nur das Wissen aus dem zweiten Tagebuch schließt hier den Kreis.«

»Aber aus welchem Grund machte er das so?«, warf Luka ein.

»Eine sehr gute Frage«, antwortete Bianchi. »Darüber können wir nur spekulieren. Das Tagebuch liefert hierzu keine Antwort. Es ist aber anzunehmen, dass er zunächst nicht wollte, dass die Ereignisse bekannt wurden. Vielleicht wollte er auch verhindern, dass jemand von dem Schatz respektive von der Göttermaske erfährt. Da er das zweite Buch erst einige Jahre später verfasste, könnte er im Laufe der Zeit seine Meinung geändert zu haben.«

»Also stehen wir wieder am Anfang?!« Gelong klang verbittert und enttäuscht.

»Das möchte ich so noch nicht stehen lassen«, antwortete Bianchi. »Wie ich bereits schilderte, lässt sich Polos Route relativ genau rekonstruieren. Allerdings ist es ähnlich, wie bei den Schilderungen in seinem ersten Buch. Er bleibt oft sehr vage und ungenau, wenn es um örtliche Beschreibungen und Fakten geht. Das macht es nicht leicht und schon gar nicht eindeutig, wenn es um die zweifelsfreie Deutung und Lokalisierung einer Örtlichkeit geht.«

»Entschuldigung, wenn ich schon wieder unterbreche«, meldete sich Luka zu Wort, »aber wie hilft uns diese Erkenntnis nun weiter?«

Francesca Bianchi sah ihn mit einem strengen Blick an und schob ihre Brille mit dem Mittelfinger den Nasenrücken hoch. »Nur Geduld, werter Herr!«

Vincent konnte ein Schmunzeln nicht unterdrücken, als Luka sich irritiert auf seinem Stuhl zurücklehnte.

Francesca Bianchi fuhr fort. »Wie wir wissen, reiste Polo mit der Galeere von Trapezunt, vorbei an Griechenland, die östliche Adria hinauf. Wie wir aus seinen Aufzeichnungen interpretieren können, geriet die Galeere irgendwo zwischen Split und Zadar, das damals noch *Zara* genannt wurde, in einen Sturm. Damit können wir zunächst einmal den entsprechenden Küstenabschnitt auf grob fünfundsiebzig bis achtzig Seemeilen eingrenzen.« Sie hob die Hand, als wolle sie etwaige Einwürfe vorab unterbinden. »Ich weiß, das ist noch immer sehr viel. Aber vor diesem Hintergrund erscheint insbesondere das letzte Kapitel in Polos Tagebuch bemerkenswert.« Sie holte eine Mappe hervor, aus der sie einen Stapel gehefteter Blätter zog. Sie verteilte die Hefte an die Anwesenden. »Ich habe Ihnen hier die Übersetzung des letzten Kapitels kopiert. Professor Servalla hatte in seiner Übersetzung ein paar … *Unschärfen,* die ich korrigiert habe. Ich schlage vor, dass wir uns gemeinsam den Text anschauen und unsere Rückschlüsse daraus ziehen.«

Die Männer sahen abwechselnd sich gegenseitig und die Blätter vor ihnen an. Keiner sagte etwas, bis Robert Bend auf die Tischplatte klopfte.

»Einverstanden«, verkündete er dabei und stand auf. »Folgen Sie mir alle ins Arbeitszimmer – wir haben keine Zeit zu verlieren.«

Danko Vladic saß mit Sarantakos am großen Esstisch im offenen Heckbereich der Yacht und rührte in seinem Kaffee.

Der Grieche hatte sich ein opulentes Frühstück genehmigt und streichelte nun zufrieden seinen runden Bauch. »Sie sollten auch etwas essen. Mein Koch zaubert Ihnen die besten Omeletts, die sie jemals probiert haben.«

Danko glaubte das ungeprüft. Bisher war jedes Gericht, das er an Bord gekostet hatte, mehr als hervorragend gewesen. Sarantakos war kein Blender, und alles, womit er sich umgab, wies eine außerordentliche Qualität auf.

»Kaffee und eine Zigarette genügen mir, vielen Dank.«

Sarantakos rümpfte auffällig die Nase, ließ es aber dabei bewenden. »Glauben Sie, dass Anic und der Professor vorankommen?«, fragte er stattdessen.

Danko zuckte mit den Schultern. »Wir werden sehen.« Er zog eine Zigarette aus der Schachtel und steckte sie sich in den Mund. »Ich bin mir aber ziemlich sicher«, meinte er, bevor er sie sich mit seinem goldfarbenen Zippo anzündete, »dass beide überaus motiviert sind.«

Sarantakos lachte laut. »Danko, Sie gefallen mir.«

Das ist mir so scheißegal, dachte Danko, während er den Griechen schweigend anlächelte.

»Ah, wenn man vom Teufel spricht«, bemerkte Sarantakos mit einem Blick über ihn hinweg.

Danko schaute über seine Schulter und sah, wie zwei Wachleute Senija Anic und Professor Servalla an den Tisch führten.

»Einen schönen guten Morgen, liebe Frau Anic und werter Professor«, begrüßte der Grieche die beiden übertrieben höflich. »Ich hoffe, Ihnen fehlt es an nichts. Oder was können wir sonst für Sie tun?«

»Sparen Sie sich Ihre falschen Höflichkeiten«, entgegnete ihm Senija. Das Funkeln in ihren Augen sprach Bände.

»Wir haben vielleicht eine Spur«, sagte der Professor hastig.

Vermutlich aus Sorge, dass er wegen Anic Probleme bekommen könnte. Vladic lächelte amüsiert in seine Tasse, während er einen Schluck nahm.

»Hört, hört! So schnell?« Sarantakos klang mehr misstrauisch, weniger überrascht. Er schaute zu Danko, dann wieder zu den beiden. »Dann lassen Sie mal hören.«

Professor Servalla legte das Tagebuch und einen handbeschriebenen Notizzettel auf den Tisch.

»Was ist das?!«, rief Sarantakos erschrocken, als der Professor das Buch aufklappte und der aufgeschnittenen Innenteil zum Vorschein kam. »Sie haben das Tagebuch zerstört!«

»Beruhigen Sie sich«, entgegnete Senija. Sie legte dabei einen Tonfall an, der an eine genervte Mutter schlecht erzogener Kinder erinnerte. »Seien Sie lieber froh.« Mit diesen Worten drehte sie das Buch und schob es dem Griechen hin. »Hier, sehen Sie. In der Innenseite des Buchrückens haben wir *das* entdeckt.«

Auch Danko war neugierig und beugte sich ein wenig vor. *Nicht schlecht,* dachte er. *Die beiden gehen richtig in ihrer Rolle auf und haben offensichtlich auch an kleine Details gedacht.* Zufrieden lehnte er sich wieder zurück und nahm einen Zug von seiner Zigarette.

»Das ist ja außerordentlich«, stellte Sarantakos fest. Er fuhr mit einem Finger sanft über den aufgemalten Kartenteil. Er schien ehrlich beeindruckt. »Was steht da darunter? *Omnibus illis qui …*«

»Wir haben hier eine Übersetzung«, unterbrach ihn der Professor und schob dem Griechen den Notizzettel hin.

»*An alle, die an der Wahrheit meiner Geschichte zweifeln, denen sage ich, dass Prozor das Geheimnis kennt.*« Sarantakos las die Worte laut vor.

Danko stutzte. Hatte er eben richtig gehört? »Können Sie das noch mal wiederholen?«, bat er den Griechen.

Der nickte und las den Satz ein zweites Mal laut vor. »*An alle, die an der Wahrheit meiner Geschichte zweifeln, denen sage ich, dass Prozor das Geheimnis kennt.*« Sarantakos las diesmal etwas langsamer und betonte dabei die einzelnen Teile. Dann sah er zu Anic und dem Professor. »Und was bedeutet das?«

Senija Anic zuckte fast unmerklich mit den Achseln.

»Das wissen wir noch nicht«, gestand Servalla. »Weder Frau Anic noch ich haben eine Idee, wer Prozor sein könnte.«

Aber ich, dachte Danko. *Ich weiß sehr genau über Prozor Bescheid.*

KAPITEL 20

Schritte auf feuchtem Steinboden ließen Marco Polo aus seiner Lethargie aufschrecken. Er hatte nicht die geringste Ahnung, wie lange er schon in dem modrigen Kerker saß. Es drang kein natürliches Licht in die dunklen Gewölbe hinab. Lediglich der schwache Schein der sporadisch aufgehängten Fackeln an der Wand erhellten den Gang zu den Zellen. Er wusste weder, ob es Tag oder Nacht war, noch wie viele Tage er bereits hier saß. Man hatte ihm regelmäßig Brot und Wasser gebracht, aber Polo hatte nicht mitgezählt. Immer wieder war er erschöpft eingenickt und vermochte auch deswegen nicht zu sagen, ob er Tage oder Wochen eingekerkert war.

Zwei Wachen traten vor seinen Kerker und leuchteten mit einer Fackel in das Innere. »Hey, du!«, rief einer der beiden, während der andere die Kerkertür aufschloss. »Steh auf und komm mit.«

Polo erhob sich schwerfällig. Seine Knochen und Muskeln schmerzten. Er fühlte sich steif und geschwächt. Die kleinen trockenen Stückchen Brot hatten ihn vorerst vor dem Verhungern gerettet – aber mehr nicht. »Was wollt ihr?«, fragte er.

Statt einer Antwort bekam er eine schallende Ohrfeige von dem Wachmann, der ihn zuvor ansprach. »Du redest nur, wenn dir das erlaubt wird«, herrschte ihn die Wache an.

Polo spürte, wie seine Wange sofort anschwoll und wie Feuer brannte. Der raue Lederhandschuh hatte ihm mit Sicherheit einige wunde Schlieren im Gesicht beschert. Aber er hütete sich, etwas zu sagen.

Die Männer machten sich nicht die Mühe, ihn zu fesseln. Sie packten Polo und stießen ihn vor die Zelle, wobei er sich nur mit Mühe auf den Beinen halten konnte.

»Hier geht es lang«, wies ihn einer der Männer an und stapfte in die Richtung voran, aus der die Wachen gekommen waren.

Polo folgte ihm, die zweite Wache hinter sich gehend. Sie passierten die anderen Zellen, in denen Polo aber so gut wie nichts erkennen konnte. Einmal ragten zwei Hände durch die vergitterte Sichtluke. Sie erinnerten ihn an die Hände eines Bettlers, der um eine milde Gabe flehte.

Der vorausgehende Wachmann ballte eine Faust und ließ sie im Vorbeigehen unvermittelt wie einen Hammer auf eine der Hände fallen.

Polo meinte, dabei ein widerliches Knacken gehört zu haben. Ein Gefühl der Übelkeit breitete sich in ihm aus. Der Gefangene schrie auf und beide Hände verschwanden in der Dunkelheit der Zelle. Polo blieb instinktiv kurz stehen und starrte die Sichtluke der Kerkertür an, bis ihm der hintere Wachmann einen Stoß versetzte.

»Hat dir jemand gesagt, dass du stehen bleiben sollst? Los, beweg dich!«, herrschte er ihn an.

Polo stolperte weiter.

Hinter den Zellen erreichten sie eine enge Wendeltreppe, in der keine zwei Männer nebeneinander gehen konnten. Sie führte nach oben und endete vor einer schweren Tür ohne Sichtluke. Die Wache klopfte dreimal, bevor die Tür von außen geöffnet wurde. Polo musste reflexartig seinen Arm vor die Augen halten. Das Tageslicht war so grell, als wäre die Sonne auf ihre doppelte Größe angewachsen. Es musste fast Mittag sein, denn sie stand bereits hoch am Himmel. Polo brauchte einige Sekunden, bis er sich ohne Zwinkern und zusammengekniffene Augen umsehen konnte. Sie waren über die Treppe auf den Innenhof der Burg gelangt. Er meinte, einige Details von seiner Ankunft zu kennen, sicher war er sich aber nicht. Der Boden war fast komplett mit weißrotem groben Sand und einzelnen kleineren Steinen bedeckt. Soldaten in Lederrüstungen sattelten gerade ihre Pferde. Kaum einer nahm Notiz von ihm und seinen Bewachern. Ohne angesprochen zu werden, überquerten sie den Hof und steuerten eine deutlich größere Tür an, vor der zwei Wachen mit Lanzen postiert waren.

»Wir bringen den Fremden. Der Graf will ihn sehen«, meinte einer von Polos Begleitern zu den Wachen. Die nickten und ließen die Gruppe passieren.

Im Innern der Burg standen ebenfalls einzelne Wachposten, aber das Bild wurde hauptsächlich von den Dienern geprägt, die in großer Zahl eifrig umherliefen. Manche von ihnen trugen Schalen und Töpfe mit Speisen und Tonkrüge quer durch die Halle. Marco Polo hörte seinen Magen knurren und spürte urplötzlich, wie hungrig er war. Am liebsten hätte er sich auf einen der Diener gestürzt und ihm einen der Töpfe entrissen. Aber er ahnte, was dann mit ihm passieren würde.

Durch die Halle gelangten sie in einen Flur, von dem auf beiden Seiten weitere Gänge abzweigten. Sie gingen geradeaus, bis sie erneut an einer bewachten Tür ankamen, die fast schon ein Tor darstellte. Die Wachen dort gewährten ihnen sofort Zugang und öffneten ohne Aufforderung.

Sie betraten den Raum, der sich als Saal herausstellte. Zu seiner Linken sah Polo Öffnungen, die wie Scharten in die Wand gearbeitet waren, sodass genügend Licht in den Raum fiel. Zusätzlich waren auf der gegenüberliegenden Seite Wandfackeln angebracht. An der Decke hing ein brennender Kronleuchter, der über einer riesigen Festtafel schwebte. Jetzt war Polo klar, was die Dienerschaft mit den Speisen und den Krügen vorhatte – eine Festlichkeit stand an.

Am Ende des Raums erkannte Polo eine Empore, auf der eine Art Thron aufgestellt war. Nicht so pompös wie die, die er in Rom gesehen hatte. Ja, nicht einmal so, wie die am Hofe des Kahns. Aber dennoch waren sein Zweck und sein Status unübersehbar.

»Ah, mein Gast ist eingetroffen«, rief ein Mann, der sich eben am Kopf der Festtafel mit einem Diener unterhalten hatte. »Seid nicht so scheu und tretet näher.« Er hatte den Satz kaum beendet, wandte er sich ab, lief die drei Stufen der Empore hinauf und ließ sich mit einer übertriebenen Bewegung auf den Thron fallen, wobei er ein Bein über dessen Armlehne schwang. Als Polo zögerte, winkte ihn der Graf mit einer Hand heran. »Na los! Hört Ihr nicht?«

Eine der Wachen gab Polo einen Schubs, mit dem er sich zögerlich in Bewegung setzte. Während er langsam auf den Grafen zuging, trat eine weitere

Person hervor. Es war Goran, der hünenhafte Soldat. Bedrohlich, wie ein dunkler riesiger Schatten, stellte er sich seitlich hinter seinen Lehnsherrn.

Bilder schossen in Polos Erinnerungen. Bilder vom brennenden Haus eines Hirten. Und von einer jungen Frau … Alica. Er spürte, wie in ihm die Wut wieder aufflammte. Die Wut auf Goran.

Goran schien seine Gedanken zu erahnen und bedachte ihn mit einem hämischen Grinsen.

Polo trat vor die erste Stufe der Empore, als ihn die Wache an der Schulter festhielt. »Das genügt«, sagte der Mann.

Polo sah zu dem Grafen auf, der ihn musterte. Er sah dabei aus, als würde er den Wert seines Gefangenen abschätzen.

»Verzeiht meine Unhöflichkeit«, sagte der Graf schließlich. »Ich habe mich Euch noch gar nicht vorgestellt.« Dabei legte er seine rechte Hand auf seine linke Brust und senkte kurz den Kopf, was offenkundig mehr seiner Belustigung als einer wirklichen Entschuldigung diente. »Mein Name ist Markgraf Paul Subic von Bribir, der Erste. Ich bin der Ban dieser Ländereien.« Ohne seinen Blick von Polo abzuwenden, zeigte er mit einer beiläufigen Geste auf Goran hinter sich. »Hauptmann Goran kennt Ihr ja bereits.«

Gorans Grinsen wurde eine Spur breiter.

»Aber genug von uns«, fuhr der Graf fort. »Erzählt Ihr … wen haben wir vor uns?«

Polos Blick wechselte zwischen dem Grafen und Goran hin und her. Er erinnerte sich schmerzlich an die erste Begegnung mit dem Hauptmann und wie seine Vorstellung damals endete. »Marco Polo«, antwortete er knapp.

»Polo … Marco Polo«, wiederholte der Graf und zog dabei die Worte, als wolle er deren Bedeutung ergründen. »Den Namen habe ich noch nie gehört. Sagt mir, Polo … was treibt Euch in mein Land?«

Polo zögerte, bevor er antwortete. »Ich war mit einem Schiff unterwegs nach Venedig, als wir vor Eurer Küste in einen Sturm gerieten. Das Schiff sank. Ich habe als einziger überlebt und konnte mich an Land retten.«

Die Wache, die noch immer hinter ihm stand, schlug Polo ohne Vorwarnung mit der flachen Hand an den Hinterkopf. Schreck und Schmerz durchfuhren ihn, sodass er sich wegduckte und die Hände um den Kopf legte.

»Das war für Eure Lüge«, erklärte der Graf.

»Das war keine Lüge«, versicherte Polo, dessen Stimme ungewollt zitterte.

»Hier in der Gegend ist seit Wochen keine Wolke zu sehen. Geschweige denn ein Sturm, der ein Schiff zum Sinken bringen könnte.«

»Ich versichere Euch: So ist es gewesen!«

Der Graf hob eine Hand, die Polo zum Schweigen aufforderte. Für einen unangenehm lange andauernden Augenblick sah er Marco abschätzend an. Er schien zu überlegen, was er von dem Fremden halten sollte. Oder, und das war für Polo viel beängstigender, was er mit ihm anstellen würde.

»Nun, wenn Ihr auf Eurer Geschichte beharren möchtet …«, sagte der Adelige schließlich, »benötigt Ihr wohl noch eine Weile meine Gastfreundschaft.« Er suchte Blickkontakt mit einer der Wachen. »Schafft ihn zurück in den Kerker. Wir werden sehen, wie die Antworten nach ein paar weiteren Tagen ausfallen werden.«

»Wartet!«, rief Polo hastig, gerade, als sich die Wache hinter ihm in Bewegung setzte.

Der Graf hob einen Zeigefinger, worauf die Wache innehielt. »Wusste ich es doch. Ich bin gespannt, endlich die Wahrheit zu erfahren.«

Polos Blick wechselte vom Grafen zu Goran und wieder zurück. »Ihr habt recht«, sagte er. »Ich war auf keinem Schiff unterwegs. Eine kleine Eskorte begleitete mich auf dem Landweg von Konstantinopel.« Polo versuchte, jedes Wort mit Bedacht zu wählen und beobachtete dabei den Grafen aufmerksam. Er hoffte, mit seiner Lügengeschichte den richtigen Weg gewählt zu haben. Aber schlimmer konnte es vermutlich nicht mehr werden. »Wir waren auf dem Weg nach Zara und wollten von dort mit dem Schiff nach Italien übersetzen.« Er sah zu Goran und versuchte, dessen Gedanken abzuschätzen, aber der Hauptmann verzog keine Miene. Nur sein Blick war kalt und voller Misstrauen.

Polo schluckte, bevor er weiterredete. »Vor ein paar Tagen wurden wir überfallen. Nur ich und ein Soldat der Eskorte überlebten den Angriff. Wir konnten uns in die Berge flüchten. Aber der Soldat war schwer verwundet und starb zwei Tage später.« Polo senkte den Kopf und bekreuzigte sich. »Ich irrte danach einen Tag und eine Nacht weiter durch die Berge. Dann traf ich auf den Ziegenhirten …«, er unterbrach sich kurz, »und dessen Tochter.« Mit diesen Worten war es Polo, der einen eisigen Blick an Goran schickte. Er glaubte, auf dessen Gesicht ein grinsendes Zucken der Mundwinkel erkennen zu können. »Den Rest der Geschichte kennt Ihr«, sagte er schließlich, nachdem er seinen Blick wieder dem Grafen zuwandte.

Der Graf beugte sich in seinem Thron nach vorne und stützte einen Ellenbogen auf seinen Schenkeln ab. »Was war der Zweck Eurer Reise?«, fragte er.

»Ich überbringe ein Geschenk von Kaiser Andronikos dem Zweiten an den Papst.« Dabei richtete Polo sich demonstrativ auf und versuchte, erhaben zu wirken. Er hatte jedoch das Gefühl, dass ihm das nur leidlich gelang.

Der Graf nickte und lehnte sich wieder zurück. »Ist das hier das Geschenk, das Ihr überbringen solltet?«

Goran schnippte mit den Fingern und winkte einer Wache zu, die an einer Seitentür des Saals postiert war. Der Wachmann nickte und öffnete die Tür. Ein Diener, der von zwei Soldaten begleitet wurde, trug eine Truhe herein.

Polo erkannte sie sofort. Es war *seine* Truhe!

Der Diener trat vor den Grafen und stellte sie auf der ersten Stufe der Empore ab. Dann verbeugte er sich tief und ging. Die beiden Soldaten aber blieben.

Der Graf erhob sich und schritt die Empore herunter. »Wollen wir doch mal sehen, was ein Kaiser einem Papst schenken möchte.« Er trat neben die Truhe und öffnete den Deckel mit dem Fuß. Mit dem Öffnen des Deckels weiteten sich auch die Augen des Grafen zusehends. Das strahlende Gold im Innern der Truhe schien sein Gesicht zu erhellen und mit einem schimmernden Glanz zu belegen. Er beugte sich hinunter und tauchte seine Hand in das Bad aus Geschmeide, Goldmünzen und Edelsteinen. Er griff zu, hob eine Handvoll des Schatzes heraus und ließ sie bedächtig zwischen seinen Fingern zurück in die Truhe gleiten. Seine Aufmerksamkeit wurde auf das gelenkt, was über allem thronte: die *Göttermaske*. Der Graf ergriff die Maske und hob sie vorsichtig mit beiden Händen heraus. Er wendete und betrachtete sie von allen Seiten. Seine Mimik strahlte pure Faszination aus ... und Habgier. Langsam führte er die Maske an sein Gesicht.

»Nicht, Euer Exzellenz!«, rief Polo.

Der Graf hielt inne und schaute zu ihm herüber. In seinen Augen war eine Mischung aus Überraschung und Missgunst zu erkennen.

»Die Maske wurde auf speziellen Wunsch des Papstes vom besten Goldschmied des Kaisers gefertigt«, erklärte Polo schnell, bevor der Graf etwas sagen konnte. »Sie ist ein besonderes Stück und liegt dem Papst besonders am Herzen.« Er schickte ein Stoßgebet in den Himmel, dass er ihm die Geschichte abkaufte.

Tatsächlich zögerte der Graf. Er betrachtete die Maske in seinen Händen und schien mit sich zu ringen. Dann gab er sich einen sichtbaren Ruck und legte sie zurück in die Truhe. Er schaute sie einen Moment andächtig an, bevor er die Truhe schloss und sich aufrichtete. »Ich verstehe«, sagte er. »Wir wollen den Papst doch nicht verärgern«, ergänzte er. Dabei stieß er ein Lachen aus und sah sich unter seinen Männern um, bis diese begriffen und ebenfalls in sein Lachen einstimmten. Alle, außer Goran.

»Nun gut, Bote des Kaisers und des Papstes. Verzeiht die Umstände unseres Kennenlernens. Die Welt ist voller Halunken und Halsabschneider – da sei uns ein wenig Misstrauen erlaubt. Seid willkommen in meinem bescheidenen Haus.«

Polo atmete unauffällig aber erleichtert aus. Dabei fiel sein Blick erneut auf Goran, dessen Miene unverändert schien. *Das Misstrauen ist wohl noch nicht bei allen verschwunden,* stellte er fest, behielt den Gedanken aber für sich.

»Wir feiern heute Abend ein Erntefest«, fuhr der Graf fort. »Bitte gebt mir die Ehre und seid mein Gast.«

»Es wäre mir eine große Ehre, aber ...«

»Ein ‚Nein‘ lasse ich nicht gelten«, unterbrach ihn der Graf. Seine Stimme klang freundlich, aber sein Blick ließ keine Widerworte zu.

Polo verbeugte sich. »Es wäre mir eine große Ehre, aber ...« Er erhob sich wieder und zeigte mit beiden Händen an sich herab. »... ich würde zuvor gerne baden und mich frisch kleiden.«

Der Graf lachte laut und herzhaft auf. »Natürlich, wie nachlässig von mir.« Er klatschte zweimal in die Hände, worauf der Diener heraneilte, der kurz zuvor die Truhe brachte. »Lasst meinem Gast ein Bad ein und gebt ihm frische Kleidung. Er wird beim großen Festmahl an meiner Seite sitzen.«

Der Diener verneigte sich tief vor seinem Herrn und trat auf Polo zu.

»Ich danke Euch, Exzellenz«, sagte Polo und neigte den Kopf, bevor er dem Diener aus dem Saal folgte.

Beim Hinausgehen warf er einen letzten Blick auf Goran, der ihm mit zusammengezogenen Augenbrauen nachschaute.

Es war ein rauschendes Fest. Die gesamte Festung war mit Fackeln und Kerzen erleuchtet und offenbar aus der ganzen Region strömten die Gäste herbei. Die große Halle der Burg war voller Menschen, die an zwei riesigen gegenüberliegenden Tafelreihen Platz genommen hatten. Zwischen Ihnen bewegten sich Tänzerinnen und Gaukler zur Musik der Spielleute. Ganze Scharen von Dienern brachten unablässig Schalen und Töpfe mit Essen herbei, die sie auf den Tischen verteilten. Der Wein floss in Strömen und zeigte bei einem Teil der Gäste bereits seine Wirkung.

Marco Polo saß zur Linken des Grafen auf der Empore und beobachtete das bunte Treiben. Zur Rechten des Grafen hatte sich eine Frau gesetzt. Wie Polo schnell erfahren hatte, war es dessen Gemahlin. Sie war eine hübsche und äußerst charmante Dame, deren Lächeln Polo umgehend verzauberte. Allerdings erinnerte ihr Lächeln ihn auch an Alica. *Alica ...* die junge, freundliche und schöne Tochter des Hirten. Er hatte versucht, die Erinnerung an sie zu verdrängen. Aber am heutigen Abend fiel ihm das schwer. Eine dunkle Wolke der Gedanken legte sich über sein Gemüt und machte es ihm unmöglich, die Freuden des Festes zu teilen.

Er griff nach seinem Weinbecher und wollte gerade zu einem Schluck ansetzen, da fiel sein Blick auf Goran, der auf dem ersten Platz unterhalb der Empore saß. Goran schenkte ihm keine Beachtung, sondern erzählte laut lachend und wild gestikulierend seinen Sitznachbarn eine Geschichte.

Vermutlich erzählt er ihnen, wie er Alica umgebracht hat, schoss es Polo durch den Kopf. Wut kam in ihm auf, die wie ein Tier seinen Hals hochzukriechen schien. Hastig nahm er einen Schluck Wein und versuchte, dieses Gefühl hinunterzuspülen.

»Genießt Ihr die Feier, Polo?« Die Stimme des Grafen drang wie durch einen zähen Nebel zu ihm durch.

Polo riss seinen Blick los von Goran. »Ja, Euer Exzellenz. Eine wahrlich opulente Feierlichkeit.« Er hob seinen Becher und prostete dem Grafen zu. »Habt nochmals Dank für Eure Gastfreundschaft.«

Der Graf nickte und hielt ebenfalls seinen Becher in die Höhe.

Polo nahm einen Schluck und ließ seinen Blick wieder schweifen, bis ihm auffiel, dass Goran ihn anstarrte. Der Hauptmann machte keine Anstalten, sich ertappt zu fühlen. Unverhohlen schaute er weiter zu ihm hinauf, obwohl sein Tischnachbar unentwegt erzählte und auf ihn einredete. Etwas Dunkles und Falsches lag in Gorans Augen. Polo schauderte es, aber er hielt dem Blick stand.

»Oh, wie schön – der Feuerschlucker«, hörte Polo laut die Frau des Grafen rufen, was ihn abermals von Goran abwenden ließ.

Ein schmächtiger Mann trat zwischen die beiden Festtafeln und jonglierte währenddessen mit drei brennenden Fackeln. Die Gäste jubelten und applaudierten, und sogar Polo kam nicht umhin, dem Schauspiel etwas abzugewinnen. Er sah, wie der Feuerschlucker eine weitere Fackel aus einem Feuerkorb zog und nun mit allen vier jonglierte. Wie ein brennender Ring umgaben ihn die fliegenden Feuer, die er immer höher in die Luft warf, bis er sie nacheinander auffing und in der Hand behielt.

Die Menge jubelte.

»Eure Exzellenz, Euer Gnaden«, rief der Feuerschlucker und verbeugte sich tief vor dem Grafen und dessen Gemahlin, wobei er einen Fuß schräg vor den anderen setzte. »Hochgeschätzte Herren und Damen des Hofes«, fuhr er fort. Mit erhobenen Armen drehte er sich und huldigte den anwesenden Gästen. »Heute habe ich etwas ganz Besonderes für Euch mitgebracht. Niemals werdet Ihr so etwas gesehen haben.« Er machte eine theatralische Pause, bis die letzte Aufmerksamkeit im Saal auf ihn gerichtet war. »Ihr seid heute alle hier und sollt Zeugen des großen *Drachenfeuers* werden.«

Ein aufgeregtes Raunen ging durch die Gäste. Die Gemahlin des Grafen applaudierte entzückt.

Der Feuerschlucker gab den Spielmännern ein Zeichen, woraufhin diese eine dunkle Melodie anstimmten. Dann löste er eine tönerne Flasche von seinem Gürtel, zog den Korken heraus und nahm einen Schluck, den er im Mund zu behalten schien.

Polo beobachtet nicht nur das Schauspiel, sondern ebenso die anderen Gäste gespannt. Keiner der Anwesenden schien auch nur zu atmen.

Der Feuerschlucker zog eine der brennenden Fackeln aus dem Korb und drehte sich zur Empore. Dann hielt er die Fackel vor sein Gesicht und spie die Flüssigkeit in die Flamme. Ein gewaltiger Feuerball entfachte sich und raste durch den Raum. Der Graf und die Gräfin rissen instinktiv die Arme hoch und hielten sie schützend vors Gesicht.

Polo war wie erstarrt. Er sah die orangegelbe Feuerwalze auf sich zurasen und riss die Augen auf. Bilder eines brennenden Klosters jagten vor seinem inneren Auge an ihm vorbei. Bilder des Abtes, der schreiend in den Flammen um sein Leben kämpfte. Bilder von Akai, der seinen toten Bruder Tulga in den Armen hielt und mit ihm verbrannte.

Dann war das Feuer aus. Die Gäste sprangen auf und applaudierten frenetisch. Auch der Graf und die Gräfin standen auf und schlossen sich dem Applaus an.

Marco Polo war es nicht nach Jubel. Zu viel hatte er in den Flammen gesehen. Zu vieles, das er zu vergessen hoffte. In der allgemeinen Aufregung stand er auf und verließ unbemerkt den Saal.

Später am Abend stand Marco Polo am Fenster seiner Kammer und sah in die Dunkelheit hinaus. Dumpf drangen die Geräusche der Feier zu ihm hindurch. Die Musik der Spielleute mischte sich mit dem Gesang und dem Gelächter der Gäste. Er war froh gegangen zu sein. Es gab für ihn keinen Grund zu feiern. Alles, was er in den letzten Wochen erlebt hatte, war Unheil. Überallhin und jedem hatte er Tod, Schmerz und Verderben gebracht.

Plötzlich hörte er Schritte, die vor seiner Kammer stehenblieben. Ohne Ankündigung wurde die Tür geöffnet und eine Gestalt schlüpfte herein. Die Person war mit einem grauen Umhang bekleidet, dessen Kapuze es Polo unmöglich machte, deren Gesicht zu erkennen.

»Wer seid Ihr?«, fragte er überrascht. »Ihr müsst Euch in der Kammer geirrt haben.«

Die Gestalt antwortete nicht. Sie warf einen schnellen prüfenden Blick nach draußen und schloss dann die Tür.

»Ich werde die Wachen alarmieren, wenn Ihr mir nicht sofort sagt, wer Ihr seid und was Ihr wollt«, drohte Polo.

Die zierliche Gestalt drehte sich zu ihm und warf schwungvoll die Kapuze zurück.

»Alica?!« Polo glaubte, seinen Augen nicht zu trauen. »Wie kann das sein? Ich dachte, du bist tot.«

Alica lächelte. »Dazu hätte es nicht viel mehr gebraucht«, sagte sie. Ihr Gesicht war immer noch von Kratzern und Schürfwunden gezeichnet, aber das gutmütige und fröhliche Strahlen in den Augen war das gleiche.

»Aber ich habe gesehen, wie du brutal niedergeschlagen wurdest. Dieser Goran hat dich dann einfach liegenlassen und euer Haus angezündet. Ich ...« Polo zögerte einen Augenblick. »Ich konnte nichts tun«, ergänzte er beschämt.

Alica trat auf ihn zu und nahm seine Hände. »Ich weiß«, sagte sie sanft. »Ich bin rechtzeitig zu Bewusstsein gekommen und konnte mich hinter dem Haus in Sicherheit bringen, bevor das brennende Dach einstürzte. Ich sah meinen Vater, Euch und wie Ihr Goran angegangen seid. Erst später traute ich mich aus meinem Versteck.«

Polo atmete erleichtert aus. Er war so froh ... nein, er war *glücklich,* dass Alica am Leben war. »Gott sei Dank. Dein Vater – weiß er, dass du lebst? Wo ist er?«

Alica streichelte über seine Hände, die sie noch immer hielt. »Macht Euch keine Sorgen. Ihm geht es gut. Er wartet außerhalb der Burg auf uns.«

»Was? Warum?«

»Wir helfen Euch zu fliehen«, erklärte sie.

»Aber ich bin kein Gefangener mehr«, gab Polo zurück.

Alica ließ seine Hände los. »Was soll das bedeuten?«, fragte sie ungläubig. »Ich habe gesehen, wie Euch die Soldaten des Grafen gefangen und mitgenommen haben.«

»Ich habe dem Grafen alles erklärt und gesagt, dass ich im Auftrag des Papstes unterwegs bin. Daraufhin hat er mich freigelassen und als seinen Gast angesehen.«

Alica lachte humorlos auf. »Ihr seid so gebildet und doch so dumm«, stellte sie verbittert fest. »Der Graf wird Euch niemals gehen lassen.«

»Wie kommst du darauf?«

Bevor Alica antworten konnte, waren erneut Schritte vor der Kammer zu hören. Diesmal die schweren stampfenden Schritte vieler Männer.

»Schnell, versteck dich«, zischte Polo. »Hier, unters Bett.«

Alica tat, wie ihr geheißen wurde, und rutschte mit einer flinken Bewegung unter das Bett.

Nur ein Augenzwinkern später wurde die Tür geöffnet und der Graf trat unaufgefordert herein. Seine Leibwache blieb vor der Kammer stehen.

»Ihr habt Euch nicht verabschiedet«, sagte der Graf beim Betreten des Raumes.

»Mir war nicht wohl, Euer Exzellenz. Vergebt mir«, entschuldigte sich Polo und deutete eine Verbeugung an. »Ich wollte Eure ausgelassene Stimmung nicht trüben.«

Der Graf nickte stumm und schritt gemächlich in die Mitte des Raumes. »Ihr wollt sicher bald aufbrechen«, sagte er dann. »Der Papst wird ungeduldig auf Euch und ... das Geschenk des Kaisers warten.«

»So ist es, Euer Exzellenz.«

Der Graf nickte erneut. »Ein wirklich schöner Schatz, den Ihr da nach Rom bringen sollt.«

Polo antwortete nichts darauf.

»Besonders die goldene Maske. Ein wirklich außerordentliches Stück«, befand der Graf. Er trat direkt vor Polo. »Ihr sagtet, Ihr seid der einzige Überlebende Eurer Karawane?«

Polo nickte zaghaft. Ein mulmiges Gefühl breitete sich in ihm aus. »So erzählte ich es.«

»Hm«, antwortete der Graf, als würde er eine interessante Nachricht hören. Dann wandte er sich ab und schritt zur Tür, wo er sich nochmals umdrehte. »Ich wollte mich nur persönlich vergewissern, dass es Euch gut geht. Schlaft gut, Polo.« Er öffnete die Tür.

»Ihr habt noch eine lange und gefährliche Reise vor Euch.« Damit verließ er die Kammer und ging.

»Du kannst wieder hervorkommen«, flüsterte Polo einen Moment später, nachdem die Schritte der Männer verhallt waren.

Alice kroch unter dem Bett hervor und richtete sich auf. »Glaubt Ihr mir jetzt?«, fragte sie.

»Ich verstehe nicht, was du meinst«, entgegnete er, obwohl er genau wusste, worauf sie anspielte.

»Gebt Euch nicht so naiv. Ihr könnt doch ahnen, dass der Graf Euch niemals sein Land verlassen lässt.«

Polo schwieg. Natürlich ahnte er das. Das ungute Gefühl in seinem Magen war noch nicht verklungen und hatte sich wie ein grässliches Tier in ihm eingenistet. »Du hast vermutlich recht. Aber was soll ich jetzt tun?«

Alicas Lächeln kehrte zurück. »Wie ich schon sagte: Mein Vater und ich sind hier, um Euch zur Flucht zu verhelfen.«

Polo war dankbar, aber auch skeptisch. »Wie soll das gelingen? Alle Ausgänge der Burg werden bewacht. Erst recht heute, während der großen Feier.«

»Nicht alle Ausgänge«, korrigierte Alica.

»Wie meinst du das?«

»Es gibt einen unterirdischen Weg, der aus der Burg führt.«

»Und der wird nicht bewacht?«

»Sehr wahrscheinlich nicht.«

»Aha«, war Polos knappe Erwiderung. *Wahrscheinlich ... so viel dazu,* dachte er.

»Es ist eine Art Geheimgang. Vor Jahren konnte ein Gefangener des Grafen über diesen Weg unentdeckt aus der Burg fliehen. Nur wenigen hat er davon erzählt.«

»Aber *dir* hat er das?«, fragte Polo und konnte sich seines sarkastischen Untertons nicht erwehren.

»Ja«, bestätigte Alica. »Der Gefangene von damals ist mein Vater.«

Polo wusste nicht, was er sagen sollte. Das klang einerseits sehr abenteuerlich, aber andererseits nach einer Chance, dem Grafen zu entkommen. »Na gut«, sagte er schließlich. »Ich … *wir* haben mit einem Versuch mehr zu gewinnen, als zu verlieren.«

»Ein kleines Problem ist allerdings noch zu lösen«, wandte Alica ein.

»Und das wäre welches?«

»Wir müssen über den Hof und hinab in den Tunnel des Kerkers. Auf dem Weg werden uns einige Wachen begegnen. Die müssen wir ablenken. Zumindest die meisten davon.«

Polo rieb sich das Kinn. Das war wahrlich ein Problem. Er schritt ein paarmal die Kammer auf und ab und grübelte – bis ihm die rettende Idee kam. »Ich glaube, ich kann vielleicht helfen.«

KAPITEL 21

»Robert, ich brauche noch eine Minute.« Luka hielt den Milliardär am Ausgang des Speiseraums auf. »Ich habe mich schon eine ganze Weile nicht mehr bei meinem Vorgesetzten gemeldet. Der wird schon kochen vor Wut.«

»Selbstverständlich«, sagte Robert Bend. »Aber beeilen Sie sich bitte.«

»Natürlich.« Luka und zog sein Mobiltelefon hervor, während Bend sich abwandte und den anderen in das Arbeitszimmer folgte. Er ging durch die Halle und trat durch den Haupteingang auf den Vorplatz. Auf dem Platz war lediglich der Alfa Romeo von Francesca Bianchi zu sehen. In der Ferne vernahm Luka die Geräusche eines Rasenmähers, aber ansonsten schien er alleine zu sein.

Er wählte eine Nummer und hielt das Telefon an sein Ohr.

»Benkic«, meldete sich die unverkennbar sonore Stimme des Oberstaatsanwalts.

»Luka Sefic hier«, gab Luka zurück und war dabei bedacht, möglichst demütig, aber dennoch selbstbewusst zu klingen.

»Dass Sie sich trauen, überhaupt noch einmal anzurufen«, antwortete Benkic. »Ich dachte, meine Anweisungen waren eindeutig. Hatte ich Ihnen nicht gesagt, dass Sie sich regelmäßig bei mir melden und mich auf dem Laufenden halten sollen?«

»Ja, das haben Sie. Es ging leider nicht früher, tut mir leid.«

»Lassen Sie Ihre Entschuldigungen und berichten Sie mir lieber.«

»Ich habe es eilig und muss es kurz machen. Wir haben noch keine Spur von Frau Anic. Aber ich bin guter Dinge, dass wir bald ein gutes Stück vorankommen.«

»Was bringt Sie zu diesem Schluss?«

»Wir haben eventuell eine Spur, die uns zu dem Schatz des Marco Polo führen könnte, und hoffen …«

»Sind Sie noch ganz bei Sinnen?«, rief Benkic laut dazwischen, sodass Luka das Telefon ein Stück vom Ohr weghalten musste. *»Ich habe Ihnen etwas Zeit eingeräumt, damit Sie nach Frau Anic suchen können … und nicht, um Indiana Jones zu spielen.«*

»Das ist mir bewusst«, versuchte Luka ihn zu beschwichtigen. »Ich bin mir aber sicher, dass wir Frau Anic, Vladic und Sarantakos finden, wenn wir den Schatz gefunden haben. Dafür ist es aber wichtig, dass wir den Schatz zuerst finden.«

Benkic lachte. *»Sie sind verrückt geworden, ganz klar. Wir reden hier von einem … angeblichen Schatz, von dem bisher niemand wusste und der schon seit Jahrhunderten verschollen sein soll. Und Sie stützen nun den Erfolg Ihrer Ermittlungen darauf, ebendiesen Schatz zu finden, bevor das Vladic gelingt?«* Benkic lachte erneut.

Luka musste zugeben, dass sich das aus der Perspektive von Benkic verrückt anhörte – wenn nicht sogar dumm.

»Es ist nicht wichtig, ob der Schatz wirklich existiert«, begann Luka seine Flucht nach vorne. »Wenn aber Sarantakos davon überzeugt ist, dass der Schatz existiert, dann wird er früher oder später auf die gleichen Spuren stoßen wie wir. Das würde unweigerlich dazu führen, dass wir uns über den Weg laufen. Und wo Sarantakos ist, wird auch Vladic sein ... und hoffentlich auch Frau Anic.«

Benkic schwieg, aber Luka spürte förmlich, wie der Oberstaatsanwalt grübelte und das Gesagte bewertete.

»Geben Sie mir zwei Tage«, ergänzte Luka. »Außer einem unangenehmen Telefonat mit dem Innenminister haben Sie nichts zu riskieren. Sollte ich mich irren, können Sie mir die Schuld geben und ich kehre unverzüglich zurück. Wenn ich jedoch recht haben sollte, können Sie den Erfolg der USKOK zuschreiben ... wenn Ihnen damit nicht sogar ein Job als Staatssekretär winkt.« Den letzten Teil des Satzes würzte Luka mit einer Prise Humor.

»*Ach, seien Sie doch ruhig*«, entgegnete Benkic, dessen Tonlage nicht mehr ganz so streng klang. »*Na gut ... ich gebe Ihnen 48 Stunden. Danach will ich nichts mehr davon hören. Wenn Sie bis dahin Frau Anic nicht gefunden haben, geben Sie den Fall an die örtliche Polizei ab. Der Fall Vladic ist dann geschlossen für Sie.*«

»Verstanden«, sagte Luka knapp.

Benkic legte auf.

Luka schluckte. Er hatte die Warnung und das damit verbundene Ultimatum verstanden. Das war seine letzte Chance, und jetzt galt es für ihn, alles auf eine Karte zu setzen.

Als Luka das Arbeitszimmer betrat, standen Francesca Bianchi, Robert Bend und die anderen um den Tisch in der Mitte des Raumes. Mehrere Hefte Papier und eine Landkarte lagen darauf verteilt. Bianchi war gerade dabei, weitere Blätter an die Anwesenden zu verteilen.

»Ah Luka, da sind Sie ja«, bemerkte Bend, nachdem Luka an den Tisch trat. »Signora Bianchi zeigt uns gerade den übersetzten Auszug des letzten Kapitels.«

Luka nahm ein Heft entgegen, das ihm von der Wissenschaftlerin zugeschoben wurde.

»Wie ich Ihnen bereits sagte«, begann sie, »handelt es sich um das einzige Kapitel, das eventuell Hinweise enthält, die eine geografische Zuordnung zulassen könnten. Ich bin keine Expertin auf diesem Gebiet und aufgrund der gebotenen Eile wird es nicht sinnvoll sein, einen solchen Experten hinzuzuziehen. Ich hoffe, dass wir im ersten Schritt durch unser Gruppenwissen das Rätsel lösen können. Ich schlage vor, dass jeder von Ihnen den Text an sich nimmt und ihn in Ruhe selbst durchliest. Danach können wir unsere Gedanken sammeln und ordnen.« Sie sah in die Runde. »Sind Sie alle damit einverstanden?«

Die Männer nickten.

Luka nahm das ausgedruckte Bündel Papier an sich und suchte einen Platz. Er setzte sich neben Gelong auf das rotbraune Chesterfield-Sofa in der Nähe des Kamins. Der Mönch war schon in den Text vertieft und nahm keine Notiz von ihm. Luka beobachtete noch, wie alle Anwesenden sich ebenfalls einen Sitzplatz suchten, bevor er selbst mit dem Studium der Aufzeichnungen begann.

Ich wusste um die Gefahren, die meiner Idee innewohnten. Es waren Gefahren, die das Leben kosten konnten. Nicht nur das meinige, nein, auch das von Alica, das ihres Vaters und vielleicht sogar noch das von vielen anderen. Aber welche Wahl blieb mir?

So wies ich Alica an, mich am Eingang des Kerkers zu treffen. Sie hatte zunächst Vorbehalte gegen meinen Plan und protestierte. Aber ich insistierte und schließlich akzeptierte sie meinen Entschluss. So verbarg sie erneut ihr Gesicht unter der Kapuze und schlich aus meiner Kammer, ohne von den Wachen gesehen zu werden.

Ich hatte nicht mehr viel bei mir, das es zu retten lohnte. Von meinen Habseligkeiten ist mir nur mein Mantel verblieben. Ich tastete zur Vorsicht dessen Saum und stellte beruhigt fest, dass die Edelsteine noch an ihrem Platz waren. Ich streifte den Mantel über und rief nach den Wachen.

Es dauerte nur einen Moment, bis der Mann erschien. Ein großgewachsener, hagerer Jüngling mit pechschwarzem Haar. Ich sagte ihm, dass ich wünsche, zum Grafen gebracht zu werden. Außerdem verlangte ich, dass man meine Truhe ebenfalls zum Grafen bringen möge. Die Wache zögerte, aber ich blieb beharrlich, bis der junge Mann schließlich einwilligte. Er rief eine weitere Wache hinzu und entließ diese mit der Anweisung, den Schatz in den großen Saal zu bringen. Danach begleitete er mich zurück zu dem großen Saal.

Als wir ihn betraten, war das Fest offenkundig auf dem Höhepunkt angelangt. Lauter Gesang der Minnesänger, vereint mit dem Gelächter und Jubel der Gäste, warf sich mir entgegen. Männer lagen sich lallend in den Armen oder torkelten zwischen den Bänken umher. Ich hatte redliche Mühe, ohne einen Zusammenstoß bis vor den Grafen zu gelangen.

„Ah, mein Gast", begrüßte mich der Graf, der neben seinem Thron stand und bis eben noch mit Goran sprach. „Es freut mich, dass Ihr doch noch einmal zu uns gestoßen seid."

Ich wusste nicht, ob sein Wohlwollen nur gespielt war, aber das machte nun keinen Unterschied mehr. Ich war gewillt zu gehen. Ich wollte meine Freiheit wiederhaben. Ich wollte um jeden Preis zurück nach Venedig, zurück nach Hause.

„Euer Exzellenz", rief ich dem Grafen zu, in der Hoffnung, den lauten Gesang zu übertönen. „Ich habe eine Entscheidung getroffen und möchte Euch ein Angebot machen."

Der Graf hob einen Arm, worauf innerhalb weniger Sekunden jedes Geräusch im Saal verstummte. Alle Aufmerksamkeit schien sich auf mich zu richten.

Der Graf setzte sich zurück auf seinen Thron und schaute mich einen Moment eindringlich an.

„Nun, werter Marco Polo. Ich bin ganz gespannt. Lasst Euer Angebot hören."

Ich konnte vereinzeltes Lachen hinter mir vernehmen, während er den letzten Satz mit einer auffordernden Geste unterstrich.

Ich nickte dem Wachmann zu, der einem anderen Soldaten ein Zeichen gab. Daraufhin wurde die Truhe hereingebracht und auf der Treppe des Podests abgestellt. Ich konnte die Überraschung in den Augen des Grafen sehen.

„Ich bin Euch und Eurer Gastfreundschaft zur Dankbarkeit verpflichtet, Euer Exzellenz", sagte ich. „Darum habe ich mich entschieden, dass ich Euch etwas schenken möchte. Diesen Schatz, Euer Exzellenz, soll fortan Euch gehören." Ich hörte, wie ein erstauntes Raunen durch die Menge hinter mir ging.

Ich trat vor und öffnete den Deckel der Truhe. Die Frau des Grafen ließ einen entzückten Ausruf ertönen und applaudierte, als sie die Münzen, Edelsteine und Geschmeide erblickte.

„Das alles wollt Ihr mir schenken?", fragte mich der Graf ungläubig.

„Ja, alles, was Ihr in der Truhe sehen könnt, soll Euch gehören." Ich hob einen Finger. „Alles, bis auf die Maske!"

Daraufhin erhob sich der Graf aus seinem Thron. „Ihr seid sehr großzügig, Marco Polo", sagte er. „Aber gerade die Maske ist es, was es mir angetan hat." Einen zähen Moment sah er mich mit einem seltsamen Blick an, bevor er laut rief: „Packt ihn!".

Plötzlich ergriffen mich vier Arme von hinten und ich sah über meine Schulter zwei Wachen.

„Ihr begeht einen großen Fehler", rief ich dem Grafen zu. Ich wollte ihm erklären, dass der Papst nicht erfreut wäre, wenn ich ohne das Geschenk nach Rom kommen würde.

Aber er unterbrach mich mit den Worten: „Rom ist weit und ich fürchte den Papst nicht. Außerdem müsste er zunächst erfahren, dass die Maske hier ist."

Ich verstand sofort. Alica hatte recht: Der Graf hatte nicht die Absicht, mich jemals gehen zu lassen. Mein Plan schien gescheitert.

Doch dann trat der Graf vor und kam die Stufen der Empore hinunter. Ich sah den Triumph in seinen Augen. Er nahm die Maske aus der Truhe und schaute sie gierig an.

„Genauso wie die Maske, werdet auch Ihr für immer hier bleiben."

Bei diesen Worten zerrten die Wachen mich fort. Ich wehrte mich, aber es war vergeblich.

Währenddessen konnte ich sehen, wie der Graf die Maske aufsetzte. „Ihr macht einen großen Fehler", rief ich, aber es war zu spät. Die Wachen hatten mich gerade ein paar Schritte weggebracht, als der Graf anfing, zu zittern und zu schreien. Das Zittern wurde schnell zu einem Beben seines Körpers. Durch die Fenster des Saales waren Blitze wie die eines Gewitters zu sehen. Sie waren so hell, dass mit jedem weiteren Blitz die Halle taghell erleuchtet wurde. Der Graf wandte sich und versuchte verzweifelt, die Maske von seinem Gesicht zu reißen. Aber es gelang ihm nicht.

„Wachen, helft dem Grafen. Befreit ihn von dieser teuflischen Maske", hörte ich Goran rufen.

Ein Wachmann lief auf den Grafen zu. Doch als er ihn berührte, wurde er, wie durch einen Blitz getroffen, zurückgeworfen. Er fiel auf den Boden und starrte schreiend auf seine Hände, die aussahen, als hätte er sie in ein Feuer gehalten.

Der Graf torkelte wie betrunken durch den Raum. Unter der Maske floss Blut seine Wangen und den

Hals hinab. Als die Gräfin ihren Gatten so sah, schrie sie panisch auf.

Kurz bevor mich die Wachen aus dem Saal zerren wollten, beobachtete ich noch, wie Goran die Empore hinunter eilte und auf seinen Herrn zulief. Er packte die Maske und wollte sie dem Grafen von dessen Gesicht ziehen. Doch es gelang ihm nicht. Als er sie berührte, schrie er schmerzerfüllt auf und begann am ganzen Leib zu zittern. Wie aneinandergewachsen standen die beiden Männer inmitten des Saals. Ihre Leiber durchfuhr ein heftiges Zucken, das sie aussehen ließ, als würden sie miteinander tanzen und dabei mit einem unsichtbaren Knüppel geschlagen.

Die Wachen ließen ab von mir, als sie ihre Herren ebenfalls sahen. Wie gebannt starrten sie auf das, was mit ihnen geschah.

Plötzlich und ohne Vorwarnung schoss ein Blitz durch das hölzerne Dach des Saals. Die Menge schrie wie von Sinnen und ein jeder versuchte zu flüchten. Der Blitz setzte den Dachstuhl in Brand und das Feuer griff gerade auf die Wandbehänge über, als ein zweiter Blitz einschlug. Ich werde dieses Bild niemals in meinem Leben vergessen: Der Blitz traf Goran und den Grafen. Sofort standen die beiden Männer in Flammen. Ihre Kleidung, ihr Haar, ihre Haut ... alles brannte und die Flammen loderten meterhoch bis unter den Dachstuhl. Wie gebannt starrte ich auf den Grafen und seinen Hauptmann. Ich konnte meinen Blick nicht abwenden. Noch heute, während ich diese Zeilen schreibe, sehe ich die beiden Männer vor meinem inneren Auge, als stünden sie direkt vor mir.

Wie ein umschlungenes Liebespaar, das wie eine menschliche Fackel brannte.

Ein stöhnender Schrei der Gräfin riss mich aus der Starre. Ich konnte sehen, dass sie offenbar in eine Ohnmacht gefallen war. Zwei Soldaten hoben sie auf und trugen sie zu einem der Ausgänge. Auch ich besann mich der Gefahr. Der ganze Saal glich dem Höllenreich. Flammen züngelten die Wände hoch und sammelten sich wie rotgelbe Wolken unter dem Dachstuhl. Die Luft war unerträglich heiß und schien einen innerlich zu verbrennen, wenn man sie einatmete.

Mit einem letzten Blick auf die schwarzen Reste des Grafen und Hauptmann Goran riss ich meinen Geist los und stürmte aus dem Saal.

Auf dem Innenhof herrschte Panik. Soldaten und Gäste der Feierlichkeit rannten umher, um sich in Sicherheit zu bringen. Einzelne Soldaten und Knappen versuchten verzweifelt, mit herangeschleppten Eimern, die mit Wasser gefüllt waren, das Feuer zu löschen. Aber es war hoffnungslos. Die Flammen sprangen bereits auf die Dächer der anderen Gebäude über.

Ich versuchte, mich zu orientieren, und fand schnell den Eingang zu den Kerkern. Er war nicht verschlossen und ich schaffte es unbemerkt in den Treppenabgang. Kaum war die Tür hinter mir ins Schloss gefallen, umhüllte mich eine angenehme Ruhe. Die Schreie der Menschen, das aufgeregte Wiehern der Pferde, das Knacken von brennendem Holz ... das alles schien plötzlich weit entfernt.

Ich lief die enge Treppe hinunter und erreichte den Gang zu den Verliesen. Vorsichtig schaute ich den spärlich beleuchteten Gang entlang. Ich konnte, dem Allmächtigen sei Dank, keine Wachen erblicken. Ich vermutete, dass auch sie mittlerweile geflohen waren.

Eine Reihe von Händen reckte sich mir aus den Verliesen entgegen. Manches Bitten wurde von flehenden Rufen begleitet. Ich konnte ihnen jedoch nicht helfen. Mit den Wachen waren auch die Schlüssel des Kerkers verschwunden. Ohne dass ich es verhindern konnte, blitzte eine Erinnerung an die Rudersklaven der Galeere auf.

Am Ende des Ganges erreichte ich eine weitere Treppe, die tiefer in den Berg hinabführte. Ich ergriff eine der Wandfackeln und ging vorsichtig den dunklen Abgang hinab. Die Stille umhüllte mich immer mehr und lag nun wie eine schwere Decke über mir.

Plötzlich sah ich einen Lichtschein vor mir, der mit jedem meiner Schritte heller wurde. Waren hier unten doch noch Wachen? Ich bewegte mich langsamer und näherte mich vorsichtig der Lichtquelle.

Es war Alica, die mit einer Laterne auf mich wartete. „Da seid Ihr ja endlich", war ihre Begrüßung.

Sie bat mich, ihr zu folgen. Alica führte mich noch viel weiter in den Berg hinein und ich zweifelte, dass ich alleine je wieder herausfinden würde. Die Höhlengänge wurden immer verzweigter und waren teilweise eng und an anderen Stellen mehrere Meter breit und hoch. Einige Wege führten an Abgründen vorbei, die so tief waren, dass das Licht meiner Fackel es nicht vermochte, den Boden der Abgründe sichtbar zu machen. Der letzte Gang endete vor einem Hügel aus Steinen und Geröll, der vom Boden bis zur Decke reichte.

„Wir müssen die Steine wegräumen", erklärte Alica. „Und wir müssen uns beeilen."

Ich wusste, dass sie recht hatte. Die Soldaten könnten bemerken, dass ich mich davongemacht habe und nach mir suchen.

Wir machten uns sofort daran, Stein für Stein die Barriere abzutragen, bis plötzlich ein Rauschen zu hören war. Ich spürte einen Luftstrom, der mit jedem entfernten Stein stärker wurde.

„Das genügt", sagte Alica, als wir die obere Hälfte des Steinhaufens abgetragen hatten. „Kriecht hinein. Ich komme nach."

Ich tat, wie mir das Mädchen sagte, jedoch nicht ohne Unwohlsein. Das Loch war dunkel und das Rauschen mittlerweile zu einem tosenden Geräusch geworden. Ich stieg auf den Rest des Steinhügels und zwang mich durch das Loch. Der Raum dahinter roch feucht. Das Licht, das durch die Öffnung drang, vermochte ihn jedoch nur einen Schritt weit zu erhellen.

„Nehmt meine Laterne", rief Alica und reichte mir ebendiese. Dann kroch auch sie durch das Loch.

Im Schein der Laterne sah ich den Grund für das tosende Geräusch: Wir befanden uns in einem Höhlenraum, durch den ein unterirdischer Fluss rauschte. Er trat auf der einen Seite der Höhle unter der Wand hervor auf und verschwand nach wenigen Metern an der anderen Seite wieder darunter. Dabei zeichnete er eine Welle, die im Schein der Fackeln wie der Rücken eines Seeungeheuers wirkte.

„Ihr müsst Euch entkleiden", rief mir Alica zu und hatte dabei Mühe, den tosenden Fluss zu übertönen. Dabei begann sie selbst, ihren Umhang abzulegen.

„Ich gehe nicht ohne meinen Mantel", rief ich ihr entgegen. Ich hatte fast alles verloren, so wollte ich wenigstens die Edelsteine im Saum meines Mantels retten.

Alica antwortete nicht. Wortlos zog sie ihre Schuhe, den Überrock und das Oberkleid aus, bis sie nur noch im Unterkleid vor mir stand.

Ich tat es ihr gleich und legte meine Stiefel und das Beinkleid ab. Auch das Hemd zog ich aus, aber den Mantel behielt ich fest in der Hand. „Was hast du vor?", rief ich ihr zu, aber ich ahnte die Antwort bereits.

„Wir müssen in den Fluss springen und uns nach draußen spülen lassen", bestätigte sie meine Befürchtung. „Holt tief Luft. Es ist nicht weit, aber Ihr dürft nicht zögern." Ohne auf meine Antwort zu warten, sprang sie in den reißenden Fluss und war sofort unter Wasser verschwunden.

Ich war alleine und spürte Panik in mir aufsteigen. In mir wuchs die Furcht, dass ich in dem Fluss ertrinken würde. Ich war tausende Kilometer durch Länder und über Kontinente hinweg gereist. Ich sah die Wunder unserer Erde und vielleicht sogar noch mehr. Und nun sollte ich in einer Höhle ertrinken?

Plötzlich hörte ich die Rufe vieler Männer, die durch das Loch zu mir vordrangen. ‚Sie haben mich gefunden‘, durchfuhr mich der Gedanke. Ich konnte sehen, wie der Gang hinter dem Steinhügel durch den Schein von Fackeln mehr und mehr erleuchtet wurde.

„Da vorne ist ein Loch", hörte ich einen der Männer rufen und wusste, dass nun keine Zeit mehr *verblieb. Ich atmete tief ein und sprang in die dunklen kalten Fluten.*

Luka holte tief Luft und legte das Heft beiseite. *Ganz schön nervenaufreibend, die Geschichte*, dachte er. Er sah in die Runde. Alle Anwesenden waren in die Lektüre versunken und sichtlich in ihren Bann gezogen. Er schaute zu Gelong, der neben ihm saß und mit unbewegter Miene in den Text vertieft war – anders als Robert, der jedes Wort mit seinen Lippen lautlos nachzeichnete. Luka musste schmunzeln bei dem Anblick. Er stand auf, trat an die Bar und schenkte sich ein Glas Wasser ein. *Ein brauchbarer Hinweis war bisher aber nicht enthalten,* resümierte er in Gedanken, als er das Glas mit großen Schlucken leerte. Er stellte es ab und setzte sich wieder auf seinen Platz.

Gelong sah kurz zu ihm auf, nickte und widmete sich wieder den Aufzeichnungen.

Luka tat es ihm gleich und las weiter.

Dunkelheit umgab mich. Ich sah nichts, nicht einmal die kleinen Blasen aus Luft, die man normalerweise bei einem Sprung ins Wasser erblicken kann. Es war ungeheuerlich kalt. Ich hatte das Gefühl, als wäre mir eine schwere Kette um die Brust gelegt worden, die nun ein Henker zuziehen würde. Die Strömung riss mich unbarmherzig mit. Immer wieder prallte ich gegen Felsen. Ich legte meine Arme um meinen Kopf, um ihn nicht an einen der Vorsprünge unter Wasser zu stoßen. Eine Ohnmacht hätte unweigerlich meinen Tod bedeutet. Plötzlich wurde das mich umgebende

Schwarz von einem hellen Lichtpunkt über mir durchbrochen. Die Strömung ließ an Stärke nach und hob mich sanft dem Licht entgegen. War das der Übergang vom Leben in den Tod? Ich hatte kaum noch Luft in meinen brennenden Lungen und würde jeden Moment einatmen wollen. Es würde sich nicht verhindern lassen, aber statt frischer Luft würde ich nur Wasser einatmen. Ein grausamer Tod. Ich begann mit schwimmenden Bewegungen, erst vorsichtig, dann immer schneller. Das Licht kam näher und ich schwamm mit letzter Kraft darauf zu. Verbarg sich hinter dem Licht der Himmel oder doch etwas anderes? Würde ich gleich vor Gott treten und für meine Taten Rechtfertigung ablegen müssen?

Plötzlich durchbrach mein Kopf die Wasseroberfläche und ich sog gierig die frische Luft in mich hinein. Noch nie hatte mir etwas so gut geschmeckt.

„Da ist er", hörte ich eine vertraute Stimme rufen. Es war Alica, die am Ufer stand und auf mich zeigte.

Einige Schritte entfernt stand auf einem Hügel ihr Vater bei einem Pferd, das an einen dünnen Baum angebunden war. Er eilte heran, als auch er mich erblickte. „Werter Herr, lasst mich Euch helfen."

Er reichte mir die Hand und zog mich ans Ufer. Völlig kraftlos und hustend versuchte ich, mich aufzurichten.

„Nicht so schnell", beruhigte mich Alica sanft. „Gebt Euch einen Moment."

Ich sah sie an. Sie hatte wieder diesen engelsgleichen, liebevollen Gesichtsausdruck, der mich schon in ihrer Hütte verzaubert hatte. Es dämmerte bereits und die aufgehende Sonne ließ ihre Augen noch mehr fun-

keln und färbte ihr Gesicht in ein sanftes, helles Orange.

„Wo sind wir?", fragte ich, nachdem ich wieder genügend Atem für meine Worte hatte.

„An einer Quelle, die von dem unterirdischen Fluss gespeist wird", erklärte Alicas Vater. „Nicht weit von der Burg", ergänzte er und zeigte den Berg hinauf.

Ich erschrak beim Anblick der Festung. Große Teile der Gebäude standen in Flammen, die meterhoch in den Himmel loderten. Wir waren zu weit entfernt, um Menschen erkennen zu können – aber ich bildete mir ein, ihre Schreie zu hören. Oder waren es die Schreie der Mönche eines brennenden Klosters in meinem Kopf?

Ich stand auf. Alicas Vater stützte mich einen Moment, bis ich selbstständig stehen konnte. Ich sah ihn und Alica an. „Wie kann ich Euch jemals dafür danken, dass Ihr mich gerettet habt?"

Alica lächelte. „Ihr müsst uns nicht danken. Ihr habt uns schon so viel gegeben." Mit diesen Worten griff sie in die Tasche ihres Umhangs und holte einen Edelstein heraus. Es war ein besonders schöner Smaragd. „Die anderen haben wir in der Ruine unseres abgebrannten Heims noch nicht gefunden. Aber das werden wir", sagte sie voller Zuversicht.

„Bereits dieser eine Stein wird uns ein neues, ein besseres Leben ermöglichen. Habt vielen Dank!", fügte ihr Vater hinzu und verbeugte sich.

Mit Wehmut dachte ich an meinen Schatz. Er war unwiederbringlich in den Ruinen der Burg verloren. Ein Schrecken durchfuhr mich und ich sah an mir herunter. *Beruhigt stellte ich fest, dass ich meinen Mantel noch trug. Wenigstens blieben mir die Edelsteine im Saum des Mantels. Ein kleines Gefühl der Zufriedenheit machte sich in mir breit, wenngleich die Wehmut blieb. „Ihr müsst auch mir nicht danken", antwortete ich schließlich.*

„Das Pferd ist für Euch", erklärte Alica.

„Ihr müsst diesem Weg folgen", ergänzte ihr Vater, „und Euch immer Richtung Westen halten, bis Ihr ans Meer gelangt. Von dort nach Norden, wo es einige größere Häfen gibt. Im Tausch gegen das Pferd solltet Ihr eine Passage nach Venedig bekommen können."

Ich wusste nicht, was ich sagen sollte. Ich war gerührt, von der Freundlichkeit und der Opferbereitschaft dieser guten Menschen.

Wir gingen gemeinsam den Hügel hinauf und ich schwang mich auf das Pferd. Es war schon etwas älter und schlecht ernährt, aber ich spürte, dass wir beide es bis in den nächsten Hafen schaffen würden. Dort würde ich ein Schiff besteigen und endlich heimkehren können. Heim nach Venedig, der Stadt, die ich so sehr liebe.

„Ich habe noch eine letzte Bitte an Euch und ich ahne, dass ich Euch damit viel abverlange", sagte ich zu Alicas Vater.

Überrascht sah er mich an, bevor er fragte: „Was, mein Herr?"

„Ihr wart Zeuge, was die Maske anrichten kann. Es ist von größter Wichtigkeit, dass die Maske niemals in die falschen Hände gerät. Ihr müsst unbedingt dafür Sorge tragen, dass die Maske niemals gefunden

wird. Sie soll unter den Ruinen der Burg ihre letzte Ruhestätte finden."

„Ihr habt mein Wort", sagte der Mann. „Wenn sich die Geschehnisse von heute Nacht im Dorf herumgesprochen haben, wird es ein Leichtes sein, ein paar Helfer zu finden. Wir werden dafür sorgen, dass die Maske auf alle Zeit in den Tiefen der Burg verschwindet."

Mit einem Nicken verabschiedete ich mich und ließ das Pferd antraben. Alica winkte mir nach und ich glaubte, eine Träne auf ihrer Wange gesehen zu haben. Ein letztes Mal schaute ich mich um und blickte auf das Wasser, das mich beinahe das Leben gekostet hatte, aber mir zugleich die Freiheit schenkte. „Sagt mir, wie heißt diese Quelle, die der unterirdische Fluss speist?", rief ich den beiden zu.

Es war Alicas Vater, der mir antwortete: „Die Dorfbewohner hier nennen sie das ‚Drachenauge'."

Ich sah zur Quelle, die zwischenzeitlich von der aufgehenden Sonne angestrahlt wurde, und verstand, weshalb sie diesen Namen trug.

Luka legte das Heft beiseite, nachdem er die letzte Seite gelesen hatte. Erst jetzt fiel ihm auf, dass ein Teil der Anwesenden bereits fertig war. Robert und Vincent standen an der Hausbar und unterhielten sich leise. Francesca Bianchi schrieb etwas in ein Notizbuch. Nur Gelong und seine Brüder schienen noch in die Lektüre vertieft zu sein, waren aber schon auf der letzten Seite.

»So, meine Herren«, sagte Bianchi, nachdem auch die Mönche von dem Text aufsahen. »Wie Sie gelesen haben, gibt es keine konkreten Hinweise auf den Verbleib des Schatzes, mithin der Maske.«

»Ein paar Hinweise gibt es schon«, gab Gelong zu bedenken. »Es wird von einer Festung gesprochen.«

»Außerdem von einer Quelle«, ergänzte sein Bruder Pawan.

Luka stellte fest, dass Pawans Nase ein wenig besser aussah.

»Das stimmt«, antwortete Bianchi. »Aber es gibt viele Burgen und viele Quellen zwischen Istrien und Süddalmatien.«

»Aber nur eine Quelle, die einem Drachenauge gleicht«, warf Luka ein.

Alle in dem Raum wandten sich Luka zu, was ihm ein ungewohntes Unbehagen bescherte.

Etwas geniert schaute er in die Runde. »Was?«, fragte er. »Noch nie von der ‚Drachenauge-Quelle‘ oder dem ‚Blue Eye‘ von Kroatien gehört?«

Keiner der Anwesenden antwortete. Alle sahen ihn nur überrascht an. Lediglich Robert schüttelte fast unmerklich den Kopf.

»Das ‚Blue Eye‘, wie die Quelle heute meistens genannt wird, ist die Quelle der *Cetina*. Die Cetina ist ein Fluss in Dalmatien.« Luka stand auf und ging an den Schreibtisch. »Darf ich, Robert?«, fragte er und zeigte dabei auf den Laptop.

Robert Bend nickte. »Natürlich, nur zu.«

Luka setzte sich und rief den Internetbrowser auf. Er brauchte nur eine Eingabe zu machen, bis er gefunden hatte, wonach er suchte. »Hier!«, sagte er erfreut und drehte das Gerät zu den anderen.

»Nicht zu fassen«, entfuhr es Robert Bend.

»Faszinierend«, ergänzte Vincent.

Die Quelle der Cetina zeigte sich als nahezu kreisrundes Gewässer, das in der Mitte sehr dunkel war und an den Rändern abrupt heller wurde. Das dunkle Blau war der großen Tiefe der Quelle geschuldet, während sie am Ufer sehr flach wurde. Von oben betrachtet, sah die Quelle wie das Auge eines Drachen aus.

»Na, das ist doch mal was«, stellte Bianchi begeistert fest. »Wo liegt die Quelle?«

»Die Quelle befindet sich in der Nähe des gleichnamigen Ortes Cetina. Der wiederum liegt im Dinara-Gebirge, im kroatischen Hinterland nahe der bosnischen Grenze.«

»Luka, Sie sind ein Genie«, stellte Bend begeistert fest.

Luka winkte ab. »Ach was.« Er lächelte in die Runde. »In Kroatien kennt fast jeder die Quelle. Weil sie aber so abgelegen liegt, kommen nur wenige Besucher dorthin. Daher ist sie außerhalb von Kroatien vielleicht nicht so bekannt.«

»Gibt es auch eine Burg in der Nähe der Quelle?«, fragte Gelong.

Luka drehte den Bildschirm des Laptops wieder zu sich und rief eine Karte der Gegend auf. Dann zoomte er das Bild auf eine geeignete Größe, bis er fündig wurde. Zufrieden grinsend schaute er auf. »Die gibt es tatsächlich.«

»*Prozor* ist kein Mensch, sondern eine Burg. Eine Festung, um genauer zu sein.«

Sarantakos, Senija Anic und Professor Servalla sahen Danko verblüfft an.

»Woher wissen Sie das?«, fragte Senija.

Danko zog an seiner Zigarette, legte seinen Kopf in den Nacken und blies den blauen Rauch in die Luft, bevor er antwortete. »Während meiner Zeit beim Militär war ich in der Nähe stationiert. Die Burg – oder besser das, was von ihr noch übrig ist – liegt in der Grenzregion zwischen Kroatien und Bosnien.«

»Sind Sie da absolut sicher?« Die Frage kam von Sarantakos.

Danko lehnte sich vor und drückte seine Zigarette im Aschenbecher aus. »Selbstverständlich bin ich sicher.«

»Dann liegt dort der Schatz?« Sarantakos klang aufgeregt.

»Ähem«, sagte der Professor vorsichtig, »wir sollten keine voreiligen Schlüsse ziehen.« Er schaute kurz zu Danko. »Auch wenn Signore Vladic recht hat mit der Festung, so wissen wir nicht mit Sicherheit, ob Polo mit ‚Prozor‘ tatsächlich die Burg meinte.«

»Aber es ist doch eine vielversprechende Spur, oder nicht?!«, erwiderte Sarantakos.

Der Professor beließ es bei einem zaghaften Nicken als Antwort.

»Es gibt noch ein Problem«, sagte Danko.

Der Grieche sah ihn misstrauisch an. »Was für ein Problem?«

»Die Festung war bereits vor dem Bosnien-Krieg nur noch eine Ruine. Während des Krieges wurde sie noch schwerer beschädigt. Außerdem wurde das Umland vermint. Die meisten Landminen hat man entfernt, aber völlig sicher kann man sich da nicht sein.«

»Außerdem wird der Schatz sehr wahrscheinlich nicht gerade im Burghof herumliegen«, gab Senija spöttisch zu bedenken.

Danko musste erneut schmunzeln. Ihm gefiel die trotzige Art der Wissenschaftlerin. »Damit hat Frau Anic völlig recht«, stimmte er ihr zu.

Senija sah ihn mit einer Mischung aus Zufriedenheit und Missbilligung an.

»Na gut«, sagte Sarantakos. »Was denken Sie, werden wir benötigen?«

Für einen Moment sahen sich die Anwesenden abwechselnd an.

Der Professor war der erste, der schließlich das Wort ergriff. »Nun, ich denke, wir brauchen zunächst eine Genehmigung der örtlichen Behörden, damit wir …«

»Lassen Sie die Behörden *meine* Sorge sein«, unterbrach ihn Danko.

Der Professor schien eingeschüchtert und schwieg fortan.

Statt seiner fuhr Senija fort. »Da es sich um eine der wichtigsten Ausgrabungen der letzten hundert Jahre handelt, sollten wir ein professionelles Archäologen-Team für die Ausgrabung beauftragen.«

Sarantakos und Vladic lachten laut auf, weshalb sich der Professor und Senija irritiert anschauten.

»Meine Teuerste«, sagte Danko, »es geht hier nicht um den Erhalt irgendwelcher Kulturstätten oder um die schonende Bergung von Artefakten.«

»Um was denn sonst?«, fragte Senija aufgebracht.

»Um Geld«, antwortete Sarantakos. »Und Zeit ist Geld.«

»Das meinen Sie doch nicht ernst?« Senija klang mehr und mehr entrüstet.

»Ich habe keine Lust darauf zu warten, wie ein Haufen bleicher Wissenschaftler mit Hornbrillen monatelang Zentimeter um Zentimeter der Burg absucht, dabei jeden Steinsplitter abpinselt und mit einem Fähnchen markiert. Ich will Resultate, und zwar schnell. Wir haben schon genug Zeit vertrödelt.« Sarantakos sonst so entspanntes Gemüt wich einer gewissen Ungeduld.

»Ich denke, wir werden ein paar Männer und schweres Gerät brauchen«, sagte Danko. »Pressluft-hämmer, große Diamantsägen und vielleicht einen Bagger. Wir werden größere Gesteinsbrocken aus dem Weg räumen und vielleicht eine Art Stollen graben müssen. Je mehr wir einplanen, desto besser.«

Sarantakos nickte zustimmend. »Das zu beschaffen, ist kein Problem.«

»Dafür gibt es ein anderes. Die Burg liegt auf einem Berg und ist nicht einfach zu erreichen. Wie ich vorhin sagte, kann sich im Umfeld noch die eine oder andere Landmine im Boden befinden. Es wird also nicht ganz einfach, die Ausrüstung hinaufzuschaffen.« Danko zündete sich eine frische Zigarette an, nach-dem er den letzten Satz beendet hatte.

Sarantakos Lächeln kehrte zurück. »Das können Sie getrost mir überlassen. Ich habe da eine Idee.«

KAPITEL 22

Nachdem das Gespräch beendet war, brachten die Wachen Senija und den Professor zurück in ihre Kabinen. Sarantakos machte sich sofort daran, die notwendigen Anrufe zu tätigen. So blieb Danko alleine an dem Tisch im Heckbereich der Yacht sitzen. Er zog genüsslich an seiner Zigarette, während er einem der Arbeiter dabei zusah, wie er auf die Schiffswand unterhalb der Brücke einen frischen Anstrich auftrug. Die Reparaturen an der *Leukothea* waren beeindruckend schnell erledigt worden. Nur noch ein paar optische Ausbesserungsarbeiten waren durchzuführen, auf die Sarantakos aber – trotz all der Eile – nicht verzichten wollte. Danko schüttelte nachdenklich den Kopf. *Was für ein Exzentriker,* dachte er über den Griechen.

Er wandte seinen Blick von den Arbeiten ab und ließ ihn über das Meer schweifen. So früh am Morgen herrschte kaum Wellengang und die Adria erinnerte mehr an einen See. Am Horizont zur Steuerbordseite konnte er weit entfernt den dünnen Streifen der kroatischen Küste erkennen. Das hellgraue Gestein des küstennahen *Velebit*-Gebirges zeichnete sich deutlich von den Blautönen der Adria und des Himmels ab.

Sein Smartphone klingelte. Er griff in die Innentasche seines Jacketts, holte das Gerät hervor und nahm das Gespräch an. »Hallo?!«

»Ich bin es«, meldete sich der Anrufer, den Danko nur zu gut kannte.

»Das habe ich gesehen.«

»Mache keine Scherze!« Der Mann am anderen Ende klang nicht gut aufgelegt. *»Wo bist du?«*

»Ich bin noch immer auf der Yacht. Wir dümpeln irgendwo auf der Adria vor der kroatischen Küste.«

Es folgte ein Moment des Schweigens, bevor der Anrufer fragte: *»Wie läuft das Projekt?«*

»Überraschend gut. Anic und der Professor sind tatsächlich auf eine Spur gestoßen, die interessant klingt.«

»Rede keinen Unsinn!«

»Mache ich nicht. Sie haben in dem Tagebuch offensichtlich einen Hinweis gefunden, der ein Hinweis auf den Schatz sein könnte.«

Der Mann am anderen Ende sog hörbar Luft ein. *»Was für einen Hinweis?«*

»Einen Text, versteckt im Einband des Buches. Ich will es gar nicht vertiefen, aber es klang wirklich vielversprechend. Und du weißt, dass ich nicht leicht zu überzeugen bin.«

Der Anrufer antwortete darauf nicht, aber Danko glaubte, dessen Nicken förmlich zu spüren.

»Dann hat sich der Plan mit der falschen Maske zerschlagen?«, fragte der Mann schließlich.

»Vorerst. Wenn die Spur tatsächlich zu dem Schatz führt, brauchen wir die falsche Maske nicht mehr. Wenn sich das Ganze als Sackgasse herausstellt, können wir den Plan später noch immer zu Ende bringen.«

»Einverstanden.« Es folgte erneut eine kurze Pause, bevor der Mann fortfuhr. *»Glaubst du, Sefic ist auch auf die Hinweise gestoßen?«*

Danko durchfuhr ein Schlag, als hätte er an eine offene Stromleitung gefasst. Er stand auf. »Sefic lebt?«

»Was dachtest du denn?«

»Dass er ersoffen ist. Hier auf dem Meer, nachdem wir sein Boot versenkt haben.«

»Da irrst du dich, mein Lieber. Er ist putzmunter und noch immer in Venedig.«

Danko konnte es nicht glauben. Er hatte mit eigenen Augen gesehen, wie Fahed das Boot mit einem Granatwerfer versenkt hatte. Auch Minuten später war kein Überlebender aufgetaucht. Dennoch zuckte schließlich ein Grinsen über sein Gesicht. Durch all die Irritation drängte sich ein Gefühl der Hochachtung für seinen hartnäckigsten Widersacher. »Wie dem auch sei«, sagte er, »ich glaube nicht, dass er die gleichen Informationen hat. Er kann höchstens auf eine Kopie des Tagebuchs zurückgreifen. Der Text war aber in der Innenseite des Umschlags versteckt. Da ist eine Kopie wenig hilfreich.«

»Ich hoffe, du irrst dich nicht. Sefic war bisher immer gut für eine Überraschung.«

Damit hatte der Anrufer recht. »Ich komme schon klar«, gab Vladic zurück.

»Da bin ich mir mittlerweile nicht mehr wirklich sicher.«

Vladic spürte, wie ihn die Worte erst in den Magen trafen und dann mit Zorn erfüllten. »Das kannst du aber sein«, sagte er knapp.

»Ich habe nachgedacht ... ich halte es für besser, wenn ich ab sofort direkt dabei bin. Ich nehme den nächsten Flug.«

»Die Vorbereitungen sind so gut wie abgeschlossen«, verkündete Robert Bend noch am Abend desselben Tages. »Wir haben hier in der Villa ein kleines Lagezentrum eingerichtet. Signora Bianchi und ich werden mit einem IT-Spezialisten und einem Archäologen ihrer Universität die Mission von hier aus überwachen und unterstützen.« Er zeigte auf Luka, Vincent und die Brüder. »Sie anderen werden auf dem Luftweg nach Kroatien verbracht. Mr. Baxter wird noch ein paar seiner Leute für Ihre Sicherheit mitnehmen. Sie werden nur leichte Ausrüstung mitführen. Alles soll schnell und möglichst unauffällig ablaufen. Ich möchte nochmals ausdrücklich betonen: Das vorrangige Ziel ist die Befreiung von Ms. Anic und Professor Servalla. Das Auffinden der Göttermaske ist allenfalls Beiwerk und erst in einer zweiten Mission das ausgewiesene Ziel.« Er blickte in die Runde.

Alle, bis auf die Mönche, nickten einverstanden. Bend konnte es ihnen nicht verübeln. Die Maske war ihr Lebensinhalt. Seit Jahrhunderten suchte der Orden nach ihr. Jetzt, wo sie so greifbar nah erschien, musste es ihnen über die Maßen schwerfallen, sie nicht als ihr vorrangiges Ziel anzusehen.

»Sind Sie auch damit einverstanden?«, hakte Bend bei den Brüdern nach.

Gelong stand auf. »Das sind wir, Mr. Bend. Aber wir möchten auch klarstellen, dass wir uns für die Rettung der Maske entscheiden, wenn wir vor die Wahl gestellt werden. Egal, wer oder was auf dem Spiel steht.«

Robert Bend sah hilfesuchend zu Luka und Vincent.

»Wenn Sie bis dahin unser ursprüngliches Ziel nicht aus den Augen verlieren und uns unterstützen, versichere ich, dass Ihnen niemand im Weg stehen wird«, sagte Luka.

Gelong neigte leicht den Kopf und setzte sich wieder.

Auch Bend war zufrieden. Luka Sefic war ein guter Mann. Verbindlich und zielstrebig. Wenn er nicht für den Staat arbeiten würde, so könnte Bend ihn sich gut in seinen Diensten vorstellen. Er und Vincent würden sicher ein gutes Team abgeben.

»Wann startet die Mission?« Vincents Frage holte Bends abschweifende Gedanken zurück.

»Gleich morgen früh. Der IT-Spezialist und der Archäologe werden bereits heute Abend hier eintreffen und sich einrichten. Nach dem Abendessen halten wir alle eine letzte kurze Einsatzbesprechung ab, bevor Sie sich den nötigen Schlaf gönnen werden. Ich erwarte, dass morgen alle topfit sind.«

Die beiden Spezialisten der Universität trafen pünktlich vor dem Abendessen ein. Salvatore Russo stellte sich als der Archäologe vor, dessen Fachgebiet das frühe Mittelalter der Adria-Region war. Luka verstand sich auf Anhieb mit dem jungen Wissenschaftler, der ihn – mit seiner struppigen Frisur und der dicken Brille – ein wenig an einen seiner Studienfreunde erinnerte.

Dominique Moreau hatte sich komplett der Welt des Internets und der Computer verschrieben. Als

Luka im Laufe des Tages den Namen aufschnappte, erwartete er, einen nerdigen Computer-Geek kennen- zulernen. Pickelig, vielleicht ein paar Pfunde zu viel auf den Hüften und mit einem *Atari*-Shirt bekleidet. In Wirklichkeit handelte es sich bei Dominique Moreau um eine bildhübsche Frau in ihren späten Zwanzigern. *So viel zu Vorurteilen,* dachte er. Die gebürtige Fran- zösin hatte zunächst in Paris studiert und war nach einem Auslandssemester an der Universität von Verona in Italien hängengeblieben. Sie verliebte sich in das Land und ist geblieben. Inzwischen war sie Junior-Professorin an der Universität von Venedig, wo sie in angewandter Informatik unterrichtete und forschte.

»Ich möchte noch einmal betonen, wie sehr es mich freut, dass Sie heute alle hier sind«, leitete Robert Bend nach dem gemeinsamen Abendessen die Besprechung ein. »Wie Sie alle inzwischen wissen, wurden unsere geschätzten Mitarbeiter und Freunde Senija Anic und Professor Luigi Servalla entführt. Was auf den ersten Blick nach einem Fall für die Poli- zei klingt, ist viel mehr als das. Ihre Entführer Danko Vladic und der griechische Oligarch Sarantakos suchen nach der *Göttermaske,* dem verlorenen Schatz des Marco Polo. Wir mutmaßen, dass sie unsere Freunde zwingen, ihnen bei der Suche zu helfen.«

Luka bemerkte, wie Dominique und Salvatore ihre Köpfe zusammensteckten und tuschelten, als sie die Ausführungen von Bend hörten.

»Ich weiß, dass das unglaublich klingen mag«, fuhr der Brite fort, der die beiden ebenfalls beobachtet hatte. »Aber seien Sie versichert: Wir wären nicht hier und würden diesen Aufwand betreiben, wenn dem nicht so wäre.«

Ein stummes Nicken der Zustimmung ging durch die Runde.

»Wie können wir behilflich sein?«, fragte Salvatore Russo.

Robert Bend lächelte und gab Vincent ein Zeichen, der das Licht dimmte. Fast zeitgleich schaltete sich ein Projektor ein, der ein Satellitenbild auf eine Wand des Büros projizierte.

Luka erkannte darauf die Gegend um die Quelle der Cetina. Die Quelle selbst war gut als blauer Fleck zu sehen. Ebenfalls zu erkennen war in einiger Entfernung die erwähnte Festung – Burg Prozor.

Bend zeigte mit einem Laserpointer auf die Quelle. »Infolge unserer Recherchen nehmen wir an, dass Polo seinerzeit durch diese Quelle aus der Festung entkommen konnte. Zumindest lässt seine Beschreibung der Quelle darauf schließen.« Er ließ den roten Punkt zur Burg wandern. »Offensichtlich gibt es einen unterirdischen Fluss, der von den Höhlen unter der Festung bis zur Quelle führt und dort an die Oberfläche tritt. Dadurch, dass die Beschreibung in Polos Tagebuch so verblüffend mit den tatsächlichen Gegebenheiten übereinstimmt, sehen wir das als eine Spur, der es unbedingt nachzugehen gilt.« Bend gab Vincent erneut ein Zeichen, woraufhin das Licht wieder anging. »Der Plan sieht folgendermaßen aus: Signora Bianchi, Mademoiselle Moreau, Signore Russo und ich werden im Lagezentrum verbleiben. Wir werden von hier den Einsatz überwachen, mit Informationen unterstützen und im Bedarfsfall weitere

Hilfe schicken. Sie anderen …«, er zeigte auf die Verbliebenen, »werden das Einsatzteam bilden. Zu Ihnen werden noch drei Männer aus Vincents Sicherheitsmannschaft stoßen, die er persönlich ausgewählt hat.«

Luka sah zu Vincent, der Robert bestätigend zunickte. Robert trat an einen Bildschirm, der an der Wand angebracht war. Luka dachte zunächst, dass es sich bloß um einen übergroßen Fernseher handelte. Als Robert ihn berührte, stellte er aber fest, dass er auch wie eine Präsentationswand mit Touchscreen verwendet werden konnte. Auf einem Hintergrundbild, das wie die eben gezeigte Satellitenaufnahme aussah, zeichnete Bend mit dem Finger mehrere Striche und Kreise ein.

»Sie werden *hier* mit dem Helikopter abgesetzt. Danach begeben Sie sich zu Fuß auf *diese* Anhöhe und werden dort zunächst das Gelände um die Festung sichern. Danach wird ein Teil von Ihnen das Innere der Burg erkunden.«

»Wer wird das sein?«, fragte Gelong?

»Wir haben dafür Luka, Vincent und zwei Männer der Sicherheitskräfte vorgesehen«, antwortete Bend.

»Das ist nicht akzeptabel«, entgegnete Gelong. »Auch wir wollen Teil des Erkundungstrupps sein.«

»Wenn ich mich eventuell einmischen dürfte«, sagte Vincent mit beruhigendem Tonfall, »die Verteilung der Aufgaben erfolgte aufgrund der individuellen Vita und vorangegangener Erfahrungen der jeweiligen Personen. Mr. Sefic hatte als einziger von uns bereits Kontakt mit Mr. Vladic. Ein nicht zu unterschätzender Vorteil, in Anbetracht dessen, dass dieser als Entführer von Ms. Anic und Mr. Servalla fungiert. Ich selbst war lange Jahre Angehöriger des britischen Militärs und bin bestens trainiert für solche Einsätze. Ebenso die meisten meiner Mitarbeiter.«

»Wir sind ebenfalls trainiert«, gab Gelong zurück. »Unser ganzes Leben haben wir der Suche nach der Göttermaske verschrieben. So wie es seit Hunderten von Jahren ganze Generationen unserer Brüder getan haben. Ich habe Ihnen unsere Unterstützung zugesichert, aber wir werden so kurz vor dem Ziel nicht als reine Rückendeckung zurückbleiben.«

Luka konnte Gelong nur zu gut verstehen. Er hatte das gleiche Gefühl, wenn es um Vladic ging und darum, ihn endlich dingfest zu machen. »Wenn ich einen Vorschlag machen dürfte«, schaltete er sich ein. »Ich sehe es auch so, dass die Brüder bei der Erkundung der Burg involviert sein sollten. Daher möchte ich als Kompromiss vorschlagen, dass einer der Sicherheitsleute, Vincent, Gelong und ich den Erkundungstrupp stellen. So hätten wir noch immer genügend Leute außerhalb der Festung und alle Interessen wären gewahrt.«

Ein Moment des Schweigens folgte, den Bend mit einem »Das ist ein hervorragender Vorschlag« unterbrach. »Ich bin einverstanden. Was sagen Sie, Gelong?«

Gelong schien, nach einem Blick zu seinen Brüdern, mit sich zu ringen. »Einverstanden«, sagte er aber dann.

»Sehr schön.« Bend klang zufrieden und erleichtert zugleich. »Wir wissen nicht, was uns im Innern der Burg erwartet«, fuhr er fort. »Daher werden wir den Erkundungstrupp mit leistungsstarker Funk- und

Videotechnologie ausstatten, sodass wir hier alles mitverfolgen und gegebenenfalls unterstützen können. Hier kommen Sie beide ins Spiel.« Er zeigte auf Dominique und Salvatore. »Dominique, Sie bekommen uneingeschränkten Zugang zu meinen firmeneigenen Satelliten. Ich möchte auf alles Zugriff haben: Funkdaten, Videodaten, Internet, ja sogar Morsecodes, wenn Sie welche empfangen können. Wenn Sie noch etwas an Hardware brauchen, dann sagen Sie es mir. Es wird bis morgen früh beschafft sein.«

Dominique Moreau strahlte über das ganze Gesicht. »Dann legen Sie schon mal einen Stift und ein großes Blatt Papier bereit«, sagte sie beschwingt.

»Bei Bedarf lege ich einen ganzen Schreibblock bereit«, konterte Bend mit einem Lächeln. Dann wandte er sich an Salvatore. »Ihnen kommt eine nicht weniger wichtige Aufgabe zu. Wie ich bereits sagte, wissen wir nicht, was uns erwartet. Wir können aber davon ausgehen, dass die Maske in einem Versteck aufbewahrt wird. Frau Bianchi konnte uns aber davon überzeugen, dass derlei Verstecke oft in irgendeiner Form markiert wurden. In diesem Zusammenhang sagte sie außerdem, dass Sie ein ausgewiesener Fachmann in mittelalterlicher Semiotik sind.«

Der junge Archäologe winkte ab. »Das ist zu viel der Ehre. Ich würde es eher als ein Faible und weniger als Fachgebiet bezeichnen.«

Bend blieb ernst. »Wissen Sie«, begann er bedeutungsvoll, »ich habe in meinem Leben wahrlich viele Frauen und Männer in den unterschiedlichsten Berufen kennenlernen dürfen. Und die meisten haben ihre Sache gut gemacht. Aber eines kann ich Ihnen mit absoluter Sicherheit sagen: Menschen, die eine Faible für eine Sache mitbringen und sich an ihr begeistern, bringen ausnahmslos die besten Ergebnisse in dem, was sie tun.«

Luka sah, wie Salvatores Gesicht errötete, was ihn noch mehr an seinen ehemaligen Studienkollegen erinnerte.

Bend schaute in die Runde und sah jeden Einzelnen im Raum an. »Sind noch irgendwelche Fragen?« Nachdem einige Sekunden niemand antwortete: »Gut, dann schlage ich vor, dass jeder seine letzten Vorbereitungen trifft und früh zu Bett geht. Der Hubschrauber startet pünktlich um 9 Uhr.«

KAPITEL 23

Danko Vladic saß an einem der hinteren Seitenfenster des nagelneuen *Bell 525* Helikopters und schaute zu, wie das kroatische Hinterland unter ihnen vorbeizog. Sarantakos hatte seinen Privat-Heli für die Mission zur Verfügung gestellt. Nun saß der Grieche vorne neben dem Piloten und hantierte umständlich an einem schlecht sitzenden Headset für den Bordfunk. Danko teilte sich die bequeme Fluggastkabine mit seinem hünenhaften Leibwächter Marko, der ihm gegenüber neben Fahed auf der üppig gepolsterten und mit Leder bezogenen Sitzbank Platz genommen hatte. Marko machte sich offenbar besonders breit, denn der deutlich schmächtigere Fahed hatte sichtlich Probleme, bequem neben dem bosnischen Riesen zu sitzen.

Zu Dankos Linken saßen Senija und der Professor. Er hatte darauf verzichtet, sie fesseln zu lassen. Sie waren keine Gefahr für ihn und die beiden wussten das.

»Wir dürften in wenigen Minuten unser Ziel erreichen«, krächzte die Stimme des Piloten aus den Kopfhörern. »Wenn Sie sich noch nicht angeschnallt haben, dann tun Sie das bitte jetzt.«

Die Maschine legte sich sanft zur Seite und verlor ein wenig an Höhe. Danko erinnerte sich, wie er das letzte Mal in dieser Gegend mit einem Hubschrauber unterwegs war. Damals auf kargen Kunstledersitzen und mit offener Schiebetür. Immer bereit, Angriffe der Bodenstationen zu erwidern.

»Dort, sehen Sie!«, rief der Professor, der offenbar vergessen hatte, dass er über Funk sprach. Die anderen Insassen zuckten zusammen, als ihnen Servallas Ruf – durch die Technik nochmals verstärkt – auf das Trommelfell gehämmert wurde.

»Wir sehen es, Professor«, sagte Senija und legte ihm die Hand auf den Unterarm.

Die Wissenschaftlerin hatte recht. Vor ihnen erhoben sich die schroffen Ausläufer des Dinarischen Gebirges. Der weißgraue Fels zeichnete sich deutlich vom Blau des Himmels und den grünen Wiesen des Tieflandes ab. Auf einem der felsigen Hügel thronte die Ruine einer Festungsanlage – die Überreste von *Burg Prozor.*

Der Pilot überflog die Anlage, drehte den Helikopter und steuerte eine Grasfläche an, die wenige hundert Meter entfernt zu sehen war.

Danko fiel beim Überflug das Dutzend Männer auf, die unmittelbar neben den Ruinen ein Camp aufbauten. Ein Teil der Zelte schien bereits fertig aufgestellt zu sein. »Ihre Männer sind ganz schön flott«, sagte er durch sein Headset an Sarantakos gerichtet.

»Alles andere wäre inakzeptabel bei dem, was ich ihnen bezahle.«

Der Pilot ging tiefer, bis die Räder des Bell sanft auf dem Boden aufsetzten. Er betätigte einige Tasten und Regler, woraufhin das Motorengeräusch abnahm und die Rotorblätter verlangsamten. Marko öffnete die Schiebetür und stieg als Erster aus. Nacheinander folgten die anderen, bis auch Danko als Letzter aus dem Helikopter sprang.

Fahed ging voraus und führte die Gruppe in Richtung des Lagers. Dort angekommen wurden Sarantakos und er von einem der Männer begrüßt.

Vermutlich der Verantwortliche für den Aufbau des Camps, folgerte Danko.

»Wir kommen gut voran«, hörte er den Mann sagen. »Ich denke, in dreißig Minuten dürften alle Zelte stehen. Die Lichtmasten und die restliche Beleuchtung werden in einer Stunde einsatzbereit sein. Der Rest der Ausrüstung ist bereits unterwegs.«

»Sehr gute Arbeit«, lobte Sarantakos.

Danko ging zwischen den Zelten umher und warf einen Blick auf Kisten mit Werkzeug, die säuberlich gestapelt in der Mitte des Camps abgestellt wurden. »Das ist alles recht und schön«, rief er dem Griechen zu, nachdem er den Deckel einer Kiste angehoben und hineingeschaut hatte. »Aber damit werden wir höchstens den begehbaren Teil der Burg erkunden können. Wenn wir in den unterirdischen Teil vorstoßen wollen ...«, *wenn es den überhaupt gibt,* dachte er für sich, »dann brauchen wir schon etwas mehr.«

Wie eine Reaktion auf seinen Einwand waren plötzlich die Geräusche weiterer Hubschrauber zu hören. Danko schaute in den Himmel und sah zwei *Chinook*-Helikopter, die sich dem Camp näherten. An einem der riesigen Fluggeräte hing an schweren Ketten ein Schiffscontainer. Der zweite Helikopter transportierte unter sich einen beeindruckend großen orangefarbenen Raupenbagger, dessen Ausmaße nochmals gewaltiger wirkten, wenn sich das Arbeitsgerät sanft im Wind drehte.

»Ist Ihnen das *mehr* genug?«, rief Sarantakos gegen den Lärm der sich nähernden vier Rotoren an.

Da der Krach kaum zu übertönen war, beließ es Danko mit einem ausgestreckten Daumen als Antwort.

Der erste Helikopter blieb über dem Rand des Camps stehen und setzte vorsichtig zum Sinkflug an. Sarantakos Männer eilten an die Landestelle. Einer von ihnen sprach in ein Funkgerät. Langsam ging der Hubschrauber tiefer und setzte den Schiffscontainer sanft auf dem Boden ab. Kaum war das geschehen, klinkte der Pilot die Trageketten aus, die mit lautem Klirren auf die Oberseite des Containers fielen. Der Helikopter gewann wieder an Höhe und der Pilot zog das Fluggerät in weitem Bogen weg vom Camp. Direkt im Anschluss setzte der zweite Helikopter an, seine Fracht abzuladen. Wenige Meter neben dem Container ging auch er herunter, bis sich die Raupenketten des Baggers mit einem Ächzen in die Erde drückten. Nachdem die Transportketten gelöst waren, folgte der Pilot mit dem gleichen Manöver dem ersten Helikopter und beide entfernten sich schnell Richtung Horizont.

Danko näherte sich dem Container, an dem bereits drei von Sarantakos Männer hantierten. Der Grieche selbst empfing Danko mit einem selbstzufriedenen Grinsen. Einer der Männer knackte mit einem Bolzenschneider die beiden schweren Vorhängeschlösser und öffnete die Verriegelung des Containers.

»Das sieht doch mal vielversprechend aus«, stellte Danko beeindruckt fest. Er konnte nicht sofort den gesamten Inhalt des Containers erkennen, aber was er sah, genügte ihm schon fürs Erste. Er erkannte verschiedene große Trennschleifer, Presslufthämmer und hydraulische Spreizgeräte. *Bis auf den fehlenden Tunnelbohrkopf, dürfte jedes professionelle Bergbauteam ähnlich ausgestattet sein,* mutmaßte er gedanklich. *Aber den würde der Grieche wahrscheinlich auch innerhalb weniger Stunden besorgen können.*

»Los, schlaft nicht ein«, rief Fahed, der sich zu seinem Boss an den Container gesellt hatte. »Ladet alles aus und schafft es in die Burg.«

Die Männer nickten eifrig, riefen noch ein paar weitere hinzu und fingen an, die schwere Fracht aus dem Container in die Burg zu tragen. Einer der Männer setzte sich in den Bagger, der mit einem Aushusten schwarzen Qualms zum Leben erwachte. Begleitet vom Quietschen und Rattern der Raupenketten setzte sich das Gerät in Bewegung, was Danko unweigerlich an die Panzer erinnerte, die vor vielen Jahren hier durch die Gegend gefahren sind.

»Jetzt sind Sie dran«, sagte Sarantakos an Senija und den Professor gerichtet. »Sie sagen uns, wo wir am besten anfangen zu graben.«

»Glauben Sie wirklich, dass Archäologie so funktioniert?«, fragte Servalla ungläubig, aber offenbar mit neuem Mut ausgestattet.

»Was ich glaube, ist zunächst zweitrangig«, erwiderte der Grieche. »Aber was Sie wissen sollten, ist, dass Sie für mich entbehrlich sind, wenn Sie uns nicht helfen. Habe ich mich verständlich ausgedrückt?« Beim letzten Satz lächelte Sarantakos.

Danko konnte sehen, wie jede Farbe aus dem Gesicht des Professors wich. Servalla antwortete nicht, sondern nickte nur hastig. Senija Anic schaute mit einem Blick, der den Griechen eigentlich auf der Stelle hätte töten müssen.

»Gut. Ich interpretiere das als stille Zustimmung«, ergänzte Sarantakos. »Dann fangen Sie umgehend mit Ihrer Arbeit an.«

Als wenn es das Stichwort gewesen wäre, traten zwei der Wachleute an Senija und den Professor heran. Diese verstanden sofort und folgten stumm den Wachen in die Burg.

»Bekommen wir hier Probleme mit den Einheimischen oder den Behörden?«, fragte Sarantakos an Danko gerichtet.

»Nein, darum habe ich mich gekümmert. Die Behörden habe ich im Griff. Eine wohldosierte Mischung aus Druck und Bezahlung lassen die Behörden zu wahren Servicedienstleistern werden. Sie werden uns auch die Bevölkerung des nahegelegenen Dorfes vom Leib halten.«

Der Grieche nickte zufrieden. »Sie sind Ihr Geld doch wert«, stellte er fest, was hinter Dankos Stirn einen Funken Wut entfachte.

Du würdest doch ohne meine Arbeit immer noch wie eine fette Wurst in der Sonne auf deinem halb zerbombten Kutter liegen, schoss es ihm in die Gedanken. Nach außen nickte er fast unmerklich und zwang sich zu einem gespielten Lächeln. »Außerdem ist noch weitere Unterstützung unterwegs.«

Sarantakos schaute misstrauisch. »Unterstützung?«

»Ja, ich weiß jemanden, der die Gegend mindestens so gut kennt wie ich. Vielleicht sogar etwas besser. Außerdem kennt er hier einige Leute und hat einen beachtlichen Einfluss auf sie. Er kann uns sehr hilfreich sein.«

Der Grieche nickte zögerlich. »Na gut. Wenn Sie für ihn bürgen, soll mir das recht sein. Aber ich mache *Sie* für seine etwaigen Fehler persönlich mitverantwortlich.«

»Das wird nicht notwendig sein. Es wird keine Fehler geben.« Danko klang zwar selbstbewusst, hatte die Warnung aber verstanden.

»Wir haben ein Problem«, verkündete Dominique Moreau, ohne den Blick von ihrem Monitor abzuwenden. Sie tippte ein paar Tasten, woraufhin ein Bild auf der Leinwand im improvisierten Lagezentrum in Bends Villa erschien. »Ich habe mithilfe der *Bend-Corporation*-Satelliten die Gegend um die Burg genauer angeschaut. Dabei habe ich *das* entdeckt.«

Das Team schaute gebannt auf das Satellitenbild.

»Was sehen wir da?«, fragte Bend, während er seine Brille aus einem Etui nahm.

»Sieht aus wie ein Lager«, sagte Luka.

»Es ist mehr als ein einfaches Lager«, erwiderte Vincent, der sofort die militärtypische Anordnung und den Aufbau der Sicherheitsringe um das Lager erkannte. Er wusste, was das bedeutete, bevor es Luka aussprach.

»Dann sind Sarantakos und Vladic schon dort«, folgerte der Kroate richtig.

»Ich sehe zehn, vielleicht zwölf Männer. Außerdem schweres Werkzeug und Geräte … sogar einen vermaledeiten Bagger haben die Kerle.« Bend klang fast beleidigt.

»Was bedeutet das für uns?«, fragte Gelong. Er stand mit seinen Brüdern im hinteren Teil des Raumes.

»Dass wir unseren ursprünglichen Plan vergessen können«, antwortete Luka. »Ich kann es nicht glauben, dass die Kerle vor uns an der Festung sind.«

Ein Moment der niedergeschlagenen Stille breitete sich im Raum aus, die nur durch das leise Surren des Projektors untermalt wurde.

Vincent ging alle Optionen durch, die ihnen aufgrund der Eile und der vorhandenen Ressourcen zur Verfügung standen. Es blieben nicht viele übrig, wovon die vielversprechendste allerdings auch die waghalsigste darstellte. »Ich habe vielleicht einen Vorschlag zu unterbreiten, der jedoch nicht ohne Risiko sein dürfte.«

Die Blicke wanderten zu dem Briten.

»Wir sind für jeden Vorschlag dankbar, Vincent«, sagte Bend.

»Nun, es ist ganz offensichtlich, dass wir auf dem geplanten Weg nicht zur Burg kommen. Die gesamte Umgebung wird von Sarantakos Männern bewacht sein und es ist davon auszugehen, dass sie auch die örtliche Polizei in ihrer Hand haben, denn ansonsten wäre wohl kaum eine solche Aktion störungsfrei durchzuführen.«

»Und wie hilft uns diese Vermutung weiter?« Die Frage kam von Francesca Bianchi.

»Mademoiselle Moreau, könnten Sie das Satellitenbild ein wenig verkleinern? Etwa um einen zusätzlichen Radius von circa drei bis fünf Kilometern.«

Die Französin nickte und Sekunden später zoomte der Bildausschnitt heraus.

»Stopp, das genügt. Vielen Dank.« Er nahm den Laserpointer zur Hand. »Wie Sie sehen, ist die Quelle der Cetina, das *Drachenauge,* nur wenige Kilometer entfernt. Wie wir aus dem Tagebuch wissen, ist Marco Polo aus der Burg durch den unterirdischen Fluss zu der Quelle gelangt.« Er zog mit dem roten Laserpunkt eine gerade Linie von der Quelle zur Burg, während er ergänzte: »Mit ein paar Metern Abweichung sollte er also diesen Verlauf haben. Es ist sehr wahrscheinlich, dass der Fluss in etwa dem natürlichen Gefälle der Landschaft folgt.« Vincent legte den Laserpointer wieder beiseite. »Marco Polo ist nicht ertrunken. Davon ausgehend, dass er mit dem unterirdischen Fluss nicht gelogen hat und auch nicht über ein überdurchschnittliches Lungenvolumen verfügte, wird der Fluss nicht die gesamte Länge zwischen der Burg und der Quelle unterirdisch verlaufen. Ich gehe davon aus, dass das Höhlensystem unterhalb der Burg weit ins Tal reicht und Polo erst dort in den unterirdischen Fluss abtauchte. Es ist zu vermuten, dass der Fluss in einem der Höhlengänge kurz an die Oberfläche tritt und dann wieder unter der Erde verschwindet, bis er schließlich die Quelle erreicht.« Vincent hielt inne und schaute in die Runde. Sie alle sahen ihn schweigend und erwartungsvoll an. Lediglich Luka stand ins Gesicht geschrieben, dass er ahnte, was er vorschlagen wollte. »Daher schlage ich folgendes Vorgehen vor: Der Erkundungstrupp springt über der Quelle mit Fallschirmen ab. So umgehen wir etwaigen Kontakt mit Sarantakos Männern oder der örtlichen Polizei.

Wir führen neben der minimalen Ausrüstung und ein paar leichten Waffen lediglich eine Tauchausrüstung mit. Direkt nach der Landung tauchen wir in die Quelle hinab, bis wir an den Zulauf des Flusses gelangen. Durch diesen tauchen wir bis zu der Stelle, an der Marco Polo in den Fluss sprang. Von dort müssten wir durch das Höhlensystem zur Burg gelangen – zumindest in den unterirdischen Teil.«

»Sie müssen verrückt sein«, stellte Dominique nüchtern fest.

»Sie nehmen mir die Worte aus dem Mund«, sagte Bend.

Francesca Bianchi saß auf dem Sessel, schüttelte nur den Kopf und lachte leise. Der Tonfall sprach jedoch Bände.

»Ich mag die Idee«, sagte Luka und zeigte Vincent einen ausgestreckten Daumen. »Ich bin dabei.«

»Ich auch«, fügte Gelong knapp hinzu.

»Ich habe im Kopf ganz grob folgende Rechnung durchgeführt«, versuchte Vincent die Skeptiker zu überzeugen. »Ein schnell fließender Fluss bewegt sich mit etwa zehn bis zwölf Kilometern in der Stunde. Das entspricht runden 2,78 bis 3,33 Metern in der Sekunde. Davon ausgehend, dass ein Mensch durchschnittlich die Atemluft für eine Minute anhalten kann, ergibt das eine wahrscheinliche Strecke, die Polo unter Wasser zurückgelegt haben könnte, von circa einhundertsiebenundsechzig bis zweihundert Metern.« Er machte eine kurze Pause, bevor er hinzufügte: »Plusminus.«

»Ich bleibe dabei: Sie müssen verrückt sein«, sagte Dominique und tippte gleichzeitig in ihr Smartphone. »Aber Ihre Rechnung stimmt.«

»Die Rechnung mag stimmen«, schaltete sich Salvatore ein, »aber wie wollen Sie gegen diese Strömung ankommen? Das ist mit menschlicher Kraft nicht möglich.«

»Das ist korrekt«, sagte Vincent. »Wir werden unsere jetbetriebenen Tauchscooter verwenden. Die wurden ursprünglich für die Wasserrettung konstruiert und von unseren Ingenieuren nochmals überarbeitet, damit sie auch industriellen und militärischen Anforderungen genügen. Die Leistung des Antriebs wurde dabei um rund vierzig Prozent erhöht. Mr. Sefic kann Ihnen die Fähigkeiten dieser Fahrzeuge bestätigen.«

Luka nickte. Er schien sich aber nur mit Widerwillen an die gescheiterte Rettungsaktion auf der Adria erinnern zu wollen.

»Der Plan könnte tatsächlich funktionieren«, gestand Bend ein.

»Wir sollten sehr früh starten«, sagte Vincent. »Möglichst so, dass wir zum Sonnenaufgang über der Quelle abspringen können. Das mindert die Gefahr, gesehen zu werden. Außerdem plädiere ich dafür, dass sich zunächst nur der Erkundungstrupp auf den Weg macht. Damit meine ich Mr. Sefic, Mr. Gelong, einen meiner Männer und mich. Die Verstärkung soll sich am nächstgelegenen Flugplatz in Bereitschaft halten. Sobald wir Unterstützung benötigen, werden wir uns melden.«

Vincent sah in die Runde. Es kam kein Einwand.

»Gut, ich bin mit dem Plan einverstanden.« Bend griff nach dem Telefon auf seinem Schreibtisch. »Ich werde unsere Piloten verständigen. Vincent, bereiten Sie alles Nötige vor.« Er schien kurz zu überlegen, bevor er fortfuhr. »Vielleicht zeigen Sie auch Gelong und seinen Brüdern noch die *Garage*.«

Es war kurz nach vier Uhr des darauffolgenden Morgens, als Luka und die anderen Mitglieder des Erkundungsteams auf dem Flughafen Venedig aus den beiden Range Rovern stiegen. Vincent hatte sich für Jeff aus seinem Team entschieden. Jeff war Amerikaner und stellte sich als ehemaliges Mitglied der Navy SEALs vor. *Eine gute Wahl,* dachte Luka, während er dem ruhigen, aber entschlossenen Mann mit dem roten Vollbart, der ihr Team komplettierte, die Hand schüttelte.

Vincent führte die Gruppe auf ein *C-27*-Transportflugzeug zu, dessen Laderampe am Heck heruntergelassen wurde. Das Personal war gerade dabei, mittels Hubwagen eine Palette mit aufliegender Transportkiste in den Rumpf zu verfrachten, als ihnen ein junger Mann in weißem Pilotenhemd entgegenkam. Luka erinnerte sich noch gut an den Co-Piloten des *Space-Jets,* mit dem Senija und er nach Venedig gekommen waren.

»Guten Morgen, meine Herren«, begrüßte sie ein – trotz der frühen Stunde – gut gelaunter Miller. »Wir sind so gut wie fertig. Sobald die Transportkiste verladen ist, können wir starten. Wir haben Startfreigabe in fünf Minuten. Bitte begeben Sie sich direkt über die Rampe an Bord.«

Die Männer bestiegen das Flugzeug und nahmen auf den Sitzbänken Platz. Das Bodenpersonal war gerade fertig mit dem Festzurren der Palette, als der Pilot die Motoren der Maschine startete. Mit einem Surren setzten sich die Propeller in Bewegung, das schnell zu einem sonoren Brummen wurde.

»Bitte schnallen Sie sich an, bis wir unsere Flughöhe erreicht haben«, ertönte Millers Stimme über die Lautsprecher im Frachtraum.

Luka klemmte seinen Rucksack zwischen die Beine, wie es die anderen auch taten. Kurz nachdem das Bodenpersonal die Maschine verlassen hatte, wurde die Laderampe hochgefahren und verriegelt. Das Flugzeug setzte sich mit einem sanften Ruck in Bewegung und rollte in Richtung Startbahn.

Luka sah zu Gelong, der ihm gegenüber saß. Der Asiate hatte seine Augen geschlossen. Seine Lippen bewegten sich, als würde er beten. Luka fragte sich, ob der Mönch jemals einen Fallschirmsprung absolviert hatte. Er vermutete aber, dass sich Gelong in keinem Fall davon abbringen lassen würde, an der Mission teilzunehmen.

Vincent saß neben Luka und schien dieselbe Beobachtung gemacht zu haben. »Gelong, ist alles in Ordnung mit Ihnen?«, hörte man die Frage des Briten über die Funksprechgarnitur.

Gelong öffnete die Augen. »Ja, keine Sorge«, antwortete der Mönch. »Wir lernen in unserer Ausbildung als Sucher auch Fallschirmspringen. Aber ich kann nicht behaupten, dass es mir jemals Spaß bereitet hätte.«

Jeff, der neben ihm saß, wandte grinsend den Kopf von dem Asiaten ab.

Luka spürte, wie das Flugzeug zunächst kurz zum Stehen kam und dann voll beschleunigte. Sie wurden durchgeschüttelt, während die Räder immer schneller über den Betonbelag der Startbahn rollten, bis die Maschine schließlich den Bodenkontakt verlor und in den Himmel stieg.

Es dauerte nur wenige Minuten, bis sich der Rumpf in die Horizontale neigte und Miller sich erneut über die Lautsprecher meldete. »Wir haben die Reiseflughöhe erreicht und werden in etwas weniger als fünfundvierzig Minuten die Absprungzone erreichen. Genießen Sie den Flug.«

Luka löste den Sicherheitsgurt und stand auf. Er ging zu einem der wenigen Fenster und schaute hinaus. Es war nichts zu sehen. Sie mussten bereits weit über dem Meer sein. Unter ihnen lag nur eine unheimliche absolute Schwärze.

»Wir sollten uns schon bereit machen«, ertönte hinter ihm Vincents Stimme. Er nahm vier Fallschirme von der Wand und warf ihnen jeweils einen zu.

Luka und die Männer nahmen sie entgegen und machten sich an die Vorbereitungen.

Die angekündigten fünfundvierzig Minuten vergingen schnell. Luka zog gerade seinen Ausrüstungsrucksack auf die Brust, als der Frachtraum in ein rotes Licht getaucht wurde.

»Zwei Minuten bis zum Absprung«, hörte man Millers entspannte Stimme.

Die Männer standen auf und reihten sich neben der Palette mit der Transportkiste auf. Luka stellte sich hinter Vincent, ihm folgte Gelong und schließlich Jeff.

Mit einem sanften Ruck, begleitet von einem Warnsignal, wurde die Rampe herabgelassen. Kalter Wind schoss in das Innere der Maschine und zerrte an Lukas Kleidung und Ausrüstung. Er zog die Schutzbrille von seinem Helm vor die Augen. Draußen war es noch immer Nacht. Das Schwarz war zwar einem dunklen Grau gewichen, aber es fühlte sich trotzdem an, als würden sie gleich durch einen offenen Schlund ins Nichts springen.

Die Beleuchtung schaltete auf Grün.

»Achtung«, rief Vincent in den Funk. Er hieb mit der flachen Hand auf einen Schalter neben sich an der Flugzeugwand. Mit einem Knall löste sich die Verankerung der Palette und die Transportkiste rutschte ungebremst aus dem Flugzeug. »Go!«, schrie der Brite. Zeitgleich lief er mit drei Schritten über die Rampe und verschwand hinter der Kante in der Dunkelheit.

Luka folgte ihm sofort. Sein Herz raste, als er losrannte und sich schnell der Absprungkante näherte. Einen Schritt später fiel er. Der Wind drückte gegen seinen Körper und zerrte an ihm, während er in den Abgrund raste. Um ihn herum war nichts zu erkennen. Er spreizte die Arme ab und winkelte die Beine an, um seinen Fall zu stabilisieren. Mit einem Handgriff löste er den Stabilisierungsschirm.

»Alle raus!«, hörte er Jeff über Funk durchgeben.

Luka wagte einen Blick auf seinen Höhenmesser: 2600 Meter wurden angezeigt. 2500, 2400 … er raste unaufhaltsam dem dunklen Boden entgegen. Dann sah er unter sich ein Licht. Ein kleines rotes Blinklicht – wie er selbst eines am Fallschirmrucksack trug. *Vincent,* schoss es Luka in den Sinn, in dem Moment als sich der Fallschirm des Briten entfaltete. Luka schaute nochmals auf seinen Höhenmesser: 1800 Meter. *Jetzt wird es langsam Zeit,* dachte er und zog an dem Auslösegriff. Mit einem Ruck wurde sein Fall abgebremst. Erleichtert sah er den Stoff seines Fallschirms, der sich wie eine rettende Hand über ihm ausbreitete.

Sanft schwebte er dem Boden entgegen. Der Morgen dämmerte endlich und vertrieb allmählich die Dunkelheit. Luka orientierte sich an Vincent, dessen Schirm und rotes Blinklicht er deutlich unter sich erkennen konnte. Der Brite korrigierte seine Flugbahn, indem er eine Kurve Richtung Nordost flog. Luka folgte ihm und entdeckte kurz darauf einen kleinen See, auf den sie zuhielten. Einige Meter neben dem Gewässer war die Palette mit der Transportkiste gelandet. Schlaff hing der Fallschirm über der Kiste und bedeckte somit den größten Teil des Frachtguts. Vincent steuerte direkt darauf zu und setzte ein paar Schritte vor der Transportkiste auf. Luka landete nur Sekunden später neben ihm. Während sie eilig ihre Fallschirme verstauten, folgten Gelong und Jeff.

»Beeilt euch, die Sonne geht gleich auf«, sagte Vincent an die beiden gerichtet.

Jeff nickte stumm und half Gelong, den Fallschirmrucksack auszuziehen.

Vincent zog ein Messer und schnitt das Netz um die Transportkiste auf. Die Kiste war nicht verschlossen und ließ sich leicht öffnen. Er betätigte vier Riegel im Innern, worauf eine der Seitenwände herunterklappte und den Blick auf den Inhalt freigab.

»Jeder nimmt sich seine Tauchausrüstung und einen der Tauchscooter«, wies Vincent sie an.

Luka griff als Erster nach der Transporttasche, die seine Ausrüstung enthielt. Den Tauchscooter wuchtete er auf die Schulter und schleppte ihn an das Ufer der Quelle. Er war froh, das rund fünfunddreißig Kilo schwere Gerät nahe des Wassers ablegen zu können. Eilig packte er die restliche Ausrüstung aus. In seiner Transporttasche waren ein Trockentauchanzug und eine Taucherausrüstung verstaut. Sie hatten entschieden, mit sehr kleinen Sauerstoffzylindern zu tauchen, deren Volumen für höchstens zehn bis zwölf Minuten reichen würde. Vincent hatte zunächst Bedenken geäußert, musste dann aber eingestehen, dass für große Flaschen vielleicht nicht genügend Platz in der Höhle sein könnte.

Luka prüfte die Waffen und Ausrüstung an seinem Gürtel und seiner Weste. Dann stieg er in den Trockentauchanzug und schloss den Reißverschluss. Vincent half ihm beim Anlegen des Trageriemens der Sauerstoffflasche.

»Hier Außenteam!«, sprach Vincent in sein Funkgerät. »Wir sind soweit.«

»Wir haben verstanden«, lautete die Antwort in Form von Dominiques Stimme über Funk.

Die Männer schoben die Tauchscooter ins Wasser und stiegen hinterher. Trotz des Trockenanzugs konnte Luka spüren, wie kalt das Wasser war. Sein Kopf und die Hände waren unbedeckt, und er schätzte die Temperatur auf kaum höher als fünfzehn Grad.

»Also Gentlemen«, begann Vincent, »jeder kennt den Plan. Ich tauche voraus. Mir direkt folgt Mr. Sefic, dann Mr. Gelong. Jeff bildet die Nachhut. Wir wissen nicht präzise, in welcher Tiefe der Zulauf des Flusses ist. Ich hoffe, dass wir nicht allzu weit hinabsteigen müssen, da unsere Flaschen nicht für große Tiefen ausgelegt sind.« Als keiner von ihnen antwortete, nickte Vincent, nahm das Mundstück des Atemreglers in den Mund und verschwand unter der Wasseroberfläche.

Luka beeilte sich, es ihm gleichzutun.

Das Wasser war glasklar und er konnte unter der Oberfläche einige Meter weit sehen. Die frühe Morgensonne erhellte den oberen Teil der Quelle genügend, sodass Luka die Wände um sich herum erkennen konnte, die steil in den Abgrund ragten, bis sie in der völligen Schwärze der Tiefe verschwanden. Ihn fröstelte es, wobei er nicht sagen konnte, ob das an der Kälte des Wassers oder dem unheimlichen Bild des Abgrunds lag. Sein Blick folgte Vincent, der mit der Hilfe des Tauchscooters und kräftigen Flossenschlägen schnell an Tiefe gewann. Luka betätigte den Knopf seines Tauchscooters und beschleunigte das Gefährt, das ihn mit sanftem Zug in die Tiefe mitnahm.

Meter um Meter arbeiteten sie sich abwärts. Es wurde zusehends dunkler und Luka spürte deutlich, dass das Wasser noch kälter wurde. Er schaltete die Beleuchtung an seinem Tauchscooter ein. Zwei helle Strahlen der starken LED-Lampen durchschnitten die Dunkelheit und ragten wie Säulen aus Licht in die Tiefe hinab. Das künstliche Licht warf bizarre Schatten auf das schroffe Gestein der Wände, die immer enger aneinanderrückten, je tiefer sie tauchten. Gedanken an den Schlund eines riesigen Monsters kamen Luka in den Sinn. Er wischte sie beiseite und konzentrierte seine Aufmerksamkeit auf Vincent, der wenige Meter unter ihm tauchte. Immer wieder stiegen Luftblasen des Briten zu Luka hinauf und zogen wie pulsierende Lebewesen an ihm vorbei. Er wusste nicht, wie tief sie waren. Wenn er aber seinen Blick nach oben richtete, war die Wasseroberfläche nur als kleiner heller Fleck zu erkennen.

Plötzlich wurde Vincent langsamer und verharrte schließlich auf der Stelle. Als Luka zu ihm aufschloss, spürte er, was der Grund dafür war: Vor ihnen befand sich eine kreisrunde Öffnung im Fels, aus der mit spürbarem Druck Wasser zu fließen schien. Luka schätzte ihren Durchmesser auf etwas mehr als einen Meter. Er musste kräftig mit den Flossen schlagen und den Tauchscooter zur Öffnung ausrichten, damit er von der Strömung nicht gegen die Wand gedrückt wurde.

Gelong und Jeff erreichten die beiden, und Vincent gab Zeichen, dass alle aufpassen und ihm folgen sollten. Er setzte den Tauchscooter an der Öffnung an und beschleunigte das Gefährt voll. Luka beobachtete, wie Vincent nach vorne gezogen wurde und in dem Loch verschwand. Er sah zu den beiden anderen, die nur nickten und das Tauchzeichen für *OK* gaben. Er visierte den Zulauf an, zählte gedanklich von drei rückwärts und gab dem Gerät die volle Energie. Wie von einem fahrenden Zug mitgerissen, zog ihn die Kraft des modifizierten Tauchscooters nach vorne. Die

Geschwindigkeit verlor sich jedoch zum größten Teil, sobald er in den unterirdischen Fluss eingetaucht war. Der Wasserdruck, der ihm entgegenströmte, vernichtete fast den gesamten Vortrieb. Er schlug wie wild mit den Flossen, um die Arbeit des Fahrzeugs zu unterstützen, was jedoch nur mäßige Wirkung zeigte. Seine Sicht war gleich null. Der Lichtstrahl der Lampen stach gegen das aufgewirbelte Wasser, das ihm unablässig Luftblasen und gelöste Steinpartikel entgegenschoss. Von Vincent war nichts zu sehen. Der Tauchscooter kämpfte und Luka schrie das Unterwassergefährt gedanklich an, dass es durchhalten solle.

Plötzlich sah er vor sich ein grelles rotfarbenes Licht, das von der Höhlendecke zu kommen schien. Es dauerte eine Sekunde, bis er dessen Quelle erkannte: ein bengalisches Feuer. *Vincent!* Luka hielt direkt auf das Leuchtfeuer zu und durchbrach mit dem lauten Schreien der Jet-Turbine des Tauchscooters die Wasseroberfläche. Fast zeitgleich packte ihn Vincent am Oberarm und zog ihn kraftvoll an das steinerne Ufer.

Luka spuckte das Mundstück der Sauerstoffflasche aus. »Danke«, sagte er, mehr hustend als sprechend. »Ich dachte kurz, ich schaffe es nicht.«

»Die Dinger können mehr, als man glauben mag«, entgegnete Vincent, während er auf Lukas Tauchscooter klopfte. »Helfen Sie mir bei den anderen beiden.«

Danko Vladic stand mit einem Becher Kaffee an die Burgmauer gelehnt und rauchte eine Zigarette. Er blickte dabei auf die Grabungsstelle vor sich. Es war beeindruckend, was Sarantakos Männer über Nacht geleistet hatten. Der Burghof war mit hellen Scheinwerfermasten die gesamte Nacht beleuchtet gewesen. Unablässig gruben die Arbeiter an der Stelle, die ihnen vom Professor und Senija Anic gezeigt wurde. Der Bagger hatte zunächst ein etwa zehn mal vier Meter großes Loch ausgehoben, das gut und gerne fünf Meter in die Tiefe reichte. Unablässig befuhr das schwere Gerät die selbstgegrabene Rampe und trug Schicht um Schicht das Erdreich ab. Die Grube lag unmittelbar neben dem ehemaligen Bergfried, von dem nach den Jahrhunderten nur die Grundmauern erhalten waren.

Danko nahm einen Schluck aus dem Becher. Wenn man den Aufzeichnungen Polos Glauben schenkte, dann führte ein Treppenabgang unterhalb des Bergfrieds direkt in den ehemaligen Kerker und damit unter die Burg. Danko musste dem Professor recht geben, als der vermutete, dass dort das wahrscheinlichste Versteck für den Schatz sein dürfte. Dafür sprach außerdem, dass der eigentliche Treppenabgang nicht mehr vorhanden war. Irgendwann, im Lauf der Zeit, hatte man den Zugang zu den Gewölben mit Steinbrocken aufgefüllt und zugemauert. Das wird seine Gründe gehabt haben – zum Beispiel, um etwas zu verstecken.

Zunächst war der Plan, den Treppenabgang mit Pressluthämmern freizulegen. Als die Arbeiter nach einer Stunde gerade mal die erste Treppenstufe erreicht hatten, entschieden sie sich doch für Plan B: Sie wollten sich von außen bis zum Gewölbekeller vorarbeiten.

Danko nahm aus dem Augenwinkel eine Bewegung wahr und stellte dann fest, dass sich sein Vertrauter Marko näherte. Er war in Begleitung von Senija Anic und Professor Servalla.

»Das ist Vandalismus, was Sie hier veranstalten«, sagte Senija ohne Umschweife und funkelte ihn wütend an.

Danko nahm gelassen einen Zug von seiner Zigarette und blies beiläufig den Rauch in ihre Richtung. »Ihnen auch einen guten Morgen.«

Senija fächelte den Rauch von ihrem Gesicht weg. »Ich wüsste nicht, was an diesem Morgen so toll sein soll. Wissen Sie eigentlich, was Sie anrichten? Die Schäden an der Ruine sind irreparabel!«

Danko schaute ihr einen Moment ungerührt in die Augen, bevor er antwortete: »Erstens … ich leite die Arbeiten nicht. Das sind Sarantakos Männer.« Er ließ seine Zigarettenkippe in den Kaffeebecher fallen, die zischend in das dunkle Getränk eintauchte. »Zweitens … ist es doch schon eine Ruine. Was soll da noch beschädigt werden?« Amüsiert über seinen Scherz, grinste er sie an. Dabei warf er demonstrativ den Kaffeebecher in einen Busch an der Burgmauer.

»Sie sind ein Widerling!«, fauchte Senija ihn an.

»Es ist noch gar nicht so lange her, da waren Sie froh, mich zu sehen.«

Senija sah schnaubend auf die Seite und verschränkte ihre Arme vor der Brust. Sie vermied es aber, darauf zu antworten.

Der Professor stand schweigend an ihrer Seite. Es war ihm deutlich ins Gesicht geschrieben, dass er zwischen seiner Loyalität zu Senija Anic und seiner Angst hin- und hergerissen war.

Danko zündete sich eine neue Zigarette an. »Wissen Sie … ich sehe die Sache so: Je präziser Ihre Vorhersagen und Einschätzungen bezüglich der Lage des Schatzes sind, und je schneller wir ihn finden, desto weniger wird die Ruine beschädigt werden. Es liegt also an Ihnen.«

Senija schenkte ihm einen weiteren, letzten Blick, der vermutlich Stahl schneiden konnte. Dann machte sie auf der Stelle kehrt und stapfte in Richtung der Grabungsstelle. Der Professor beeilte sich, ihr zu folgen.

»Behalte sie im Auge«, sagte Danko an Marko gerichtet.

Der Hüne nickte und folgte den beiden mit gemächlichen Schritten.

»Hier Außenteam an Lagezentrum! Können Sie uns hören?« Vincent sprach laut in das Mikro seines Funkgeräts.

»Hier Lagezentrum! Wir hören Sie klar und deutlich«, hörte Luka die Stimme von Dominique über sein Headset. Nachdem er und Vincent Jeff und Gelong aus dem Wasser geholfen hatten, hatte der Brite sofort begonnen, die Funkverbindung und Videoübertragung zu Robert Bends Villa herzustellen.

»Wie sieht es mit der Videoübertragung aus?«, ergänzte Vincent.

»Alle vier Kameras übertragen leider nicht. Vermutlich ist das Signal doch zu schwach. Sorry.«

»Verstanden!« Vincent wandte sich an die anderen. »Wir lassen alles hier, was wir oben nicht brauchen werden. Tauchscooter, die Sauerstoffflaschen und das restliche Tauchequipment.«

Luka hatte seinen Trockentauchanzug bereits ausgezogen und ihn mit der übrigen Taucherausrüstung auf einen Haufen gelegt. Darunter trug er den gleichen grauen Overall, mit dem auch die anderen bekleidet waren. Aus seinem wasserdichten Ausrüstungsrucksack zog er eine Pistole samt Oberschenkelholster, das er um sein rechtes Bein schnallte. Das schwarze Kampfmesser befestigte er an der dafür vorgesehenen Halterung seiner taktischen Weste. Während er den Trageriemen des *HK416*-Sturmgewehrs umlegte, beobachtete er, wie Gelong zwei reich verzierte Dolche an seinem Gürtel befestigte.

Der Mönch bemerkte Lukas Blick. »Traditionelle mongolische Pferdemesser«, erklärte er. »In unserem Kloster gefertigt. Die Herstellung dauert eintausend Stunden und sie sind alleine den Suchern vorbehalten, die sie immer bei sich tragen. Die Tradition besteht seit Anbeginn der Suche und wurde nie geändert.«

Luka nickte anerkennend. Er konnte Gelong dessen Stolz förmlich ansehen. Wie er allerdings die Messer all die Jahre durch vermutlich unzählige Zollkontrollen gebracht hatte, wollte Luka lieber nicht wissen.

»Sind alle fertig?«, fragte Vincent, und nachdem niemand antwortete: »Gut, dann los.«

Vincent ging voran. Aus dem Höhlenraum führte nur ein Gang, der zunächst sanft nach oben verlief. Nach wenigen Metern war das Rauschen des unterirdischen Flusses hinter ihnen nur noch als leises Säuseln zu hören. Luka erhöhte die Helligkeit seiner Stirnlampe und sah sich um. Der Gang war höchstens einen Meter breit und zwei Meter hoch, schätzte er. Sie alle konnte problemlos aufrecht darin gehen. Im Lichtkegel seiner Lampe konnte er vereinzelte Spinnen auf dem grauen Fels krabbeln sehen. *Wie lange hier wohl kein Mensch mehr durchgekommen ist?*, fragte er sich.

Der Gang folgte einer sanften Biegung und wandte sich ein wenig steiler nach oben. Luka spürte, wie er sich mehr anstrengen musste und sich sein Puls erhöhte. Auch Gelong hinter ihm atmete schwerer, ohne dabei den Eindruck zu erwecken, er könnte wirklich angestrengt sein.

Ein kurzes Stück später hob Vincent die Hand. »Halt!« Der Brite war stehengeblieben.

Luka schloss zu ihm auf. »Was ist los?«

Vincent zeigte vor sich und er verstand.

»Hier ist ein Teil der Höhle verschüttet«, rief Vincent zu Jeff und Gelong, die weiter hinten stehengeblieben waren.

»Kommen wir irgendwie durch?«, fragte Jeff.

»Ich weiß nicht.« Vincent klang nachdenklich, während er mit seiner zweiten Taschenlampe die aufgetürmten Felsbrocken betrachtete. »Es könnte sein, dass hier ein Spalt ist.«

Luka trat neben ihn und schaltete ebenfalls seine Taschenlampe ein. Die Brocken ragten bis fast an die Decke und standen wie eine Mauer vor ihnen. Lediglich im oberen rechten Teil befand sich eine Lücke in dem Dreieck zwischen Wand, Decke und Geröll, auf die der Lichtstrahl von Vincents Taschenlampe gerichtet war. »Nicht sehr groß«, stellte Luka fest.

Vincent nickte stumm. Dann nahm er seinen Rucksack vom Rücken und stellte ihn ab. »Ich werde es versuchen.«

Senija beugte sich mit Professor Servalla über einen Tisch, der in einem der größeren Zelte des Camps aufgebaut war. Vor sich hatten sie mehrere Blätter Papier und eine aufgefaltete Landkarte der Gegend liegen.

»Ich bin mir nicht wirklich sicher, ob das tatsächlich der beste Ort für die Grabung ist«, meinte der Professor, während er sich aufrichtete und seinen Bleistift auf den Tisch warf.

Senija spürte die Angst des Professors. Auch sie hatte Angst. Aber sie musste darauf achten, dass Servalla seine Einschätzung nicht durch ebendiese Angst beeinflussen lässt. »Es ist der einzig logische Ort«, stellte sie fest und versuchte dabei, möglichst sicher zu klingen. Sie zog ein Blatt Papier heran, das eine handgemalte Skizze der Festungsanlage zeigte. »Sehen Sie«, sagte sie, »das ist der Grundriss von Burg Prozor. Die Anlage ist nicht sehr groß. Hier haben wir das Hauptgebäude und relativ zentral den Bergfried.« Sie zeichnete einen Kreis auf die Skizze. »Wenn wir davon ausgehen, dass Polo in seinen Aufzeichnungen die Wahrheit schrieb, dann wird unterhalb des Bergfrieds der Zugang zu den Kerkern sein. Der aufgefüllte und zugemauerte Abgang stützt diese Annahme.« Sie zeichnete weitere Linien auf die Skizze und legte die Landkarte daneben. »Wenn wir von einer üblichen Anzahl und Größe der Verliese zu dieser Zeit ausgehen, und die Lage der Wehrmauern sowie der Ausmaße des Berges einbeziehen, dürfte sich der Großteil der Kerker *hier* befinden.« Sie tippte mit der Spitze Ihres Stiftes auf die Skizze.

Der Professor schüttelte den Kopf. »Nachvollziehbar, aber dennoch spekulativ.«

Senija stützte beide Hände auf dem Tisch ab und senkte den Kopf. »Professor!«, begann sie, der Resignation nahe. »Wir haben zwei Möglichkeiten: Entweder, wir spielen hier mit und überleben das Ganze vielleicht, oder wir lassen es und schauen, wie weit die Geduld von diesem Vladic und dem Griechen reicht.« In dem Moment sah sie Sarantakos, der sich mit Fahed ihrem Zelt näherte. »Entscheiden Sie sich, aber schnell«, konnte sie gerade noch sagen, bevor die beiden Männer in das Zelt traten.

»Ich wünsche Ihnen einen wundervollen guten Morgen«, begrüßte sie Sarantakos mit unnatürlicher Freundlichkeit. »Ich wollte mich erkundigen, wie die Arbeiten vorangehen.«

Senija warf einen beschwörenden Blick zu Professor Servalla. Der sagte nichts, sondern schaute betreten zu Boden.

»Wir … wir sind uns sicher, dass die Grabungsstelle richtig ist«, antwortete Senija.

»So, tun Sie das?«, fragte Sarantakos. Er wandte sich an Servalla und ergänzte: »Sie auch?«

Senija schluckte. *Machen Sie jetzt keinen Fehler, Professor,* dachte sie für sich.

Der Professor zögerte sichtlich. »Nun …«, sein Blick wechselte nervös zwischen den Anwesenden, »ich sehe es ganz genau wie meine Kollegin. Die gegenwärtige Grabungsstelle erscheint als die beste Option.«

Senija atmete erleichtert aus.

Plötzlich und ohne jegliche Vorwarnung, sprang Fahed einen Schritt nach vorne. Mit einer fließenden Bewegung holte er dabei seinen Krummdolch hervor und zog ihn blitzschnell über den Hals des Professors. Dem blieb keine Zeit zu reagieren. Bevor er einen Ton hervorbringen konnte, schoss das Blut aus der klaffenden Wunde, die sich wie ein zweiter Mund zu bewegen schien.

»Nein!«, schrie Senija panisch. Wie in Zeitlupe spielte sich alles vor Ihren Augen ab: Der Professor fasste sich an den Hals und starrte dann auf seine blutverschmierte Hand. Ungläubig hob er den Blick und schaute Senija direkt in die Augen. Er sah aus, als wolle er etwas sagen, aber er brachte nur ein Röcheln hervor, bevor er auf die Knie sackte.

Senija eilte zu ihm und stützte seinen Oberkörper, der schlaff in ihren Armen hing. »Professor«, rief sie. »Halten Sie durch.«

Doch sie wusste, dass für Servalla jede Hilfe zu spät kommen würde. Der Blick des Professors wurde leer und trübe. Es schien, als würde er ihr nicht mehr in die Augen schauen, sondern direkt durch sie hindurch. Sein Mund bewegte sich fast unmerklich, ohne dass ein Ton über seine Lippen kam.

Senija legte ihm eine Hand an die Wange und neigte seinen Kopf. »Professor … Professor!« Aber Professor Servalla antwortete nicht mehr.

Senijas Schrei zog Dankos Aufmerksamkeit auf sich. Er warf seine Zigarette weg und eilte zu dem Zelt, in dem die beiden Wissenschaftler arbeiteten. Im Moment, in dem er es erreichte, verstand er die Situation sofort. Senija Anic kniete neben dem Professor und hielt ihn im Arm. Marko stand einige Meter abseits und hob im Unwissen über das Geschehene beide Arme, als er seinen Boss sah.

»Was ist denn hier los?«, fragte er an Sarantakos gerichtet. »War das nötig?«

Der Grieche schaute gelassen auf einen Siegelring an seiner rechten Hand. Er hauchte ihn an und polierte das Schmuckstück betont langsam an seinem weißen Jackett, bevor er antwortete. »Ja, das war es.«

Danko hatte alle Mühe, sich zu beherrschen. Gewalt war für ihn kein Problem. Sogar der eine oder andere Tote ging für ihn in Ordnung, wenn es sein musste. Er hatte in seinem Leben weiß Gott genug Menschen auf dem Gewissen. Beim Militär und auch danach. Aber grundloses Morden war für ihn nicht zu rechtfertigen. »Ich bin gespannt«, entgegnete er.

Sarantakos sah ihn an. »Zunächst möchte ich klarstellen, dass ich *Ihnen* keinerlei Rechtfertigung schulde. Die schulde ich niemandem. Ist das klar?«

Danko Vladic antwortete nicht. Er straffte seine Haltung und schaute den Griechen demonstrativ herausfordernd an.

Es dauerte nur einen kurzen Moment, bis Fahed dies als Beleidigung gegen seinen Boss auffasste und erneut seinen Krummdolch zog. Fast zeitgleich zog Marko seine Pistole und richtete sie auf den Araber.

Sarantakos lachte und legte die Hand auf Faheds Arm. »Es gibt keinen Grund, weshalb wir in Streit geraten sollten«, sagte er. »Der Professor war ein Hindernis. Ihm fehlte die richtige Einstellung. Er war voller Zweifel und versteckte sich hinter Fräulein Anic.« Er wandte sich ihr zu. »Sie ist es, die uns hierher geführt hat. Sie ist es, die den Schatz des Marco Polo ebenso finden möchte, wie ich es tue – das spüre ich.«

»Sie sind ein Schwein«, erwiderte Senija Anic. »Ich bin in keiner Weise wie Sie.«

Sarantakos lachte erneut. »Sie mögen das so sehen. Aber ich kann tiefer in Ihr Inneres schauen, als Sie es vielleicht zugeben würden.« Sein Blick wechselte zwischen Senija und Danko. »Aber wie dem auch sei … Ich bin nun sicher, dass Sie alle verstehen, wie ernst es mir mit der Suche nach der Göttermaske ist. Entweder sind Sie mir dabei hilfreich …«, er blickte demonstrativ auf den toten Professor, »oder Ihnen ergeht es wie ihm.«

Eine Stunde später stand Danko Vladic gedankenverloren am Burgtor und rauchte eine Zigarette, als eine silberfarbene Mercedes-Limousine, die sich auf dem Schotterweg zur Festung hinaufarbeitete, seine Aufmerksamkeit auf sich zog. Er schnippte die Zigarette weg und nahm sein Funkgerät, das er am Gürtel trug. »Marko, der Major ist angekommen. Komm' und begrüße ihn.«

Es kam keine Antwort, aber Danko wusste, dass Marko auf dem Weg war.

Der Fahrer der Limousine fuhr vorsichtig über die holprige Piste und hielt direkt auf das Tor zu. Danko gab den Wachleuten ein Zeichen, trat einen Schritt zur Seite und ließ das Fahrzeug auf den Burghof einfahren. Er folgte dem Wagen, der auf der Mitte des Platzes zum Stehen kam. Danko erreichte ihn gerade, als die Fahrertür aufgeschwungen wurde.

»Willkommen auf Burg Prozor, Major«, begrüßte Danko den Ankömmling. Dabei salutierte er mit der Hand an der Stirn.

Der Major sah ihn ernst an, bevor er den Gruß erwiderte. »Hauptmann«, antwortete er knapp und mit militärischem Tonfall.

Dann lachten beide Männer herzlich und nahmen sich in die Arme.

»Ivan, ich freue mich, dich zu sehen. Es ist viel zu lange her«, sagte Danko.

»Das stimmt«, antwortete der Major. Er nahm das Jackett seines Anzugs aus dem Wagen und zog es an. »Seit wir nicht mehr beim Militär sind, haben wir einfach viel zu wenig Zeit.«

»So ist das in der Rente.«

Beide lachten erneut und der Major legte Danko freundschaftlich die Hand auf die Schulter. Er sah sich um. »Burg Prozor, wie?!«, stellte er währenddessen fest. »Wie lange ist das her, dass wir hier stationiert waren?«

»Eine Ewigkeit«, antwortete Danko.

Der Major nickte. »Wo ist Marko? Ist er auch hier?«

Als hätte er auf die Frage gewartet, kam eilig Marko über den Burghof gelaufen. Er lächelte, als er den Major sah.

»Ich freue mich, dich zu sehen, Feldwebel«, begrüßte der Major ihn.

Der Bodyguard richtete sich auf und salutierte.

»Lass' den Blödsinn, Marko. Diese Zeiten sind lange vorbei. Komm' her«, sagte der Major und zog den stämmigen Hünen an sich und drückte ihn. Nachdem er Marko wieder losgelassen hatte, wandte der Major sich Danko zu. »Hier soll also ein Schatz vergraben sein?«

»Die Chancen stehen zumindest nicht schlecht, wenn man dem Griechen Glauben schenken mag.«

»Nicht nur *mir* sollte man Glauben schenken«, ertönte Sarantakos' Stimme. Er und Fahed kamen auf die kleine Gruppe zu. »Auch unsere Chefwissenschaftlerin ist der Meinung.«

Ich bezweifle, dass Senija Anic sich ebenso betiteln würde, dachte Danko. »Ivan, darf ich dir Mr. Sarantakos vorstellen?! Er ist der Financier dieser Operation«, sagte er.

»Es freut mich, Sie kennenzulernen«, sagte der Major und schüttelte dem Griechen die Hand.

»Sie sind also der geheimnisvolle Major, der uns helfen kann«, stellte Sarantakos fest.

Ivan nickte. »Ich habe noch einigen Einfluss in dieser Gegend. Nachdem mich Danko anrief, habe ich Kontakt mit den Behörden aufgenommen. Die Genehmigung für die Grabungsarbeiten haben Sie dank mir.« Er sah sich demonstrativ um und ließ seinen Blick auf dem arbeitenden Bagger haften.

»Und wie ich die Sache sehe, war meine Hilfe auch notwendig.«

»Sicher«, meinte Sarantakos trocken.

Er schien den Major zu mustern, was aber nichts Ungewöhnliches war. *Ich würde genauso reagieren,* dachte Danko.

Ein plötzliches, lautes, krachendes Geräusch, gefolgt vom Geschrei der Arbeiter, ließ die Männer herumfahren. Es kam aus der Richtung der Baggerarbeiten.

»Was ist passiert?«, rief Danko.

»Wir sind durchgebrochen«, rief einer der Arbeiter zurück.

Die Männer sahen sich fassungslos an. Sarantakos war der Erste, der loslief. Die anderen folgten sofort. Als sie an der Grube ankamen, sah Danko, dass der Bagger ein Loch in der Grundmauer des Bergfrieds geöffnet hatte. Das Loch maß etwa einen Meter im Durchmesser und hinter der Öffnung war nur völlige Schwärze zu sehen. Senija Anic war bereits in die Grube gestiegen und sprach mit einem der Arbeiter.

»Was haben Sie gefunden?«, rief Sarantakos der Wissenschaftlerin zu.

»Kommen Sie doch runter und schauen selbst«, gab Anic trocken zurück.

Die Arbeiter lachten, und Vladic konnte sich ebenfalls ein Schmunzeln nicht verkneifen. Er sah, dass der Grieche sichtlich irritiert, aber vor allem verärgert über die Bloßstellung war. *Wenn Anic damit den Bogen nicht überspannt hat.*

»Haben Sie das gehört?« Vincent hatte gestoppt und hob eine Hand.

»Das war ja kaum zu überhören«, antwortete Luka. »Klang, als würde ein Haus einstürzen.«

»Lampen aus!«, wies Vincent die anderen an.

Die Lichter erloschen. Die Männer verharrten und lauschten in die Finsternis. Weit entfernt waren Geräusche zu hören, die Luka an Straßenbauarbeiten erinnerten. »Das muss von den Baggerarbeiten kommen«, vermutete er. »Hört sich an, als wären sie schon ziemlich weit gekommen.«

»In höchstem Maße unbefriedigend«, stellte Vincent fest.

»Was sollen wir jetzt machen?«, vernahm Luka Gelongs Stimme hinter sich.

»Ich funke das Lagezentrum an«, antwortete Vincent. »Außenteam ruft Villa, bitte kommen!«

»Hier Villa, wir empfangen Sie«, war die mittlerweile vertraute Stimme von Dominique zu hören.

»Die andere Partei scheint in der Burg zu den Gewölben durchgebrochen zu sein. Wir haben entsprechende Geräusche wahrgenommen. Können Sie das bestätigen?«

Es dauerte einen Moment, bevor Dominique antwortete. »Anhand der Satellitenbilder können wir das nicht eindeutig bestätigen. Die Arbeiten haben jedoch augenscheinlich gestoppt und eine größere Personengruppe hat sich in der Grube versammelt.«

»Verstanden. Außenteam Ende.«

»Jetzt sind wir so schlau wie vorher«, brummte Jeff.

»Wir machen weiter wie geplant«, sagte Vincent. »Ich sehe keine Alternative. Wir müssen uns beeilen, aber ich bitte dennoch um erhöhte Vorsicht. Wir sollten vorübergehend auf die Stirnlampen verzichten. Deren Licht ist zu hell und wir könnten dadurch leichter entdeckt werden.«

Luka hörte ein Rascheln und das Geräusch eines Klettverschlusses, bevor ein gelbgrünes Licht die Höhle sanft erhellte. Vincent hatte ein Knicklicht hervorgeholt und aktiviert.

»Wir gehen weiter, folgen Sie mir«, sagte der Brite und marschierte los.

»Vladic, nehmen Sie ein paar Männer und machen Sie sich bereit«, sagte Sarantakos zu Danko, der mit dem Major und Senija Anic das Loch in den Grundmauern unterhalb des Bergfrieds inspizierte.

Danko hasste es, wenn er mit einem Befehlston angesprochen wurde. Das war schon beim Militär so – und war jetzt erst recht der Fall.

»Sie führen den Trupp an«, ergänzte der Grieche.

Danko nickte nur in seine Richtung und wandte sich wieder der Öffnung zu. »Was meinen Sie?« Die Frage war an Senija gerichtet. »Könnte das der Zugang zu den unterirdischen Gängen sein?«

Sie zuckte mit den Schultern. »Nach einer U-Bahn-Station sieht es mir nicht aus.«

Danko nahm ihr die Antwort nicht übel. Er wusste, was Senija Anic die letzten Tage erlebt und durchgemacht hatte. Der Tod ihres Kollegen Professor Servalla, der vielleicht sogar ein Freund war, hatte dem Ganzen die sprichwörtliche Krone aufgesetzt. Ein gewisser Sarkasmus war deshalb verständlich. Danko drehte sich zu den umherstehenden Männern. »Ihr beiden«, sagte er und deutete auf zwei der Sicherheitsleute, die ihm am nächsten standen. »Schnappt euch ein paar Lampen und folgt uns.« Er wandte sich wieder an Senija. »Sie begleiten uns auch.«

»Mit Sicherheit nicht«, entgegnete sie.

»Ich denke nicht, dass wir darüber diskutieren sollten.«

»Gibt es ein Problem?«, rief Sarantakos, der ein mit Fahed ein paar Meter weiter bei einem der Arbeiter stand.

»Keine Probleme«, antwortete Danko knapp. »Frau Anic begleitet uns. Der Major und selbstverständlich mein Mitarbeiter Marko auch.« Vladic sah zu Senija, die sich auf die Lippen biss, aber nicht widersprach.

»Es freut mich, dass Sie alle so motiviert sind. Ich und mein Leibwächter Fahed kommen selbstverständlich auch mit.« Sarantakos Tonfall machte klar, dass jede Diskussion mit ihm aussichtslos wäre.

»Wie Sie meinen«, sagte Danko daher.

»Meinst du, dass das eine gute Idee ist?«, flüsterte Ivan neben ihm.

»Keine Ahnung. Aber ändern kann ich vorerst nichts daran.«

Der Bagger hatte das Loch in die Decke eines Gewölbes gebrochen, das seitlich vom Bergfried wegführte. Das Gewölbe war nicht sehr hoch, dennoch brauchten sie eine Leiter, um sicher hinabzusteigen. Im Innern des Ganges war es dunkel und es roch nach nassem Stein und Moder. Der Boden war aus feuchter Erde und Sand, und er knirschte bei jedem Schritt.

Danko leuchtete beide Seiten des Weges mit seiner Taschenlampe aus. Rechts des Einstiegs endete der Weg nach ein paar Schritten am zugeschütteten Treppenaufgang, der durch den Bergfried hinauf zum Burghof führte. Eine Sackgasse! Auf der anderen Seite verlief der Weg leicht bergab und verschwand in einiger Entfernung um eine Ecke. »Dort entlang«, sagte Danko zu einem der Sicherheitsleute und zeigte dabei mit seiner Taschenlampe in die Richtung.

Der Mann nickte und ging voran. Der Rest der Gruppe folgte ihm, wobei Danko das Schlusslicht bildete. Er hatte normalerweise keine Probleme mit dunklen Gängen – lange genug hatte er sich in Bunkern aufgehalten. Aber hier fühlte es sich ... *falsch* an. In ihm stieg das Gefühl auf, dass sie nicht hier sein dürften. Er gab sich einen Ruck. *Jetzt beherrsche dich,* befahl er sich. *Es ist nur ein alter Keller.* Er schaute zurück. Sie waren einer sanften Kurve gefolgt, weshalb das Loch in der Gewölbedecke nicht mehr zu sehen war. Inzwischen umgab sie völlige Dunkelheit. Keiner redete und nur ihre Schritte auf dem weichen Boden waren zu hören.

Ein gellender Schrei durchschnitt plötzlich die Stille. Er schien sich schnell zu entfernen und verstummte im nächsten Moment abrupt.

»Was ist passiert?«, rief Danko nach vorn. Er blieb stehen und versuchte, etwas zwischen den Personen hindurch zu erkennen. Auch die anderen waren stehengeblieben.

»Josip … er … er ist abgestürzt«, stammelte Tomislav, der andere Sicherheitsmann. »Eben war er noch da, und plötzlich …« Er redete nicht weiter.

»Wie, abgestürzt?«, fragte Sarantakos. »Wohin denn?«

Danko bahnte sich seinen Weg durch die Gruppe. Gerade, als er die Spitze erreichte, sah er, wie Sarantakos einen Schritt machen wollte. »Halt!«, schrie er und packte den Griechen an der Schulter.

Fast im selben Moment zog Fahed seinen Dolch und hielt ihn an Dankos Hals.

Danko hörte das Klicken des gespannten Hahns einer Pistole und er wusste, dass Marko seine Arbeit machte. Fahed würde sterben, sobald er ihm einen Kratzer zufügte.

»Jetzt wollen wir uns alle mal wieder beruhigen«, sagte Danko in beschwichtigendem Ton. »Sarantakos, schauen Sie vor sich … auf den Boden.«

Der Blick des Griechen folgte dem Lichtkegel seiner Taschenlampe. Er stöhnte auf. »Heilige Maria«, sagte er leise, fast flüsternd.

Keinen halben Meter vor ihm tat sich eine Öffnung im Boden auf; es sah so aus, als würde schlicht ein Teil des Weges fehlen. Ein großer Teil des Weges. Im Schein der Taschenlampe war zu erkennen, dass das Loch gut und gerne einige Meter maß.

Danko ließ Sarantakos los, der unbeholfen einen Schritt zurück stolperte und sich an der Wand abstützte. Es dauerte einen spürbaren Moment, bis Fahed den Dolch herunternahm und sich seinem Boss zuwandte.

»Was ist das hier?«, fragte Ivan. »Eine Falle?«

Danko schaute sich um. »So etwas in der Art.« Der Lichtkegel seiner Lampe fiel auf die Decke, von der ein hölzernes Gebilde quer zum Weg hing. »Ein Hindernis, das den Zugang erschweren soll.« Er zeigte nach oben. »Vermutlich wurde diese Brücke herabgelassen und dabei gedreht, damit man auf die andere Seite gelangen konnte.« Er sah zu Senija Anic. »Was meinen Sie dazu?«

Senija schaute ebenso trotzig wie interessiert. Ihre Neugier siegte und sie trat näher heran. »Scheint mit einer Art Flaschenzug befestigt zu sein. Ich kann allerdings keinen Bedienmechanismus sehen.«

Die Gruppe suchte die Höhle ab. Danko leuchtete mit seiner Taschenlampe in den Abgrund vor sich. Im Lichtschein sah er, in einigen Metern Tiefe, Josip am Boden liegend. Er lag auf dem Bauch und seine Extremitäten waren grotesk gekrümmt. Dankos Blick wanderte den Schacht entlang nach oben. »Dort drüben«, rief er. »An der Wand sind Seile befestigt.«

»Wie sollen wir da rüberkommen?« Die Frage kam von Senija Anic.

»Ich werde mich an der Brücke entlanghangeln«, antwortete Danko.

»Sind Sie verrückt?«, fragte Senija. »Das Holz und die Seile sind mehrere hundert Jahre alt.«

»Das sehe ich auch so«, sagte Ivan.

»Habt ihr eine bessere Idee?«

Die Gruppe schwieg.

»Dachte ich mir.« Danko zog seine Jacke aus und gab sie Marko. Sein Leibwächter sah ihn mit einer Mischung aus Besorgnis und Stolz an. »Keine Sorge«, sagte Danko, mehr zu sich selbst, denn zu seinem

Begleiter. Er wandte sich dem Abgrund zu. Die hölzerne Brücke hing etwa zwei Meter von ihm entfernt und einen Meter über ihm. *Nicht unmöglich,* dachte er. »Ich brauche ein wenig Anlauf ... tretet zur Seite!«

Die anderen taten, wie er es ihnen sagte. Er ging ein Stück den Weg zurück und peilte die Richtung an. Dann atmete er tief ein und rannte los.

»Und jetzt?«, fragte Luka. Sie standen an einer Gabelung, von der zwei Wege in verschiedene Richtungen abzweigten.

»Wir sollten uns aufteilen«, schlug Vincent vor. »Gelong, Sie nehmen mit Jeff den rechten Gang. Luka, Sie und ich den linken. Wir bleiben über Funk in Kontakt.«

»Ich halte das für keine gute Idee«, meinte Gelong.

»Wir teilen uns nur kurzzeitig auf«, erklärte Vincent. »Wir gehen fünf Minuten und kehren dann hierher zurück. Danach besprechen wir, welchen Weg wir gemeinsam nehmen.« Nachdem keiner etwas erwiderte, sagte er schließlich: »Gut, dann los.« Er schaute auf die Uhr. »In zehn Minuten treffen wir uns wieder hier.«

Luka folgte Vincent. Der Höhlengang schlängelte sich durch den Berg, ohne dass Luka zu sagen imstande war, ob sie bergauf oder bergab gingen. »Ich denke, wir bewegen uns nur in der Horizontalen«, sagte er irgendwann.

»Sie haben recht. Um zur Burg zu gelangen, müssten wir bergauf gehen.« Der Brite schaute auf die Uhr. »Lassen Sie uns aber beim vereinbarten Plan bleiben und noch zwei Minuten weitergehen. Dann kehren wir um.«

»Einverstanden«, sagte Luka, obwohl er keinen wirklichen Sinn darin sah. Dieser Gang führte nirgendwo hin. Wenn es nach ihm ginge, wären sie schon auf dem Weg zu Gelong und Jeff. Luka hatte das Gefühl, wertvolle Zeit zu verschwenden. »Meinen Sie, ihr geht es gut?«, fragte er.

»Wem?«, fragte Vincent, ohne dabei anzuhalten.

»Senija natürlich.«

»Selbstverständlich. Sie ist zäh und schlau. Ihr wird nichts passiert sein.«

Luka wünschte, er könnte Vincents Optimismus teilen. »Manchmal ist Zähigkeit und Schlauheit nicht genug«, entgegnete er leise.

Unvermittelt blieb Vincent stehen.

»Was ist?«, fragte Luka.

»Da, sehen Sie.« Vincent zeigte vor sich.

Luka konnte im diffusen Schein von Vincents Knicklicht eine Treppe erkennen, die unzählige Stufen nach oben auf eine Art Vorsprung führte. Er schaltete seine Taschenlampe ein. »Da hat sich aber jemand ordentlich Mühe gegeben.«

»Dort scheint es weiter nach oben zu gehen«, konstatierte Vincent. »Wir sollten die anderen rufen.«

»Was ist aus dem ‚vereinbarten Plan‘ geworden?«, fragte Luka mit einem Zwinkern.

»Pläne ändern sich«, antwortete Vincent lächelnd. »Jeff, Gelong, bitte kommen.«

»Hier ist Jeff«, erklang die Stimme des Amerikaners in den Kopfhörern.

»Wie sieht es bei euch aus?«

»Wir haben uns gerade auf den Rückweg gemacht. Der Weg war ein Reinfall. Der führt niemals zur Burg. Ging stellenweise sogar bergab.«

»Verstanden«, sagte Vincent. »Wir haben was gefunden. Kommt zu uns. Wir warten hier auf euch.«

»Verstanden.«

»Wo die wohl hinführen?«, fragte Luka. Er trat an die unterste Stufe. »Man kann von hier unten nicht viel erkennen. Sogar das Licht meiner Taschenlampe verliert sich weiter oben.«

Vincent trat neben ihn. Er hängte das Knicklicht an seine Weste und schaltete ebenfalls seine Taschenlampe ein. »Dort oben enden die Stufen; ich denke, wir sind auf dem richtigen Weg. Warum sonst sollte sich jemand die Mühe gemacht haben, Treppen in eine Höhle zu hauen?«

Vincent hatte recht; auch Luka hatte sich diese Frage gestellt. Er versuchte, sich an den Text aus Marco Polos Tagebuch zu erinnern, den ihnen Francesca Bianchi vorgelegt hatte. »Marco Polo schrieb nicht, dass er in den Höhlen Treppen hinabstieg.«

Vincent nickte schweigend.

»Hallo«, rief eine vertraute Stimme hinter ihnen.

Luka erkannte durch den blendenden Schein der Taschenlampe, die auf sie gerichtet war, die Umrisse von Gelong und Jeff.

»Na, das ist doch mal was«, sagte Jeff mit Blick auf die Stufen.

»Wir haben leider keine Zeit, das imposante Bauwerk zu bewundern«, sagte Vincent. »Jeff, gehen Sie voraus und sichern den oberen Absatz. Danach folgen

Luka und Gelong. Ich sichere von hier unten, bis Sie alle oben sind.«

»Ja, Sir«, antwortete Jeff militärisch knapp und startete sofort mit dem Aufstieg.

Danko sprintete so schnell er konnte und sprang direkt an der Kante ab. Er fixierte seinen Blick auf der hölzernen Brücke, aber er spürte, wie sich unter ihm der Abgrund auftat, über den er hinwegflog. Für Danko schien die Zeit eine Sekunde stehenzubleiben, bevor er mit dem Oberkörper an den Rahmen der Brücke krachte. Die Luft wurde ihm aus den Lungen gepresst und er bekam einen Schlag gegen den linken Rippenbogen. Trotzdem gelang es ihm, den Arm um eine Querstrebe zu schlingen. Durch die Wucht seines Aufpralls schwankte die Brücke bedrohlich vor und zurück. Er hörte das knarzende Geräusch Jahrhunderte alter Bretter und Seile, die unter der Last seines Gewichts stöhnten. Aber er war noch am Leben – die Konstruktion hielt. Danko schwang ein Bein über den Rand der Brücke und zog sich hinauf. Er rollte sich auf den Rücken und gönnte sich eine Sekunde des Durchatmens, bevor er sich aufrappelte.

»Alles in Ordnung«, rief er zu den anderen, die wie gebannt seine Aktion beobachteten. Danko wandte sich ab und schritt die Brücke entlang zum gegenüberliegenden Ende. Er sah, dass sich die vier Seile der Brücke mit einem einzelnen Seil verbanden, das zu einer Flaschenzugrolle führte, die mit Eisenstangen im Gestein befestigt war. Von der Rolle verlief das Seil weiter zur anderen Seite des Weges, wo es schließlich an einer Winde endete. Ein zusätzliches Seil war an einem metallenen Beschlag an der Wand befestigt. *Es dient offenbar zur Fixierung der quer aufgehängten Brücke. Wenn man es löst, sollte sie sich die selbstständig ausrichten,* mutmaßte Danko.

Er schätzte die Strecke bis zum Weg auf etwas weniger als drei Meter tief und gute zwei Meter weit. Danko wusste, dass er eben annähernd dieselbe Entfernung zur Brücke hinauf bewältigt hatte. Aber es machte einen Unterschied, ob er sich die drei Meter hochhangeln, oder einen Sturz aus dieser Höhe abfangen musste.

»Scheiß' drauf!«, sagte er. Er trat zwei Schritte zurück, lief an und sprang ab. Bereits im Fallen versuchte er eine günstige Position einzunehmen, aus der er sich gut abrollen konnte. Mit Wucht traf er mit den Füßen auf den Boden und ließ sich sofort nach vorne fallen. Durch sein Gewicht, den Winkel und die Geschwindigkeit des Sprungs, erledigte die Physik den Rest. Er stürzte nach vorn und rollte sich über die Schulter ab. Staub wirbelte vom Boden auf und umhüllte ihn, sodass er kurzzeitig ohne Orientierung war. Ein hervorstehender Stein prallte an seine Schulter und jagte einen stechenden Schmerz durch seinen Körper, bevor er auf dem Bauch zum Liegen kam. Hustend versuchte er aufzustehen, schaffte es aber erst beim zweiten Versuch.

»Gute Arbeit, Danko!«, hörte er Ivan rufen.

Danko hob den Arm, ohne etwas zu antworten. Er rang nach Luft und spuckte Staub und Sand aus.

Erst nachdem er sich einigermaßen erholt hatte, trat er an die Winde. Die hölzerne Kurbel war mit einem Stift fixiert. Er zog ihn heraus und begann, die

Kurbel zu drehen. Schwergängig und quietschend setzte sich der Flaschenzug in Gang und bewegte die Brücke abwärts, bis sie kurz darauf auf dem Boden aufsetzte.

»Los, kommt!«, rief Danko den anderen zu.

»Sie beide zuerst«, sagte Sarantakos an Senija und Marko gerichtet.

»Danke, ich lasse gerne Ihnen den Vortritt«, entgegnete Senija.

Fahed zog eine Pistole unter seinem Jackett hervor und richtete sie auf Senija. »Los jetzt!«

Senija schnaubte, aber setzte sich widerspruchslos in Bewegung. Argwöhnisch betrachtete sie das Gebilde, bevor sie den ersten Schritt darauf setzte.

»Machen Sie sich keine Sorgen. Wenn die Brücke mich getragen hat, dann Sie erst recht«, versuchte Danko sie zu beruhigen.

Senija reagierte darauf nicht. Vorsichtig setzte sie den zweiten Fuß auf die Brücke und überquerte sie mit kleinen Tippelschritten. Sie atmete erleichtert aus, nachdem sie auf der andern Seite angekommen war.

»Jetzt du«, sagte Fahed und zeigte auf Marko.

Der Leibwächter knurrte Fahed an, aber wandte sich dann der Brücke zu. Er trat mit einem großen und beherzten Schritt vollständig auf die Brücke, die sofort laut knarzte.

»Langsam«, rief Danko, »ganz langsam.«

Marko nickte. Mit Tippelschritten arbeitete er sich Zentimeter für Zentimeter vorwärts. Die Bohlen ächzten schwer unter seinem Gewicht, während er behutsam einen Fuß vor den anderen setzte.

»Sehr gut«, sagte Danko. »Immer weiter so.«

Marko nickte und bewegte sich unbeirrt weiter auf ihn zu. Er hatte fast die Mitte der Brücke erreicht.

Ohne Vorwarnung brachen plötzlich zwei der Bohlen unter Marko durch.

Danko sah die Überraschung in Markos Gesicht, die im Fallen einem Ausdruck trauriger Gewissheit wich. Mit einem Krachen schlug Markos Kinn an die Bohlenkante, bevor er vollständig in dem Durchbruch verschwand. Einen Moment später war ein dumpfes Geräusch zu hören, das wie ein Sack Zement klang, der auf den Boden geworfen wurde.

»Nein!«, schrie Danko. Er rannte zur Brücke und bewegte sich vorsichtig und mit kleinen Schritten zu dem Loch.

»Danko, lass' es sein«, rief Ivan ihm zu. »Er ist tot.«

Danko ignorierte den Major und zog seine Taschenlampe hervor. Hektisch schaltete er das Licht ein und leuchtete durch das Loch hinab. Dort sah er seinen Leibwächter und engsten Vertrauten Marko am Boden liegen, direkt neben der Leiche von Josip. »So eine verfluchte Scheiße«, schrie er. Wut und Schmerz brauten sich in ihm zu einem Gefühl zusammen, das er so schon lange nicht mehr verspürt hatte. Er kannte Marko eine gefühlte Ewigkeit und ihm war bis eben nicht klar, wie selbstverständlich dessen Anwesenheit für ihn immer gewesen ist. Aber jetzt, nachdem er fort war ...

»Danko, wir müssen weiter.« Es war wieder der Major, der ihn ansprach. Die Stimme drang wie durch einen zähen Nebel zu ihm hindurch.

Danko wusste, dass er recht hatte. Widerwillig richtete er sich auf und ging zurück zu Senija, die betroffen am Rand der Brücke stand.

»Es … es tut mir leid«, sagte sie leise.

Danko nickte. Er spürte, dass die Bekundung der Wissenschaftlerin ernst gemeint war.

Dann wagten sich die restlichen Männer einzeln über die Brücke. Nach Fahed und Sarantakos folgte Tomislav. Ivan kam als Letzter auf der anderen Seite an.

»Wenn das vorbei ist, holen wir Markos Leiche hier raus. Ich lasse ihn nicht in diesem Loch verrotten«, sagte Danko zum Major.

Der nickte. »Selbstverständlich.«

»War das ein Schrei?«, fragte Luka.

»Meiner Meinung nach – ja!«, antwortete Vincent.

»Was sollen wir tun?« Die Frage kam von Jeff.

Vincent schaute die Treppenstufen hinauf. »Wir gehen weiter.« Ihm war unwohl bei der Sache. Es war nun ganz offensichtlich, dass sie hier unten nicht alleine waren. »Hier bleiben bringt nichts. Und zurückzugehen wäre nicht im Sinne unserer Mission.«

Die Männer stiegen weiter die Treppen hinauf, bis Jeff den oberen Absatz erreichte.

»Was bei allen …?!«, entfuhr es dem Amerikaner.

»Was ist?«, fragte Vincent.

»Das werden Sie mir nicht glauben, Mr. Baxter.«

Vincent und die anderen beeilten sich, aufzuschließen.

Jeff hatte nicht übertrieben – Vincent konnte wirklich nicht glauben, was er sah. »Sieht aus wie ein kleines Gebäude«, sagte er fassungslos.

»Eher wie eine Gruft«, meinte Gelong. In seiner Stimme schwang Unbehagen mit.

Die Männer teilten sich auf und gingen von beiden Seiten um das Bauwerk. Vincent fiel auf, dass es eine würfelartige Form hatte. Die Kantenlängen schätzte er auf jeweils drei bis vier Meter. Die Erbauer hatten es auf einem Felsvorsprung errichtet, auf den sie die Treppen geführt hatten. Am Rande des Vorsprungs konnte Vincent eine zweite Treppe erkennen, die weiter nach oben führte.

»Was halten Sie davon?«, fragte er Luka, der neben ihm ging.

»Ganz ehrlich: Ich habe keine Ahnung. Aber ich finde es unheimlich.«

Vincent antwortete nicht, aber er empfand ebenso.

»Hier drüben ist eine Tür«, rief Jeff von der anderen Seite.

Vincents und Lukas Blicke trafen sich, bevor sie eilig um das Gebäude liefen.

Jeff und Gelong standen vor der Tür und begutachteten sie näher.

»Sieht ziemlich massiv aus«, sagte Jeff.

Vincent trat neben ihn und betrachtete die Tür. *Eher eine Luke,* dachte er. Die Öffnung war höchstens anderthalb Meter hoch und weniger als einen Meter breit. »Sie hat vier übereinander angeordnete Schlösser«, stellte er fest.

»Wofür macht man vier Schlösser an eine Tür?«, fragte Luka.

»Damit niemand hineinkommt«, sagte Jeff.

»Oder damit nichts herauskommt«, meinte Gelong.

Die anderen sahen den Mongolen an.

»Was meinen Sie damit?«, fragte Vincent.

»Nichts. Ich rede nur.«

»Gelong«, sagte Luka, »seien Sie ehrlich zu uns. Was verschweigen Sie?«

»Ich verschweige Ihnen nichts. Sie kennen doch die Geschichten, die Marco Polo widerfahren sind. Oder allen anderen, die versucht haben, die Macht der Göttermaske zu nutzen. All diese Geschichten …« Er unterbrach sich, als wollte er die nächsten Worte mit Bedacht wählen. »… sind wahr. Die Göttermaske ist gefährlich, wenn sie in die falschen Hände gelangt.«

»Deshalb ist es umso wichtiger, dass sie in *meine* Hände fällt«, ertönte eine männliche Stimme hinter Vincent.

Abrupt drehte er sich um und schaute direkt in mehrere Pistolenläufe, die sich auf sie richteten. Eine Gruppe hatte sich angeschlichen und stand jetzt im Halbdunkeln vor ihnen.

Er erstarrte und hob langsam beide Hände.

»Sehr schön«, sagte der Mann, der sie eben angesprochen hatte. Ein braungebrannter Mann mit weißem Haarkranz. »Und jetzt legen Sie langsam ihre Waffen ab, sofern Sie welche dabeihaben – wovon ich selbstverständlich ausgehe.«

»Sie müssen Sarantakos sein«, mutmaßte Vincent.

»Und *Sie* scheinen sehr klug zu sein«, antwortete Sarantakos. »Jetzt runter mit den Waffen.« Der Ton des Griechen wurde beim letzten Satz strenger.

»Wir sollten tun, was dieser Gentleman von uns verlangt«, sagte Vincent und zog langsam mit zwei Fingern seine Pistole aus dem Holster.

»Wenn wir die Waffen ablegen, sind wir so gut wie tot«, sagte Luka.

Ein zweiter Mann antwortete: »Wenn Sie es nicht tun, sind Sie es auf alle Fälle.«

»Vladic!«, entfuhr es Luka. »Ich wusste, dass ich Sie irgendwann finde.«

Vladic lachte. »Oh, mein Lieber. Sie verkennen die Situation. *Ich* habe *Sie* gefunden.« Vladic trat aus dem Halbschatten. Er war nicht alleine.

»Senija«, rief Luka. »Geht es dir gut?«

»Den Umständen entsprechend«, antwortete sie.

Vincents Blick wanderte über die Gruppe. »Wo ist Professor Servalla?«, fragte er.

»Dieses Schwein hat ihn umgebracht«, brach es aus Senija heraus, während sie auf Fahed zeigte. »Ohne Grund.«

Fahed verneigte sich wie ein Theaterschauspieler am Ende der Vorstellung.

»Zum letzten Mal«, sagte Sarantakos, in dessen Stimme mittlerweile ungeduldiger Zorn zu hören war, »Waffen auf den Boden!«

Vincent bemerkte aus dem Augenwinkel eine schnelle hektische Bewegung. Er wusste, ohne genau hinzusehen, dass es Jeff war, der seine Waffe zog, um zu schießen. »Nicht!«, rief Vincent. Aber es war zu spät.

Ein Schuss fiel. Ohrenbetäubender Lärm erfüllte die Höhle und hallte noch Sekunden als Echo nach. Dann kippte Jeff vornüber und brach tot zusammen.

Wut stieg in Vincent auf. »Welches miese Schwein war das? Komm' her, damit ich dir den Kopf abreißen kann.« In diesem Moment gab er einen Dreck auf seine aristokratische Erziehung.

Ein weiterer Mann trat aus dem Halbdunkel und kam nach vorne. In der Hand hielt er eine Pistole. Eine dünne Fahne grauen Rauchs stieg aus deren Lauf auf.

»Oberstaatsanwalt Benkic?!«, sagte Luka. »Aber … was? Und wie …?« Die Verwirrung und Überraschung waren ihm deutlich anzumerken.

»Benkic? Wie Ihr Vorgesetzter Benkic?«, fragte Vincent ungläubig.

Vladic trat neben Benkic. »Darf ich vorstellen: Major Ivan Benkic.« Er legte eine Hand auf die Schulter des Mannes. »Ein alter Freund aus Militärzeiten.«

»*Sie* sind die Ratte bei USKOK«, sagte Luka. »Ihretwegen sind die ganzen Einsätze schiefgelaufen.«

»So ist es.« Benkic nickte.

»Aber … warum?«

Benkic lachte auf. »Wenn Sie jetzt eine hochtrabende Begründung erwarten, dann liegen Sie völlig falsch, Luka. Es geht mir nur ums Geld … und natürlich um alte Verbundenheit.« Er nickte Vladic zu.

»Das glaube ich nicht.« Luka schüttelte den Kopf.

»Glauben Sie, was Sie wollen«, antwortete Benkic. »Ich habe die letzten dreißig Jahre meines Lebens dem Staat geopfert. Und wofür? Wissen Sie eigentlich, was für eine Pension ein kleiner Oberstaatsanwalt bekommt? Erst Recht, wenn er einen großen Teil seines Lebens Teil der bosnischen Armee war?!«

»Hören Sie auf!« Luka klang wütend, fast angewidert. »Mir kommen gleich die Tränen.«

»Ruhe!«, rief Sarantakos dazwischen. »Ich habe jetzt genug von diesem Kammerspiel.« Er packte Senija am Arm und riss sie an sich. »Ich sage es zum letzten Mal: Waffen auf den Boden! Andernfalls sehe ich mich gezwungen, andere Maßnahmen zu ergreifen. Fahed …« Er stieß Senija in die Arme seines Leibwächters, der sie sofort umklammerte und ihr den Lauf seiner Pistole ans Kinn drückte.

Luka wollte ihn anspringen, aber Vincent konnte das gerade noch verhindern. »Nicht!«, sagte er leise. »Falscher Zeitpunkt. Wir bekommen unsere Chance.« Vincent drehte sich zu Sarantakos. Dabei drückte er unbemerkt den Sprechknopf seines Funkgerätes. »Na gut, Sarantakos. Sie haben gewonnen. Wir legen unsere Pistolen auf den Boden.« Bei dem Wort ,Pistolen' suchte Vincent kurz Gelongs Blick. Die Augen des Mongolen verrieten ihm, dass er verstanden hatte.

Die Männer zogen ihre Pistolen hervor und legten sie vor sich auf den Boden.

»Jetzt mit den Füßen zu uns herüberschieben«, befahl Sarantakos.

Sie taten, wie ihnen geheißen wurde. Kratzend schlitterten die Waffen über den steinigen Untergrund zu der anderen Gruppe.

»Gut so«, sagte Sarantakos. »Jetzt Hände hoch und rüber da, zurück.«

Langsam bewegten sich die drei Männer rückwärts. Die andere Gruppe folgte ihnen, bis sie unmittelbar vor der Tür des Bauwerks standen.

»Madame Anic, wären Sie so freundlich und würden sich die Tür näher anschauen?«, fragte Sarantakos.

Fahed ließ sie los und schubste sie an die Tür.

Widerwillig und zögerlich beugte sich die Wissenschaftlerin zu den Schlössern hinunter. Sie tastete die Oberfläche ab und rüttelte an den Schiebestücken. »Das sind nicht vier Schlösser«, stellte sie schließlich fest. »Es ist ein einzelnes Schloss mit vier Verriegelungsmechanismen.«

»Wie meinen Sie das?«, fragte Vladic.

»Stellen Sie sich ein Zahlenschloss mit vier Ziffern vor. So in etwa ist es hier.« Sie trat einen Schritt zur Seite. »Hier, sehen Sie! Jeder Mechanismus hat einen Drehstift. Hier an der Seite können Sie ein Symbol erkennen. Wenn ich nun an den Stiften drehe … verändert sich das jeweilige Symbol.«

»Faszinierend«, sagte Vincent. Er war von der Einfachheit aber Genialität dieser Sicherheitsvorkehrung beeindruckt. Erst recht, wenn man bedachte, dass sie viele hundert Jahre alt war.

»Jetzt müssen wir also die richtigen Symbole in die korrekte Reihenfolge bringen.« Die Feststellung kam von Vladic.

»Korrekt«, sagte Senija. »Nur wird das nicht allzu leicht. Je Mechanismus gibt es neun verschiedene Symbole, was in Summe über sechstausend Kombinationsmöglichkeiten bedeutet.«

»Dafür brauchen wir Tage«, sagte Benkic.

»Wir sollten die Tür aufsprengen«, meinte Tomislav. »Ich gehe zurück und hole eine Ladung *Semtex*.«

»Das wird vielleicht nicht nötig sein«, sagte Vincent, dem eine Idee in den Sinn kam. »Darf ich nach vorne treten?« Die Frage war an Sarantakos gerichtet.

Der Grieche nickte. »Machen Sie. Aber keine Dummheiten, haben Sie verstanden?!«

»Nichts läge mir ferner.« Damit trat Vincent nach vorne und setzte neben Senija in die Hocke. »Sind die Symbole eines jeden Mechanismus gleich?«

»Ja«, antwortete sie. »Hier, sehen Sie …« Sie drehte den oberen Stift, sodass nacheinander verschiedene Symbole sichtbar wurden. »Einen Halbmond, eine Sonne, ein christliches Kreuz, ein Gesicht, einen Stern, eine Krone, ein Haus, einen Fisch und ein Blitz.«

»Darf ich mal?«, fragte Vincent.

»Natürlich.« Senija ging ein Stück zur Seite.

Vincent drehte den Stift und sagte jedes Symbol laut: »Halbmond … Sonne … Kreuz … Gesicht … Stern … Krone … Haus … Fisch … Blitz … «

»Haben Sie das notiert?«, fragte Robert Bend aufgeregt. *Dieser Vincent ist einfach ein genialer Hund,* dachte er. *Den Sprechknopf des Funkgerätes aktiviert zu lassen, damit wir alles hören … ein Husarenstreich.*

»Selbstverständlich«, antwortete Francesca Bianchi, die bereits mit Salvatore Russo über den Notizen brütete und diskutierte.

»Was haben wir?«, fragte Bend einige Augenblicke später.

Bianchi sah über ihren Brillenrand zu ihm auf. »Wenn Sie uns hetzen, wird es trotzdem nicht schneller gehen.«

Bend besann sich. »Selbstverständlich. Verzeihen Sie meine Ungeduld.«

Aber Bianchi schien ihn nicht mehr gehört zu haben. Sie diskutierte weiter mit dem jungen Archäologen und Semantiker. Immer wieder verfielen sie ins Italienische und wurden dabei so laut, als würden sie streiten. Robert hatte größte Mühe, dem Gesprächsverlauf zu folgen.

Irgendwann warf Bianchi wütend ihren Stift auf den Tisch und drehte sich weg.

Ein sichtlich verunsicherter Salvatore Russo wandte sich an Robert. »Ich ... wir sind uns relativ sicher. Oder besser gesagt: Wir denken, die einzig logische Kombination zu wissen.«

»Pah!«, schnaubte Bianchi, die sich mittlerweile am anderen Ende des Raumes auf einen Sessel geworfen hatte.

Robert versuchte sie zu ignorieren und konzentrierte sich auf den jungen Mann, der sich offensichtlich gegen seine lebensältere Kollegin durchgesetzt hatte. »Na los, dann raus damit!«

»Vincent, hier ist Dominique. Die Kombination lautet: ...«

Vincent lauschte den Worten der Französin, die ihm nicht nur die Zeichenreihenfolge mitteilte, sondern ebenso eine schnelle Erläuterung, wie man in der Villa auf diese Schlussfolgerung kam. *Klingt schlüssig,* dachte er, ohne den Gedanken auszusprechen. *Hoffen wir, dass sie sich nicht irren.*

Er griff nach dem oberen Stift und drehte ihn, bis die Krone zu sehen war. *Die Krone steht für den Adel, also den Grafen.* Dann drehte er den zweiten Stift, bis das Symbol des Gesichts erschien. *Für die Maske oder das Gesicht, auf das sie gesetzt wird.* Den dritten Stift drehte er, bis der Blitz zu sehen war. *Wie der Blitz, der vom Himmel fuhr und den Grafen traf.*

Vincent meinte, ein leises Klicken hinter der Tür gehört zu haben. Er schluckte und sein Herz pochte wie wild. Als letztes drehte er den unteren Stift, bis zum Symbol des Kreuzes. Ein weiteres leises Klicken war zu hören. *Das Kreuz, als Symbol für den Tod des Grafen.*

»Halt!«, sagte Sarantakos.

Vincent nahm die Hand von dem Stift und sah zum Griechen.

»Sie nicht ... *Sie* öffnen die Tür.« Sarantakos zeigte auf Tomislav.

»Trauen Sie mir etwa nicht?«

»Ich traue niemandem. Los jetzt, treten Sie beiseite.«

Vincent stand auf und trat zurück.

Tomislav zögerte sichtlich. Ihm schien unwohl zu sein, bei dem Gedanken, die Tür zu öffnen und womöglich als erstes das unheimliche Bauwerk zu betreten. Vincent konnte es ihm nicht verdenken.

»Nun machen Sie schon«, herrschte Sarantakos den jungen Mann an.

Tomislav erschrak wegen des harschen Tons seines Chefs. Eingeschüchtert setzte er sich in Bewegung. Er trat an die Tür und ging in die Hocke. Vorsichtig legte er die Hand auf die gusseiserne Klinke und drückte sie. Die Tür öffnete sich einen Spalt.

Vincent beobachtete gespannt, was passieren würde.

»Ich habe da ein ganz mieses Gefühl«, sagte Luka.

Aber nichts geschah.

Vincent sah, wie Tomislav einen Moment innehielt und wartete. Dann lachte der junge Mann erleichtert auf und schaute zu Sarantakos und Vladic, deren Gesichtszüge sich ebenfalls entspannten. Voller Zuversicht warf Tomislav die Tür mit einem Schwung auf.

»Achtu…!«, rief Vincent, als er das Klicken hörte. Aber es war zu spät. Bevor er die Warnung vollständig ausrufen konnte, schoss ein Pfeil durch die geöffnete Tür und bohrte sich durch ein Auge in Tomislavs Kopf.

Mehr als einen überraschten Ton brachte Tomislav nicht heraus, bevor er tot nach hinten umkippte.

Senija schrie wie am Spieß. Tomislavs Leiche kam mit dem Kopf direkt vor ihren Füßen zum Liegen. Der kurze Pfeil ragte wie eine Antenne aus seinem Gesicht.

»Was ist das schon wieder für eine Scheiße?!«, schrie Vladic.

Vincent sah, wie der Gangster hektisch auf und ab ging und die Beherrschung zu verlieren schien. Offensichtlich nahm ihn der Tod des Mannes mehr mit, als er es von ihm gedacht hätte.

»Verrecken denn heute alle?«, fügte Vladic fast hysterisch hinzu.

Benkic packte ihn an den Schultern und schüttelte ihn. »Beruhige dich, Danko. Wir sind fast am Ziel. Behalte jetzt bloß einen klaren Kopf, okay?«

Vladic sah ihn mit weit aufgerissenen Augen an. Aber dann nickte er und atmete einige Male tief ein und aus.

»Gut«, sagte Benkic zu seinem Komplizen und ließ ihn los.

Sarantakos trat nach vorne und blickte auf Tomislavs Leiche. »Na gut«, sagte er zu Vincent und seinen beiden Begleitern. »Vielleicht ist es doch besser, wenn wir einem von Ihnen den Vortritt lassen.« Er lächelte. »Gibt es irgendwelche Freiwillige?«

Das Innere des Bauwerks war deutlich größer, als es von außen zunächst den Anschein hatte. Luka war vorsichtig durch den Eingang gestiegen und leuchtete mit seiner Taschenlampe den Innenraum ab.

»Ein Gestell mit einer montierten Armbrust hat Ihren Mann getötet«, rief er nach draußen. »Der Auslösemechanismus war mit der Tür verbunden … einfach aber effektiv.« Er zögerte kurz, bevor er hinzufügte: »Genau Ihr Ding, Vladic!« Er erwartete keine Antwort, wollte sich die Anspielung auf die Handgranate an der Wohnungstür von vor wenigen Wochen aber nicht verkneifen.

Sorgfältig suchte er die nähere Umgebung um den Eingang nach weiteren Fallen ab. Nachdem er sicher war, dass auf dem Boden nichts auf ihn lauerte, leuchtete Luka die Wände ab. Er sah, dass an jeder der vier Seiten Fackeln befestigt waren. Er trat zur Nächsten und versuchte, sie mit seinem Zippo anzuzünden. Zu seiner Überraschung funktionierte die Fackel nach all den Jahren noch. Der Feuerschein erhellte einen großen Teil des Raumes und tauchte ihn in ein orangegelbes Licht. Luka beließ die Fackel in der Wandhalterung und ging weiter hinein.

»In der Mitte des Raumes wurde eine Art Grube ausgehoben«, rief er. »Etwa einen Meter tief.«

»Was sehen Sie noch?«, hörte er Sarantakos fragen. »Was ist in der Grube?«

Komm' doch rein und schau selbst. »Moment …« Er trat an den Rand und nahm seine Taschenlampe hinzu. Er leuchtete in die Grube und erstarrte. *Was ist denn das?* Er trat ein Stück um die Grube, um aus einem andern Winkel hineinblicken zu können. Es dauerte einen Moment, bis er sich sicher war. »In der Grube steht ein … Sarkophag.«

»Ein was?« Die Frage kam von Benkic.

»Ein Sarkophag. Etwas aus Stein, in dem Tote aufbewahrt werden.«

»Ich weiß, was ein Sarkophag ist.« Benkic klang beleidigt.

Gut so!

»Sind Sie sicher?«, fragte Sarantakos.

»Wenn Sie mir nicht glauben, müssen Sie schon selbst hereinkommen.«

Luka hatte nicht damit gerechnet, aber Sekunden später hörte er Schritte hinter sich. Vincent und Gelong waren durch den Eingang getreten, gefolgt von Sarantakos und den anderen. Fahed hatte noch immer seine Waffe gezogen und Senija fest im Griff.

»Atemberaubend«, sagte Sarantakos, während er sich in dem Raum umsah. Er trat an den Rand der Grube. »Tatsächlich ein Sarkophag.« Er wandte sich an Vladic. »Wir müssen ihn öffnen und nachschauen, wer oder was darin liegt.«

Vladic verzog das Gesicht, aber er widersprach nicht. »Ihr beiden«, sagte er zu Vincent und Gelong, »rein in die Grube.«

»Ich möchte anmerken, dass ich das für keine gute Idee halte. Es wird seine Gründe haben, weshalb die Erbauer sich derartige Mühe gegeben haben, den Sarkophag zu sichern.«

Vladic zog seine Pistole und richtete sie auf Vincent. »Mir ist egal, was du von der Idee hältst. Rein da – sofort!«

Vincent verzichtete auf eine Antwort und folgte Gelong, der bereits in die Grube gesprungen war. Sie gingen einmal um den Sarkophag und entschieden dann, sich beide an einer der kurzen Seite aufzustellen.

»Etwas mehr Licht wäre gut«, rief Gelong nach oben.

Vladic trat zur brennenden Fackel, die Luka angezündet hatte. Mit ihr entzündete er eine weitere Wandfackel und warf sie auf den Boden der Grube. »Das muss genügen«, sagte er.

Vincent und Gelong betrachteten die Deckplatte und schienen sich kurz über das Vorgehen zu beraten. Luka bemerkte, dass alle Anwesenden gespannt auf die Szene starrten. Unauffällig sah er sich im Raum um und versuchte eilig, einen Plan zu schmieden. Aber nichts, was er sah, erschien ihm geeignet, in irgendeiner Form nützlich zu sein. Die Armbrust war nur mit dem einzelnen Bolzen bestückt gewesen und somit nutzlos. Die beiden nächstliegenden Fackeln waren bereits in Gebrauch. Eine lag in der Grube, die andere hielt Vladic in seiner Hand. Enttäuscht stellte

Luka fest, dass es mit dem ausgeklügelten Überraschungsangriff nichts werden würde.

»Wir sind soweit«, hörte er Vincents Stimme aus der Grube. Luka trat einen Schritt vor, um ihn und Gelong besser sehen zu können. Beide standen nebeneinander und hatten ihre Hände auf die Deckplatte gelegt, als würden sie ein Auto anschieben wollen.

Vincent zählte von drei rückwärts. »... zwei, eins, schieben!«

Mit einem Ruck setzte sich der Deckel des Sarkophags in Bewegung.

»Können Sie etwas hören?« Robert Bend war besorgt.

»Leider nein«, antwortete Dominique. »Vincents Idee, den Sprechknopf seines Funkgeräts aktiviert zu lassen, war genial. Aber seit auch er in das Bauwerk gegangen ist, haben wir keinen Funkkontakt mehr. Da hilft uns jetzt auch das ganze Hightech-Equipment nicht mehr weiter.«

Robert nickte. »Verstehe. Danke Dominique.«

Die Französin zwang sich zu einem freudlosen Lächeln. »Ich würde gerne mehr helfen.«

Robert antwortete nicht. Er drückte stattdessen ihre Schulter mit der Hand und wandte sich ab. »Irgendwelche Vorschläge?«, fragte er in den Raum. Salvatore räusperte sich, aber schwieg und schaute nur betroffen auf seine zusammengefalteten Hände.

»Von hier aus können wir nicht mehr helfen«, sagte Francesca Bianchi. »Wir sollten Nirmal und Pawan verständigen. Sie und Vincents Männer sind bereit und warten nur wenige Kilometer entfernt.«

Robert überlegte. »Daran hatte ich auch schon gedacht. Aber ich möchte kein Risiko für Senija und unsere Jungs eingehen.«

»Ich denke, das größere Risiko wäre es, jetzt nichts zu tun.«

Robert wusste, dass sie recht hatte. Jeff war bereits tot. Luka, Gelong und Vincent waren in der Unterzahl. Insbesondere, wenn man Sarantakos' Männer in der Festung in die Rechnung mit einbezog. Es war tatsächlich an der Zeit, für ein wenig Ausgleich zu sorgen. »In Ordnung«, sagte er schließlich. »Dominique, verständigen Sie Nirmal und Pawan. Es geht los.«

Mit einem kratzenden Geräusch rutschte die Deckplatte über den Korpus des Sarkophags. Jahrhunderte alter Staub und Dreck wurde aufgewirbelt und hüllte die beiden Männer ein. Für einen kurzen Augenblick waren sie nur schemenhaft zu erkennen.

Luka und die anderen am Rand der Grube starrten gebannt auf das Geschehen.

Vincent und Gelong husteten und versuchten mit hektischen Handbewegungen, den Staub vor ihren Gesichtern zu vertreiben.

Als sich der Staub weitestgehend gelegt hatte, war Sarantakos nicht mehr zu halten. Er riss Vladic förmlich die Fackel aus der Hand und machte sich auf, unbeholfen in die Grube zu klettern.

Fahed war sichtlich irritiert und wusste offenbar nicht, ob er seinem Boss helfen oder weiterhin Senija festhalten soll. Er entschied sich für Letzteres.

»Treten Sie zurück«, herrschte Sarantakos Vincent und Gelong an. Dann trat er an den Sarkophag und leuchtete mit der Fackel hinein.

Luka erkannte nicht, was der Grieche dort sah. Aber er schien zufrieden zu sein.

»Endlich«, sagte Sarantakos. Seine Stimme klang erleichtert und ebenso ein wenig ehrfürchtig. »So lange habe ich nach dir gesucht. Aber die Suche hat nun ihr Ende gefunden.« Er schaute nach oben. »Vladic, kommen Sie herunter. Sie müssen mir helfen.«

Vladic zögerte merklich. Er wechselte einen kurzen Blick mit Benkic, der nur auffordernd nickte. Vladic atmete schwer aus, aber sprang dann zu Sarantakos in die Grube.

»Hier, packen Sie mit an«, sagte der Grieche. Die Männer beugten sich in den Sarkophag und griffen mit beiden Händen zu. Laut stöhnend zogen sie etwas offensichtlich Schweres heraus – eine hölzerne Truhe kam zum Vorschein.

»Marco Polos Schatz!«, entfuhr es Senija. Fahed schien sie in diesem Moment völlig vergessen zu haben.

Sarantakos und Vladic zogen die Truhe über den Rand des Sarkophags.

Luka fiel auf, dass Gelong sichtlich nervös wurde, als er die Truhe sah. Der Mongole stand mit Vincent auf der anderen Seite der Grube und verfolgte das Geschehen.

»Vorsichtig«, sagte Sarantakos an Vladic gerichtet. »Wir tragen sie dort rüber.« Er deutete mit dem Kinn in eine Richtung. Angestrengt schleppten die beiden

Männer die Kiste und wuchteten sie auf den Rand der Grube.

Benkic eilte zu ihnen und half, die Truhe abzustellen. Dann stieg Vladic aus der Grube und beide zogen an den Armen von Sarantakos, der ungelenk und schwer herausgehoben werden musste.

»Die Kiste ist mit einem Vorhängeschloss gesichert«, stellte Benkic fest.

»Sieht ziemlich verrostet aus«, sagte Vladic. »Geh' beiseite.« Er zog seine Pistole und griff sie am Lauf. Dann schlug er, wie mit einem Hammer, den Pistolengriff gegen das Schloss. Beim dritten Schlag brach es ab.

»Gute Arbeit«, sagte Sarantakos und drängte sich an Vladic vorbei. Er fiel auf die Knie und griff, fast schon bedächtig, nach dem Truhendeckel. Er atmete hörbar aus und öffnete ihn. Die Kiste war randvoll gefüllt mit Schmuck, Edelsteinen und Goldmünzen.

»Nicht schlecht«, sagte Benkic und rieb sich die Hände. »Da haben sich die Mühen ja gelohnt.«

Luka schaute verächtlich zu seinem Vorgesetzten. Benkic widerte ihn an.

Sarantakos schien nicht so begeistert zu sein. Erst langsam und vorsichtig, dann immer schneller und hektischer, wühlte er in der Truhe. »Nein, nein, das ist nicht richtig. Wo ist sie? Wo ist die Maske?«

Von der Göttermaske fehlte jede Spur.

Sarantakos stand auf und zeigte in die Grube. »Sie muss noch im Sarkophag sein«, rief er. »Los … Sie beide! Schieben Sie den Deckel komplett beiseite.«

Vincent und Gelong sahen sich an.

»Na los!«, rief Sarantakos ungeduldig.

Vincent zuckte mit den Schultern, bevor er und Gelong erneut an die Deckplatte traten. Diesmal standen sie jeder an einer der langen Seiten und stemmten sich jeweils mit einem Arm gegen den Deckel.

»Drei, zwei, eins, schieben!«, zählte Vincent erneut.

Die Platte setzte sich träge in Bewegung, wurde dann aber immer schneller und fiel krachend auf den Boden neben dem Sarkophag.

Einen Augenblick wagte niemand etwas zu sagen. Alle schauten wie erstarrt in den Sarkophag, der nun vollständig sein Inneres preisgab.

Es war Benkic, der das Schweigen durchbrach. »Heilige Maria, Mutter Gottes … *was* ist das?«

»Sieht aus, wie zwei ineinandergeschlungene Skelette«, sagte Vladic. »Als hätte man sie wie einen Zopf geknotet. Unmöglich zu sagen, welche Körperteile wohin gehören. Aber ich sehe vier Arme, vier Beine und zwei Schädel.«

»Ich sehe noch mehr.« Sarantakos euphorische Aufregung war zurück. Er zeigte auf die Skelette. »Da, neben dem rechten Schädel – die Göttermaske!«

Sarantakos hatte recht. Luka sah die goldene Maske auch.

»Sie«, Sarantakos zeigte auf Vincent, »holen Sie sie heraus und geben Sie sie mir. Aber langsam, sonst knallt es.«

Vincent nickte und setzte sich in Bewegung.

»Nein!«, rief Senija. »Fassen Sie sie nicht an.«

Alle Köpfe drehten sich zu ihr.

»Was soll das?«, fragte Sarantakos. »Was ist denn jetzt schon wieder?«

Senija riss sich von Fahed los. Sein Boss gab ihm ein Zeichen, sie zu lassen.

»Ist Ihnen nicht klar, wer das ist?« Sie zeigte auf die beiden Skelette. »Das ist der Graf und sein Hauptmann.«

Sarantakos sah verwirrt aus. »Und?«

»Erinnern Sie sich mal, was mit den beiden passiert ist. Wie die beiden gestorben sind.«

Vladic lachte. »Sie meinen, die göttliche Macht, die sie getötet haben soll?«

Benkic und Fahed stimmten in das Lachen mit ein.

»Lachen Sie ruhig«, sagte Senija. »Mir persönlich reicht, was ich hier sehe.«

Das Lachen der Männer ebbte ab und wich verunsicherten Blicken.

»Aber darum geht es doch, meine Liebe«, sagte Sarantakos. »Meinen Sie, ich war nur hinter einem bisschen Gold her? Ich will eine Verbindung zu Gott. Und die Göttermaske ist diese Verbindung.«

»Sie müssen wahnsinnig sein. Nein ... Sie *sind* wahnsinnig!«

»Vielleicht in *Ihren* Augen«, erwiderte Sarantakos.

»Sie wissen nicht, welche Mächte Sie entfesseln, wenn Sie die Maske benutzen.« Senija blieb beharrlich.

»Oh, doch. Das weiß ich sehr wohl, meine Teuerste. Der Graf war schwach. Marco Polo war schwach. Bei mir ist das anders.« Sarantakos hob beide Arme. »Glauben Sie, ich wäre heute hier, wenn ich schwach wäre? Wenn jemand die Maske beherrschen kann, dann bin ich das.«

»*Niemand* kann die Göttermaske beherrschen.« Alle schauten überrascht zu Gelong, der nach wie vor in der Grube stand und leise sprach. »Die Maske wurde meinem Orden vor tausenden Jahren von den Göttern überlassen und seit dieser Zeit sucht sie sich ihren Träger selbst aus. Niemand anderes kann sie tragen. Nicht einmal ein anderer Bruder unseres Ordens. Stirbt der Träger, entscheidet die Maske, wer sein Nachfolger werden soll. Aber es ist immer ein Bruder meines Ordens – ausnahmslos.«

Sarantakos lachte. »Blödsinn!«

Gelong schüttelte den Kopf. »Großes Unheil und Tod folgen, wenn die Maske von dem Falschen getragen wird.«

Sarantakos Lachen erstarb. »Dann bin ich ja froh, dass ich der Richtige bin.« Er schaute wieder zu Vincent. »Los jetzt, Engländer. Her mit der Maske.«

Vincent zögerte, aber trat dann an den Sarkophag. Er lehnte sich hinein und zog die Göttermaske heraus.

»Und jetzt her damit«, befahl Sarantakos.

Vincent ging an den Rand der Grube und reichte die Maske nach oben.

Der Grieche nahm sie entgegen und trat einen Schritt zurück. »Ist sie nicht wunderbar?! Und jetzt gehört sie mir. Endlich!«

Nach diesen Worten drückte er sich die Maske auf das Gesicht.

»Nein!«, rief Gelong.

Aber es war zu spät. Kaum hatte Sarantakos die Maske aufgesetzt, begann er am ganzen Leib zu zittern.

Luka spürte, wie der Boden vibrierte. Erst nahezu unmerklich, dann immer deutlicher.

Gleichzeitig wurde das Zittern von Sarantakos stärker, bis es ihn schüttelte und er die Arme wie wild um sich schlug. Er schrie wie am Spieß. »Nehmt sie ab«, flehte er schmerzerfüllt.

Aber keiner bewegte sich. Alle waren wie erstarrt. Sogar Fahed half seinem Boss nicht und wich stattdessen ein paar Schritte zurück.

Das Vibrieren des Bodens wurde zu einem Beben. Dreck und Steinbrocken fielen von der Decke.

»Wir müssen raus hier«, schrie Luka. »Die Decke stürzt gleich ein.«

Vincent und Gelong sprangen aus der Grube und rannten zum Ausgang. Luka sah im Augenwinkel, wie Fahed den Blick von seinem Boss abwandte und den beiden eilig folgte. Vladic packte Senija und zerrte sie ebenfalls in Richtung Ausgang. Benkic stand wie angewurzelt da und starrte auf Sarantakos, der auf die Knie gefallen war und nicht mehr schrie. Sein ganzer Körper bebte. Immer größere Brocken fielen von der Decke.

Plötzlich trat Benkic zu Sarantakos vor.

»Was tun Sie, Benkic?«, schrie Luka. »Wir müssen raus hier.«

Aber Benkic schien ihn nicht zu hören. Wie in Trance griff er an die Göttermaske. Mit einem festen Ruck riss er sie Sarantakos vom Gesicht.

Luka erschrak. Das Gesicht des Griechen war nicht mehr vorhanden. Stattdessen klaffte eine einzige blutende Wunde an der Stelle. Seine Augen waren geplatzt und schmierige Flüssigkeit lief aus den

Augenhöhlen. Bäche aus Blut flossen seinen Hals hinab.

Benkic setzte an, die Maske aufzusetzen.

»Sind Sie wahnsinnig?«, rief Luka. »Was haben Sie vor?«

Aber Benkic antwortete nicht. Langsam führte er die Maske an sein Gesicht.

Luka zögerte nicht weiter. Er sprang nach vorne und packte mit einer Hand die Maske.

Benkic schreckte aus seiner Trance und sah ihn hasserfüllt an. »Sie verdammter ...«

Luka schlug ihm mit der anderen Faust ins Gesicht und beendete damit seinen Satz vorzeitig.

Benkic fiel rückwärts und stolperte über den am Boden liegenden Sarantakos. Dabei verlor er den Halt und stürzte in die Grube.

Noch bevor Luka entschieden hatte, ob er seinem Vorgesetzten helfen oder lieber das Weite suchen sollte, brach ein riesiges Stück der Decke ab.

Benkic schrie auf und verstummte sofort, als der Fels ihn unter sich begrub. Es gab keine Rettung mehr für ihn.

Luka machte kehrt und rannte auf den Ausgang zu. *Jetzt aber schnell,* hämmerte es in seinem Kopf. Er hörte, wie hinter ihm nach und nach die ganze Decke einstürzte. Zwei Schritte vor dem Ausgang holte ihn die Wolke aus Staub und Dreck ein. Er stieß sich ab und mit einem Sprung warf er sich der Öffnung entgegen.

»Wir haben wieder Kontakt«, rief Dominique. »Ich höre ein Donnern und Schreie. Klingt, als würde die Höhle einstürzen.«

Robert eilte an den Tisch der Französin. Auch Francesca und Salvatore sprangen auf.

»Bitte auf den Lautsprecher«, sagte Robert.

Dominique drückte einen Knopf und die Geräusche erfüllten den Raum.

»Wie weit ist das Rettungsteam entfernt?«, fragte Robert.

Dominique schaute auf einen Bildschirm. »Müssten jeden Moment eintreffen.« Sie tippte auf ihrer Tastatur. Auf dem großen Hauptmonitor erschien die Echtzeit-Satellitenaufnahme der Burg.

Robert sah zwei Hubschrauber, die sich vom Bildrand der Festung näherten. Im Camp herrschte offensichtlich Aufregung. Männer rannten wild durcheinander. Kleine Lichtblitze deuteten darauf hin, dass geschossen wurde. »Du meine Güte, was für ein Chaos.« Er wusste, dass das weit untertrieben war.

Luka hustete und rollte sich auf den Rücken. Seine Ohren piepten und sein Mund war trocken vom Staub. Wie durch einen Nebel hörte er Senijas Stimme.

»Lassen Sie mich los«, schrie sie.

Luka wälzte sich zur Seite und sah, dass Fahed Senija wieder in seiner Gewalt hatte. Er hielt ihr einen Krummdolch an den Hals. Neben ihm stand Vladic. Er war offenbar unbewaffnet.

»Es ist aus«, sagte Vincent, der ihnen gegenüberstand. »Lassen Sie bitte Frau Anic los.« Gelong hatte sich einige Meter neben Vincent aufgebaut und war sichtlich angespannt.

Wie eine Raubkatze, die gleich ihr Opfer anspringt, dachte Luka. Er rappelte sich auf, wobei er vor Schmerz stöhnte.

Mit dem Geräusch, das er dabei von sich gab, lenkte er die Aufmerksamkeit von Fahed einen winzigen Moment auf sich.

»Gelong, jetzt!«, rief Vincent.

Gelong griff hinter sich und zog unter seiner taktischen Weste seinen Dolch hervor. Nicht einmal einen Lidschlag später holte der Mönch aus und warf ihn auf Fahed. Es ging so schnell, dass Luka erst registrierte, was geschehen war, als die Klinge schon in Faheds Hals steckte.

Der Araber röchelte und ließ seinen Krummdolch fallen.

Senija riss sich aus seinem Griff und lief zu Vincent.

Fahed fiel auf die Knie und hustete. Blut spritzte dabei aus seinem Mund. Er versuchte, etwas zu sagen, aber es bewegten sich nur seine Lippen. Statt eines Tons kam nur noch mehr Blut aus seinem Mund. Sein Blick wanderte ins Leere, bis sich seine Pupillen nach oben wandten. Dann kippte er vornüber und schlug hart auf dem Boden auf. Er war tot.

Ein Felsbrocken, der von der Höhlendecke brach und wenige Meter neben der Gruft aufschlug, holte Lukas Aufmerksamkeit zurück. Er sah sich um. »Wo ist Vladic?«, rief er.

»Ich sah ihn hinter die Gruft laufen«, antwortete Gelong. »Wahrscheinlich ist er die Treppen hinunter, über die wir heraufgekommen sind.«

»Ich muss ihm nach.« Luka lief los, aber er wurde von Vincent am Arm gepackt.

»Lassen Sie ihn, es ist zu gefährlich. Wir erwischen ihn ein anderes Mal ... wenn er denn heute überleben sollte.«

Luka riss sich los. »Wissen Sie, wie lange ich den Kerl schon jage?«

Vincent nickte. »Das weiß ich«, sagte er ruhig. »Vertrauen Sie mir. Wir werden ihn kriegen. Aber nicht heute.«

Luka hätte Vincent verfluchen können. Aber er wusste, dass der Brite recht hatte. »Ich nehme Sie beim Wort!«

»Das können Sie.«

Luka nickte. »Gut, dann raus hier.«

Ein weiterer Brocken Fels fiel von der Decke und begrub nahezu die gesamte Gruft unter sich.

Luka riss einen Arm vor das Gesicht, als Stein und Dreck auf sie zuraste. »Aber wo geht es raus?«

»Ich kenne den Weg«, rief Senija. »Hier entlang!«

Nirmal und Pawan standen auf der Mitte des Burghofs. Nirmal wies gerade ein paar Sicherheitsleuten Aufgaben zu, als sein Funkgerät knackte.

»Hier Villa«, hörte er die französische Computerspezialistin sagen. »Nirmal, Pawan, können Sie uns hören?«

»Klar und deutlich«, sagte Nirmal.

»Wie ist die Lage?«

Nirmal sah sich um. »Die Lage ist unter Kontrolle. Wir haben keine eigenen Verluste. Zwei Männer der anderen Partei sind verletzt. Sie werden gerade durch uns versorgt. Die Festung ist gesichert.«

»Sehr gut. Gute Arbeit, Jungs.«

Nirmal dachte das auch. Er war zufrieden, aber dennoch besorgt. »Leider keine Spur von Gelong und den anderen.«

Kaum hatte er den Satz beendet, erbebte die Erde. Die umhergehenden Männer riefen überrascht auf und versuchten irgendwie Halt zu finden.

»Villa … wir können hier ein Beben spüren. Es scheint, als würde das unterirdische Tunnelsystem einstürzen. Ich weiß nicht, wie lange wir hier noch bleiben können.«

»Nirmal, hier ist Robert. Dann machen Sie, dass Sie da wegkommen. Lassen sie Sarantakos Männer frei, um die soll sich jemand anderes kümmern.«

»Und was ist mit unseren Leuten? Mit Gelong und den anderen? Wir können sie doch nicht einfach zurücklassen.«

»Da muss ich Mr. Nirmal absolut recht geben«, drang eine Stimme mit unverkennbarem britischen Akzent durch den Lautsprecher.

»Vincent«, rief Bend in den Funk. »Sie leben!«

»Nicht nur ich, Sir. Ms. Anic, Mr. Sefic und Mr. Gelong sind auch bei mir. Wir sind auf dem Weg nach oben.«

Nirmal spürte eine enorme Last von sich fallen. Sein Bruder war am Leben. »Sie sind am Leben«, rief er Pawan zu, der mit einer kleinen Gruppe Sicherheitsmänner bei einem der Hubschrauber stand.

»Schnell, zum Durchbruch. Vielleicht brauchen sie unsere Hilfe.«

Obwohl es nur wenige Minuten dauerte, fühlte es sich für Nirmal wie Stunden an, bis sie endlich das Licht von Taschenlampen in den Gängen hinter der Öffnung in den Grundmauern sehen konnten. »Da sind sie«, rief er. »Sanitäter!«

Zwei Männer mit Rucksäcken liefen zu dem Durchbruch und halfen seinem Bruder und den anderen beim Heraussteigen.

»Gelong«, sagte Nirmal, als er auf seinen Bruder zuging. »Wir waren so in Sorge um dich. Aber du lebst und bist wohlauf. Den Göttern sei Dank.« Er nahm Gelong in die Arme und drückte ihn herzlich.

»Ja, ich bin am Leben.« Gelong löste sich aus seinem Griff. »Aber unsere Mission ist gescheitert.« Er wandte sich ab und setzte sich erschöpft auf einen Felsen.

»Die Göttermaske?«, fragte Nirmal, obwohl er die Antwort erahnte.

Gelong nickte. »Verloren, für immer. Begraben unter diesem Berg.« Er schaute niedergeschlagen zu Boden.

»Das denke ich nicht.« Luka Sefic trat zu den beiden. Ihm folgten der Brite Vincent und die Wissenschaftlerin Senija Anic.

»Was meinen Sie damit?«, fragte Gelong. »Sie waren doch dabei. Die Gruft, die Höhle … alles eingestürzt.«

Sefic lächelte. Dann griff er an die Oberschenkeltasche seines Overalls und riss den Klettverschluss auf. »Ich meine damit, dass manches nicht immer so aussieht, wie es am Ende tatsächlich ist.« Dann zog er einen Gegenstand heraus.

»Die Göttermaske!«, rief Gelong. Er sprang auf. Vorsichtig nahm er ihm die Maske aus der Hand. »Aber ... wie?«

»Benkic hatte sie Sarantakos weggerissen, bevor die Gruft einstürzte.« Sefic lächelte stolz. »Und ich dann ihm.«

Gelongs Augen wurden glasig. »Ich weiß gar nicht, wie wir Ihnen jemals danken sollen.«

Sefic' Gesicht wurde ernster. »Sie müssen mir nicht danken. Versprechen Sie mir nur, dass Sie und Ihre Brüder die Maske zurück an ihren Platz bringen und nie wieder verlieren.«

Gelong richtete sich auf und hob stolz das Kinn. »Das schwöre ich. Ich danke Ihnen.« Er schaute an Luka Sefic vorbei zu Vincent Baxter und Senija Anic. »Ich danke Ihnen allen. Und ich gebe Ihnen noch ein weiteres Versprechen: Sollten Sie jemals die Hilfe von uns oder unseren Brüdern brauchen, werden wir zur Stelle sein.«

KAPITEL 24

Drei Tage später.

»Ich bin wirklich froh, dass Sie alle wieder heil zurück sind.« Robert Bend hielt sein Champagner-Glas in die Höhe. »Und ich danke Ihnen allen, dass Sie an diesem schwierigen Unterfangen mitgewirkt haben. Sie sind wahrlich die Besten Ihres Fachs und ich schätze mich glücklich, Sie alle zu kennen.«

Luka sah in die Runde. Robert hatte recht. Ihm ging es genauso. Egal ob Vincent, Senija oder die Wissenschaftler, die sie aus dem Lagezentrum hier in der Villa unterstützt hatten – sie waren Profis und eine Bereicherung für jedes Team.

»Schade nur, dass uns Gelong und seine Brüder schon verlassen mussten«, ergänzte Robert. »Ich hätte sie heute gerne bei unserer kleinen Feier dabei gewusst.«

Robert Bend hatte den Mönchen einen privaten Heimflug in die Mongolei spendiert – in seinem *Space-Jet*. Luka musste schmunzeln, als er sich den Ausdruck auf den Gesichtern der Brüder vorstellte, wenn Miller Vollgas gab.

»Ja, schade«, sagte Senija. »Aber nachdem die Göttermaske für immer im Berg verloren ist, wollten sie nicht mehr bleiben. Sie waren sehr enttäuscht über den Verlust.«

Robert grinste. »So wird es gewesen sein«, sagte er zweideutig und nahm einen Schluck aus seinem Glas. »Wie dem auch sei – ich bin auf alle Fälle froh, dass alles gütlich ausgegangen ist.«

»Außer, dass ich Vladic noch immer nicht erwischt habe«, gab Luka zu bedenken. »Vielleicht ist er in dem Berg gestorben. Aber vielleicht ist er durch den Fluss entkommen, wie Polo. Ich traue dem Kerl alles zu, zumal unsere Tauchausrüstung und die Tauchscooter noch am Ufer des unterirdischen Flusses lagen.«

»Man sieht sich immer mindestens zweimal im Leben«, antwortete Robert. »Wenn es so ist, wird die Zeit kommen.«

Das muss ein britisches Mantra sein, dachte Luka und schaute zu Vincent. Der lächelte und prostete ihm zu.

»Mal sehen«, sagte Luka. »Ich glaube, ich habe es erst mal nicht so eilig. Zumal ich nach der Sache mit Benkic keine große Lust verspüre, in meinen alten Job zurückzukehren.«

Robert stellte sein Glas ab. »Gut, dass Sie es ansprechen. Ich möchte Ihnen ein Angebot machen.« Er schaute in die Runde. »Ihnen allen. Ich möchte Ihnen vorschlagen, dass Sie für mich arbeiten.«

»Für Sie?« Luka war überrascht, aber konnte sich einer sofortigen Begeisterung nicht erwehren.

»Ja«, sagte Robert. »Nach diesem Abenteuer plane ich, eine neue Abteilung in die Struktur meiner Firma einzubetten. Sie soll sich gemeinnützig für die Rettung und den Erhalt von Kulturgütern einsetzen und weltweit operieren. Ich werde die Abteilung *FORCE* nennen – die *Foundation for the Organization and Recovery of Cultural Exhibits.*« Er nahm sein Glas wieder auf und trank einen weiteren Schluck Champagner. »Und bevor ich es vergesse: Sie können sich bei Ihrer Arbeit auf die komplette Unterstützung und die Ressourcen der *Bend Corporation* verlassen.«

Salvatore war der Erste, der jubelte. Er stand auf und applaudierte. Es dauerte nur einen Moment, bis nach und nach die anderen einstimmten.

Luka blieb bis zuletzt sitzen. Wollte er wirklich alles aufgeben? Seinen Job als Agent der USKOK, seine Karriere als Polizist? Er schaute hinüber zu Vincent, Senija und dem Rest der Gruppe. Sie lachten und klatschten. Und da wusste er, was er wollte.

ENDE

WISSENSCHAFTLICHE HINTERGRÜNDE

Der Roman „Göttermaske – Die Jagd nach dem Schatz des Marco Polo" ist eine fiktive Geschichte und soll der Unterhaltung dienen. Alle Charaktere und Geschehnisse, die auf der Zeitschiene der Gegenwart vorkommen, sind frei erfunden.
Die Personen, die auf der historischen Zeitschiene vorkommen, sind zum größten Teil erfunden.

Über Marco Polo ist allgemein bekannt, dass er 1254 in Venedig geboren wurde, wo er auch am 08.01.1324 verstarb. Im Jahr 1271 startete er mit seinem Vater und dessen Bruder zu seiner großen Asienreise, die Polo in vierundzwanzig Jahren von Venedig über den Nahen Osten und die Mongolei, bis nach China brachte. Alleine für die Hinreise von rund zehntausend Kilometern benötigte er dreieinhalb Jahre.

Die Rückreise führte die Polos entlang der chinesischen und indischen Küste, durch Persien an das Schwarze Meer. In Trapezunt am Schwarzen Meer startete die letzte Etappe von Polos Heimreise, die ihn, vorbei an Konstantinopel (dem heutigen Istanbul), Griechenland, über die Adria und schließlich, im Jahre 1295, zurück nach Venedig führte.

Nach ihrer Heimkehr sollen Freunde und Familienangehörige die Polos zunächst nicht wiedererkannt haben. Erst, nachdem sie ihre mitgebrachten Reichtümer präsentierten – so auch den Schmuck und die

Edelsteine, eingenäht in die Säume ihrer Kleidung –, sollen sie von den Venezianern freudig willkommen geheißen worden sein.

In der Folgezeit wurden die Reiseberichte des Marco Polo als Fantastereien abgetan. Zu unglaublich wirkten die enthaltenen Beschreibungen und es gab Stimmen, die anzweifelten, dass er jemals in China gewesen sei.
Heute überwiegt in der Wissenschaft die Ansicht, dass Polos Berichte der Wahrheit entsprechen.

ÜBER DEN ROMAN

Vielen Dank für Ihr Interesse an meinem Roman *„Göttermaske – Die Jagd nach dem Schatz des Marco Polo"*.

Mit der Arbeit an dem Manuskript begann ich bereits vor mehreren Jahren. Heute, während ich hier sitze und diese letzten Zeilen schreibe, kann ich es rückblickend kaum glauben, welche Mühe und Zeit in diesem Projekt stecken.

Am Beginn stand Inspiration. Diese fand ich sowohl in Büchern von *Clive Cussler* und *James Rollins,* als auch in klassischeren Geschichten und Filmen wie beispielsweise *Indiana Jones, James Bond* und anderen abenteuerlichen Helden.

Der Inspiration folgte der eigentliche Schreibprozess. Hierbei bemerkte ich schnell, dass viel Übung und ein wiederholtes sowie gewissenhaftes Überarbeiten des Manuskripts unabdingbar waren.

Besonders wichtig war mir die Entwicklung der einzelnen Charaktere. Zunächst entstand Luka, den ich nicht als einen perfekten Helden darstellen wollte. Ich wollte einen Charakter schaffen, der auch etwas plump und unbeholfen sein darf, aber am Ende doch gut in dem ist, was er tut.

Der zweite Charakter war Senija. Bei ihr war mir ein selbstbewusstes Auftreten wichtig, das durch ihr Wissen und ihre natürliche Intelligenz gestützt wird.

Auch wenn ich die Grundzüge des Milliardärs Robert Bend bereits im Kopf hatte, so entwarf ich als dritten Charakter zunächst Vincent Baxter. Vincent wurde im

Verlauf der Geschichte zu meiner Herzensfigur. Ich wollte mit ihm einen Charakter schaffen, der nach außen so etwas wie Perfektion ausstrahlt. Dennoch sollte in seinem Inneren eine andere Seite existieren, die von einer dunkleren Vergangenheit herrührt. Ich denke, das ist mir überwiegend gelungen.

Als Antagonisten hatte ich mir die Figur des Danko Vladic ausgedacht. Meiner Meinung nach hat er im Verlauf der Geschichte mit die größte Entwicklung gezeigt. Auch er ist, wie Vincent, ein Beispiel dafür, dass Charaktere nicht einseitig betrachtet und in Schubladen gepresst werden sollten.

Heute haben Sie das fertige Werk vor sich und ich hoffe, Sie hatten beim Lesen so viel Spaß, wie ich ihn beim Schreiben hatte.

Wie Sie an der einen oder anderen Stelle vielleicht bemerkt haben, gibt es diverse Anspielungen auf eine eventuelle Fortsetzung. Auch ein Prequel könnte ich mir gut vorstellen, beispielsweise eine Geschichte rund um das Kennenlernen von Sir Robert Bend und Vincent Baxter.

Ich würde mich sehr freuen, wenn auch diese Geschichten Ihr Interesse finden werden.

Ihr Michael Grimmler

Wenn Sie mir und unseren Heldinnen und Helden aus dem Roman „*Göttermaske – Die Jagd nach dem Schatz des Marco Polo*" folgen möchten, dann können Sie das auf:

Webseite
Facebook
Instagram

Wenn Sie Anregungen oder Fragen haben, dann können Sie mir eine Mail schreiben.

Mail: autor-grimmler(at)web.de